17,50

MIJN TOEKOMSTIGE EX

Kim Wright

Mijn toekomstige ex

SIJTHOFF

Uitgeverij Sijthoff en Drukkerij Koninklijke Wöhrmann BV vinden het
belangrijk om op milieuvriendelijke en duurzame wijze met natuurlijke
bronnen om te gaan.

Oorspronkelijke titel: *Love in Mid Air*
Vertaling: Karin Pijl
Omslagontwerp: Annemarie van Pruyssen
Omslagfotografie: Corbis Netherlands

ISBN 978 90 218 0229 9
NUR 343

www.boekenwereld.com
www.uitgeverijsijthoff.nl
www.watleesjijnu.nl

HERFST

1

Het was niet voorbestemd dat ik naast hem zou zitten. Het was stom geluk.

Het is de laatste zondag van augustus en ik ben in Phoenix voor een keramiektentoonstelling. Ik heb een prijs gewonnen voor mijn geglazuurde potten en heb zeventien stuks verkocht, dus voel ik me goed. Op de vroege ochtend van mijn terugreis besluit ik een wandeling te maken door de canyon achter mijn hotel. Het weer in Arizona is verraderlijk. 's Ochtends is het koel, dus volg je het pad helemaal naar boven, maar een uur later, als de zon op is en je weer naar beneden loopt, voel je het bloed in je hoofd kloppen en besef je weer dat dit het westen is, niet het oosten, en dat mensen hier doodgaan van de hitte. Eenmaal beneden ben ik zo duizelig dat ik mijn hoofd onder een drinkfonteintje in de hotellobby houd en het water over mijn nek laat stromen totdat ik weer helder zie.

Ik rijd naar de luchthaven, lever mijn huurauto in, ga door de douane, bel naar huis, koop een burrito en trek mijn koffertje achter me aan naar het vliegtuig. Naast me op stoel 18A zit een man met een sterk accent. Hij begint me meteen uit te leggen dat zijn zoon op stoel 29D zit en dat hij nauwelijks Engels spreekt, en of ik misschien met hem van stoel wil ruilen. 29D is een rotplek, vrijwel achterin en midden in een rij. Ik wil niet ruilen. Mijn shirt zit onder de burritosaus en mijn haar zit raar doordat ik onder een drinkfonteintje heb gehangen. Ik heb het warm, ben moe en wil alleen maar naar huis. Maar toen Tory nog klein was, vroeg ik mensen ook vaak om hulp in het vliegtuig, en de meeste reageerden positief. Dus zeg ik dat het geen probleem is, schuif mijn tijdschrift in mijn tas en loop naar achteren.

De zoon in kwestie blijkt een jaar of dertig te zijn. Ik probeer hem uit te leggen dat we van stoel wisselen door hem mijn instapkaart te laten zien en naar de zijne te wijzen en 'papa, papa' te zeggen, maar zijn vader had gelijk. Hij spreekt geen woord Engels. Iedereen in de buurt van de negenentwintigste rij van het vliegtuig bemoeit zich ermee, en om een of andere bizarre reden begint de stewardess in het Frans te praten. Het vliegtuig wordt al bijna bij de slurf weggeduwd als hij eindelijk opstaat en naar zijn vader voor in het vliegtuig loopt. Ik klauter over de man op 29C en laat me in mijn stoel zakken, terwijl ik bedenk dat dit een van die keren is dat je er spijt van hebt dat je iets goeds probeert te doen, maar ik heb het mis. Dit is een van die keren dat karma sneller terugkaatst dan een boemerang.

De man die naast me op 29E zit, zegt: 'Dat was aardig van je.'

Hij is zo lang dat hij enigszins gedraaid in zijn stoel zit, met zijn knieën bijna in mijn ruimte. Ik vraag hem wat hij in Arizona heeft gedaan, en hij vertelt dat hij heeft geklommen. Hij is investeringsbankier en in de weekenden doet hij aan bergbeklimmen. Van vliegen houdt hij niet.

Hij draait nog iets verder naar me toe, en ik iets verder naar hem. Ik vertel hem dat ik het vreemd vind dat iemand die bergen beklimt bang is om te vliegen, maar hij schudt zijn hoofd. Het heeft alles te maken met controle, zegt hij, en hij vertelt me over het angstaanjagendste wat hem ooit tijdens een klim is overkomen. Jaren geleden, toen hij net met de sport was begonnen, zat hij aan een man vast die de zekeringen niet goed had vastgezet. Er brak iets los en ze gleden met z'n tweeën naar beneden. Er is niets erger, zegt hij, dan halverwege een bergwand, voorbij het terugkeerpunt, ineens beseffen dat je niet op de ander kunt vertrouwen. Ik vraag hem wat het terugkeerpunt is, en hij zegt dat er bij elke klim een punt is waarop het net zo gevaarlijk is om terug te keren als om door te gaan. Ik knik. Het voelt alsof ik dit had moeten weten.

Hij vraagt me of ik getrouwd ben.

'Negen jaar,' antwoord ik.

'Negen,' herhaalt hij langzaam, alsof het getal zelf een soort kracht heeft. 'Negen is ergens in het midden.'

Ik heb niet het gevoel dat ik in het midden van mijn huwelijk zit – maar het voelt ook niet alsof ik me aan het begin of einde bevind. Ik vind het huwelijk oneindig, onmeetbaar. De man op stoel 29C heeft zijn koptelefoon opgezet. We zijn intussen voorzien van wodka en zoutjes.

'Het is zo'n grappige sport,' zegt hij. Het duurt even voor ik doorheb waar hij het over heeft. 'Elke keer dat ik aan een klim begin, denk ik hetzelfde: dat we hier niet naartoe hadden moeten gaan, dat mensen niets te zoeken hebben in de lucht. Elke keer denk ik: dit is mijn laatste klim, maar eenmaal thuis wil ik een paar weken later alweer.'

'Als je er eenmaal mee begonnen bent, kun je dus niet meer stoppen,' zeg ik. Maar hij heeft zijn ogen gesloten en leunt achterover in zijn stoel, alsof alleen al het vertellen van het verhaal een uitputtingsslag voor hem is.

Ik pak het tijdschrift *Redbook* uit mijn tas. Op de omslag staat: 48 dingen die je in bed met een man kunt doen. Ik heb het tijdschrift speciaal gekocht vanwege dit artikel. Tegen beter weten in denkt een deel van me nog steeds dat ik mijn huwelijk kan redden met seks. Gerry – hij heet Gerry – doet zijn ogen open en begint over mijn schouder mee te lezen. Zijn dutje van nog geen minuut lijkt hem nieuwe kracht te hebben gegeven, want hij stelt voor dat we de lijst doornemen en allebei drie dingen opschrijven die we zouden willen proberen. Zou het niet frappant zijn als dat dezelfde drie dingen zouden zijn?

Ik heb een donkerbruin vermoeden dat we op dezelfde drie dingen uitkomen. Hij is ook getrouwd, natuurlijk, met iemand die hij als eerstejaarsstudent aan de universiteit van Massachusetts in de rij voor de inschrijving had ontmoet. Op een gegeven moment waren ze al zo lang samen dat ze tegen elkaar zeiden: 'Waarom ook niet?' Twee zoons en daarna een dochtertje. Zij is de liefde van zijn leven, zegt hij, maar zijn vrouw, dat is een heel ander verhaal. Hij heeft zijn dijbeen tegen het mijne gedrukt en zit met zijn benen wijd, alsof ik een gewicht ben dat hij moet wegduwen om zichzelf sterker te maken.

'Getrouwd zijn is moeilijk,' zeg ik tegen hem. 'Het is het enige in mijn leven waarin ik heb gefaald.'

Ik heb dit nog nooit tegen iemand gezegd, heb nog nooit het woord 'gefaald' in de mond genomen, maar nu rolt het zo over mijn lippen. Misschien zou je dingen altijd zo moeten bekennen – uit het niets, hoog in de lucht, aan een wildvreemde. Ik wacht totdat hij me ervan gaat overtuigen dat het niet waar is. Als ik dit thuis zou zeggen, zouden zo'n honderd mensen me haastig corrigeren voordat ik de woorden volledig had uitgesproken. Ze zouden zeggen dat het door de wodka of de vlieghoogte komt dat ik dit soort dingen uitkraam. Of misschien door mijn verlangen deze man te intrigeren door iets dramatisch te zeggen, alles om ervoor te zorgen dat hij in zijn stoel naar me toegekeerd blijft zitten. Elk huwelijk kan gered worden, zouden mijn vriendinnen me inprenten – vooral een keurig, degelijk huwelijk als dat van mij. Nee, natuurlijk heb ik niet gefaald. We maken alleen een moeilijke periode door.

Maar deze man corrigeert me niet. Hij glimlacht terwijl hij zijn tweede flesje wodka openschroeft. Zijn handen zijn prachtig. Ik heb graag dat een man mooie handen heeft, handen waarvan je je kunt voorstellen dat ze je ineens betasten, handen die je de adem benemen, zelfs als ze iets routinematigs doen als een zakje zoutjes openmaken of omhoogreiken om het ventilatierooster bij te stellen.

'De lijst?' zegt hij terwijl hij naar het tijdschrift wijst.

'Heb je papier?'

Hij pakt iets uit zijn jaszak. 'Je mag het in mijn BlackBerry noteren.'

'Je wilt dat ik drie dingen die ik in bed zou willen doen invoer in je BlackBerry? Ga je het wissen?'

Hij glimlacht. 'Na verloop van tijd.'

De vlucht gaat snel. Wanneer de piloot zich meldt om te

zeggen dat we de daling naar Dallas inzetten, schrik ik daarvan. Ik lijk totaal te zijn vergeten dat we überhaupt in een vliegtuig zitten. 'Mag ik je hand vasthouden?' vraagt Gerry. Dit is het deel waar hij zo'n hekel aan heeft, de landing. Het deel waarbij het risico van neerstorten statistisch gezien het grootst is, en hij legt uit dat dit ook voor klimmers geldt, dat de meeste op de terugweg om het leven komen. Hij glimlacht weer terwijl hij me dit vertelt, en ik zie dat hij sterke, witte tanden heeft. In mijn verbeelding zie ik zijn tanden vlees van botten scheuren. Goede handen en goede tanden. Natuurlijk is hij een type. Hij is een player, een man die op tien kilometer hoogte in contact komt met vrouwen en ze overhaalt seksuele fantasieën op zijn BlackBerry in te tikken. Maar om een of andere reden kan het me niet schelen. Hij vraagt me hoe lang ik in Dallas moet wachten op mijn aansluiting.

Bijna twee uur. Hij stelt voor om samen iets te gaan drinken. Er is beslist tijd voor een drankje. In elk geval voor een drankje. Hij zegt dat hij ook een beetje licht in het hoofd is, het gevolg van het klimmen. Het is zo'n vreemde, heftige dag geweest. Op het allerlaatste moment heeft hij zijn vlucht gewijzigd, en misschien heeft hij wel iets nodig om weer terug in zichzelf te komen. Waarschijnlijk heeft dit allemaal geen betekenis voor hem. Hij doet dit vast regelmatig. Mensen maken voortdurend contact in vliegtuigen en doen het dan onder dunne vliegtuigdekens of in van die goedkope hotels die pendeldiensten vanaf de terminals aanbieden. Een flirt hoog in de lucht, niets bijzonders, en ik zou niet eens met hem moeten praten. Ik heb al negen jaar geen seks met een andere man dan mijn echtgenoot.

'We zouden best iets kunnen gaan drinken,' zeg ik.

'Nu komt het gevaarlijke gedeelte,' zegt hij en hij grijpt mijn hand vast.

We overleven de landing. Hij helpt me mijn koffer uit het bagagevak boven rij 18 te pakken. We lopen door de slurf en vinden een bord met de vertrektijden. Volgens de klok eronder is het 5.22 uur.

'Dat kan niet kloppen,' zegt Gerry.

We zouden om 3.45 uur landen. In Dallas zouden we een overstaptijd van twee uur hebben. Ik kijk op mijn horloge, maar dat staat nog op Phoenix-tijd, en wanneer ik Charlotte op het vertrekbord zie staan, zie ik dat mijn vliegtuig over veertien minuten vertrekt. 'Hoe laat is het?' vraagt Gerry aan de man die naast ons staat. Hij zat bij ons in het vliegtuig en is vermoedelijk beter op de hoogte dan wij. Met enig mededogen kijkt hij ons aan en antwoordt: '5 uur drieëntwintig,' waarna hij eraan toevoegt: 'We hebben verdorie een hele tijd rondgecirkeld.'

Mijn vliegtuig vertrekt vanaf gate 42, en we staan bij gate 7. Gerry woont in Boston. Hij vertrekt over twintig minuten vanaf gate 37. 'Kom,' zegt hij. 'We moeten opschieten.' Het is gemakkelijker om hem te volgen dan om na te denken, dus doe ik dat. Hem volgen dus, weg van het bord met de vertrektijden, door de lange gang die naar de hogere nummers leidt. We gooien onze tassen over onze schouder en beginnen te rennen. We rennen de longen uit ons lijf totdat we bij de loopband komen en erop springen. Mijn borst doet pijn en ik ben misselijk.

'We worden belazerd,' zegt Gerry. 'We kunnen onze vluchten ook gewoon vergeten en een hotel zoeken. Dit is Dallas. Niemand kent ons hier. We kunnen zeggen dat we onze aansluiting hebben gemist.' We lopen snel over de loopband, passeren links en rechts stelletjes en oude mensen, schieten langs hen alsof ze obstakels op een videoscherm zijn, totdat we op een vrouw met een kinderwagen stuiten en wel moeten stoppen.

Hij kijkt naar me. 'Ik heb je beledigd.'

'Nee,' zeg ik. 'Ik ben aan het nadenken.' We zouden onze vlucht sowieso kunnen missen, ook al rennen we nog zo hard. Als we nu meteen zouden ophouden met rennen, zou het zo'n leugentje worden dat niet echt een leugen is, en dat zijn mijn favoriete. Hij heeft wel gelijk: dit is Dallas. Niemand kent ons hier. Hij beweegt zijn hand op en neer over mijn ruggengraat, en ik leun een beetje naar hem toe en voel de scherpe hoek van zijn heupbeen tegen mijn middel. De loopband brengt ons voorbij gate 16 en op de klok daar is het 5.27 uur. De kans dat we het niet gaan halen, is vrij groot.

'Ik heb maandag wel een vergadering,' zegt hij.

'Dat is morgen.'

Hij fronst zijn voorhoofd, alsof ik wellicht ongelijk heb.

De loopband eindigt, en we staan bij gate 22. Ik zie een stalletje waar ze flesjes water verkopen, maar er is geen tijd. Ik gooi mijn tas over mijn rechterschouder, hij gooit de zijne over zijn linker, we pakken elkaars hand vast en beginnen weer te rennen. De luchthaven is oneindig groot, het is net een droom, en op een gegeven moment kijkt hij me van opzij aan en zegt: 'Het komt goed.' Wat? Wat komt goed? Ik vang een glimp van mezelf op in een spiegelwand. Mijn shirt zit onder de burritosaus, mijn haar zit raar, en ik vertel hem dat ik er normaal gesproken niet zo slecht uitzie. Maar dat is niet helemaal waar. Ik zie er vaak zo slecht uit als nu, maar wat ik eigenlijk probeer te zeggen, is dat ik in staat ben om er veel beter uit te zien. Ik kijk naar hem en zoek naar een teken dat hij dit regelmatig doet, want daar is hij beslist het type voor. Hij is sterk en lang, met tanden die ervoor zijn gemaakt vlees van botten te scheuren, en precies op dat moment – de klok geeft 5.32 uur aan – trekt hij me aan de kant. Zonder ook maar een moment te twijfelen ga ik met hem mee de Reizigerskapel in, waar hij zijn tas laat vallen, zijn handen op mijn schouder legt en me begint te zoenen.

Het is zo'n kus die je het gevoel geeft dat je valt, dat de vloer van de lift waarin je staat onder je wegschiet. Als ik me eindelijk van hem losmaak, zie ik een muurschildering van Jezus, een soort Latijns-Amerikaanse Jezus die er plat en vertekend uitziet, met lange, dunne handen die naar een Boeing 747 grijpen. Zijn ogen staan verdrietig, maar stralen sympathie uit. Hier, in de Reizigerskapel op de luchthaven van Dallas, heeft Hij waarschijnlijk alles al gezien.

'Ik wil je kaartje hebben,' zegt Gerry. 'Je visitekaartje.'

'Oké,' zeg ik. Al het bloed is naar mijn gezicht gestegen en mijn oren suizen. Gerry en ik roepen praktisch naar elkaar, alsof we klimmers hoog op een berg zijn die moeten schreeuwen om boven het geluid van de striemende wind uit te komen. 'Maar je mag me niet bellen. Ik ben getrouwd.'

'Dat weet ik,' zegt hij. 'Ik ben rijk.'

'Ben je rijk?'

'Ik verdien veel geld, bedoel ik. Ik weet niet waarom. Ik begrijp eigenlijk niet waarom ze me zoveel betalen, maar het kan de dingen gemakkelijker maken.' Hij kijkt naar Jezus.

Wat bedoelt hij met: het kan de dingen gemakkelijker maken? Voor het eerst ben ik op mijn hoede. Hij is net een acteur die van zijn script is afgeweken, en ik weet niet wat ik moet zeggen. Tot nog toe is hij steeds heel gladjes geweest en wel zo dat ik me kon voorstellen dat hij bij ons afscheid zo van me af zou glijden, zonder een spoor achter te laten. Ik heb het verhaal al geoefend dat ik Kelly morgen aan de telefoon ga vertellen en me voorgesteld hoe ze zal lachen omdat het zo'n cliché is. Elyse die twee dubbele wodka's drinkt en zich in een vliegtuig laat versieren. ('Dat zijn vier wodka's,' zal Kelly zeggen. 'Wat was je wel niet van plan?') Elyse die in een kapel op een luchthaven staat te zoenen. ('Met een Latijns-Amerikaanse Jezus die de hele tijd toekijkt.') Elyse die naar haar vliegtuig loopt terwijl de man in de andere richting wegloopt, naar een ander vliegtuig, dat hem naar een andere stad en een ander leven zal brengen. ('Zulke dingen gebeuren nu eenmaal,' zal ze tegen me zeggen terwijl ik met de hoorn tegen mijn oor geklemd en met bungelende benen op het aanrecht zit. 'Er is niet echt iets gebeurd, dus hoef je je ook niet schuldig te voelen.') Kelly is de enige die me al kende toen we nog jong en mooi waren, toen we impulsief waren en de wereld nog vol mannen leek. Soms lieten we ons meevoeren door seks; we lieten ons versieren en belandden in situaties die, in de warboel van de herinnering, een beetje op filmscènes leken. Zij zou als enige begrijpen dat ik blij ben dat ik nog een fractie van dat meisje in me teruggevonden heb. Dat ik erachter ben gekomen dat ik nog steeds versierd kan worden en meegevoerd, ook al ben ik ouder, achterdochtiger en bezwaard door het huwelijk. Dat ik nog weet hoe je een vreemde man kust.

Maar nu, ineens, gedraagt de man die voor me staat zich niet als een player. Hij is verlegen, opgelaten en echt. Hij is vastbesloten me iets duidelijk te maken, iets waarvan ik vermoed dat het niet goed past in het verhaal dat ik Kelly wil vertellen. Ik leg mijn vingers op zijn mond om zijn woorden tegen te houden, maar het is lang geleden dat ik in een situatie als deze heb verkeerd, en misschien zijn de woorden intussen veranderd. Als hier iemand een vergissing maakt, ben ik dat ongetwijfeld.

Hij duwt mijn hand weg en knijpt er even in om de afwijzing te verzachten. 'Nee,' zegt hij. 'Ik wil dat je naar me luistert. Mijn eerste auto was verdomme een AMC Pacer, kun je je die wagens nog herinneren? Ze ontploften als iemand je aanreed. Ik heb een hele zomer in een tent in de achtertuin van de oma van een vriend gebivakkeerd omdat ik met een groepje naar New Orleans zou trekken om een bluesband te beginnen, maar we konden nauwelijks spelen en waren voortdurend stoned, en je weet hoe het is met de blues... Ik at alle dagen van die instantnoedels, je weet wel, vier pakjes voor een dollar. Nooit gedacht dat ik nog eens zo'n rijke klootzak van een bankier zou worden die de hele wereld over vliegt. Vandaag was het waarschijnlijk de eerste keer in vijf jaar dat ik economyclass reisde, ongelooflijk toch? Ik had mijn vlucht gemist, ik had niet eens in dat toestel moeten zitten. Begrijp je wat ik wil zeggen? Ik had helemaal niet bij jou in dat vliegtuig moeten zitten, en dat geld, dat ben ik niet. Het is gewoon, je weet wel, energie, een soort ruwe energie, en het kan de dingen gemakkelijker maken. Dat is het enige wat ik je probeer te vertellen, dat het dingen gemakkelijker kan maken.' Hij ademt diep uit. 'Ben je boos op me?'

Ik schud mijn hoofd. Hij kust me opnieuw. Deze keer trekt

hij zich als eerste terug, en ik hang daar in de ruimte tussen zijn kin en schouder, mijn ogen nog steeds gesloten en mijn mond nog steeds open. 'Je kaartje,' zegt hij in mijn haar. 'Ik wil je kaartje hebben.'

Ik moet mijn best doen om niet flauw te vallen. Ik leun tegen de pleisterwand en open mijn ogen. Gerry trekt zijn broek recht en kijkt daarbij weg, zijn gezicht zo rood als dat van een tiener. Ik graai in mijn tas en voel pennen, pepermuntjes, tampons, alles behalve het visitekaartje dat deze waanzin in de toekomende tijd kan drijven.

'Ik tril helemaal,' zeg ik tegen hem terwijl hij iets in mijn hand drukt, en dan rennen we weer, de deur van de kapel uit en door de luchthaven naar gate 37. De mensen staan in de rij voor de slurf.

'Ik ga met je mee naar jouw gate,' zegt hij. 'Als jij je vlucht mist, mis ik de mijne ook.' Ik kijk naar de monitor achter de balie. Mijn vlucht had twee minuten geleden moeten vertrekken. Ik kan helemaal niets aan de situatie veranderen en deze gedachte windt me op. We lopen verder en komen aan bij mijn gate. Op het bordje staat CHARLOTTEVILLE, en er staan geen mensen meer, behalve een vrouw in een US Airways-uniform. 'Mag ik nog aan boord?' vraag ik haar en het verbaast me dat mijn stem zo neutraal klinkt. Ze vraagt naar mijn naam, en ik besef dat dit de eerste keer is dat Gerry die hoort. Ze kijkt naar de monitor en zegt: 'Ze zijn nog niet vertrokken. U kunt nog mee.'

Ergens in de hoge, ijle lucht tussen Phoenix en Dallas lazen we om beurten het artikel in *Redbook* over wat een vrouw in bed met een man kan doen, en Gerry koos drie dingen uit de lijst. Ik kan me alleen nog herinneren dat hij het prettig vindt als een vrouw laat blijken dat ze er zin in heeft. Als ze de man bespringt. De touwtjes in handen neemt. Alle mannen houden daarvan. Ik weet dat hij wil dat ik het alfa-vrouwtje ben, de niet-echtgenote, de persoon die je in vreemde steden ontmoet en die cool, stoutmoedig, ongecompliceerd en zelfverzekerd is, en dus barst ik op precies het juiste moment in tranen uit. Gerry kust me weer, maar ik ben zo slap dat ik mijn mond nauwelijks kan bewegen. Ik glijd als een klimmer met een slechte uitrusting van zijn tong.

Ik maak me los en volg de US Airways-dame de slurf in. Ik kijk niet om. Tijdens het lopen snotter ik, en ze legt haar hand op mijn arm en zegt: 'Afscheid nemen op een luchthaven is nooit gemakkelijk.' Ik ben nog nooit de laatste persoon geweest die in een vliegtuig stapte. Alle ogen zijn op mij gericht terwijl ik me door het gangpad een weg naar de enige lege stoel baan. Naast me zit een oudere vrouw met een vriendelijke uitstraling, en ik wil haar alles vertellen, maar het bagagevak boven mijn stoel is vol en met mijn laatste krachten schuif ik mijn koffertje onder de stoel voor me. Ik heb Gerry's verkreukelde visitekaartje nog steeds in mijn hand. Mijn eigen visitekaartje kon ik niet vinden, dus hij kan me niet bellen. Ik kan alleen hém bellen, en dat is een slechte zaak. Als ik hem als eerste bel, zal hij altijd weten dat ik er vrij en onbezwaard aan begonnen ben, dat ik bereid ben een affaire te hebben, dat het me niet uitmaakt dat hij getrouwd is en dat ik getrouwd ben, dat ik ervoor heb gekozen, dat ik het wilde, dat ik wist waar ik aan begon voordat ik die hoorn oppakte en het telefoontje pleegde.

Terwijl we bij de gate wegrijden ben ik kalm, of eigenlijk verkeer ik in die vreemde staat van zo overstuur zijn dat je je gedraagt alsof je kalm bent. Ik sluit mijn ogen en probeer een platte, dunne Jezus te visualiseren die mijn vliegtuig omhooghoudt. Gerry houdt niet van landen, maar ik houd niet van opstijgen. Ik houd niet van dat gevoel achterwaarts in mijn stoel gedrukt te worden. Dit is het moment waarop ik dingen prevel als: 'Aan uw handen vertrouw ik mijn ziel toe.' Het slaat nergens op, maar op een startbaan gooi ik er van alles uit. Ik zou Hebreeuws of Arabisch of Swahili spreken als ik die talen kende, alles om mijn risico te dekken. Maar vandaag ben ik te uitgeput om met God te onderhandelen. Verdorie, onze tijd komt toch een keer.

Ik doe mijn ogen weer open en kijk om me heen. De aardige dame naast me heeft haar hoofd gebogen en haar lippen bewegen. Goed zo. Laat haar bidden voor ons allemaal. De kans is groot dat ik het ook overleef als God besluit haar te sparen, omdat ik toevallig vlak bij haar zit. Ik kijk naar het visitekaartje in mijn hand en oefen in het hardop uitspreken van zijn naam. Ik weet eigenlijk niet wat me zojuist is overkomen. Ik weet niet wat het betekent. Ik druk mijn handpalmen tegen mijn trillende dijen en luister naar de motoren, die onder me aan kracht winnen. Genoeg kracht om ons de lucht in te duwen, waar we niets te zoeken hebben, maar waar we ons soms toch in begeven.

2

's Ochtends gaat Phils wekker als eerste af. Ik lig in de blauwgrijze duisternis te wachten op het geluid van de douche, het geluid van zijn rits, het gerammel van zijn autosleutels, het openen van de garagedeur. Om vijf over zeven begint de koffie te druppelen. Tory wordt over vijfendertig minuten opgehaald. Ze wil haar nieuwe rugbyshirt van Gap Kids, dat tweeëntwintig dollar heeft gekost, niet aan. Het ziet er niet naar uit dat ze het woord 'wetenschapper' ooit correct zal spellen. Haar woordenlijst hangt nog steeds met een magneet aan de koelkast. Het is pas dinsdag, dus zal ik op de lijst moeten spieken, maar vrijdag ken ik de woorden uit mijn hoofd. Ik roep ze naar haar terwijl ik het Gap-shirt opvouw en het oude Target-shirt pak dat ze zo mooi vindt. Ik breng haar toast met kaneel naar de ligstoel waarin ze opgekruld televisie zit te kijken. Na al die doelloze jaren zit die coyote nog steeds achter Road Runner aan.

De ene kat wil naar buiten, de andere naar binnen. Ze drukken zich tegen de openslaande deuren en hun staarten laten het glas trillen. Op tv is de reclame begonnen, wat betekent dat we moeten voortmaken. Ik roep naar Tory dat ze haar tanden moet poetsen, terwijl ik haar lunchtrommeltje afsluit en haar rugzak dichtrits. Ze gooit haar kruimels in het deel van de gootsteen dat geen afvoer heeft. Ik kus haar op haar hoofd en dirigeer haar naar het begin van de oprit om te wachten op de moeder die deze week brengt en haalt.

De ochtendprooi van de katten ligt op de veranda, een kleine muis met glazige ogen. Het is de ultieme vorm van perversiteit: krijgen ze zo goed te eten, jagen ze alsnog. De muis is al stijf geworden en ik veeg het beestje naar de rand van de veranda, waar het in de struiken valt, in het massagraf voor al die dieren die de katten in voorgaande nachten hebben gedood. De grond onder de veranda is donker en bezaaid met gekromde skeletjes en zorgt regelmatig voor een schitterende bloemenpracht. Door het glas van de openslaande deuren flikkert de televisie. De Acmerocket van de coyote heeft hem weer niet kunnen helpen en hij valt in het ravijn. Hij houdt een bordje op met de tekst: HELP.

Ik dwing mezelf niet te denken aan hoe de muis is gestorven, en ook niet aan de vogels en eekhoorns en mollen met open bekken die ik op andere ochtenden heb aangetroffen, of het babykonijntje dat ik in een droogdoek heb gewikkeld en in de zachte aarde achter de schommel heb begraven. Ik zet de bezem neer en schep Friskies in de groene kom. De katten zijn broer en zus, Pascal en Garcia. Ze storten zich op de kom alsof ze wekenlang niet gegeten hebben; met hun kopjes duwen ze zacht mijn hand weg.

Ik loop de keuken in, schenk nog een kop koffie in en eet staand bij het aanrecht de korsten van Tory's toast op. Het is stil in huis. Dit is mijn favoriete deel van de dag – het enige waarover ik echt controle heb – en vliegensvlug dwalen mijn gedachten af naar de plek die ze de afgelopen achtenveertig uur zo druk hebben bezocht. Ik heb de cheques van mijn Phoenix-tripje gisteren bij de bank gedeponeerd, de rekeningen betaald die Phil netjes opgestapeld op het aanrecht had neergelegd, mijn koffer uitgepakt, de zeepjes en flesjes die ik altijd meepik uit hotelkamers in het mandje onder de wasbak gelegd en mijn groene zijden blouse uitgespoeld. Alle sporen van het tripje zijn weggevaagd; alleen een visitekaartje bewijst dat de man echt was. Het is verslavend om aan hem te denken. Dat weet ik sinds gisteren, toen de herinneringen me zo dronken maakten dat ik als een Hollywooddiva in bed bleef liggen. Ik kijk naar de klok en geef mezelf vijf minuten. Precies vijf minuten om te bedenken hoeveel en hoe weinig mijn leven is veranderd. Vijf minuten om te genieten van dit belachelijke, bedwelmende idee dat er ergens in Boston een man is die me wil. Vijf minuten. Dan ga ik aan het werk.

Toen we hier zeven jaar geleden kwamen wonen, heb ik de garage in een atelier veranderd. Nou ja, niet helemaal. Aanvankelijk was alleen de helft van de garage atelier, zodat Phil ook nog ruimte had voor zijn tuingereedschap en een plekje voor zijn auto, maar dit soort dingen hebben de neiging zich uit te breiden. Ten eerste is daar natuurlijk mijn draaischijf. Verder een met plastic bedekte ton waarin ik mijn klei bewaar. Er staan zakken met mortel, drie open kasten en mijn kneedtafel. En dan is er nog de kleine bergruimte waarin normale mensen volgens Phil hun grasmaaier zetten. Dat is mijn vochtige kamer, waar ik de potten neerzet vlak nadat ik ze heb gedraaid. Hij is voorzien van een bevochtiger van ziekenhuiskwaliteit en -omvang. Potten moeten langzaam drogen, probeer ik Phil uit te leggen, dus moeten ze drogen in een vochtige ruimte. Volgens hem slaat dat nergens op. Volgens hem heb ik mijn atelier alleen maar uitgebreid om hem te verdringen, heb ik zijn gereedschap weggehaald en zijn bergruimte ingepikt om een feministisch huisvrouwenpunt te maken.

Op deze specifieke ochtend tref ik – niet voor het eerst – een briefje aan. Een Post-it die aan een pot op de kneedtafel is geplakt. Er staan maar twee woorden op: 'van mij'. Die boodschap is, zoals de meeste van mijn man, vrijwel onmogelijk te interpreteren. Bedoelt hij dat hij de pot mooi vindt en hem wil hebben, misschien om hem mee te nemen naar zijn kantoor en op zijn bureau te zetten? Hoogstonwaarschijnlijk. Bedoelt hij dat de kneedtafel in het deel van de garage staat dat officieel van hem is? Die theorie is waarschijnlijker, maar de tafel dringt al weken steeds verder zijn territorium binnen, sinds ik er een verlengstuk aan heb gezet en hem heb gedraaid zodat ik niet in de middagzon hoef te werken. Moeilijk te zeggen waarom de pot of de tafel hem nou precies op dit moment irriteert, of waarom hij er gisteravond tijdens het eten niets over heeft gezegd. Ik heb al vele malen gepleit voor rechtstreekse communicatie, maar Phil lijkt contact via Post-its prettiger te vinden. Hij zit er niet mee dat ik nooit helemaal zeker weet wat hij bedoelt. Soms staat er maar één woord op de briefjes. 'Goed', 'waarom?' en '8.15': allemaal eerdere boodschappen van hem. Andere keren zijn ze langer en iets duidelijker: 'mee graag', vastgeplakt aan een stapel kleren voor de stomerij, of 'niet nu', op een brochure voor een Bed & Breakfast in de buurt. Ik bewaar ze, die stroom Post-its waar nooit een eind aan komt, en soms plak ik ze achter elkaar op de koelkast tot zinnen: 'Niet nu goed. Waarom mee graag?'

Maar vanochtend ben ik er niet voor in de stemming. Ik trek de 'van mij' van de pot en plak hem op de voorkant van mijn t-shirt. Gisteren werd ik gebeld door een galeriehoudster uit Charleston, die drie voorbeeldpotten wil hebben in de verwachting – mijn verwachting, vermoedelijk niet die van haar – er meer te kopen. Ik heb nog ruim vier uur voor mijn afspraak met de vrouwen op de atletiekbaan van de school.

Een pot maken bestaat uit veel stappen. Ik maak de met plastic afgedekte ton open, schuif de vochtige doeken aan de kant en haal de klei eruit. Ik draag de klei naar de tafel, bestrooi hem met een beetje mortel en begin te kneden. Het is werk waarbij je niet hoeft na te denken. Eigenlijk is het best zwaar. Ik ben trots op mijn armen. Mensen vragen me altijd of ik soms een persoonlijke trainer heb. Na het kneden snijd ik de klei een aantal malen in stukken om alle luchtbellen eruit te krijgen en daarna leg ik hem op een klein, rond platform, een schijf. Ik zet de schijf vervolgens op het wiel en begin dan met modelleren. Gek genoeg is dit het eenvoudigste gedeelte, hoewel anderen menen dat het modelleren een ware kunst is. Ten slotte leg ik de schijf in de vochtige ruimte, waar de pot enkele dagen moet drogen. Op dit punt is de klei nog niet gebakken, de homp bevindt zich dan nog in het beginstadium en is, naar ik aanneem, nog steeds een wanstaltig product, zoals onvoltooide dingen soms zijn. Ik zet de bevochtiger aan, wacht tot die in werking treedt en leun tegen de deurpost terwijl ik de ruwe, natte geur van de klei inadem. Toen de galeriehoudster gisteren belde, herkende ik haar telefoonnummer niet, en mijn hart maakte een sprongetje. Ik had kunnen weten dat 843 South Carolina is, niet Massachusetts, maar toch, heel even dacht ik...

Er kan op elk moment iets misgaan. Je kunt alle stappen nauwkeurig hebben gevolgd en de pot toch breken. Het is lastig om hem van de schijf te krijgen. Ik heb er zelfs een paar gebroken terwijl ik ze ondersteboven zette om de onderkant bij te snijden. De potten kunnen barsten in de oven als je tijdens het kneden niet alle luchtbellen eruit hebt gekregen, maar dat kan ook gebeuren als dat wel was gelukt. Soms ben je al bezig met het glazuren als je ineens bedenkt: dit is niet wat ik in gedachten had. Ruw geschat is een op de drie potten verkoopbaar, en in mijn vak is dat een mooi resultaat. Pottenbakkers moeten eraan wennen dat ze regelmatig dingen zullen weggooien. Mijn atelier staat vol met afgeschreven projecten, letterlijk misbaksels. Soms recycle ik de klei, soms gooi ik de potten gewoon in de vuilnisbak, en soms, als ik ze maar lang genoeg laat staan, worden ze in mijn ogen bijna mooi. Dat wil zeggen: mooi van lelijkheid.

Pas om één uur kijk ik weer op. Ik ben iets te laat voor onze dagelijkse wandeling, maar er is altijd wel iemand te laat, en de anderen weten dat dat kan gebeuren, dat niemand honderd procent controle heeft over haar dagindeling. We hebben afgesproken dat degene die als eerste arriveert gewoon begint en dat de anderen zich dan in hun eigen tempo bij haar voegen, of het voor gezien houden. Het is een van de voordelen van een rondje lopen.

Kelly, Nancy en Belinda zijn er allemaal al wanneer ik aan kom rijden. Ik parkeer de auto en zwaai naar hen, maar ze zien me niet. Ik sta daar op de heuvel boven de atletiekbaan van de school en kijk naar hen. Kelly voert de groep enigszins aan, zoals ze vaak doet, en kijkt achterom naar de anderen terwijl ze praat. Ze zou veel sneller kunnen lopen als ze wilde. Ze zou zelfs kunnen rennen. Maar waarom zou ze?

Het gaat namelijk niet zozeer om het lopen als wel om het praten. Hier, in de buitenwijk, zouden we ons leven geven voor onze vriendinnen. Er was een tijd dat het me zou hebben verbaasd dat ik vrijwel iedere vrouw die ik ken via de kerk heb ontmoet, dat het hoogtepunt van mijn dag een lange loop met hen is, om één uur, voordat we onze kinderen van school halen. Maar daar ben ik inmiddels overheen. Ik kan het me niet veroorloven erover na te denken. Ik heb deze vrouwen te hard nodig. Ik stap op het vochtige, hoge gras. Door de jaren heen hebben we geheimen en speelgoed gedeeld, autostoeltjes, wandelwagens en wiegjes uitgewisseld naarmate de kinderen ouder werden, en om beurten op elkaars kinderen gepast, zodat we af en toe een vrije middag hadden. Eén keer, in een akelige noodsituatie, heb ik zelfs Belinda's huilende dochter aangelegd toen ik geen flesje kon vinden, hoewel ik het vreemd vind om dat te vertellen, alsof zelfs onze lichamen uitwisselbaar zijn. We grappen wel eens dat we op een zondag na afloop van de kerkdienst allemaal met de verkeerde echtgenoot naar huis zouden moeten gaan. Hoe snel zouden de mannen het in de gaten hebben? Ik durf niet eens te zeggen of we het zelf wel zouden merken. We hebben het veel te druk, onze dagen zitten propvol. We zien elkaar vrijwel elke middag op de atletiekbaan, waar we de zwangerschapskilo's eraf proberen te lopen – de kilo's vergaard tijdens de zwangerschap van de baby die inmiddels in groep vier zit – en proberen af te vallen tot rond de 60 kilo. We zijn altijd in beweging, eerder als nomaden dan als huisvrouwen, schuiven een voor een de parkeerplaats voor de peuterschool op, rijden achterom om onze boodschappen uit te laden, gaan langs een drive-in en geven kip-*nuggets* door naar achteren terwijl we wachten voor een stoplicht. We brengen de middelste naar voetbal en de oudste naar de orthodontist, stoppen beddengoed in de wasmachine en halen er handdoeken uit. Kortom, we draaien rond in de cyclische wereld van vrouwen.

Om halfdrie heb ik Tory opgepikt en we zijn weer thuis. Het schooljaar is net begonnen en ze is moe van het vroege opstaan. Ze is er nog niet aan gewend en moet vanmiddag waarschijnlijk nog even een dutje doen, maar ze schijnt mijn rusteloze stemming te hebben opgemerkt. Ze gooit haar gloednieuwe rugtas op tafel en slaat haar armen om mijn middel.

'Zal ik je helpen koffiezetten?' vraagt ze.

Ik wil zeggen dat ik geen koffie drink voor het avondeten, maar bij het zien van haar verwachtingsvolle blik ga ik overstag. Phil heeft me vorige week voor mijn verjaardag een cappuccinoapparaat gegeven, maar ik heb het nog steeds niet goed ingesteld. Er zitten een heleboel kleine kopjes en schoteltjes bij – net een scheikundesetje – en Tory is erdoor geobsedeerd. Ze zit op de grond en pakt elk onderdeel voorzichtig uit. Er is jazz op de radio. Ik denk dat het Miles Davis is, maar ik denk dat alles Miles Davis is. Ik zou willen dat ik trompet kon spelen, of saxofoon, dat ik iets cools, sexy's en onverschilligs over me had. Ik sla mijn armen om mijn hoofd en krom mijn rug.

'Kijk,' zegt Tory. Ze heeft alle kopjes uit de kartonnen verpakking gehaald. 'Zijn het er genoeg voor een theekransje?'

'Meer dan genoeg,' zeg ik. 'Dat heb je goed gedaan.' Ik zou haar hier gemakkelijk de hele middag met de kopjes en schoteltjes kunnen laten spelen, maar ik heb haar huiswerkopdrachten gezien. Ze moet voor donderdag een tijdlijn van haar leven maken en morgenavond ben ik niet thuis om haar te helpen. We halen de grote rol geel papier tevoorschijn en een doos lange lucifers, zodat ik de randen van het papier , kan wegschroeien en het eruitziet als een historisch document. Vorig jaar in groep drie hebben we hetzelfde trucje uitgehaald. Ze moest toen een werkstuk over Thomas Jefferson maken, en de juf had het zo mooi gevonden dat ze het in de aula had opgehangen. Dus nu meent Tory de sleutel tot academisch succes te hebben ontdekt: de randen van dingen wegschroeien. Ze houdt het papier vast terwijl ik met de lucifer langs de onderkant strijk, een natte spons in mijn andere hand voor het geval de boel in de fik vliegt. We hebben drie kanten gedaan als Phil binnenkomt. Hij kijkt naar de tijdlijn en vraagt van wie ik dat heb geleerd. Als ik 'mijn moeder' zeg, trekt hij zijn wenkbrauwen op. Volgens Phil is mijn moeder gek, en hij accepteert slechts schoorvoetend enige vorm van bewijs dat ze iets praktisch kan bijdragen aan het dagelijks leven.

'Nu hoef je voor een goede kop koffie de deur niet meer uit,' zegt hij.

Het duurt even voor ik me realiseer dat hij het over het cappuccinoapparaat heeft. 'Ik ben er heel blij mee,' zeg ik. 'Gisteren heb ik het geprobeerd te gebruiken, maar ik doe iets verkeerd. Er kwam wel stoom uit, maar de melk schuimt niet.' Phil bladert door de post. Ik zie hem een beetje wazig. Vanwege al het stof doe ik mijn lenzen altijd uit als ik in mijn atelier bezig ben, en ik kan mijn bril nergens vinden. Misschien ligt hij nog in Phoenix. Of misschien wel in het vliegtuig. 'Ik heb morgenavond leesclub. Dat weet je, hè?'

Phil scheurt een rekening open en kijkt er terloops naar. 'Je gebruikt te veel melk.'

'Hè?'

'Het schuimmechanisme werkt niet doordat je te veel melk gebruikt.'

'Hoorde je wat ik zei over de leesclub?'

Tory en ik zijn klaar met de laatste rand van haar tijdlijn en het document ziet er geweldig uit. Ze blaast op de randen. Haar haren zijn bijeengebonden in een lage paardenstaart, en haar gezicht staat ernstig. Ik vraag me af hoeveel ze meekrijgt van wat er speelt tussen Phil en mij, en of ze denkt dat dit de manier is waarop alle getrouwde mensen communiceren.

Misschien ís dit wel de manier waarop alle getrouwde mensen communiceren.

Ik knip geregeld dingen uit de krant: beschrijvingen van appartementen, tips voor het aanvragen van een eigen krediet, aanvangsdata voor computerprogrammeercursussen. Ik weet niet wat dat allemaal betekent, maar ik heb Kelly verteld dat ik naar een teken zoek. Zij zegt dat het enige teken dat ik zoek UITGANG is. Ergens wens ik dat er iets beslissends gebeurt, zoals een auto-ongeluk. Geen dodelijk ongeval, maar iets wat je wakker schudt en aanzet tot drastische maatregelen. Misschien gaat Phil me wel slaan, wordt hij gearresteerd voor fraude of gaat hij ervandoor met zijn mondhygiëniste. Maar zo gemakkelijk zal hij het me wel niet maken. Ik ben getrouwd met een aardige man, en dat zal me uiteindelijk fataal worden.

'Kijk, papa,' zegt Tory terwijl ze met een foto voor zijn gezicht zwaait. Ze heeft gisteravond alle albums doorgenomen en is bijzonder onder de indruk van deze foto van Phil en mij. Hij is twee dagen voordat ze werd geboren genomen. Ik was toen ongelooflijk dik, droeg zíjn rode velours badjas en zelfs die viel nog open, maar ik glimlach en de foto is zo scherp dat je de titel van het boek naast me kunt lezen, een griezelig moordmysterie, het enige leesvoer waar ik kalm van werd in de laatste, zware maand van de zwangerschap. Phil glimlacht ook, en hij ziet er jong en zelfverzekerd uit. Hij reikt om me heen en legt zijn handen op mijn buik alsof het een basketbal is die hij naar de camera wil gooien. 'Wel voorzichtig zijn daarmee,' zeg ik tegen Tory. 'Geen geplak met tape of lijm, en niet wegmaken of vouwen.' Het is mijn lievelingsfoto van ons.

'Wie heeft hem gemaakt?'

'Ik had het toestel op de zelfontspanner gezet,' zegt Phil. 'Daarna ben ik snel naar je moeder gerend zodat ik naast haar stond toen de foto werd genomen. Ik wilde een foto maken omdat ik wist dat er iets geweldigs stond te gebeuren.' Tory buigt haar hoofd alsof ze zich geneert, maar ze is blij.

'Je bent een goede papa,' zeg ik tegen Phil. Zachtjes, alsof het een geheim is dat we voor Tory verborgen moeten houden.

'Fijn om te horen dat ik ook nog iets goeds kan doen,' zegt hij.

Het is bijna zes uur. Ik sta bij het aanrecht en spoel de champignons en tomaten af. Ik blaas lucht in mijn denkbeeldige trombone. Tory klimt op Phils rug en steekt haar voeten in de zakken van zijn broek alsof het steuntjes zijn. Hij maakt een kommetje van zijn handen zodat ze zich beter kan afzetten, en ze klimt naar zijn schouders. Ze verschuift haar gewicht heen en weer, grijpt met haar kleine vingers zijn baard vast en duwt zijn bril scheef terwijl ze zich naar boven uitrekt en het plafond met haar handpalmen aanraakt. Hij zal haar nog maar een paar jaar zo kunnen optillen. Ik sta bij de gootsteen en kijk naar hen, naar mijn dochter en deze door en door fatsoenlijke man van wie ik maar niet kan houden.

3

Kelly is deze maand gastvrouw van de leesclub, wat betekent dat zij het boek mag kiezen. Ze is alleen niet zo'n lezer, dus wat we lezen is niet veel soeps.

Kelly is de rijkste van onze groep, hoewel ze kwaad zou worden als ik haar zo omschreef. Haar huis staat in een buurt waar je je bij de portier moet melden en een naam moet opgeven voordat je naar binnen mag – spontaan langskomen is er in deze buurt niet bij. Maar ik kom zo vaak dat Kelly uiteindelijk een foto van mij (gemaakt op haar bruiloft) bij het wachthuisje heeft afgegeven met daaronder: LAAT DEZE PERSOON TE ALLEN TIJDE BINNEN. Nu herkennen alle portiers mijn Mini Cooper al van verre, en deze kijkt van zijn krant op en zwaait naar me. Ik ben geen gevaarlijke vrouw. Dat zie je meteen.

Marks auto staat er niet wanneer ik de oprijlaan op rijd, wat waarschijnlijk betekent dat hij in het clubhuis eet. De meeste echtgenoten zorgen ervoor dat ze op leesclubavonden niet thuis zijn. Als ik de keuken in loop, zie ik Kelly brownies op een bord schikken.

'Kijk nou,' zegt ze. 'Alsof ze verdomme rechtstreeks uit een tijdschrift komen, of niet soms?'

'Ik blijf me over je verbazen,' zeg ik, en het is waar. Kelly is vloeibaar – haar persoonlijkheid neemt de vorm aan van elke houder waarin je haar giet. Ze is voor het eerst gaan koken toen ze met Mark trouwde, en ondertussen is ze waarschijnlijk de beste gastvrouw van onze groep. Zij is zo iemand die een bepaald gerecht op Food Channel ziet en dan de hele ochtend rondstruint op de biologische markt op zoek naar exotische producten. Kelly stort zich met hart en ziel in dingen. Kelly weet hoe je een dag moet vullen.

'Hoe was het in Phoenix? Je hebt er nog amper wat over verteld.'

'Ik had heel weinig overstaptijd in Dallas. Was zelfs even bang dat mijn koffer het niet zou halen.'

Ze draait zich naar me toe, een spatel in de hand. 'Dat hoor ik nu al voor de tweede keer. Waarom heb ik het gevoel dat er meer is?'

'Ik vertel het je nog wel, maar niet nu de anderen elk moment kunnen binnenkomen.'

Ze knikt, haalt even afwezig haar schouders op en rent naar boven om een schoon shirt aan te trekken. Ik zit in haar designkeuken met het gespikkelde marmeren werkblad en glanzende potten met kruiden en glimlach als ik de avocado bovenop in een houten schaal zie liggen. Kelly haat avocado's, maar vindt ze er zo mooi uitzien. 'Die textuur is echt fantastisch, vind je niet?' zegt ze vaak. Soms drukt ze er een tegen mijn wang om haar woorden kracht bij te zetten. 'Ze zijn zo glad en bobbelig.' Dus koopt ze elke week een avocado voor op haar fruitschaal, die ze aan het eind van de week steevast naar buiten gooit, voor de vogels, wat haar man woest maakt. Een keer waren Phil en ik uitgenodigd voor een barbecue, en Mark pakte de avocado van de schaal, schudde ermee voor mijn gezicht en zei: 'Weet je wel hoe duur die krengen zijn?'

'Ja,' antwoordde ik. Ik weet hoeveel alles in dit huis kost. Waarschijnlijk weet ik er meer van dan hij. 'Ze kosten een dollar negenentachtig.'

'Wist je dat ze ze verdomme in de tuin gooit?'

'Vrouwen doen rare dingen,' merkte Phil behulpzaam op. Hij is het doorgaans eens met alles wat andere mannen zeggen, iets waar ik pas achter kwam toen we al getrouwd waren. Daarbij komt dat ik vermoed dat hij een beetje bang is voor Mark. Wij allemaal. Het is altijd net alsof hij elk moment uit zijn slof kan schieten, en hij verdient zoveel geld.

'Hmm,' zegt Mark, die de avocado weer in de schaal gooit. 'Ze doet net alsof het geld me op de rug groeit.'

Even voor de duidelijkheid: Kelly ken ik niet van de kerk. We zijn al bevriend sinds de middelbare school, en ze is mijn beste vriendin, ook al ben ik te oud om iemand een beste vriendin te noemen. In het bijzijn van anderen doen we ons uiterste best om niet te koop te lopen met onze hechte band. Maar ik weet dat iedereen het ziet. Het is altijd net alsof er twee gesprekken gaande zijn: het gesprek dat iedereen kan horen en het gesprek tussen Kelly en mij, dat vlak onder de oppervlakte ligt. Het is zo'n conversatie zonder woorden, waar iedereen zenuwachtig van wordt. Ze denken dat we hen uitlachen, en soms is dat ook zo, maar meestal proberen we alleen maar iets uit te vogelen. Het is alsof Kelly en ik een geheim delen dat geen van ons zich nog kan herinneren.

En dan is er nog iets. Kelly is beeldschoon. Ze is zo mooi dat mensen blijven staan als ze voorbijloopt. Ik ken haar nu al zo lang, maar toch vergeet ik dat soms en dan zie ik haar op me aflopen en gedraag ik me als die vreemden op straat. Geschokt door haar blonde verschijning, diep onder de indruk van haar lengte en verwonderd over het gemak waarmee ze zich door de wereld beweegt. En dan denk ik weer terug aan die vijfentwintig jaar waarin ik me heb afgevraagd waarom iemand die zo lang, slank en perfect is met mij bevriend wil zijn. Want ík was als veertienjarige beslist niet zo cool.

Ik zou het zonder haar nooit tot cheerleader hebben geschopt.

Daar hebben we elkaar leren kennen, tijdens audities in de zomer voordat we naar de derde klas gingen. In de onderbouw was ik ook al twee jaar cheerleader geweest, maar daar hoefde je nog niet zo goed te zijn. Je hoefde geen kei in gym te zijn of zo. Het enige wat telde, was dat je er leuk uitzag en veel lawaai kon maken. Dus toen ik naar de audities voor de bovenbouw ging, werd me meteen duidelijk dat deze meisjes op een heel ander niveau zaten. Vooral Kelly. Zij viel me meteen de eerste dag al op. Veel meisjes waren goed, maar zij was de enige die er nonchalant over deed. Elegant en nonchalant demonstreerde ze haar kunsten.

Op de derde dag leerden ze ons een piramideformatie, en ik werd, samen met de andere meisjes die zeker wisten dat ze niet gekozen zouden worden, in de onderste rij geplaatst. Kelly mocht bovenop. Ze zette haar ene voet op mijn dij, daarna haar andere voet op mijn schouder, en toen was daar het vreemde moment waarop haar lange lichaam voor mijn gezicht langs trok. En toen ging ze, met de holten van haar voet trillend op mijn schouders, rechtop staan. Ik hield haar enkels vast, maar toen ze eenmaal rechtop stond, wat haar slechts een paar seconden kostte, stond ze volledig stil.

Ze zei niets tegen me, tot het moment waarop ze zich moest laten vallen, altijd het gevaarlijkste onderdeel van een formatie. 'Je vangt me toch wel op, hè?' riep ze naar beneden. Waarop ik zei: 'Natuurlijk.' En dat deed ik ook, hoewel ik schrok van de kracht van haar vallende gewicht en heel even buiten adem raakte. Een van de coaches stond voor ons om te assisteren, maar dat was niet nodig. Ik ving haar perfect op, en de andere meisjes, de terugkerende cheerleaders voor wie audities alleen maar een formaliteit waren, klapten.

'Je bent goed,' zei Kelly. 'Ik zou me zelfs door je laten opvangen bij een flip.'

Op de eerste echte schooldag stond ik achter in de rij in de kantine, klaar om mijn dienblad te pakken en bij de meisjes te gaan zitten die ik nog van de onderbouw kende, toen ik haar hoorde roepen: 'Elyse?' Tijdens de audities hadden we naambordjes gedragen, maar toch verbaasde het me dat ze wist hoe ik heette en hoe je mijn naam uitsprak. De meeste mensen weten dat niet. De helft van de eerste twee jaar op de middelbare school had ik naar 'Elsie' geluisterd. Kelly zat aan tafel bij de andere cheerleaders, de populairste meisjes van de hele school, en vroeg: 'Kom je bij ons zitten?' De ruimte werd wazig. Ze was een ster – natuurlijk hadden ze haar er graag bij gewild, en kennelijk was ze er op een of andere manier in geslaagd hen ervan te overtuigen mij ook aan te nemen. Ik keek omlaag, naar mijn dienblad, negeerde de gezichten van mijn oude vriendinnen die al een plekje voor me hadden vrijgemaakt en haalde diep adem. Dit was het dan: één terloopse uitnodiging, en ik wist meteen dat mijn hele leven zou veranderen.

Binnen een maand waren we op hetzelfde moment ongesteld. Tussen de lessen door glipten we de toiletten in – ik zou bij god niet meer weten waarom – om van shirts te wisselen, en dan rook ik de hele dag haar talkpoedergeur. Kelly tekende tijdens de lessen middeleeuws uitziende pentagrammen op de achterkant van haar aantekenblokken en kleurde die vervolgens in met paars en fuchsiaroze. Van haar heb ik die patronen leren tekenen, en jarenlang hebben ze op mijn potten geprijkt. Haar moeder was overigens degene die me met potten bakken in aanraking bracht, en Kelly logeerde zo vaak bij ons dat mijn vader, die me altijd Baby noemde, haar tot Baby Twee had gebombardeerd. We hadden hetzelfde kapsel – een lange, krullende haarbos, bekend als de zigeunerlook – en daarvoor zaten we elke ochtend twintig minuten met hete rollers in ons haar. We trokken een zwart potloodlijntje onder onze ogen en kleurden onze lippen met een licht glinsterende, kersrode lipstick. We kochten dezelfde zwarte laarzen met plateauhakken en droegen die onder lange sweaters met v-hals en korte Schotse rokjes, een tegenstelling die we zelf heel geraffineerd en ironisch vonden, alsof we schoolmeisjes waren die als bijverdienste de hoer speelden. Als ik naar foto's uit die tijd kijk, verbaast het me hoe graag we op elkaar wilden lijken.

Op een gegeven moment hadden we zelfs verkering met een tweeling, verlegen studiebollen die we vast nooit hadden opgemerkt als het er niet twee waren geweest. De vrijdagen waren voor balsporten, maar op zaterdagavond gingen we naar de drive-inbioscoop met de tweeling, die Kelly steevast de Brothers Pressley noemde. Frank en ik zaten altijd achterin, Kevin en Kelly voorin, en we kenden elkaar zo goed dat we echt geen moeite deden om te doen alsof we naar de film keken. Terwijl de voorfilmpjes en reclame nog bezig waren, schoven we al in positie, en vrijwel meteen nadat Kelly was gaan liggen, met Kevin boven op haar, begon haar voet een zenuwachtig ritme tegen de stoel te tikken.

Tegenwoordig zijn er van die pijpfeestjes, waarbij een jongen zich laat verwennen door een meisje, maar ik ben opgegroeid in een tijd waarin van meisjes niets werd verwacht, je een jongen compleet in verrukking kon brengen door simpelweg achterover te leunen en je benen te spreiden. Elke zaterdagavond, gedurende het grootste deel van ons derde jaar en de zomer die daarop volgde, lag ik er passief bij, terwijl Frank zich over me heen boog, zijn gezicht liefdevol en een en al concentratie. Hij bestudeerde me alsof ik een cijferslot was.

Ik was net zo'n mysterie voor mezelf als voor hem. Frank ritste mijn spijkerbroek open en draaide zijn hand... Ik kan het nog steeds voelen. Die langzaam glijdende hand, zijn middelvinger die over de volle lengte van mijn opening schuurde, zijn handpalm om de heuvel geklemd, zijn manier van vasthouden, het lichte schudden. Toen ik hem eindelijk op de juiste plek had gekregen, toen ik hem er eindelijk van had overtuigd dat het – hoe onlogisch ook – niet daaronder lag maar iets hoger, toen ik hem eindelijk zover had dat hij niet meer op zo'n harde, systematische manier wreef, zoals hij dat ongetwijfeld bij zichzelf deed, maar overging op een zacht en teder strelen... toen gebeurde er iets en trilde mijn voet ook, en ik beantwoordde Kelly's getik in hetzelfde nerveuze, ritmische patroon. Zulke stoute meisjes waren wij, stout en samenzweerderig, en het was altijd het ergst als we samen waren. Zij tikte, en ik tikte terug. We leken wel gevangenen die met elkaar communiceerden over een ontsnapping.

Frank was geconcentreerd op zijn missie, maar raakte verward door mijn voortdurende aanwijzingen. Een keer fluisterde hij tegen me: 'Weet je zeker dat dit goed is?' Ik wist het zeker, ik wist het opeens zo zeker dat ik mijn beide handen om zijn pols klemde. 'Ja,' zei ik, en volgens mij zei ik het hardop. Ik greep zijn pols met beide handen vast en leidde hem op en neer en met kleine cirkelvormige bewegingen, precies op die plek, en ik had hem zo klem dat hij me alleen maar lichtjes kon aanraken. Steeds weer trokken we een patroon van lijnen en cirkels, met mijn handen om zijn hand geklemd, bijna alsof ik hem leerde schrijven. 'Weet je het zeker?' vroeg hij weer, en nu pas besef ik dat hij me waarschijnlijk prima kon horen, maar dat mijn gemompelde 'Ja, ja, ja...' hem opwond, dat hij erop kickte dat hij me zo in vervoering had gebracht dat het me niets meer kon schelen dat Kelly en Kevin me konden horen schreeuwen.

Jaren later zaten Kelly en ik aan een wijntje, en kwam het

gesprek op de tweeling. Intussen ouder, ervarener (perverser) en ietwat dronken zei ik: 'Weet je, we hadden gewoon eens van tweeling moeten wisselen.'

En Kelly zei: 'Denk je dat dat nooit is gebeurd? Ze waren ontzettend met hun tweeling-zijn bezig, weet je dat niet meer? Hielden altijd leraren voor de gek, dus waarom zouden ze dat niet met ons hebben gedaan?'

Alleen de gedachte al was een enorme schok. Maar ze had gelijk: het was niet moeilijk voor te stellen dat ze bij de snackbar een plannetje smeedden, terugliepen naar de auto en eenvoudigweg van plaats wisselden. En dan later in hun slaapkamer de verschillen en overeenkomsten tussen ons bespraken. Ik stelde me voor dat ze aan hun handen roken, zoals jongens doen, zoals mannen doen, en de mengeling van onze geuren opsnoven. Maar ik liet niets merken van mijn gevoel van onbehagen en zei: 'Nou, dat verklaart in elk geval waarom ik hem dezelfde dingen steeds opnieuw moest leren,' en Kelly lachte. Ze geloofde nog steeds dat ik van ons tweeën de meest seksuele ben, zoals ze altijd heeft geloofd dat ik de waaghals en wegbereider ben, hoewel haar getik op de voorstoel al die jaren geleden ons had kunnen vertellen dat dat niet zo was.

Wanneer de Brothers Pressley naar de snackbar liepen om voor mij popcorn en voor haar chocolade te halen, ging ik op de voorstoel zitten, lenig en giechelig, en dan keken Kelly en ik samen naar de film totdat ze terugkwamen. De eigenaar van de drive-inbioscoop draaide veel oude films; hij dacht waarschijnlijk dat wij jongeren toch niet naar de films keken, en zo kon hij veel geld besparen. Maar Kelly en ik keken wel, en we waren een grote fan van Katharine en Bette en Lana en Ingrid. We keken naar hen terwijl ze elegante kamers in en uit stormden, in tranen uitbarstten en glazen martini achteroversloegen, plaatsnamen in getuigenbankjes, op een prachtige manier woedend werden, tot bezinning kwamen, hun lipstick bijwerkten en naar Europa vertrokken. We keken naar hun gave gezichten die langzaam vervaagden tijdens vrijscènes terwijl hun ogen dichtknipperden en de muziek aanzwol. In de drive-inbioscoop is onze passie voor Elizabeth Taylor ontstaan, een obsessie die tot de dag van vandaag voortduurt.

'Frank is de knapste van de twee,' zei Kelly terwijl ze me een por gaf, en dan moesten we altijd nog harder lachen.

'Niet waar,' zei ik dan. 'Kevin is de prins en Frank is de kikker.'

Maar Kelly schudde alleen haar hoofd en zuchtte op die quasi tragische manier van haar. 'Geloof me, schat. Jij hebt de knapste.'

'Wat vond je van het boek?' vraagt Kelly, die de keuken weer in loopt. Ze heeft niet alleen een ander shirt aangetrokken, maar ook een andere broek, en ze heeft haar haren met een stijltang behandeld. Vergeleken bij haar zie ik er niet uit.

'Volgende maand wil ik *David Copperfield* doen,' zeg ik. 'We moeten weer terug naar de klassieken. Er staat een geweldige zin in: "Er is maar één vraag: of een man de held van zijn eigen leven moet worden." Geweldig toch?'

'Huh,' zegt Kelly. 'Is het een paperback?'

'Ja, het is een oud boek. Het is van Dickens. Charles Dickens. Natuurlijk is het een paperback. Vind je het geen mooie uitspraak?'

'Fantastisch.'

'Want dat wil ik dus: de held van mijn eigen leven zijn.'

'Wat is er precies gebeurd in Phoenix?'

Op dat moment zwaait de deur open en komen Nancy en Belinda binnen. Belinda verontschuldigt zich meteen voor het feit dat ze het boek niet helemaal heeft gelezen. 'Mijn hemel, wat zie jij eruit, wat is er gebeurd?' zegt Kelly, die Belinda geregeld op deze manier begroet en nooit lijkt te beseffen hoe tactloos ze daarmee overkomt. Belinda wekt inderdaad vaak de indruk dat ze net uit bed is gerold, op welk moment van de dag je haar ook ziet. Ze begint een lang verhaal over dat haar jongste een tand kwijt is geraakt nadat hij zich aan de

35

salontafel had gestoten, net op het moment dat ze van huis wilde gaan, en dat Michael niet met een gewond, jammerend kind wilde achterblijven, en dat ze zich schuldig had gevoeld, maar dat dit haar enige avondje uit was en dat ze het grootste gedeelte van het boek had gelezen, of in elk geval ongeveer honderd pagina's.

Nancy kijkt naar mij en Kelly en rolt met haar ogen. Belinda is bijna tien jaar jonger dan de rest van ons, en we weten inmiddels dat ze van crisis naar crisis strompelt.

Belinda klaagt onophoudelijk dat ze dik wordt, en dan trekt ze haar shirt omhoog, voor het geval iemand haar niet gelooft. Ze beweert dat ze dom is, hoewel ze daar geen concreet bewijs voor heeft, en – misschien nog wel het meest veelzeggend – ze weigert ook maar iets alleen te ondernemen. Haar lijst met fobieën is lang en bizar, en varieert van cakebeslag tot hangbruggen. 's Avonds durft ze niet te rijden, en dat is een van de redenen waarom Nancy haar altijd ophaalt en overal naartoe brengt. En ze blijft ons er maar op wijzen, vooral wanneer ze zich achter de bewaakte hekken van Kelly's buurt bevindt, dat ze hier niet echt thuishoort.

Dat klopt ook wel, maar wat Belinda niet begrijpt, is dat niemand hier thuishoort. In zekere zin zijn we allemaal transplantaten – we komen uit het noorden of het westen – en Kelly en ik, die maar een paar kilometer van deze gietijzeren hekken vandaan zijn opgegroeid, zijn ons er misschien nog wel het meest van bewust dat we hier niet thuishoren. Deze buitenwijken bestonden twintig jaar geleden nog niet, maar nu lijken er op het platteland, daar waar we vroeger altijd fietsten, bakstenen te groeien. Er zijn geen open velden meer, alleen nog maar straten met aan weerszijden reusachtige huizen in gregoriaanse stijl. 'Ze schieten als paddenstoelen uit de grond,' zegt mijn moeder altijd somber, en het is echt zo dat als je een halfjaar niet over een bepaalde plattelandsweg rijdt, de kans groot is dat je de route niet meer herkent. Mijn moeder verkeert in een permanente staat van desoriëntatie, iets wat volgens mij typerend is voor zuiderlingen van haar generatie. Ze belt me vaak huilend met haar mobieltje en vertelt dan dat ze een kortere route wilde nemen maar dat het haar ineens allemaal onbekend voorkwam. 'Ik ben verdwaald in mijn eigen stad,' zegt ze dan. En dan verzeker ik haar dat dat niet zo is, hoewel ik zelf soms ook verdwaal.

Dit zou Belinda verbazen. Zij is ervan overtuigd dat haar eigenwaardeproblemen toe te schrijven zijn aan het feit ze in Alabama is geboren. Ze komt uit een arm gezin en Michael was ook arm toen ze hem op de universiteit leerde kennen. Arm maar briljant, zo'n slungelige, voorovergebogen lopende, superintelligente boerenjongen. Wie had ooit kunnen denken dat hij als tweedejaarsstudent een computerprogramma zou schrijven dat hij nog voor zijn afstuderen aan de Bank of America zou verkopen? Zij in elk geval niet. Dat ze de mannen wel wist uit te zoeken, zei iedereen altijd, wat ze vreselijk vond. Dan kwam ze zo berekenend over, terwijl meisjes nooit weten wat jongens later zullen worden. Maar toen ze een keer, vroeg in de ochtend, naar college liepen, vertelde Michael haar dat hij haar mooi vond. De avond ervoor had ze op een bierfeest een vent ontmoet, die haar een beurt van maar liefst zes uur had gegeven en daarna was vertrokken zonder afscheid te nemen. Belinda was met een kater en haar pyjamasje nog aan naar college gegaan, en Michael – lieve, verlegen Michael – was naast haar komen lopen en had gezegd dat hij haar mooi vond.

Ze trouwden, ze werd zwanger – of misschien was het wel andersom – en ze woonden twee jaar lang in zo'n vreselijk studentencomplex. En toen was het ineens kassa. Michael sloot een deal met de bank voor een bedrag met zes nullen. Zes nullen en vijf baby's in vijf jaar tijd, en nu heeft haar moeder een foto van Belinda's huis op haar koelkast hangen. 'In haar hele caravan hangt niet één foto van mijn kinderen,' heeft Belinda me diverse keren verteld, met een hoog stemmetje van verontwaardiging. 'Maar mama is maar wat trots op mijn huis.'

Het is dus niet zo vreemd dat ze zich een beetje een be-

37

drieger voelt. Maar ze hoort hier net zo goed thuis als ieder ander – het is gewoon een zoveelste feit voor in haar uitpuilende dossier 'Dingen Die Belinda Nog Niet Heeft Gerealiseerd'. Ze doet altijd haar best om bij te blijven. Ze gaat naar van die dure oudedameswinkels en koopt sweaters met prints erop. En niet alleen voor in de vakantie, ze draagt ze altijd. Prints van zeilboten, kornoeljes en dieren. De meeste sweaters zijn van voren uitgerekt doordat ze die tijdens haar snel op elkaar volgende zwangerschappen heeft gedragen, waardoor de prints een beetje surrealistisch zijn geworden. Vanavond draagt ze er een met een hond waarvan de poten veel te lang zijn. Zo'n sweater vormt in combinatie met een enkellange spijkerrok en felgekleurde suède ballerina's de outfit die beschaafde bewoners van buitenwijken volgens Belinda behoren te dragen. Ze laat zich door niemand van dat gezichtspunt afbrengen, hoewel geen van ons in zoiets rondloopt. Ik heb me vaak afgevraagd waarom Nancy nooit een poging heeft gedaan om Belinda de ogen te openen, wat betreft die sweaters, maar ook andere dingen. Belinda doet namelijk alles wat Nancy zegt.

Maar Nancy voelt zich, denk ik, op haar eigen manier ongemakkelijk. Ze is hier drie jaar geleden vanuit New Jersey komen wonen en is nog steeds overweldigd door de grootte van haar huis. Dat geldt voor veel mensen die oorspronkelijk uit het noordoosten komen – ze bezaten een ranch van vier ton in een of andere forenzenstad, en dan komen ze hier en kunnen ze er met hun verstand niet bij wat ze voor vier ton kunnen krijgen. Zo zit de wereld in elkaar. De makelaar drukt op een paar toetsen en vertelt je wat je je kunt veroorloven, en dat is meer dan je denkt. En als hij zegt dat je er recht op hebt, wie ben jij dan om de man tegen te spreken? Dus trek je erin. Maar op een ochtend word je wakker, loop je door je huis en vraag je je af hoe je in vredesnaam in dit mausoleum van graniet en marmer terechtgekomen bent. Eigenlijk worden wij allemaal een beetje zenuwachtig van dat ongehoorde aantal vierkante meters – ik omdat ik nog altijd

iets van een bohemienne in me heb, Kelly omdat ze terug-
verlangt naar haar vrijgezellenflatje, Belinda omdat ze bang
is dat we haar woonwagenkampverleden nog steeds kunnen
ruiken en Nancy omdat ze niet uit het zuiden komt.

Nancy heeft rood haar en een heel bleke huid, en ze is
enorm trots op het feit dat ze ondanks haar kwetsbare gelaatskleur geen sproeten heeft. Haar angst voor de zon is bijna ziekelijk. Ze kleedt zich alsof ze eeuwig op safari is en
heeft altijd een tube zonnecrème in het vakje tussen de voor-
stoelen van haar auto liggen. Elke keer dat ze voor een verkeerslicht moet stoppen, smeert ze zichzelf en haar kinderen
daarmee in. Het hele gezin ruikt naar tropisch fruit. Nancy
heeft de hele dag het weerkanaal opstaan en omringt zichzelf
met thermometers. 'Het is 34 graden,' zegt ze dan, 'en het is
nog niet eens middag. Ongelooflijk toch? Nee, wacht, wacht,
kijk dan. Het is 35 graden.'

Ze doet haar best, echt waar, maar ik herinner me nog de
eerste keer dat onze leesclub bijeenkwam in haar huis. We
kwamen binnen, gingen zitten en ze begon meteen over het
boek te praten. In die tijd waren we nog met zijn zevenen,
en we bleven maar om ons heen kijken, niet wetend wat te
doen. Ik voelde me ongemakkelijk, en vervolgens voelde ik
me ongemakkelijk over hoe ongemakkelijk ik me voelde,
want wat zei het precies over mij dat zoiets zoveel impact op
me zou hebben? En Nancy bleef maar praten over de sym-
boliek en het perspectief, totdat Lynn uiteindelijk zei: 'Excuseer me even,' alsof ze naar het toilet ging. Maar in plaats
daarvan liep ze naar de keuken, en een paar minuten later
kwam ze tevoorschijn met een dienblad met glazen ijsthee.

'Volgens mij was je vergeten deze neer te zetten,' zei Lynn
zacht, en Nancy staarde naar de glazen alsof ze die voor het
eerst zag. Waarschijnlijk had ze ze al jaren niet meer gebruikt.
Ze zagen eruit als haar zondagse servies. God mag weten hoe
Lynn dat zo snel had gevonden, tevoorschijn gehaald en af-
gestoft.

'O,' zei Nancy, die nog steeds beduusd was, maar in elke

situatie altijd zo goed mogelijk probeert te handelen. 'Wil iemand iets drinken?'

Ik moet ineens denken aan de Noord-Amerikaanse vrouw in de barbecuescène in *Gone With the Wind* die de zuiderlingen 'onbegrijpelijke, eigenzinnige vreemdelingen' noemde. Ik vermoed dat Nancy ons zo ziet, als onbegrijpelijk en eigenzinnig, als mensen die oppervlakkige vriendelijkheid tentoonspreiden, maar snel beledigd zijn als ze een regel overtreedt waarvan ze niet eens wist dat hij bestond. Misschien beschouwt ze haar tijd in North Carolina wel als een verlengde antropologische studie. Ze lijkt inderdaad wel een beetje op Margaret Mead, zoals ze vanonder haar veel te grote hoeden en gaasachtige sjaaltjes kijkt terwijl ze in gedachten aantekeningen maakt van de onbegrijpelijke rituelen van de Aboriginals. Want er zijn veel regels, en ook al houden Kelly en ik ons er niet altijd aan, het is tamelijk schokkend om geconfronteerd te worden met iemand die niet eens weet dat ze bestaan. Je mengt geen rood vlees door je kipsalade. Je schrijft een bedankbriefje en stuurt dat via de reguliere post in plaats van dat je probeert weg te komen met een e-card. Je verbetert nooit iemands uitspraak. Je spreekt vrouwen boven de zeventig aan met 'ma'am', en je noemt je vriendinnen 'ma'am' als je boos op ze bent. Je schept niet op over hoe goedkoop je iets hebt kunnen bemachtigen of, nog erger, over hoeveel je ervoor hebt betaald. Vooral niet als het om onroerend goed gaat. Daar staat tegenover dat er helemaal niets mis mee is om te drinken als een tempelier, of te vloeken, of te flirten met de man van iemand anders. Het is zelfs enigszins beledigend als je dat niet doet. Als je niet flirt met de echtgenoot van je vriendin, zeg je eigenlijk dat je vriendin een slechte keuze heeft gemaakt, en als jij en zij maar wat goed weten dat ze een verkeerde keuze heeft gemaakt, moet je juist nog een beetje extra flirten om haar te helpen dat feit te verdoezelen.

En als er mensen bij je op bezoek komen, bied je hun meteen iets te drinken aan. Ik bedoel, allemachtig, mens, weet je dan niet dat het buiten 35 graden is?

Jeff kreeg hier een baan aangeboden en Nancy ging met hem mee. Het zou wel eens een van de ergste dagen uit haar leven geweest kunnen zijn, maar dat zou ze nooit toegeven. Ze doet wat er van haar verwacht wordt. Ze wordt lid van elke club en is voorzitter van elk comité. En ze heeft geprobeerd van haar huis, dat ongemakkelijk groot en sober ingericht is, een thuis te maken. Kelly en ik hebben haar altijd uitgelachen – een klein beetje maar – om haar handwerkjes, opgeknapte meubels en ietwat ordinaire decoraties. Om het feit dat ze de wanden van hun slaapkamer heeft verfraaid met een sponstechniek die ze *bellagio* noemt, waardoor het lijkt alsof haar bed in een gemarmerde pastelwolk zweeft. Om hoe ze rondrijdt met de kofferbak van haar oude Volvo stationwagen vol boeken over stoffen, halfvolle verfbussen en kapotte bijzettafeltjes die ze op een rommelmarkt heeft gekocht. Bij doe-het-zelfzaak Home Depot spreken ze haar met haar naam aan. Maar het stemt me ook droevig. Al die uren die ze in dat huis steekt, terwijl ik weet dat ze alleen maar probeert haar stempel erop te drukken. Ze probeert het tot het hare te maken, zoals een hond tegen een boom plast, en het ligt niet aan haar dat ze daar maar niet in slaagt.

'Elyse vond het boek niet leuk,' zegt Kelly.

'Ah,' zegt Nancy. 'En wat moeten we dan wel lezen, Elyse? Als jij het lijstje voor de rest van het jaar nu eens maakt? Dat scheelt iedereen een hoop tijd.'

'Ik vind dat we terug moeten naar de klassieken,' zeg ik.

'Natuurlijk vind je dat,' zegt Nancy.

'Het kan geen kwaad om af en toe eens iets serieus te lezen. Ik dacht aan *David Copperfield*...'

'Waar is Lynn eigenlijk?' vraagt Belinda ineens. Kelly trekt haar schouders op. Lynn is al maanden niet meer op leesclubavonden geweest. Officieel heeft ze het te druk met haar nieuwe baan, maar we weten allemaal dat er iets anders speelt.

Misschien is het niet waar dat geen van ons hier echt thuishoort. Toen ik naar mijn buurt verhuisde, was Lynn de enige op wie ik wilde lijken, degene die ik het meest bewonderde. Zij is degene die de leesclub heeft opgericht, en ik probeerde altijd haar maatje te zijn tijdens kaartavonden van de kerk. Ze had – en heeft nog steeds – iets adellijks; sommige vrouwen hebben dat. Vrouwen die hun kinderen achternamen als voornamen geven en die over een natuurlijke, soepele lenigheid beschikken die me aan Kelly doet denken. Lynn rende ooit een halve marathon, daarna een marathon, vervolgens een triatlon en toen ze uiteindelijk haar knie ontwrichtte – ironisch genoeg toen ze van een stoep stapte – ging ze over op snelwandelen. Binnen een paar maanden had ze de rest van ons zover dat we meeliepen. Ja, nu ik erover nadenk, heeft Lynn hier altijd beter thuisgehoord dan wie dan ook, en dat maakt het zo vreemd dat zij degene is die zich nu lijkt terug te trekken. Lynn is subtiel en gracieus, vrouwelijk en vriendelijk. Het soort vrouw dat vanuit andermans keuken ijsthee kan serveren alsof het de gewoonste zaak van de wereld is.

Maar Lynn is ook de enige van ons die gescheiden is.

Ze is met opgeheven hoofd verdergegaan. Op de ochtend dat haar man haar verliet, ruimde ze de vaatwasser uit en zette de kinderen keurig op tijd bij school af. Volgens geruchten – in elk geval volgens Nancy – had hij haar nog een laatste keer geneukt, en terwijl ze haar slipje en jurk weer aantrok om ontbijt voor de kinderen te maken, meldde hij haar opgewekt dat hij verliefd was geworden op zijn secretaresse. Lynn deed vervolgens alles wat je hoort te doen: ze vocht voor het huis, kreeg de volledige voogdij over haar zoons, blondeerde haar haren en ging weer een opleiding volgen. Maar ze komt niet meer naar de leesclub.

In eerste instantie dacht iedereen dat het met geld te maken had. We gingen altijd uit eten. Dan vroegen we om een tafel achter in de zaak, bestelden wijn en spraken een beetje over het boek. Maar op een avond nam Nancy ons apart en zei: 'Weet je, niet iedereen in de groep kan dertig dollar aan geelvintonijn spenderen.' Ze had het natuurlijk over Lynn, en we waren het er allemaal snel over eens dat we voortaan beter thuis konden afspreken, en dat was het moment waarop we elkaar de loef gingen afsteken met zelfgemaakte brownies. Niemand vond het echt leuk om thuis af te spreken. We hadden altijd genoten van uit eten gaan en wijn drinken. Het is een beetje raar dat we er omwille van Lynn verandering in brachten, maar dat nog niemand heeft voorgesteld om weer in een restaurant af te spreken nu ze toch niet meer komt opdagen. Misschien zou het haar afwezigheid te definitief maken. Daarmee zouden we toegeven dat ze zover buiten de groep staat dat ze nooit meer terugkomt.

Terwijl ik tegen het aanrecht geleund sta, kijk ik naar de anderen. Nancy en Kelly hebben het erover dat Lynn misschien haar verzekering kwijtraakt nu de scheiding er eindelijk door is. Belinda tuurt naar de brownies en strijkt haar haren naar achteren, die ze in een slordige vlecht heeft vastgezet, een waarmee je alleen wegkomt als je nog heel jong bent. Ik voel me een beetje opgelaten in hun aanwezigheid, alsof ze het kunnen zien – wat zouden ze kúnnen zien? Het voelt alsof er een lichte vibratie onder mijn huid zit, die door mijn hele lichaam trekt, maar niemand doet anders tegen me, zelfs Kelly niet, van wie het het meest waarschijnlijk is dat ze het getril hoort. Ze weet dat er iets gebeurd is in Phoenix, maar denkt dat het iets is als te veel kleding gekocht of te diep in het glaasje gekeken in de bar van het hotel. Dat ik misschien met een vreemde heb gezoend, zou niet eens bij haar opkomen. We zijn allemaal zo ontzettend getrouwd. Ons idee van stout zijn is het eten van een stuk kwarktaart.

'Ik durf te wedden dat Elyse van dit boek heeft genoten,' zegt Belinda. 'Er komt seks in voor.'

Oké, misschien vergis ik me.

'Debiele seks,' mompelt Nancy. 'Ik moest bijna kokhalzen bij het stuk waarin hij als een tijger over haar heen sluipt. Welke vrouw zegt nou: "Hij sloop als een tijger over me heen"?'

'Ik moest tijdens het héle boek bijna kokhalzen,' zeg ik.

'Ze had daar echt niet al die jaren zo lijdzaam en zielig hoeven blijven. Ze had iets kunnen ondernemen.'

'Zoals?' vraagt Belinda.

Ik moet het antwoord schuldig blijven.

'En het is een oud boek,' zeg ik, meer tegen Kelly dan tegen iemand anders. 'Waarom lezen we in vredesnaam zo'n oud boek?'

'Jíj wilde *David Copperfield* lezen,' brengt Nancy naar voren. Ze zegt het op zo'n toon dat je niet weet of ze je nu plaagt of dat ze echt dom doet. 'Hoe oud is dat wel niet? Tweehonderd jaar? Driehonderd?'

'Dat is heel iets anders, dat weet je best.'

'Zullen we naar de studeerkamer gaan?' zegt Kelly. 'We hoeven hier niet in de keuken te blijven staan.'

'Wat bedoelde je met "ze had iets kunnen ondernemen"?' vraagt Belinda. 'Want tijdens het lezen dacht ik nog: als de perfecte man op een dag voor míjn deur zou staan...'

'Ze had überhaupt geen affaire moeten beginnen,' zegt Nancy. 'Als ze achteraf niet blij was met haar lotsbestemming kon ze dat alleen zichzelf kwalijk nemen.'

'Ze was niet gelukkig met haar lotsbestemming omdat ze een affaire had,' zeg ik.

'Ik weet echt niet wat ik zou doen,' houdt Belinda vol, 'als er opeens aan de deur werd geklopt, ik een truck in de tuin zag staan, de deur zou opendoen en boem, daar stond hij.'

'Kom op,' zeg ik. 'Het is niet zo dat ze een fantastisch huwelijk op de klippen heeft laten lopen.'

'Ze was tevreden,' zegt Nancy.

'Wauw,' zeg ik. 'Tevreden.'

'Wat is er mis met dat woord?' vraagt Nancy.

'Laten we gaan zitten,' zegt Kelly.

'Kom op,' zeg ik. 'Je kunt iets niet niet-ervaren.'

'Wat vind jij dan dat ze had moeten doen, Elyse? Vertel het ons alsjeblieft, jij bent tenslotte duizendmaal slimmer dan de rest van ons.'

'Hoewel...' zegt Belinda, 'de kans dat de truck van de ideale man in jouw voortuin de geest geeft, is natuurlijk wel erg klein.'

'Laten we in de studeerkamer gaan zitten,' zegt Kelly. 'Iedereen staat hier maar in de keuken alsof ik geen stoelen heb.'

'O, ik ben het met je eens, Nancy. Ik ben het helemaal met je eens. Ze had nooit aan een affaire moeten beginnen waarmee ze het risico liep haar aangename leventje kwijt te raken. Toen haar gezin naar de jaarmarkt ging, had ze gewoon de wanden van hun huis moeten gaan sponzen...'

Zodra ik de woorden heb uitgesproken, heb ik er spijt van. Nancy en ik plagen elkaar. Dat doen we elke maand, en de anderen verwachten niet anders. Het is waarschijnlijk zelfs de reden waarom ze hun kinderen met bloedend tandvlees achterlaten en 's avonds de deur uit gaan om boeken te bespreken die ze niet hebben gelezen. Maar ik ben nog nooit gemeen tegen haar geweest. Nancy trekt wit weg, haar lippen worden dun en strak. Ik kijk naar Kelly, maar die kijkt niet terug. Dit keer ben ik te ver gegaan. Nancy ritst haar tas open, pakt haar sleutels en beent de keuken uit. Een paar seconden later horen we dat ze haar auto start.

'Wacht eens even,' zegt Belinda. 'Ik ben met haar meegereden.'

Ik ben geschokt, al weet ik niet precies waarom. We komen al zeven jaar bij elkaar en niemand van ons is ooit weggelopen van een leesclubavond.

'Ze mag me niet,' zeg ik.

'Waarom zei je dat nou?' vraagt Kelly. 'Dat huis is haar kunstwerk.'

'Ze heeft me nooit gemogen.'

'En dan zit jij ook nog op te geven over het hebben van een baan.'

'Nou en? Ik doe aan potten bakken. Ik verdien nog geen twee cent per jaar.'

'Ik heb het niet over geld. Je kunt echt verwaand overkomen, Elyse. Je doet alsof je de grote intellectueel van de groep bent die beneden haar stand leeft door met ons om te gaan...'

'Dat is het niet,' zegt Belinda. Belinda rijgt haar woorden langzaam aaneen wanneer ze praat, alsof ze zich een droom herinnert. 'Ik bedoel, je hebt gelijk. Nancy mag Elyse niet, maar dat heeft niets te maken met potten bakken of wat we op de leesclub lezen. Nancy is kwaad omdat Jeff heeft gezegd dat hij Elyse graag uitdaagt.'

Er valt een diepe stilte in de keuken. Het woord 'uitdaagt' hangt als een vloek in de ruimte. Wanneer Kelly de koffiepot met een klap terug onder het apparaat zet, schrikken we allemaal.

'Wil jij soms beweren,' zegt Kelly tegen Belinda, 'dat Nancy tegen jou heeft gezegd dat Jeff tegen haar heeft gezegd dat hij Elyse graag uitdaagt?'

'Ja, maar ik vraag me af of Nancy misschien denkt dat hij eigenlijk iets heel anders bedoelt met "haar uitdagen", weet je wel.'

'Belinda, lieverd. Begin even van voren af aan,' zegt Kelly. 'Zoals jij het vertelt, snapt niemand er iets van.'

Belinda zucht en staart een tijdje voor zich uit. 'Een maand of wat geleden waren we met z'n allen in het zwembad. Het was al laat, het werd fris, maar ik kreeg de kinderen niet uit het water en aangekleed, omdat iedereen zich nog zo goed vermaakte. Nadat ik me had afgedroogd en op een ligstoel zat te rillen, kwam Nancy naar me toe om te vragen of ik niets warms bij me had. Jullie weten hoe dat gaat: je pakt de spullen voor de kinderen in, laadt alles in de auto en vergeet iets voor jezelf mee te nemen. Dus ik antwoordde "nee", waarop zij haar shirt uittrok en het om me heen wikkelde. Ze is ook net Jezus, weet je wel, altijd lief en geduldig, zelfs als ik me als een oen gedraag. Het is iets wat ik nooit zal vergeten.'

'Ja,' zegt Kelly. 'In dat soort dingen is ze geweldig.'

'Ze is in heel veel dingen geweldig,' zegt Belinda. 'Volgens mij weet geen van jullie hoeveel vrijwilligerswerk ze wel niet doet.'

'Ze is een heilige,' zegt Kelly. 'Wat heeft dit te maken met Jeff die Elyse graag uitdaagt?'

'Elyse was er ook, we waren er allemaal. Iedereen was er, en Nancy en ik zaten op de ligstoel met haar shirt half over ons beider schouders en keken naar Elyse en Jeff, die, ook op een ligstoel, zaten te praten. Ik bedoel, er was niets mis mee, iedereen was er, en ze praatten alleen maar, of misschien bekvechtten ze. Het leek alsof ze ruziemaakten.'

Ik herinner me die avond.

'En Nancy zit daar, kijkt in hun richting en vertelt ineens dat Jeff het leuk vindt om met Elyse te bakkeleien. Dat hij haar op elk feest achternaloopt en met haar begint te kibbelen omdat hij daar zo'n lol in heeft. Nancy's stem klonk ineens anders en ze zei: "Hij daagt haar graag een beetje uit, heeft hij me verteld." Ik vond het vreemd dat ze dat zei. Later dacht ik: dat moet de reden zijn waarom Nancy Elyse niet mag. Maar wat jij zei over die muren sponzen was ook behoorlijk gemeen.'

Kelly kijkt me aan. 'Wist je dit?'

Hij loopt me inderdaad achterna. Dat heb ik ook gemerkt. Hij wil over politiek praten, over religie, over boeken.

Ik schud mijn hoofd. 'Dat is belachelijk.'

'Hoezo?' zegt Kelly. 'De man is predikant, geen dode.'

'Ik kan miljoenen redenen bedenken waarom het belachelijk is, en bovendien is Jeff Phils beste vriend.'

'Nou en? Ik zeg niet dat hij je echt een keer zal proberen te versieren. We hebben het over wat mensen zouden wíllen doen, niet wat mensen daadwerkelijk doen.'

Weer schud ik mijn hoofd. 'Dat is niet wat hij met uitdagen bedoelde. Je weet hoe Jeff is. Hij flapt er van alles uit en staat er niet bij stil hoe het overkomt. Hij wilde er alleen maar mee zeggen dat hij het leuk vindt om met me te praten. Jeff is de onschuld zelve, hoor. Hij doet zich wel stoer voor met dat belachelijke ritsjasje van hem...'

'O ja, hij is de James Dean van de kansel,' zegt Kelly, die ons het bord met brownies toeschuift en koffie bijschenkt. 'Wil je zeggen dat dat gespeeld is?'

47

'Die avond waarop Belinda doelt, hadden we een discussie over de *Canterbury Tales*...'

'Schei uit, Elyse. Niemand gaat naar het zwembad om de *Canterbury Tales* te bespreken.'

'Jeff heeft in een ver verleden geschiedenis gestudeerd en vindt het leuk om vage dingen te bespreken. Daar krijgt hij energie van, en laten we wel wezen, niemand anders gaat met hem in discussie. Jullie doen allemaal een stapje naar achteren, zo van: "Wauw, hij is predikant, dus zijn mening moet wel belangrijker zijn." Natuurlijk is er een deel van hem dat daarop kickt, maar er is een ander deel...'

'Het deel dat jou wil uitdagen,' zegt Kelly, en haar mond trekt een beetje.

'Het deel dat wil dat ik hem zeg wanneer hij onzin uitkraamt.'

Belinda kijkt op van haar brownie. 'O, ik snap het al. Hij vindt jou slimmer dan Nancy.'

De deur vliegt open, en Nancy loopt weer naar binnen. We waren zo door onze discussie in beslag genomen dat ik de auto niet eens heb horen naderen. 'Sorry,' zegt ze. 'Sorry.'

'Nee,' zeg ik. 'Ik ben te ver gegaan.' We glimlachen naar elkaar.

'Het is klote,' zegt ze. 'Ik was al halverwege de straat en zo kwaad dat mijn mond helemaal droog was toen ik bedacht dat de kinderen al in bad zijn geweest, dat ze hun huiswerk hebben gemaakt en dat Jeff vroeg is thuisgekomen om op hen te passen en dat ik vanavond dus een avondje weg ben, wat er ook gebeurt.' Ze gooit haar autosleutels op het aanrecht en laat haar tas op de stoel in de keuken vallen. 'Oké, Elyse. En nu de waarheid. Wat vond je van het boek?' Iedereen lacht.

'Goed, dat hebben we ook weer gehad,' zegt Kelly. 'Ik ben blij dat jullie allemaal blijven, want ik zag mezelf Belinda al naar huis brengen en in mijn eentje een bord brownies met roomkaasvulling naar binnen werken. Het maakt me niet uit wat we lezen, ik wil gewoon dat iedereen leuk met elkaar omgaat. Volgende maand lezen we *David Copperhead.*'

'*Copperfield.*' Ik kan het niet laten.

'Is het een zielig verhaal?' vraagt Belinda. 'Want ook al heb ik dit boek niet helemaal uitgelezen, ik wist dat het droevig zou worden.'

'Je kunt niet verwachten dat alles een ouderwetse romance is,' zegt Kelly, die het bord met brownies oppakt en ermee naar de studeerkamer loopt. 'Het is een realistische weergave van een affaire.'

'Wat bedoel je daarmee?' vraagt Belinda, die haar volgt. 'Dat dingen droevig moeten zijn om realistisch te zijn?'

'Wat ze bedoelt,' zegt Nancy geduldig, zo geduldig als een heilige, 'is dat in romans vrouwen er met hun minnaar vandoor gaan. In het echte leven blijven ze.'

4

In mijn droom lijkt hij te kunnen vliegen. Of in elk geval te zweven. Hij hangt boven me, als een kolibrie. Hij beweegt van het ene deel van mijn lichaam naar het andere, en ik voel het snelle klapwieken van zijn vleugels tegen mijn huid. Hij duikt met zijn hoofd naar beneden, steeds weer, alsof hij drinkt.

Ik kan me niet verroeren. Wíl me niet verroeren. In mijn hand heb ik een telefoon. Hij brengt zijn hoofd naar mijn borst, en ik zie dat er vleugels uit zijn schouderbladen groeien. De sterke, gespannen spieren in zijn rug veranderen in golvende, witte veren, en ineens ben ik los van de aarde, trillend onder hem, en lijk slechts te worden gedragen door zijn mond.

De telefoon rinkelt.

Nee, het is de wekker. Ik hoor dat Phil er een mep op geeft, ik hoor het bed kraken wanneer hij opstaat. Ik wacht totdat hij in de badkamer is en de douche heeft aangezet en sta dan ook op. Ik trek zijn badjas aan en schuifel naar de keuken.

'Hij zweefde als een kolibrie boven me,' zeg ik tegen Pascal, die op het aanrecht zit. De kat brengt zijn pootje omhoog en begint zichzelf loom schoon te likken.

Phil komt een paar minuten later uit de slaapkamer tevoorschijn. Hij lijkt verbaasd dat ik omeletten aan het bakken ben. Gatenkaas en spinazie, en een verschrompeld stuk ham. Ik heb een therapeut gevonden, vertel ik hem. Een vrouw. Hij herinnert zich het toch nog wel? Hij weet toch nog wel dat hij het had beloofd? Natuurlijk weet hij het nog, zegt hij, en de omeletten zijn een fijne verrassing. Jammer dat hij niet meer tijd heeft. Hij eet staand bij het aanrecht.

In het echte leven blijven ze. Vrouwen zijn in niets beter dan blijven.

Vandaag heeft de school een sportdag. Kelly, Nancy en ik zitten op klapstoeltjes langs de rand van het sportveld en kijken toe hoe de kinderen de diverse onderdelen afleggen. Kelly heeft een tas met een cadeautje voor Tory meegenomen: een paars-oranje rugbyshirt.

'Ze zal het fantastisch vinden,' zeg ik en dat meen ik. Het lijkt erg op het Gap Kids-shirt dat ik voor haar heb gekocht, maar dit is een cadeautje van Kelly, dus zal Tory het maar wat graag willen dragen; alles wat Kelly voor haar koopt, draagt ze graag. Misschien zal ze er zelfs in willen slapen.

'Heel schattig,' zegt Nancy. Ze wil Kelly al jaren vragen waarom ze geen kinderen heeft en gelooft me nooit als ik zeg dat ik het ook niet weet. Het is duidelijk dat Kelly ze wel had gewild. Is Mark te oud? Hij heeft volwassen kinderen uit een eerder huwelijk, dus fysiek is er niets mis met hem. Ligt het probleem dan bij haar, of hebben ze voor hun trouwen afgesproken dat hij het allemaal niet nog een keer hoeft door te maken?

Soms doet Nancy me denken aan de heldin uit een victoriaanse roman, en vooral op een dag als deze, waarop ze zich in een dunne, witte blouse met lange mouwen en een wijde, crèmekleurige katoenen rok heeft gehuld. Ze heeft een slappe strohoed op en verbergt haar voeten zorgvuldig onder haar rok. Ze vertelt ons over de dochter van de beste vriendin van haar moeder. Ik snap niet waarom ze ons dit verhaal vertelt, aangezien noch Kelly noch ik de vrouw in kwestie kennen, maar Nancy zit vol verhalen.

Maar goed, de vrouw had een zwijgzame echtgenoot. Haar huwelijk wankelde. Ik vermoed dat ze het stiekem over mij heeft, of misschien zelfs over Belinda. Ik kijk naar Kelly. Mark zegt ook nooit iets. Verdorie, het zou over ieder van ons kunnen gaan.

'Hij was een beetje zoals Phil,' zegt Nancy uiteindelijk.

Oké, fijn, we hebben het over mij. Ze vertelt ons dat de vrouw haar man de hele dag in huis achternaliep en probeerde hem aan het praten te krijgen. Als hij zich terugtrok in de badkamer, ging ze met haar wang op het tapijt voor de deur liggen, om door de kier tegen hem te kunnen praten. Ik huiver van herkenning. Deze vrouw zou midden in de nacht rechtop in bed gaan zitten, het licht aanknippen, aan de schouder van haar man schudden en zeggen: 'Wakker worden. We moeten praten.'

'Ze heeft hem gedwongen te praten,' zegt Nancy, 'en nu zijn ze al twintig jaar bij elkaar.' Ze spreekt de laatste woorden triomfantelijk uit, alsof het de laatste zin van een grapje is. Klaarblijkelijk is dat ervoor nodig om twintig jaar bij elkaar te blijven. Je moet een huwelijk zo graag willen dat je bereid bent het uit een man te wringen terwijl hij slaapt.

'Sommige mensen vinden altijd wel een manier om iets te laten werken,' zegt Kelly, met die opgewekte stem van haar die ik nooit helemaal kan doorgronden. Ze is het er óf helemaal mee eens, óf ze bedoelt het sarcastisch. Ze heeft haar petje ver over haar voorhoofd getrokken. 'Hoe vaak hoor je niet over mensen die met weinig beginnen en er op een of andere manier toch iets van weten te maken.'

'Kijk naar Megan,' zegt Nancy, doelend op de dirigente van het kerkkoor. 'Haar man was zo jaloers dat hij haar naar haar werk volgde en op de gehandicaptenplek parkeerde totdat hij er zeker van was dat ze het gebouw binnen was gegaan.'

'Ja, ik had nog geen stuiver voor hun huwelijk gegeven toen Megan met die idioot trouwde,' zegt Kelly. 'Maar ze zijn nog steeds samen, nietwaar?'

'Ze zijn bezig de buitenmuur van de studeerkamer door te breken om er een serre aan te bouwen,' zegt Nancy, en van enthousiasme gaat haar stem omhoog. Ze pakt een stokje en tekent de nieuwe plattegrond van Megans huis in de aarde. 'De begane grond wordt eens zo groot.'

'Ongelooflijk,' zegt Kelly. 'Eens zo groot.'

'Ze heeft volgehouden,' zegt Nancy. 'Tijd heelt alle wonden. Je moet bereid zijn het uit te vechten, het uit te praten, je huwelijk steen voor steen weer op te bouwen.'

Eigenlijk heb ik niets bijzonders aan dit gesprek toe te voegen.

'Heb je ooit therapie overwogen?' vraagt Nancy, die zich abrupt tot mij wendt. 'Want Jeff zou wel eens de ideale persoon voor jou kunnen zijn om mee te praten. Ik weet dat hij je graag mag, Elyse. Hij probeert je altijd te verleiden tot een discussie over politiek of religie. Heb jij dat wel eens gemerkt, Kelly?'

'Hij claimt haar op elk feest,' zegt Kelly, die haar verrekijker tevoorschijn haalt en naar Tory kijkt. 'Waar hadden jullie het eigenlijk over tijdens die barbecue bij de zwemclub? Jullie zaten een uur lang met z'n tweeën afgezonderd op een ligstoel.'

'Ik citeerde de proloog van de *Canterbury Tales*,' zeg ik. 'In Middelengels.'

'Zoiets dacht ik al,' zegt Kelly.

'Jeff heeft eeuwen geleden geschiedenis gestudeerd, voordat hij naar het seminarie ging,' zegt Nancy.

'Ja,' zeg ik. 'Dat heeft hij me verteld.'

'Hij mag je graag,' zegt Nancy vlak. 'Hij zegt dat hij geïntrigeerd is door de complexiteit van je geest.'

Kelly maakt een geluid, iets tussen een kuch en een snuif in.

'We hebben maandag om tien uur een afspraak,' zeg ik. 'Met een vrouw. Natuurlijk hebben we aan Jeff gedacht, maar bij nader inzien leek het ons toch prettiger om met iemand te praten die we niet kennen.' Dat is een leugen. Ik heb lang moeten aandringen om Phil zover te krijgen dat hij in therapie wilde, en we hebben het niet één keer over Jeff gehad. Zelfs ik kan me niet voorstellen dat we met een man gaan praten die a) Phils beste vriend is, b) Nancy's man is, c) onze predikant is en d) geïntrigeerd is door de complexiteit van mijn geest.

'Dat kan ik begrijpen,' zegt Nancy, maar zo langzaam dat duidelijk is dat ze dat helemaal niet doet. 'Het belangrijkste is dat je aan dat huwelijk werkt.'

Opeens klinkt er gekrijs van het sportveld, en met z'n allen schieten we overeind. Het is niet een van onze kinderen, maar toch staat Nancy op en loopt naar het hek.

'Ik heb ijs, mocht u dat nodig hebben,' roept ze. De lerares die over het huilende kind gebogen zit, zwaait en knikt. Nancy neemt altijd ijs, in een koelbox of in afsluitbare plastic zakjes, mee naar activiteiten die ook maar iets met sport te maken hebben, of het nu gaat om onze dagelijkse wandelingen op de atletiekbaan of om volleybalwedstrijden van de kerk. We plagen haar ermee, maar ze doet het, zo vertelde ze ons, omdat het leven haar in elk geval één ding heeft geleerd: dat er vroeg of laat iemand gewond raakt.

De lerares trekt het meisje overeind en steekt haar duim op. We gaan weer zitten. Het is een prachtige dag, zo'n typische nazomerdag waar Carolina bekend om staat, en een tijdje hullen we ons in een aangenaam zwijgen. Op het sportveld wemelt het van de kinderen. De school heeft zo'n groot opblaasbaar kasteel voor hen gehuurd om op te springen. Er is een machine die *funnel cakes* maakt en een clown die ballonnen modelleert in allerlei verschillende figuren. Kelly neuriet, op zo'n lage toon dat het net is alsof ze spint. Ik strek mijn benen en sluit mijn ogen half.

Een van de vaders loopt langs, een man die ik herken van de atletiekvereniging. Hij vertelt dat hij een softbalteam voor meisjes wil oprichten, en dat hij Tory beslist op het oefenkamp wil zien. Ze is snel, zegt hij. Hij heeft haar net de vierhonderd meter zien rennen en dacht toen: die kleine meid van Bearden is snel.

Ik moet vannacht in een vreemde houding hebben geslapen, want als ik opkijk, voelt het alsof mijn hoofd er elk moment af kan vallen. Ik ga verzitten in mijn stoel en zeg hem dat ik het niet helemaal snap. Softbal is toch altijd in het voorjaar? Hij zegt dat de meisjes nu moeten beginnen met trainen als ze enige concurrentie willen vormen. Dan zegt hij iets over 'Tory's sportcarrière', en ik heb zin om te lachen. Ze is veel te jong voor zoiets, maar ik geloof niet dat het zin heeft om de discussie aan te gaan. Dit is echt iets wat Phils ego zal strelen. Als hij er lucht van krijgt dat een coach zijn dochter probeert te strikken, zal hij alles op alles zetten om haar naar die trainingen te brengen, al moet hij er al zijn afspraken voor afzeggen.

'Oké,' zeg ik, 'ik zal het tegen haar vader zeggen.' De coach geeft een tikje tegen zijn zonneklep en loopt weg.

'Hoorden jullie dat?' zeg ik als hij buiten gehoorafstand is. 'Een sportcarrière voor een zevenjarige. Die mensen zijn gek.'

'Ze is echt snel,' zegt Kelly. 'Soms vraag ik me af of je dat eigenlijk wel ziet.'

'Als je maar onthoudt dat Jeff graag wil helpen,' zegt Nancy. 'Hij verwijt het zichzelf wat er tussen Lynn en Andy is gebeurd.'

'Dat had niemand kunnen zien aankomen,' zegt Kelly.

'Dat zeg ik ook altijd tegen hem,' verzucht Nancy. 'Maar nu heeft hij het gevoel dat hij...' Ze hoeft haar zin niet af te maken. We weten allemaal dat Jeff Lynn in dienst heeft genomen omdat ze op die manier een ziektekostenverzekering kon krijgen. Met deze baan kan ze toch nog op tijd bij de bushalte staan wanneer haar kinderen thuiskomen van school. Er bestond niet eens een kaderfunctie hoofd Terrein en Onderhoud totdat hij die voorstelde, en ik betwijfel of iemand, Jeff en Lynn incluis, precies kan vertellen wat haar taken zijn. Maar de kerkenraad stemde in met de financiering van de baan en nam haar meteen aan. We hadden allemaal medelijden met Lynn toen haar man bij haar wegging. Ik vermoed dat in Kelly's tas behalve het rugbyshirt voor Tory ook twee shirts voor Lynns zoons zitten, die ze overigens nauwelijks kent. Hun moeder kan niet naar de sportdag komen, dus neemt Kelly een cadeautje voor hen mee.

'Jeff is ongetwijfeld een goede therapeut,' zeg ik, 'maar ik praat liever niet met iemand die we persoonlijk kennen.'

'Ja,' zegt Kelly. 'Voor het geval het probleem in de slaapkamer blijkt te liggen.' Ik ben blij dat de klep van haar petje voor haar ogen zit, want anders was ik beslist in lachen uitgebarsten.

'Heb je overwogen het iets... interessanter te maken?' Nancy trekt haar stoel wat dichter naar me toe. 'Want soms is dat nodig.'

'Phil houdt niet van interessante dingen. Hij is heel tevreden met hoe alles gaat, dat weet je net zo goed als ik. Ík ben het probleem.'

'Je kunt een affaire beginnen,' zegt Kelly.

Mijn lichaam schokt, en ik doe alsof ik een vlieg wegsla. Gerry's visitekaartje zit al drie weken in mijn tas, in het zijvakje waarin ik mijn sleutels bewaar, zodat ik het een paar keer per dag zie en aanraak. Soms haal ik het eruit en staar ernaar, terwijl ik met mijn vingers over de letters strijk. Ik ken het telefoonnummer uit mijn hoofd, ook al is het een nummer dat ik nooit zal bellen. Ik Werk aan Mijn Huwelijk. Mijn man en ik hebben maandag een afspraak bij een therapeut. Vrouwen die aan Hun Huwelijk Werken behoren niet te dagdromen over vreemden die ze ontmoeten in het vliegtuig.

'Waarom denk je dat mensen serres aanbouwen als iemand een affaire heeft?' vraagt Kelly.

Nancy draait zich naar haar om. 'Denk je dat Megans man een affaire heeft?'

'Nee.'

'Nou, Megan zéker niet.'

'Je hebt vast gelijk. Maar waarom denk je dan dat mensen na al die jaren ineens de behoefte krijgen om een muur door te breken?'

Nancy beseft uiteindelijk dat Kelly haar alleen maar wil jennen en leunt ontspannen achterover. 'Als verbouwen betekent dat je een affaire hebt, ben ik de hoer van Babylon.'

'Nee, ik wil alleen maar zeggen dat Elyse misschien een affaire moet beginnen.'

'O, god,' zeg ik. 'Met wie? De enige mannen die ik ken, zijn jullie echtgenoten, en die zijn nog erger dan de mijne.' Kelly en Nancy schieten allebei in de lach.

Ik ben tot negen van de tien cijfers van zijn telefoonnummer gekomen voordat ik weer ophing.

'Nou, die softbalcoach leek maar wat geïnteresseerd,' zegt Kelly.

'Mannen vallen gewoon op Elyse,' merkt Nancy terloops op. 'Ik heb me altijd afgevraagd waarom.' Ze kijkt me met samengeknepen ogen aan. 'Dat bedoel ik niet zo gemeen als het klinkt.'

'Echt niet?' zegt Kelly. 'Het komt doordat ze een *sprayer* is. Dat is ze altijd geweest en zal ze altijd blijven. Mannen ruiken het van een kilometer afstand. Ik heb me mijn hele leven door die mist van seks heen moeten worstelen die ze overal verspreidt. "Elyse? Elyse? Ben je daar ergens?"'

'Alsjeblieft. Dat was misschien ooit zo, maar nu niet meer. Allang niet meer.'

Nancy fronst, alsof ze de theorie dat ik een sprayer ben probeert te rijmen met de theorie dat mijn man en ik problemen hebben op seksgebied. 'Ik zie het gewoon niet,' zegt ze uiteindelijk.

'Omdat er niets valt te zien,' zeg ik, terwijl ik de verrekijker uit Kelly's hand pak.

'Vrouwen zien het nooit,' zegt Kelly. 'Mannen wel.' Ze verlaagt haar stem en doet heel goed de lijzige manier van praten van de softbalcoach na. "Die kleine meid van Bearden is snel..."'

We lachen opnieuw. Tory is net klaar met verspringen en staat in de rij voor de hordeloop. Ze zwaait, en we draaien ons allemaal om, als gazellen bij een waterpoel.

'Ik snap niet waarom moeder zijn me zo gemakkelijk afgaat, terwijl echtgenote zijn zo moeilijk is...' zeg ik.

'Maandag kan het er weer heel anders uitzien,' zegt Nancy. 'Het brengt ongeluk om zo te praten. Wil je soms eindigen als Lynn?'

'... en hoe Tory, mijn grootste succes, voort heeft kunnen komen uit mijn grootste mislukking.'

'Een mislukking moet je het niet noemen.'

'Mijn huwelijk is een mislukking.'

'Je hoeft dat woord niet te gebruiken.'

Nee, dat hoeft niet, maar sinds ik Gerry in het vliegtuig heb verteld dat ik in mijn huwelijk heb gefaald, kan ik het niet laten.

'Het is het juiste woord,' zeg ik tegen Nancy.

Ze grijnst. 'Er zijn zoveel woorden.'

Ik ben mijn huwelijk niet zomaar een mislukking gaan noemen.

In eerste instantie deed ik mijn best. Jarenlang heb ik geprobeerd er nog iets van te maken met idiote acties als het aanschaffen van een cd-box met de titel 'Het is nooit te laat om een geweldig huwelijk te hebben'. Ik bestelde hem via een postorderbedrijf omdat de titel zo sneu klonk dat ik hem niet in de plaatselijke boekwinkel durfde te kopen. Iemand zou me er maar mee bij de kassa zien staan en het aan al mijn vriendinnen vertellen. Eigenlijk heeft het hele gedoe iets schijnheiligs – iedereen is het erover eens dat je aan je huwelijk moet werken, maar als je ooit wordt betrapt op Werken aan Je Huwelijk sta je voor schut.

En het enige wat erger is dan ongelukkig getrouwd zijn, is voor schut staan.

Dus werd de serie cd's bezorgd door UPS. Op de doos stond een afbeelding van een vrouw die haar man aan zijn stropdas trekt – hem speels naar zich toe trekt voor een kus. Op de achterkant van de doos stond geschreven dat de man weigerde te praten. Dat hij gesloten was. De vrouw was klagerig en gefrustreerd. Ze vroeg dingen die hij niet leek te kunnen geven. (Misschien vroeg ze wel te veel.) Van het gezicht van de man viel niet af te lezen of hij het vervelend vond dat hij tegen zijn wil in dit passionele nieuwe huwelijk werd getrokken.

Er zaten zes cd's in de box. Het was de bedoeling dat ik er iedere week een beluisterde, en dat deed ik dus; de doos verstopte ik onder het bed, aan mijn kant. Als ik in de auto naar een van de cd's luisterde, zorgde ik dat ik hem na elke sessie uit de cd-speler haalde. Dat deed ik niet alleen om hem voor mijn vriendinnen te verbergen, ik verborg hem voornamelijk voor mezelf. Ik vond het gênant dat ik zo hard mijn best deed. Ik voelde me net een politieke kandidaat die op de dag van de verkiezingen langs de kant van de weg naar elke passerende auto stond te zwaaien. Een hond in een hok in een dierenwinkel, een lelijk meisje op een bal. Dit pijnlijke verlangen, deze hoop die elke dag verder vervloog maar weer oplaaide terwijl ik sliep. Na verloop van tijd kwam ik erachter dat ik juist die hoop de kop in moest drukken als ik wilde overleven. En toen, op een zondag, zat ik naast mijn man in de kerk en keek omhoog naar Christus, die boven me bungelde alsof hij ook niet kon beslissen wat hij moest doen, en ik bad: 'Oké, als u er dan niet voor kunt zorgen dat hij van me houdt, zorg er dan in elk geval voor dat het me niet meer uitmaakt.' (Dit is het enige gebed dat uiteindelijk verhoord zou worden, hoewel ik dat toen nog niet wist.)

Aan het einde van de serie, tijdens de laatste track van de

zesde cd, beantwoordt de vrouwelijke therapeut twintig veel-
gestelde vragen over hoe je je huwelijk nieuw leven in kunt
blazen. Wat doe je als hij weigert te praten? Als hij te veel
werkt of als je vermoedt dat hij vreemdgaat? Als jullie het
oneens zijn over de opvoeding van de kinderen? Als hij cadeautjes voor je koopt die jij niet mooi vindt? Als je je zo dik
en onaantrekkelijk voelt dat je gewoon weet dat hij je geen
blik waardig keurt? Als je je zo dik en onaantrekkelijk voelt
dat je dat ook helemaal niet wilt? Hadden we al gezegd dat
hij niet praat? Hebben alleen vrouwen dan gevoelens? Wat
doe je als je alles geprobeerd hebt en het nog steeds niet
werkt? Hoe had je verwacht dat het zou zijn? Kun je je dat
nog herinneren? De vrouw op de cd beantwoordt elke vraag
op één na: waarom blijven vrouwen?

5

Maandagochtend vind ik op het aanrecht een briefje van Phil.
Hij wil dat ik een algeheel lichamelijk onderzoek laat doen.
Hij vermoedt dat mijn problemen lichamelijk zijn, of zelfs
hormonaal. Misschien is mijn bloedsuikerspiegel te laag. En
er is altijd de mogelijkheid van een voortijdige overgang. Hij
is zo vrij geweest om de therapeut naar wie we vandaag zouden gaan te bellen en de afspraak te verzetten. Het leek hem
verstandiger om eerst eventuele medische oorzaken uit te sluiten. Hij gelooft dat we dit kunnen oplossen. Alles is oplos-
baar.
    Het is het langste briefje dat hij me ooit heeft geschreven.
    Ik bel dr. Bennett omdat hij de enige arts is die ik ken, ook
al is hij onze huisarts en zien we hem niet zo vaak, behalve
wanneer Tory een herhalingsvaccinatie moet hebben. Normaal gesproken duurt het een paar maanden voordat je aan
de beurt bent – tenzij je tranen met tuiten huilt als je belt,

denk ik. Als je dat doet, zetten ze je in de wacht en vervolgens krijg je te horen dat je diezelfde middag nog kunt langskomen.

Dr. Bennett is een uiterst vriendelijke man die heel zacht praat. Zijn assistente neemt bloed bij me af, onderzoekt mijn urine, weegt me en stelt een heleboel vragen over wat ik eet en hoe ik slaap. Ik had al lang geleden een inwendig onderzoek moeten laten doen, dus doet hij dat nu, maar ik kan niet stoppen met snotteren, en op een gegeven moment, na het uitstrijkje en voor het rectale onderzoek, kijkt hij van tussen mijn benen op en zegt heel zacht: 'Volgens mij hebt u uw grens bereikt.'

'Wat?'

'Iedereen heeft een persoonlijke grens, en volgens mij hebt u de uwe bereikt.'

Dit raakt me, het is zo waar en vriendelijk dat ik weer begin te huilen en zeg: 'Wilt u dat alstublieft ook tegen mijn man zeggen?'

Dr. Bennett zegt dat ik me weer mag aankleden en vraagt me naar de spreekkamer te komen. De ruimte heeft vrolijk, pompoenkleurige wanden en is behangen met foto's van kinderen op een zeilboot. Ik geef hem Phils telefoonnummer op zijn werk en besef dat het een beetje ongemakkelijk voor hem moet zijn, want hoewel Phil tandarts is en geen dokter, bestaat er toch zoiets als collegiale hoffelijkheid. Hij zegt: 'U spreekt met dr. Bennett, ik heb zojuist uw vrouw onderzocht.' Hij pauzeert even en zegt dan: 'Nee, haar bloedsuikerspiegel is normaal.' Hij pauzeert een minuut en gaat dan verder: 'Geen overgangsverschijnselen. We hebben haar waarden bekeken.' Pauze. 'Dr. Bearden, uw vrouw verkeert in goede gezondheid, maar is depressief. Is het u opgevallen dat ze veel huilt?' En uiteindelijk, na een nog langere pauze, zegt hij: 'Ja, gesprekken met een predikant zou een goed begin zijn.'

Ik ben genaaid.

Ergens heb ik al die tijd geweten dat we nooit naar die vrouwelijke therapeut toe zouden gaan. Toen ik belde om een afspraak te maken en de secretaresse me een routebeschrijving gaf, heb ik die niet eens opgeschreven. In therapie gaan is een grote stap voor een man als Phil, een publieke erkenning van het feit dat er iets publiekelijk is misgegaan. Phil houdt niet van grote problemen. Phil houdt van problemen die hij kan oplossen.

Wanneer hij die avond thuiskomt, ben ik gekalmeerd en sta ik groenten te snijden voor een salade. Hij blijft bij het aanrecht staan en legt het stapeltje post neer. 'Ik neem aan dat je kwaad bent,' zegt hij.

Ik haal mijn schouders op. 'Ik dacht dat we misschien op de veranda konden eten.'

'Ik neem aan dat je kwaad bent,' zegt hij weer en zonder op mijn antwoord te wachten gaat hij verder. 'Ik weet dat je liever een vrouwelijke therapeut had gehad, maar ik denk niet dat het naar mij toe eerlijk zou zijn geweest. Een vrouw zou automatisch jouw kant kiezen.'

Phil weet weinig van vrouwen.

Ik kijk hem aan en haal mijn schouders weer op, nadrukkelijker nu, zodat hij mijn algehele onverschilligheid tegenover de situatie wel op móét merken. 'Ze had ons waarschijnlijk toch niet kunnen helpen.'

Mijn berusting maakt hem nog nerveuzer, als een gokker die vroeg op de avond al gewonnen heeft. 'Het deel waar jij het misschien niet mee eens bent,' zegt hij, 'is dat ik graag zou willen dat we met Jeff praten. Hij belde me vandaag en op een of andere manier kwamen we ineens op therapie. Hij heeft overmorgen tijd voor ons.'

Klaarblijkelijk ben ik in de hele stad uitgeroepen tot noodgeval. 'En dat is ook niet meteen zo drastisch, vind je niet, gewoon af en toe even met Jeff praten.'

'Niet meteen zo drastisch?'

'We hoeven toch niet te doen alsof we midden in een crisis zitten? Om eerlijk te zijn wist ik niet eens dat we een probleem hadden, totdat jij erover begon.'

'Je mag de barbecue wel vast aanzetten.'

'Hij zal fair zijn,' zegt Phil tegen me. 'Wat je ook van Jeff mag denken, hij is fair.'

'Het zal wel.'

'Denk jij van niet?'

'Ik denk dat Jeff fair zal zijn.'

'En hij kan ons een christelijk perspectief geven.'

'Jippie.'

'Niet zo sarcastisch. We weten helemaal niet hoe het zal gaan.'

Natuurlijk weten we hoe het zal gaan. Ik kan er gevoeglijk van uitgaan dat ik met een bijbel om de oren word geslagen. Maar ik heb hier de hele middag over nagedacht; ik wist waar Phil naartoe wilde, nog voordat hij dat zelf wist, en bovendien zitten er voordelen aan therapie bij Jeff. Het is gunstig voor later, als ik weg ben, want zo denk ik soms: ik sta mezelf toe de woorden 'als ik weg ben' te gebruiken. Phil zal iemand nodig hebben om mee te praten, dus is het misschien slim om Jeff bij de situatie te betrekken, om hem te manoeuvreren naar de afgrond waarin ik dit gezin ga storten.

Maar Phil is nog steeds niet gerust op mijn kalmte. Hij had zich mentaal duidelijk voorbereid op een hysterische scène, en nu ontneem ik hem de kans al zijn wijsheid op me los te laten. 'Ik dacht dat je Jeff graag mocht.'

'Dat is ook zo, maar wat heeft dat ermee te maken?'

'Hij zei dat jullie altijd een zekere verstandhouding hebben gehad.'

'En dat is allemaal inééns ter sprake gekomen? Kom nou toch, Phil. Ik zat bij dr. Bennett in zijn praktijk toen hij je belde.'

'Jeff stelde voor dat we de ene week samen bij hem langskomen en dat jij de andere week alleen gaat. Op die manier hoef ik alleen...'

'Maar om de week te komen? Dat is zinvoller, hè? Aangezien jij tandarts bent en belangrijk, terwijl ik toch niks te doen heb.'

'Jeff denkt...'

'Nee, prima,' zeg ik. 'Laat een van je kantoormeisjes het maar regelen en vraag haar mij een cc van het schema te sturen. Die steaks moeten erop.'

Met nog altijd gefronste wenkbrauwen loopt hij naar buiten om de barbecue aan te zetten. De telefoon rinkelt. Het is Kelly.

'Zet kanaal 27 op,' zegt ze. Kelly begint gesprekken vaak zo, zonder enige inleiding, en soms hangt ze zonder iets te zeggen op. Ik heb al heel vaak in het luchtledige zitten kletsen voordat ik in de gaten had dat ze al had opgehangen.

Ik druk op de afstandsbediening. Er wordt een oude film vertoond. Een beeldschone Elizabeth Taylor die compleet doordraait, Montgomery Clift die haar probeert te redden, Katharine Hepburn die op en neer gaat met de lift, met haar enge hoed met sluier en dito stem.

'Ja,' zeg ik. 'Die film is geweldig.'

'Zet het geluid harder,' zegt Kelly. 'Ze gaan een hersenkwab verwijderen bij het arme kind.'

Elizabeth Taylor zit in een inrichting, maar het is één grote, gruwelijke vergissing. Montgomery komt daar natuurlijk achter en zal haar uiteindelijk redden, maar nu nog niet. Elizabeth is haar kamer uit gevlucht en bevindt zich nu op de afdeling waar de echte krankzinnigen zitten. Ze loopt via een brug over een kuil met mensen die er gestoord uitzien, of gehandicapt, of misschien alleen maar ongewassen. Zien ze dan niet dat zij niet een van hen is? Het is verdorie Elizabeth Taylor. Haar make-up zit perfect en ze heeft een wespentaille. De patiënten gillen naar haar en springen omhoog om haar bij de enkels te grijpen, en ik kan mijn ogen er niet van afhouden. Ik heb geen idee wat Phil Jeff heeft verteld.

'Phil en ik hebben een gesprek gehad, en we hebben besloten de vrouwelijke therapeut af te zeggen,' zeg ik tegen Kelly. 'We gaan met Jeff praten. Woensdag is onze eerste sessie.'

'O ja?' zegt Kelly. 'Wacht... nu komt mijn favoriete stuk.'

Ik zet de televisie nog iets harder en loop naar het scherm. Montgomery vertelt een andere dokter dat hij een professionele diagnose heeft gesteld en dat zijn conclusie is dat Elizabeth een erotomaan is.

'Geweldig,' zegt Kelly. 'Een erotomaan. Dit is echt een verdomd goede film.'

'Ik weet het.'

'Wil je over dat gedoe met Jeff praten?'

'Niet nu. We zijn aan het barbecueën.'

'O, oké. Wat eet je?'

'Phil denkt dat Jeff fair zal zijn.'

'Ja, natuurlijk. Absoluut. Ik bedoel, Jeff is tenslotte Phils allerbeste vriend, en iedereen weet dat hij dol op je is.'

'Hij wil dat ik Jeff de ene week alleen zie en dat we de andere week als stel naar hem toe gaan.'

'Wanneer ziet Phil Jeff alleen?'

'Ben je het nou alweer vergeten?' zeg ik. 'Phil heeft geen therapie nodig. Er is niets mis met hem.'

'Het staat me totaal niet aan. Je zou je eigen therapeut moeten hebben, Elyse.'

'Het is jammer dat Montgomery Clift dood is. Dat was volgens mij de enige man in Amerika die me echt zou kunnen redden.'

'Zal ik langskomen?'

'Nee,' zeg ik. 'We zijn aan het barbecueën. En het kan me ook niet echt schelen, Kelly, met wie ik praat of waar we het over hebben. Het zal echt geen verschil maken.'

Phil komt binnen om de schaal met vlees te pakken. Hij wijst naar de telefoon en ik vorm met mijn mond het woord 'Kelly', hoewel ze al heeft opgehangen.

'Ik heb een vraag,' zeg ik.

Hij gaat door met het kruiden van de steaks met zout en peper.

'Ik heb een vraag.'

'O.' Hij kijkt op en duwt zijn bril met zijn wijsvinger terug op zijn neus. 'Ik dacht dat je aan de telefoon was.'

'Je vraagt toch altijd waarom ik ongelukkig ben? Ik heb een vraag voor jou. Waarom ben jij niet ongelukkig?'

'Moet dit nu?'

'Even serieus.'

'Kijk om je heen. We hebben een goed leven. We hebben...'

'Ja, ik weet het. We hebben Tory en het huis en onze vrienden en onze gezondheid.'

'En we hebben elkaar.'

'We praten niet.'

'Ik heb juist het idee dat we voortdurend praten.'

'We hebben geen lol.'

'Oké, daar heb je misschien gelijk in. Maar ik denk niet dat je ongelukkig bent omdat we geen lol hebben. Ik denk dat we geen lol hebben omdat je ongelukkig bent. Dit zou best leuk kunnen zijn, dit hier. Met de veranda en de maïskolven en de steaks.'

Hij heeft een punt. Ik staar naar het televisiescherm. Montgomery Clift legt zijn arm om Elizabeth Taylors schouders.

'Je doet altijd zo dramatisch. Je wilt te veel.'

'Ik snap niet dat jij niet meer wilt.'

'Ik wil ook meer. Ik wil rust.'

Rust. Hij loopt terug naar de veranda. Hij is de schaal met vlees vergeten. Ik leg de telefoon weg en breng de schaal naar hem toe. Hij neemt hem van me aan, en allebei zwijgen we even terwijl we naar Tory kijken achter in de tuin. Ze is iets aan het opgraven. Een paar weken geleden heeft hij een speelgoedsetje tuingereedschap voor haar gekocht, zodat ze hem kon helpen met tuinieren, en nu bewerkt ze verwoed de grond rond de hortensiastruiken met haar roze plastic schop. Phil wil naar haar zwaaien, maar laat halverwege zijn arm weer zakken. We kijken elkaar niet aan. Ik loop terug het huis in en ruim de vaatwasser uit. En dan gebeurt er iets vreemds.

Ik zet de messen altijd met de punt naar beneden in het bestekmandje. Phil mag vinden dat ik dramatisch ben, maar eigenlijk ben ik een gewoontedier, behoedzaam en routineus. Ik zet de messen altijd op dezelfde manier in het bestekmandje, maar vanavond staat er een koksmes rechtop. Is het er door iemand anders in gestopt? Nee, ik ben de enige die de vaatwasser inruimt. Tegen de gewoonte in staat er een koksmes met de punt naar boven in het mandje, en terwijl ik het eruit wil pakken, snijd ik me. Het blad van het mes dringt dwars door mijn handpalm.

Even voel ik niets. Het bloedt niet eens, maar dan verdwijnt de snee onder het bloed, dat eruit gutst. Het vormt een poel in mijn handpalm en stroomt via mijn pols naar beneden. Ik heb me gesneden, mogelijk ernstig.

Ik zou kunnen schreeuwen. Zou om hulp kunnen roepen. Ik zou de veranda op kunnen lopen en mijn hand uitstrekken naar mijn man. Ik zou hem mijn stigma kunnen tonen. En Phil zou mijn hand schoonmaken, verbinden en zeggen dat niets ooit zo ernstig is als het lijkt. Hij is goed in zulke omstandigheden. Vriendelijk, kalm, zorgvuldig. Hij is zo aardig dat hij nog altijd een dag in de maand in de gratis kliniek werkt, hij gaat naar Tory's school om over mondhygiëne te praten, deelt tandenborstels en flosdraad uit en leert de kinderen een zelfgeschreven rapnummer over tandplak. Ik voel me duizelig en sta te tollen op mijn benen. Mijn hand lijkt een eigen polsslag te hebben, en voor mijn ogen zie ik grijze pantoffeldiertjes zwemmen. Ik wikkel een handdoek om mijn handpalm en sluit mijn ogen. Ik adem langzaam in en uit en slik de prop van paniek in mijn keel weg.

Seconden gaan voorbij. Het ziet er niet naar uit dat ik ga flauwvallen. Wanneer ik mijn ogen weer opendoe, loop ik naar mijn tas op de keukentafel, waar hij altijd ligt, want ik ben een echtgenote en een moeder en een gewoontedier. En terwijl ik daar sta, kijk ik uit het keukenraam naar mijn man en dochter. Ze laat hem iets zien – een rups misschien, haar lievelingsbeestje, of een mooi blad of bijzondere steen.

Ik voel de steek die ik altijd voel als ik Phil met Tory bezig zie. Hij doet het deksel op de barbecue, draait zich helemaal naar haar om en gaat dan door zijn knieën, zodat hij haar recht in de ogen kan kijken. Ze buigen hun hoofden naar elkaar toe en staren naar haar handpalm. Het valt me op hoeveel ze op elkaar lijken. Ze hebben hetzelfde profiel. Ze is haar vaders dochter, maar, misschien nog veel relevanter, hij is mijn dochters vader. En natuurlijk ben ik blij dat hij zich overgeeft aan zijn rol, dat ze leeft in de warme gloed van zijn eeuwige goedkeuring, en toch voel ik die bekende steek terwijl ik door het raam naar hen kijk. Want terwijl hij zich over haar hand buigt, zie ik dat hij in staat is tot zorgzaamheid. Dat zijn onverschilligheid ten opzichte van mij een keuze is. Soms houd ik mezelf voor dat hij alleen maar gewond is. Dat zeggen vrouwen over mannen. Dat ze hun gevoelens niet kunnen tonen, dat ze zich niet kunnen uitspreken. Dat ze anders zijn geprogrammeerd dan wij, bijna alsof ze een aparte soort zijn, en dat we hun stilzwijgen niet persoonlijk moeten opvatten. Maar dan zie ik Phil op deze manier. Hij zit op één knie op de veranda, neemt Tory's hand in de zijne, en ik weet dat hij niet zo gewond is als ik mezelf heb voorgehouden. Hij zou van me kunnen houden. Hij doet het alleen niet.

Het bloeden is bijna gestopt. Ik laat de vochtige handdoek op het bureau vallen en pak de telefoon uit mijn tas.

Ik toets het nummer snel in. Alle tien getallen deze keer. 'Gerry,' zeg ik. 'Je spreekt met Elyse.'

6

Eén keer per week brengen de vrouwen van de kerk maaltijden langs bij invaliden, kersverse moeders en gezinnen die een sterfgeval hebben meegemaakt. Het zijn voornamelijk oude dames die dit doen, met uitzondering van Nancy, die niet alleen op woensdag het tafeltje-dek-je-project van onze kerk leidt, maar ook voor een andere kerk de vrijdagroute rijdt. Ze heeft Belinda overgehaald haar te helpen door op haar schuldgevoel te werken, voornamelijk door iedereen te vertellen dat de dienbladen zo zwaar zijn dat de oude dames die niet in het busje kunnen tillen. Als Belinda er niet is, moet Nancy alle vijfendertig dienbladen zelf tillen.

Ik moet langs de keuken van de kerk lopen om bij Jeffs kantoortje te komen. Even heb ik overwogen om helemaal om het gebouw heen te lopen en via de achterzijde naar binnen te gaan, maar dan zou het lijken alsof ik me geneer of zo, en ik heb niets om me voor te generen. Bovendien zit er op de achterdeur een alarm dat heel gemakkelijk afgaat, en dat kan ik nu net niet gebruiken. Ik loop snel langs de keuken, maar Belinda ziet me toch.

'Elyse?'

Ik kan niet anders dan naar binnen lopen. Godzijdank is ze alleen, en ze vraagt niet wat ik hier op een woensdagochtend zo vroeg doe. Nancy heeft haar vast verteld dat Phil en ik in therapie gaan bij Jeff. Niets is privé, in elk geval niet in zo'n kleine kerk als deze.

'Ik wil je iets laten zien,' zegt Belinda. 'Je zult er versteld van staan.'

Ze loopt met me naar de dubbeldeurs vrieskasten achterin en trekt die open. Daar, verpakt in aluminiumfolie, netjes opgestapeld als bakstenen, liggen zo'n honderd stoofschotels.

'Waar zijn die voor?'

'Noodsituaties,' zegt Belinda.

'Dan verwachten ze er zeker heel wat,' zeg ik, terwijl ik met moeite een baksteen tevoorschijn trek. Elke stoofschotel is voorzien van een etiket van 7,5 x 12,5 centimeter met de bereidingswijze, en ik knijp mijn ogen samen om het kriebelige handschrift te ontcijferen. '"Kip met noedels en champignons, 60 minuten verwarmen op 175 °C." Mijn oma maakte dit soort gerechten altijd.'

'De mijne ook,' zegt Belinda. 'Volgens mij heeft ze nooit iets gemaakt waarvoor ze geen blikje Campbell's champignonsoep hoefde te gebruiken. Moet je die daar onderin zien, daar staan zelfs namen op. Er is een hele stapel van Bessie Morgan en die is al jaren dood.'

'Hoe wist je dat die dingen hier lagen?'

'Nancy heeft er vanochtend drie uit gehaald. Ze brengt ze naar David Fontana.' Belinda begint te fluisteren, ook al zijn we alleen. 'Zijn vrouw heeft hem verlaten.'

Het duurt even voordat ik in de gaten heb over wie ze het heeft. 'Hij gaat hier niet eens naar de kerk, alleen zijn vrouw en kinderen, en die komen alleen met kerst. Waarom krijgt hij in vredesnaam drie stoofschotels?'

'Het zal wel een noodgeval zijn.'

'Hoeveel brengen ze er naar zijn vrouw?'

Belinda lijkt in verwarring gebracht door de vraag. 'Ze heeft hem in de steek gelaten, Elyse. Ze is zomaar weggegaan.'

Phil zit al in Jeffs kantoortje als ik binnenkom, en heeft ondertussen zijn tandartskleren verruild voor een spijkerbroek. 'Je ziet er goed uit,' zeg ik. 'Had je die spijkerbroek mee naar je werk genomen?'

'Kennelijk.'

Oké, het wordt dus weer zó'n dag.

Jeff komt binnen, groet ons en begint over het weer. Hij heeft zich kennelijk voorgenomen om eerst over koetjes en kalfjes te praten, om ons op ons gemak te stellen in wat waarschijnlijk een ongemakkelijke situatie wordt, maar Phil heeft voor vanmiddag duidelijk een operatie gepland.

'Ze is niet gelukkig,' zegt hij.

Als Jeff al geschrokken is, dan herneemt hij zich snel. 'Klopt dat, Elyse?'

'Ik ben niet gelukkig in het huwelijk, dat klopt wel, ja. Maar soms kan ik wel gelukkig zijn. Ik ben gelukkig als ik met Tory ben of als ik potten bak of als ik alleen op stap ben...'

Jeff zwaait met zijn hand in de lucht alsof hij mijn woorden probeert uit te wissen. 'Ik begrijp niet wat je bedoelt.'

Ik frons. 'Ik begrijp niet wat je bedoelt.'

'Je praat op een vreemde manier over het huwelijk. Je zegt

"in het huwelijk" en "alleen op stap" alsof het een soort deur is waardoor je naar binnen en naar buiten loopt.'

'Misschien is dat ook wel zo.'

'Ben je mal? Je bent altijd getrouwd. Je bent elke dag, elke seconde getrouwd, of Phil nu naast je staat of niet.'

'Oké, dan. Ik zal proberen wat duidelijker te zijn. Herinner je je die preek over dankbaarheid nog van een paar maanden geleden? Je zei dat we een lijst moesten maken van alle recente momenten in ons leven waarop we plezier hebben ervaren, en dat heb ik gedaan. Thuis heb ik de laatste tien keren op een rijtje gezet dat ik echt gelukkig was, en je had gelijk: ik kreeg er een goed gevoel van om het op papier te zien. Ik dacht: nou, ik klaag wel veel, maar als het erop aankomt, heb ik best een fijn leven.'

'Het is fijn te weten dat er in elk geval iemand is die naar me luistert.'

'Het probleem is dat er in elk geval iemand is die erover nádenkt. Want als ik naar de lijst kijk, naar mijn tien gelukkige momenten, dan zie ik een constante. Phil was er niet bij.'

Terwijl ik dit zeg, kijk ik naar Phil. Ik wil hem niet kwetsen, en als hij ooit zoiets over mij zou zeggen, zou ik beslist gekwetst zijn. Maar hij oogt niet verdrietig, alleen maar geïrriteerd.

Jeff leunt achterover in zijn stoel, vouwt zijn handen en tuurt over zijn dikke, zwarte brilmontuur. Deze pose hebben ze hem vast op het seminarie geleerd. 'Wat denk je dat dit betekent?'

'Het betekent dat ik gelukkig kan zijn. Dat ik ertoe in staat ben. Dat ik de capaciteit heb om plezier te hebben...'

'Zolang ik er maar niet ben,' zegt Phil.

Jeff wendt zich tot hem. 'Voel jij hetzelfde, Phil? Wordt jouw capaciteit om plezier te hebben beïnvloed door het feit of Elyse al dan niet aanwezig is?'

Phil glimlacht zelfvoldaan. 'Ik voel me exact hetzelfde, of ze er nu is of niet.'

Jezus. Zelfs ik weet dat dat het verkeerde antwoord is.

Jeff besluit het erbij te laten. Hij draait zijn stoel naar mij toe.

'Oké, dus Elyse heeft de capaciteit om plezier te hebben. Laten we daar wat dieper op ingaan. Vertel me eens over de laatste keer dat je gelukkig was.'

Ik besluit hem te vertellen over de voorlaatste keer dat ik gelukkig was.

Eigenlijk is dat nog niet zo lang geleden. Twee dagen voordat ik Gerry ontmoette, op de keramiektentoonstelling in Phoenix. Diverse exposanten gingen uit eten, en ze nodigden me uit om mee te gaan, maar ik had niet zo'n zin. Ik was schor geworden van al dat gepraat met klanten en potentiële klanten. Ik overwoog iets via roomservice te bestellen, maar op het allerlaatste ogenblik besloot ik dat toch niet te doen. Ik zou naar een goed restaurant gaan. Ik liep terug naar mijn hotelkamer, nam een douche, trok een leuke jurk aan en deed het sjaaltje om dat ik jaren geleden in Florence had gekocht en dat zo mooi valt. Ik ging naar een restaurant dat de conciërge me had aanbevolen.

'Ben je alleen gegaan?'

'Ja.'

'Interessant. Sommige vrouwen voelen zich erg opgelaten als ze alleen in een restaurant zitten.'

'Er is niets mis met een vrouw die alleen uit eten gaat,' zeg ik. Dit wordt geweldig. Zondag staat hij van de kansel vast te verkondigen dat ik een erotomaan ben.

'Nee, ik vind het een goede zaak,' zegt hij. 'Vertel er eens over.'

Het was een geweldige avond. Het was zo'n restaurant met overal spiegels aan de wanden. Ik ging aan de bar zitten en bestelde ganzenleverpastei, rucolasalade en wijn met een prachtige naam, Covenant of the Moon of zoiets, maar zeker weet ik het niet meer. Ik zat daar in mijn eentje en keek naar mezelf terwijl ik at. Ik had mijn haar glad naar achteren gekamd en droeg mijn tinnen oorbellen, en de sjaal natuurlijk, en toen ik naar mezelf keek in de spiegels van het restaurant, stelde ik vast dat ik er leuk uitzag. Oké, niet zozeer leuk als wel waardevol. Ik kwam tot het besef dat ik eruitzag als een waardevol iemand. Ik haalde geen boek tevoorschijn zoals ik normaal gesproken doe als ik alleen in een restaurant zit. Ik at gewoon heel langzaam en keek naar mijn spiegelbeeld, en op een gegeven moment keek ik naar de bloemen. Op elke tafel stond een vaasje met drie bloemen – wit, geel en oranje – en de vazen waren zo gevormd dat de bloemen in verschillende richtingen vielen. De koperen bararmatuur was kortgeleden gepoetst, en verder merkte ik op dat iemand kleine, gouden sterren had geschilderd op het dieppaarse plafond boven me. Maar het opvallendst waren de spiegels. Het waren er zoveel dat ik tegen een evenbeeld van mezelf op botste toen ik dacht dat ik naar de uitgang liep.

'Wat was het dan dat je zo gelukkig maakte?' vraagt Phil. 'Het feit dat je er goed uitzag?' Arme Phil. Het moet irritant voor hem zijn dat ik thuis altijd in een gemakkelijke broek rondloop terwijl ik me mooi aankleed als ik uitga.

'Nee,' zegt Jeff, die me soms kan verrassen. 'Je was gelukkig omdat je jezelf de tijd gunde en je voor alles openstelde.'

'Ja, ik had me opengesteld. En ik werd gezien. Ik wil gezien worden.'

'Ik zie jou,' zegt Phil, en ik durf te zweren dat hij stiekem op zijn horloge kijkt.

'Ik bedoel écht gezien worden. Ik ben gelukkig als ik word opgemerkt, al is het maar door mezelf.'

'Je hoeft niet in een restaurant in Phoenix te zitten om dat gevoel te hebben,' zegt Jeff. 'Er zijn manieren om je in het dagelijks leven zo te voelen.'

'O ja, briljant,' zegt Phil. 'We gaan naar huis en bedekken alle wanden met spiegels zodat ze zichzelf kan zien komen en gaan. Zal dat haar gelukkig maken?'

Jeff knippert met zijn ogen en wendt zijn blik af, alsof hij zich geneert. Deze kant van Phil kent hij niet.

'Ik wil dat je me ziet,' zeg ik, al realiseer ik me dat dat allang niet meer zo is.

Die avond, tijdens de reclame, vraagt Phil: 'Hoe laat was je van plan naar bed te gaan?' Zijn manier om te zeggen dat hij seks wil, en het gekke is dat ik ook wil. Gerry heeft me niet teruggebeld. Ik weet dat het nog maar twee dagen geleden is, maar hoop en teleurstelling strijden om het hardst, en het heeft me allemaal volledig uitgeput. De telefoon ging rond vier uur, en toen ik opnam, was er niemand aan de andere kant van de lijn. Bijna had ik gezegd: 'Gerry?' Maar dat zou natuurlijk dom zijn geweest, en misschien is het ook maar beter dat hij me niet terugbelt, want ik ben te dom om een affaire te hebben. Dom, dom, dom.

'Tien uur,' antwoord ik, en aangeven dat ik vroeg naar bed ga, is mijn manier om te zeggen dat vanavond goed is. Hij grijnst, en heel even herinner ik me weer hoe gecharmeerd ik ooit was van dat jongensachtige van hem, zijn ruigheid, en zijn blauwe spijkershirt met opstaande boord. Maar dat was acht jaar geleden. Tegenwoordig hebben we meestal seks in standje X, waarbij onze hoofden in verschillende richtingen wijzen en onze lichamen elkaar alleen maar raken op het punt waar het mijne zijn bekken kruist. Volgens mij had ik dit standje destijds in een oud exemplaar van *Cosmo* gezien, en het leek me toen wel leuk, weer eens iets anders, iets wat je van tijd tot tijd uitprobeert. Ik had het tijdschrift die avond mee naar bed genomen, Phil had ernaar gekeken en gezegd: 'Geen probleem.' Ik weet niet precies wanneer het ons stan-daardstandje is geworden, maar tegenwoordig nemen we zonder overleg die positie in. Je kunt niet kussen in standje X. Je kijkt elkaar niet in de ogen. Maar het voordeel is dat de een de ander niet plet en dat je geen van beiden geforceerd je gewicht hoeft in te houden. Ik durf niet te zeggen op welk moment Phil en ik zijn gaan beseffen hoe zwaar we zijn.

Twintig minuten later heb ik mijn tanden gepoetst, de kat-ten naar buiten gedaan, de sloten gecontroleerd en het alarm aangezet, en we gaan naar bed. We schuiven meteen naar het midden.

Ik lig op mijn rug en sluit mijn ogen. Eenmaal in standje

X vergeet je gemakkelijk waar je bent. Je kunt je heel eenvoudig inbeelden dat je met iemand anders bent, of dat je
zelf iemand anders bent. Met tweeduizend dollar en een paar
bankaandelen kom je niet ver. Ik moet elke opdracht aannemen die ik kan krijgen, zelfs de slecht betaalde, en ik moet
nog minstens een jaar bij hem blijven. Dat betekent nog
tweeënvijftig keer in standje X, zesenvijftig keer als we nog
op vakantie gaan. Phil doet een halfslachtige poging om me
boven op zich te trekken, maar ik rol terug. Als we bij onze
heupen samenkomen en hij aan zijn bekende, wiegende ritme begint, bedenk ik dat het niet eens zo slecht is; eigenlijk
is het best kalmerend en lief. Gerry heeft niet gebeld, en ik
doe belachelijk. Stel dat ik dit huwelijk en dit gezin opbreek
om weer op hetzelfde uit te komen? Stel dat het ding dat op
een deur lijkt gewoon een spiegel blijkt te zijn? Misschien
ben ik wel gedoemd eeuwig tegen spiegelbeelden van mezelf
aan te lopen en te zeggen: 'Verdomme, het is uiteindelijk dus
toch mijn eigen schuld geweest.' Misschien heeft Jeff gelijk
en zijn er manieren om me in het dagelijks leven een waardevol persoon te voelen. Op de laatste track van de vierde
cd van de huwelijksserie werd voorgesteld nieuwe lingerie
aan te schaffen. Dat zou ik kunnen doen. Cliché natuurlijk,
maar soms hebben clichés effect. Phil mompelt iets, laat een
hand onder mijn heup glijden om me iets verder naar zich
toe te trekken zodat de hoek beter is. Het is helemaal niet
slecht, zeg ik tegen mezelf, het is zelfs wel prettig, maar dan
vraag ik me af hoe ik me vanmiddag gevoeld zou hebben als
het Gerry's stem was geweest aan de telefoon, en ik weet dat
ik er diep in mijn hart alles voor over zou hebben om weer
in de Reizigerskapel in Dallas te zijn. Ik ben als Elizabeth
Taylor in een oude film. Er is geestelijk iets goed mis met
mij, ik ben niet in staat om de dingen te zien zoals normale
vrouwen ze zien.

Het was een vergissing om met Phil te trouwen, en ik weet
dat ik voor die vergissing zal moeten boeten. De vraag is alleen: hoe lang nog? Het voelt alsof ik er al heel lang mee be-

zig ben. En Gerry? Gerry is een player, absoluut een player. Absoluut onbeschikbaar, absoluut te glad, absoluut getrouwd, absoluut de verkeerde keuze. En dan heb ik het nog niet eens over het feit dat hij me niet heeft teruggebeld. Phil was een vergissing en Gerry is dat waarschijnlijk ook – maar soms lijkt het alsof de ene vergissing alleen kan worden uitgewist door een volgende. 'Ik kom...' zegt Phil, en ik zeg hem dat het goed is. Zelf kom ik nog lang niet. Hij stoot een paar keer, siddert en rolt van me af. Dat hij met zijn hand over mijn haar strijkt, vat ik maar op als een gebaar van affectie. 'Sorry,' fluistert hij. En ik zeg dat het niet geeft.

7

De softbalcoach van het meisjesteam belt en Phil is in de wolken, zoals ik had voorspeld. Ik ga met Tory naar de eerste dag van het oefenkamp, waar ze de jongste is en een kop kleiner dan de op een na kleinste.

Maar volgens mij mag de coach Tory graag. Steeds weer komt hij naar het hek om opmerkingen over haar te maken, waarbij hij me van achter zijn zonnebril met spiegelglazen aankijkt alsof hij een politieagent is. Een bal van een paaltje slaan is één ding, zegt hij tegen me, maar ze is er klaar voor om een bewegend doel te raken. En dat scheidt de mannen van de jongens. De meeste mensen verstijven als ze iets op zich af zien komen. Snap ik wat hij bedoelt? Ik snap wat hij bedoelt.

Vervolgens slentert hij weer terug naar het middenveld, maar niet helemaal tot aan de werpheuvel, omdat hij dan te hard zou moeten gooien. Tory ziet er heel klein uit bij de thuisplaat, en als ze de helm opzet, is haar hoofd zo reusachtig en wiebelig als dat van een buitenaards wezen. De coach gooit op en ze zwaait veel te laat. De bal slaat tegen het harmonicagaas achter haar, en de assistent-coach haalt hem op en gooit hem terug. 'Je moet hem met je ogen volgen,' zegt de coach, die opnieuw opgooit, deze keer met een trage, hoge boog die haar genoeg tijd geeft om na te denken. Kennelijk te veel tijd. Tory staat er bewegingloos bij terwijl de bal langs haar zweeft. Mijn telefoon gaat, en ik graai ernaar in mijn handtas, mijn ogen nog steeds gericht op Tory. 'Nu ben je er klaar voor,' zegt de coach.

Een mannenstem vraagt: 'Is dit het goede nummer?'

'Wat?'

'Is dit je mobiele telefoon? Je bent moeilijk te vinden.'

Ik spring zo snel op dat de klapstoel onder me eraan moet geloven. Ik loop naar het einde van het hek, buiten gehoorafstand van de andere moeders. 'Je spreekt met Elyse,' zeg ik tegen hem.

'Ja, dat weet ik,' zegt hij. 'Ik heb je toch zelf gebeld?' Hij vertelt dat hij me heeft gegoogeld, maar dat hij mijn naam verkeerd had gespeld. Hij dacht dat ik Burden had gezegd, niet Bearden, maar hij heeft steeds verschillende combinaties geprobeerd en uiteindelijk had Google hem gevraagd: 'Bedoelde u Elyse Bearden?' En via die link kreeg hij de naam van een galerie in Charleston waar potten van me staan. Hij belde de eigenaar, verzon dat hij mijn potten verzamelde en dat hij iets specifieks wilde laten maken, en zij had hem mijn nummer gegeven. Maar dat was mijn privénummer, en toen hij belde, had er een kind opgenomen. Hij was in paniek geraakt en had meteen opgehangen. Maar toen hij op zijn mobieltje keek, zag hij dat hij een bericht van mij had ontvangen.

Ik lach. Ik weet niet waarom. Alles wat hij tegen me zegt, is grappig.

'Ben je altijd zo moeilijk te vinden?'

'Geen idee. Ik kan me de laatste keer dat iemand me zocht niet meer herinneren.'

'Waar ben je? Kun je praten?'

'Ik ben op het sportveld. Mijn dochter is nog maar zeven,

maar ze willen haar in een softbalteam voor meisjes. Het is haar eerste training.' De coach gooit de bal op en Tory kijkt ernaar, haar helm verschuift, zakt naar beneden en bedekt zowat haar ogen.

'Wat geweldig,' zegt Gerry. 'Zo jong al?

'Zeg het nog eens,' zeg ik. 'Dat het moeilijk was me te vinden.' En hij doet het hele verhaal nog een keer, inclusief het accent van de eigenaar van de Charleston-galerie, die altijd 'zeuven' in plaats van 'zeven' zegt, alsof ze verdorie blauw bloed heeft. Hij vertelt dat hij normaal gesproken elke dag zijn mobiel checkt, maar dat hij de oplader nergens kon vinden, wellicht achtergelaten in Arizona. Hij had een nieuwe gekocht en bleek toen zevenentwintig berichten te hebben, waaronder een van mij. Zijn stem klinkt anders dan ik me kan herinneren, en de situatie heeft iets onechts, iets magisch en opwindends. Ik heb nooit stilgestaan bij de techniek achter een rinkelende telefoon, maar nu ben ik betoverd door het wonder van onze verbinding – het idee van satellieten hoog boven ons in de ruimte die signalen afgeven, golflengten van impulsen die van het ene vaste voorwerp naar het andere kaatsen, zodat de geluiden die uit zijn mond komen onmetelijke afstanden afleggen voordat ze weerklinken in mijn oor. De coach gooit de bal op en Tory haalt uit; ze verliest bijna haar evenwicht.

'Ze zei dat je talent had,' zegt hij tegen me. 'Als ik slim was, zou ik proberen zo veel mogelijk werk van je in bezit te krijgen.'

'Ze heeft gelijk,' zeg ik. Ik sta kaarsrecht en houd me vast aan het harmonicagaas. Mijn houding is perfect, alsof hij me kan zien.

'Vind je het leuk om pottenbakker te zijn?'

'Het geeft me vrijheid.'

De coach doet een paar stappen naar voren en probeert het opnieuw.

'Vrijheid in de zin van dat het gemakkelijk voor je is om een paar dagen weg te kunnen?'

'O, mijn god. Mijn dochter heeft zojuist haar eerste bal geslagen.' De bal valt tussen het tweede en derde honk, en de kinderen, van wie sommigen zo verveeld zijn geraakt dat ze op het binnenveld zijn gaan liggen, gaan op hun knieën zitten en kijken naar de voorbij rollende bal. Tory's coach draait zich naar me om en grijnst.

'Heeft ze hem geraakt?'

Ik vertel hem dat ze hem niet alleen heeft geraakt, maar dat ze hem hárd heeft geraakt. Hij vertelt dat hij soms genoeg heeft van het bankwezen. Dan bedenkt hij dat hij ook een heel ander leven zou kunnen leiden. Lesgeven, of als fietsenmaker werken in Key West. Iets echts. Iets eenvoudigs. Iets waar je je hart en ziel in kunt leggen. Of ík wel eens bedenk dat ons leven er heel anders uit zou kunnen zien? Een knal, harder dan de eerste, en deze keer schiet Tory's bal hoog de lucht in en komt neer in het lege groene veld achter het derde honk.

Het is zo lang geleden dat ik verlangen heb gevoeld dat ik aanvankelijk denk dat ik griep heb.

Er moet een verklaring zijn voor het feit dat ik de volgende ochtend misselijk wakker word en me aan de wasbak moet vastgrijpen om mijn evenwicht te bewaren. Als ik in de spiegel kijk, zie ik een bleek en vreemd gezicht.

Het is een beetje als zwanger zijn, maar dat ben ik niet. Ik neem elke ochtend een blauw pilletje in en ben blij dat Phil zich niet heeft laten steriliseren, wat we enkele jaren geleden overwogen, dat we ervoor kozen om, zoals hij het zei, de deur op een kier te houden. Want het geeft me een excuus om de pil te slikken en misschien... Ik heb het niet aan Gerry gevraagd. Hij heeft drie kinderen, de kans is dus groot dat hij, zoals Phil het zou zeggen, er een knoop in heeft laten leggen. Ik weet niet hoe ik de vraag moet stellen, dus is het maar goed dat ik dat ook niet hoef. Ik druk de pil door het stripje, stop hem in mijn mond en slik hem door.

De hele dag ben ik futloos en ongedurig. Ik kan me niet

op mijn werk concentreren en loop weer de studeerkamer in, waar ik doelloos zap totdat ik een film met Bette Davis vind. Misschien ben ik wel ziek, denk ik, terwijl ik op de bank ga liggen. Ik bel het lopen met de meiden af en heb tussen de middag geen trek. Als ik om twee uur de kinderen van school haal, rijd ik per ongeluk de baan voor de schoolbussen op en moet ik drie keer steken voor ik om kan keren, terwijl de moeders in de andere auto's toekijken. Ik zet het eerste kind af en als Tory zeurt dat ze bij haar vriendin Taylor wil spelen, loop ik met de meisjes naar de keukendeur en vraag Taylors moeder of het goed is. Die vindt het prima en zegt dat ik er inderdaad moe uitzie. Misschien heb ik griep, zeg ik tegen haar, waarop zij zegt dat ze heeft gehoord dat het heerst.

Ik loop de hele dag rond met mijn mobieltje in mijn beha. Tijdens het rijden had ik het uitgezet en als ik thuiskom, controleer ik mijn berichten. Maar natuurlijk heeft hij niet gebeld. Het is nog maar een dag geleden. Hij zal heus niet elke dag bellen. Ik loop naar de garage en ga achter mijn draaischijf zitten. Ik loop de tuin in en trek wat onkruid uit. Ik ga op bed liggen en sta weer op. Ik doe een lading wasgoed in de wasmachine, maar zet het ding niet aan.

Om zestien minuten over vier begint mijn borst te trillen.

'Volgens mij word ik ziek,' zeg ik tegen hem.

Hij zegt dat hij zich ook niet zo lekker voelt.

8

Ik sta bij een ronde tafel in Frederica's Lingerie, met mijn handen in een stapel negligés in de kleuren aubergine en kaneel. Ik heb ergens gelezen dat je kleuren naar voedsel moet noemen wil je dingen aan vrouwen kunnen verkopen. Artisjokgroen en citroengeel, zalmroze en bordeauxrood. Het klinkt logisch. Vrouwen hebben altijd trek.

79

Het is in de ochtend prettig toeven in het overdekte winkelcentrum, voordat de tieners komen. Er klinkt klassieke muziek en de zon valt door de dakramen op de leisteenvloer. Door de openstaande winkeldeur zie ik de fonteinen op de binnenplaats onregelmatig spuiten, het water schiet hoog in de lucht. Het is zo'n fontein waar je in zou willen waden, op naaldhakken de marmeren trappen beklimmen, boven de stralen gaan staan totdat het patroon verandert en er een kanonskogel van water tussen je benen omhoogschiet.

'Bent u zover?' De verkoopster, die zichzelf heeft voorgesteld als Tara, houdt haar handen op. Ik overhandig haar de kledingstukken en volg haar naar de paskamer. Die is klein maar gezellig, met een gestoffeerde stoel en een ovale spiegel met lijst. Ik stap even achteruit terwijl Tara de hangertjes aan de kapstok hangt. Ze hebben hier te veel spullen. Te veel keuze. Het assortiment is helemaal aangepast aan de vrouw die niet weet wat ze wil of wie ze wil zijn.

Ik kleed me uit tot op mijn katoenen heupslip en begin te passen. Een wijde, soepel vallende pyjama die me aan de films van Katharine Hepburn doet denken. Katharine denkt dat ze Spencer Tracy kan manipuleren, maar daar is hij veel te veel man voor. Ik knoop de pyjama dicht en sta rechtop voor de spiegel. Tara roept van achter de klapdeurtjes dat ze thee heeft gezet en ik zeg dat ik graag een kopje lust. Ik ga verder met de kimono. Mijn favoriet: hij verhult alles en kan toch elk moment op de vloer vallen. Eén flinke ruk aan de zijden ceintuur om je middel en het is gebeurd. Tara brengt de thee terwijl ik een geel-oranje sarong onder mijn oksels wikkel. Die bevalt me wel, licht en opzichtig; Dorothy Lamour die op het strand met Bob en Bing ligt te stoeien. Boven de geknoopte stof ziet mijn schouderpartij er goed uit. Ik vraag Tara naar van die zelfophoudende kousen, pantykousen met een rand van elastiek om je bovenbenen waardoor ze op hun plek blijven zitten. Werkt dat echt, en kan ze me er een brengen in het zwart, half doorschijnend?

In Frederica's ligt een heleboel geschiedenis. De laatste keer dat ik hier was, was ik op lingeriejacht met Kelly, vlak voordat ze trouwde met Mark. Toen ze vernamen dat Kelly op zoek was naar iets voor haar huwelijksnacht, kregen we de paskamer helemaal achterin toegewezen. Die ruimte is zo groot dat er een verhoging in zit en een grote bank staat. De verkoopster noemde Kelly op gedempte toon steeds 'de bruid', alsof ze het had over iemand die pas was overleden, en er trok een zweem van irritatie over Kelly's gezicht, zo snel dat alleen iemand die haar net zo goed kent als ik het kon hebben opgemerkt. Hetzelfde gebeurt als mensen maar blijven zeggen dat ze zo mooi is. Kelly vindt het vreselijk om in een hokje geplaatst te worden. Maar de verkoopster bleef maar komen met grote, wijdvallende peignoirs, vormeloos en doorzichtig, in het wit en roze.

'Zoiets zou Eva Gabor dragen terwijl ze pannenkoeken bakt,' zei Kelly terwijl ze de kledingstukken teruggaf.

Het meisje was nog te jong om de verwijzing naar Eva Gabor en pannenkoeken te begrijpen, maar leek te beseffen dat het wel wat sexyer mocht. Ze kwam terug met een zwarte bustier met lange bungelende jarretelles, en Kelly had geknikt en was uit haar spijkerbroek gestapt. Ze had nog steeds een geweldig lichaam, was nog altijd even slank. Ik plofte neer op de bank en keek toe terwijl ze met de bustier worstelde; ze kronkelde als een slang die terug in zijn oude vel probeert te komen. Het was een soort martelkledingstuk: haar borsten werden omhooggeduwd en het zat zo strak om haar heupen dat ze er een overdreven taille van kreeg. Ik vroeg haar hoe je het ding uittrok als het tijd was voor seks.

'Je trekt het niet uit, sufferd, dat is het hele punt,' zei ze, terwijl ze voor de spiegel draaide en de jarretelles als zweepjes tegen haar dijen sloegen. De verkoopster bracht ons champagne – nog een extraatje, vermoed ik, voor klanten in de grote paskamer achter in de zaak. Klaarblijkelijk was de ruimte Frederica's equivalent van een bruidssuite. Ze wilde ons duidelijk nog gelukkiger maken dan we al waren. Ze toverde met zo'n zwierig gebaar de champagneglazen tevoorschijn dat ze kennelijk had verwacht dat we zouden gillen, applaudisseren of toosten. Toen Kelly alleen maar heel kalm 'Dank je, zet maar op tafel' zei, verried het gezicht van het meisje heel even teleurstelling. Maar ze vertoonde onmiddellijk weer een professionele glimlach en liet ons eindelijk met rust. Kelly stond erop dat ik ook iets zou aantrekken, en hoewel ik me met mijn net ontzwangerde lijf onzeker voelde naast haar, stond ik toch op, trok mijn spijkerbroek uit en pakte het eerste hangertje van de kapstok. Het was een rode, satijnen teddy die de hele tijd van mijn schouders gleed terwijl ik de champagne ontkurkte.

Het daaropvolgende uur sloegen Kelly en ik de goedkope champagne achterover en pasten we om beurten de negligés, onderjurkjes en teddy's in een noeste, vergeefse poging ons verdriet te verzachten. We speculeerden weliswaar over welke kledingstukken het geschiktst waren om haar verloofde of mijn echtgenoot mee te verleiden, maar eigenlijk waren we in diepe rouw om mannen die er niet waren: de man die haar had verlaten, de man die ik nog niet had gevonden. Toen Kelly op de verhoging ging staan met de lege champagnefles in de hand, haar wangen roze en haar haren in de war, had ik bijna gevraagd wat ze zou doen als Daniel bij haar terug zou komen. Ik heb haar nooit verteld dat hij me een keer heeft gebeld, dat zijn mobiele nummer op de laatste bladzijde van mijn adressenboekje staat, vergezeld van de letter D. 'Laat haar met rust,' had ik hem toegeblaft. 'Je hebt haar hart nu één keer gebroken, ik vermoord je als je dat nog eens waagt.' Op het moment dat ik het zei, had het goed geklonken, maar toen ik haar daar in die paskamer zag staan, zo blozend, mooi en wanhopig, vroeg ik me af of ik wel echt had geprobeerd haar te beschermen. Misschien wist ik gewoon dat ik voor de allereerste keer moederziel alleen zou achterblijven als Daniel terugkeerde en haar zou meevoeren.

Dit is geen vrolijk verhaal. Waarom denk ik er nu aan? Ik adem diep uit en trek een donkerrood negligé over mijn hoofd. Het kleurt mooi bij mijn huid. Tara duwt de deur open. Ze heeft de zwarte, zelfophoudende kousen bij zich en een armvol beha's. Ze wil dat ik ze probeer en vertelt dat het de meest comfortabele beha's op de markt zijn, en als vrouwen ze eenmaal hebben gepast, willen ze er een in elke kleur. Je weet hoe het gaat. Vrouwen doen een moord voor een lekker zittende beha, en ik realiseer me dat ik zo dus op haar overkom, als een vrouw die groot inkoopt.

'Haal eens een paar van die zwartsatijnen schoenen met hoge hakken voor me,' zeg ik. 'Die in de etalage staan.' Ik ga op de kleine stoel zitten en trek voorzichtig de kousen aan. Ik geniet altijd van het geluid dat nylon maakt als je ene been tegen het andere schuurt en stel me Gerry's handen voor die mijn knieën ruw uit elkaar duwen, Gerry's hoofd dat tussen mijn dijen glijdt. Tara klopt op de deur en reikt me zonder een woord te zeggen de schoenen aan. Ze zijn te klein, maar toch wurm ik mijn voeten erin en ga voor de passpiegel staan. Heel geraffineerd, en prachtig, zoals deze schoenen je benen langer maken, tot op ooghoogte van de klant. Doen ze iets dergelijks in de supermarkt ook niet met snoepgoed bij de kassa? Zo gaat het in de wereld. Wat je ziet, is wat je wilt, en ik zou maar wat graag het snoep bij de kassa zijn, in elk geval af en toe. Iets waaraan je je bezondigt, iets waarvan je weet dat het slecht voor je is, maar wat je toch neemt. Je pakt het gehaast, snel, terwijl je over je schouder kijkt om te controleren of niemand je gulzigheid opmerkt. Ik sta te wankelen op de hoge hakken, draai met mijn heupen voor de spiegel en mompel ondertussen: 'Wilt u eens proeven, meneer?'

'Weet u zeker dat u de beha's niet wilt?' vraagt Tara, maar binnen vijf minuten sta ik buiten en loop door het winkelcentrum met de schoenen, de donkerrode zijden onderrok, een zilverkleurig negligé en de zelfophoudende kousen, verpakt in felroze papier. Neuriënd laat ik de tas in mijn hand zwaaien, op weg naar de bistro waar ik met Nancy heb afgesproken voor de lunch. Op weg naar Gap Kids, waar ik een jas voor Tory ga kopen. Op weg naar Home+Garden, waar ik mijn hand langs de staafjes van alle windgongen zal laten glijden, mijn ogen gesloten, zachtjes heen en weer wiegend met mijn lichaam. Op weg naar Nordstrom, waar ik op elke pols een ander parfum zal spuiten. Op weg naar boekwinkel Barnes & Noble, waar zoveel verhalen over zoveel mensen te vinden zijn die hebben liefgehad en op zoveel manieren hebben verloren. Op weg naar de fonteinen op de binnenplaats en door het zonlicht dat schijnt op de schitterende leisteenvloer. Op weg naar waar vrouwen zoals ik graag heen gaan, waar dat ook is.

9

'Wat wil je?' vraagt Jeff me.

'Dat is het 'm nu juist, dat weet ik niet precies. En dat vind jij natuurlijk oneerlijk naar Phil toe, dat hij moet raden wat ik wil als ik het zelf niet eens weet.'

Jeff schudt zijn hoofd. 'Dat klinkt alleen maar menselijk. Maar je moet dit weten: Phil is heel zeker van wat hij wil. Hij wil dit gezin koste wat kost bij elkaar houden.'

'Koste wat kost?'

'Dat waren zijn exacte woorden.'

'Dat is wel heel makkelijk gezegd, "koste wat kost", als je weet dat de rekening naar iemand anders wordt gestuurd.'

Jeff leunt achterover in zijn stoel en vouwt zijn handen behoedzaam voor zich.

'Vond je het niet vreemd,' vraag ik hem, 'dat Phil degene was die belde om een afspraak te maken?'

Dat was verdomd vreemd en dat weet hij. 'Stellen hebben allerlei afspraken met elkaar,' zegt hij. 'Ik dacht gewoon dat Phil bij jullie thuis degene was die alle gezinsafspraken maakt.'

'Alsjeblieft, zeg. Al zou je een pistool tegen zijn hoofd houden, dan nog zou hij niet weten hoe Tory's juf of kinderarts heet. Hij wilde er gewoon zeker van zijn dat we hier terecht zouden komen, dat dit hele gebeuren zou worden geregeld in een rechtbank die aan zijn kant staat.'

'Dus jij denkt dat de kerk minder ontvankelijk is voor de behoeften van vrouwen dan voor die van mannen?'

'Bingo.'

'Nou, je hebt gelijk. Natuurlijk heb je gelijk. Maar je praat niet met de kerk. Elyse, je praat met mij.' Jeff wrijft in zijn ogen. 'Vind je het een ongemakkelijke situatie, dat we allemaal vrienden zijn van elkaar?'

'Ik heb overwogen te eisen dat we naar mijn eigen therapeut zouden gaan. Zoveel leek het me toch niet gevraagd om iemand in te huren die objectief is, maar toen dacht ik: wat doe ik ook moeilijk, laat ik Phil zijn zin maar geven. Zo houden we het binnen de familie.'

'De kerkfamilie.'

Ik lach, hoewel ik niet weet waarom. 'Ja, de kerkfamilie.'

'Het klinkt alsof je de handdoek al in de ring hebt gegooid, en we zijn nog niet eens begonnen.'

Wat kan ik daarop zeggen? Hij heeft gelijk. 'Vat het niet verkeerd op,' zeg ik, 'maar het maakt niet uit met wie we praten. Het is toch al te laat.'

'Phil zei nog iets. Hij denkt dat je er niet bij stilstaat wat dit allemaal voor Tory kan betekenen.'

Hij vertelt over onderzoeken die hebben aangetoond dat kinderen uit gebroken gezinnen het minder goed doen op school. Ze zijn eerder seksueel actief en hun eigen huwelijken lopen stuk. Ik heb me verdiept in dezelfde onderzoeken. Dan zijn er nog de biografieën. Ga naar de bibliotheek en pak er een uit de kast. De beroemde persoon kwam uit een gebroken gezin, en vanaf dat moment begonnen de dominostenen te vallen. Er is iets wat anders is aan deze mensen, deze kinderen van gescheiden ouders. Ze lopen met hun voeten verder uit elkaar dan de rest van ons, alsof ze zijn opgegroeid op een boot. Het zijn mensen die hebben geleerd dat er elk moment iets kan veranderen. Ze worden later misschien beroemd, maar gelukkig zijn ze niet.

Jeff zet zijn bril af en ik vraag me, niet voor het eerst, af of het ding wel echt is. Hij is breed, zwaar en zwart, een bril zoals Michael Caine vroeger droeg, en ik heb Jeff hem nog nooit buiten zijn kantoor zien dragen. 'Natuurlijk weet ik wat voor impact het heeft op kinderen,' zeg ik tegen hem. 'Het is de enige reden dat ik nog bij hem ben.' Dat is een leugen, maar wel een waarvan ik verwacht dat ik er Jeff de mond mee kan snoeren. Ik acht hem er overigens toe in staat om een nepbril op te zetten. Jeff heeft veel rekwisieten.

'Ik weet het niet, Elyse. Je lijkt me zo...' Jeff stopt en zoekt naar een woord.

'Boos? Koppig?'

'Ja, natuurlijk ben je boos en koppig, maar er speelt nog iets anders.'

'Denk je dat ik bang ben? Je denkt zoals Phil, dat ik allemaal gewaagde uitspraken doe, maar dat ik, als puntje bij paaltje komt, toch niet alleen verder durf. Je ziet me als een tandartsvrouwtje dat met twintig dollar in haar portemonnee in een huis van vier ton woont en weliswaar een grote mond heeft, maar niet het lef om door te zetten.'

Jeff gaat verzitten in zijn stoel en legt de bijbel op zijn bureau recht. Ik vraag me af of het een onbewust gebaar is of een soort dreigement. Phil is hier als eerste geweest en heeft als het ware de wanden geverfd met zijn interpretatie van de gebeurtenissen. Het is moeilijk te bewijzen dat je niet gek bent. Moeilijk te bewijzen dat je niet egoïstisch bent. Bijna onmogelijk te bewijzen dat je niet paranoïde bent. Wat ik ook zeg, Jeff – eigenlijk iedereen, de hele meute – zal proberen me tegen te houden. Mijn redenen zullen nooit goed genoeg zijn, mijn verklaringen zullen geen gehoor vinden. Alleen op een brancard mag ik dit huwelijk verlaten.

'Wat heb je aan je hand?'

'Wat?'

'Je hand. Waarom zit er verband om?'

'Phil beschuldigde me ervan dat ik dramatisch deed, en dus heb ik mezelf in mijn hand gestoken.'

Jeff heeft een vreemde blik in zijn ogen en lange tijd zitten we zwijgend tegenover elkaar. 'Het huwelijk is een komisch iets, vind je niet?' zegt hij uiteindelijk.

'Om je te bescheuren.' Ik staar naar het kruis achter zijn hoofd en bijt op mijn lip. Om een of andere reden is hij de laatste van wie ik zou willen dat hij me ziet huilen.

Terwijl ik vanuit Jeffs kantoortje door de gang loop, zie ik Lynn in het atrium praten met een man die een klembord bij zich heeft. Kennelijk heeft de kerk besloten de renovatie door te zetten, en zij heeft het verzamelen van offertes op zich genomen. Ze draagt een lichtroze pak, een nep-Chanel, en is veel te chic gekleed voor de gelegenheid. Haar haar is keurig gekapt en ze ziet er goed uit in haar pak, slank en met smaakvolle accessoires. Dat ze niet meer met ons meewandelt, heeft geen invloed gehad op haar gewicht. Lynn heeft altijd al veel discipline gehad. Toen we nog met de leesclub uit eten gingen, at ze altijd alleen maar een voorgerecht en zwoer dan dat ze vol zat.

Ik wil naar haar zwaaien, maar dat voelt verkeerd. Ze doet haar best om professioneel over te komen. Ze is nog aan het aftasten wat haar nieuwe baan precies inhoudt. Ik ben wel de laatste die ze om zich heen kan gebruiken.

Gerry zegt: 'Geef me even, dan bel ik je terug.' De moed zinkt me in de schoenen. Het was fout om te bellen. Hij belt mij. Ik bel hem niet. Misschien vindt hij me wel opdringerig. Misschien voelt hij zich nu al gevangen. Toch rijd ik naar het winkelcentrum en parkeer mijn auto op het verste punt van het parkeerterrein, op het gedeelte waarop alleen rond kerst auto's staan. Ik ben er nog maar net of de telefoon gaat.

'Sorry,' zegt hij. 'Ik moest even een lege vergaderzaal zoeken.'

'Ik kom net bij therapie vandaan,' zeg ik. 'Deze keer alleen met Jeff.'

'Heeft hij je hard aangepakt?'

'Nee, dat is het vervelende. Hij was heel aardig.'

'Ik moet je iets vertellen,' zegt Gerry. 'En je mag niet lachen.'

Ik begin meteen al te giechelen. 'Wat dan?'

'Ik krijg een stijve als ik je telefoonnummer intoets.'

'Nietes,' zeg ik, hoewel de gedachte me ongelooflijk blij maakt. Met een brede glimlach zit ik achter het stuur.

'Ik zweer het je, ik ben net zo'n Pavlov-hond: ik toets 704 in en word keihard. Waar ben je?'

'Op het parkeerterrein van een winkelcentrum. In de verste hoek, bij Sears, waar ze banden onder je auto zetten.'

'Heel romantisch. Waar is je hand?'

Ik kijk naar mijn verbonden handpalm. 'Waarom wil je dat altijd weten?'

'Kun je praten?'

'Ik moet zo bij school staan, om...'

'Om vijf over twee pas.' Hij kent mijn schema. 'Ik vraag je niet naar Europa te vliegen. Ik heb maar vijf minuten nodig.'

'Ik heb nog nooit aan telefoonseks gedaan.'

'We hebben ook geen telefoonseks. Jezus, wat klinkt dat vreselijk. We praten alleen maar. Van praten kom je niet in de problemen.' Een regelrechte leugen, maar ik moet toch lachen. Het klokje op mijn dashboard geeft aan dat het kwart over een is.

Vijf minuten later hangt mijn ondergoed op mijn knieën en lig ik met mijn hoofd achterover tegen de hoofdsteun. Hij vraagt of ik het hier even mee kan doen.

'Ik denk het wel,' zeg ik tegen hem.

Nog diezelfde middag bel ik hem terug.

10

Op zaterdagochtend gaan de kinderen met ons mee naar de atletiekbaan. Ze schommelen en kruipen in klimtoestellen op het speelterrein van de school terwijl wij lopen. Kelly en ik lopen vandaag snel, zo snel dat we ons losmaken van Belinda en Nancy. Een groepje cheerleaders traint op het middenveld. Ze bouwen piramiden en breken die weer af, maken lange flikflakken over het veld en rekken zich uit.

'Moet je die meiden zien,' zeg ik. 'Wat zijn ze nog jong en mooi.'

Kelly zucht. 'Het leven is lang.'

Tory heeft besloten met ons mee te lopen. Ze dribbelt om ons bij te houden, maar klaarblijkelijk vindt ze het de moeite waard om te mogen deelnemen aan een volwassen gesprek. Ook zij kijkt naar de meisjes en daarna naar ons. 'Gooiden jullie elkaar ook in de lucht toen jij en mama cheerleader waren?'

'Het was bij ons wel een beetje anders,' zegt Kelly. 'We waren geen turnsters. We gingen niet op kamp en leerden geen ingewikkelde dingen. Maar we deden wel altijd één lift...'

'Heb jij mama gelift?'

'Zij liftte mij.'

'Kelly was een zogenoemde flyer,' zeg ik. 'Ik was een catcher, dus ik bleef altijd op de grond.'

'Waarom moest jij op de grond blijven?'

'Omdat je moeder zo sterk was dat ze mij kon opvangen.'

'O, vertel dat kind toch de waarheid,' zeg ik. 'Ik stond altijd onderaan omdat ik het lef niet had om te springen.'

'Je durfde er niet op te vertrouwen dat ik je zou opvangen.'

'Dat is waar,' geef ik toe. Ik leg twee vingers tegen mijn keel om mijn hartslag te voelen. 'Ik heb er nooit op vertrouwd dat iemand me zou vangen.'

'Je bleef er maar over zeuren dat ik Tracy McLeod een keer had laten vallen.'

'Wie is Tracy McLeod?' vraagt Tory, die Kelly's hand vastpakt.

'Een domme trien die er helemaal niet toe doet. Maar ik heb haar een keer laten vallen, en daar is je moeder nooit overheen gekomen. Waarschijnlijk omdat Tracy op school al strompelend aan iedereen vertelde dat haar enkel was gebroken.'

'Haar enkel wás ook gebroken.'

'Tory, weet je nog dat verhaal dat je had verzonnen toen je klein was?' vraagt Kelly, die duidelijk graag van onderwerp wil veranderen. We lopen al twintig minuten in dit tempo, en ze begint een beetje buiten adem te raken. 'Je klom op mijn schoot, en ik schreef het op, en toen heeft je moeder het in je babyboek geplakt. Het ging over cheerleader zijn.'

'Heb je het opgeschreven?'

'Ja, maar ik ken het uit mijn hoofd.' We blijven staan terwijl Kelly haar keel schraapt en citeert:

Er was eens een meisje geboren.
Ze was een ballerina.
Ze was een cheerleader.
Toen werd ze een eggenote.
Toen ging ze dood.

Tory fronst. 'Wat is een "eggenote"?'

'Waarschijnlijk probeerde je "echtgenote" te zeggen,' zeg ik tegen Tory terwijl ik glimlach bij de herinnering. 'Maar het was vreemd dat je de woorden "ballerina" en "cheerleader" wel kende, maar "echtgenote" niet.'

'Je was zo grappig,' zegt Kelly. 'Het liefst had ik alles opgeschreven wat je zei.'

Tory knikt, alsof dat inderdaad een heel redelijke reactie was geweest op haar fantastische jeugd. We lopen weer verder en ze staart naar de cheerleaders. 'Waren mama en jij mooi?'

'Mijn god, we waren beeldschoon.'

'En tante Kelly kon vliegen.'

'Het was eerder een soort vallen.'

Tory kijkt naar Kelly. 'Wil je mij leren hoe je moet vallen?'

'Daar valt niet veel aan te leren. Je laat gewoon los.'

Tory knijpt haar ogen tot spleetjes, zoals ze doet als ze hard nadenkt. Ze wil Kelly geloven, maar blijft toch wat argwanend.

'Het is niet dat je echt iets leert,' zegt Kelly, die naar de jonge meiden op het veld staart die boven op elkaar klimmen. 'Het is eerder dat je iets vergeet. Maar ik wil je wel liften en laten vallen als je wilt...'

'Oké,' zegt Tory, maar haar stem klinkt zacht.

'... en je moeder vangt je op, want je moeder is de sterkste vrouw van de hele wereld. Vraag haar maar.'

'Het zijn gewoon twee verschillende soorten kracht.'

Tory is nog steeds niet helemaal overtuigd. 'Hoe hoog vloog je?'

'Ze kon een hele binnenwaarts gehoekte sprong doen,' antwoord ik. 'Ze was de beste.'

'Heb je er ook een foto van?'

Ik lach. Typisch Tory. Ze wil bewijs.

'Ik heb er vast nog wel ergens eentje liggen,' zegt Kelly, die nu ook lacht. 'Geef ons een kans, Tory. Wij zijn niet altijd eggenotes geweest.'

11

Kelly is één keer verliefd geweest.

De man was getrouwd. Op een ochtend vertelde ze me er uitvoerig over toen we voor ons favoriete koffiehuis zaten, dat met een oosterse veranda en hanglampen in de stijl van Frank Lloyd Wright. Ik weet niet meer wat ik er toen van vond of wat ik heb gezegd. Zelf was ik nog maar net een jaar getrouwd. Waarschijnlijk heb ik haar gezegd dat het huwelijk een deur is waardoor mensen naar binnen en naar buiten lopen, of zoiets belachelijks. In elk geval wist ze dat ik haar niet zou veroordelen, haar niet met een fronsend gezicht zou aankijken en vragen waar ze dacht dat dit nu precies toe leidde.

In die tijd leek ze altijd licht aangeschoten. Misschien kwam het wel doordat ik zwanger was van Tory, zelf niet kon drinken en daardoor haar toenemende frivoliteit beter kon observeren. Ze vertelde me over alle mannen met wie ze afspraakjes had gehad in de tijd dat we elkaar uit het oog waren verloren, dat ze hen soms had gepijpt omdat ze zich onzeker voelde en op de knieën gaan een goede zet leek in een situatie waarin ze eigenlijk niet wist wat ze moest doen. 'Dat is toch vreselijk?' zei ze. 'Vind je dat niet zielig?'

Ik schudde mijn hoofd omdat er niet één vrouw bestaat die niet een keer naar een stijve penis heeft gekeken en toen dacht: o, jezus, hoe kom ik hier zo snel mogelijk weg?

'Ja, het is vreselijk,' zei ik. 'Het is vreselijk, het is zielig en het is schering en inslag.'

Maar de seks met deze nieuwe man was heimelijk, extatisch. Het was een soort religie, zei ze, terwijl ze overging op gefluister. Totaal onverwachts had ze op haar dertigste deze man ontmoet en... ze fladderde met haar handen en was niet in staat het in woorden uit te drukken. Ze deden alles, probeerden alles uit. Hij wilde dat ze hem blinddoekte. Hij wilde dat ze hem vastbond met een rubberen slang die hij nog in huis had liggen uit de tijd dat hij zijn rug had bezeerd en fysiotherapie kreeg. Ze deden het in draaistoelen, in auto's, op picknicktafels in een park vlak bij haar huis. Een keer hadden ze in de toiletruimte van een tankstation de wasbak compleet van de muur getrokken. 'Die BP-pomp op de hoek van Providence en Rama,' zei ze. 'Weet je die?'

Ik knikte, zo zwaar geschokt en groen van jaloezie dat ik moeite had om rechtop in mijn stoel te blijven zitten.

'Het is ongelooflijk,' zei ze. 'Alsof er nooit een eind aan komt.'

Als om haar verhaal kracht bij te zetten, rinkelde haar mobiel. Kelly was de eerste die ik kende met een mobiele telefoon. In die tijd waren de telefoons nog log en zwaar, en had je alleen bereik als je buiten op een heuvel stond. Ik had me altijd afgevraagd waarom ze zo'n ding had, maar nu begreep ik het. Ze griste de telefoon uit haar tas, nam op en draaide zich naar me om alsof ze me bij het gesprek wilde betrekken. 'Nee,' zei ze. 'Nee, Elyse is bij me. Ze staat naast me. Het is oké. Ze is mijn beste vriendin en begrijpt het helemaal.' Een langere pauze. Ze keek me aan. 'Wil je hem even spreken?'

Ik schudde al bijna mijn hoofd. Zij mocht dan denken dat ik het helemaal begreep, op dat moment had ik het gevoel dat we verder uit elkaar groeiden dan ooit tevoren. Ik was zwanger en reed in een minibusje dat nog steeds nieuw rook met restanten van stickers op de ramen, en zij rukte in tankstations wasbakken van de muur. 'Wil je dat graag?' vroeg ik, en ze knikte.

'Vertel maar vieze verhaaltjes. Daar was je altijd goed in.'

Vieze verhaaltjes vertellen verleer je nooit; het is net zoiets als fietsen. Ik stak een heel verhaal af over dat hij onder de tafel zat terwijl zij en ik koffiedronken. Ik zei dingen die ik nooit zou zeggen als ik de man had gekend, dingen die ik nooit zou zeggen als ik dacht dat hij me kon zien, maar op een of andere manier was het bedwelmend, de stem van een onbekende man aan de telefoon die ietwat opgewonden vroeg: 'En toen? En toen?'

Kelly lag dubbel van het lachen, en later zei ze dat mijn verhaal perfect was, dat hij hierover fantaseerde, over twee vrouwen, en dat hij dan altijd onderdanig was, altijd vastgebonden wilde worden en gedwongen om de vrouwen te dienen. We waren begin dertig. We meenden dat we op een wonder waren gestuit, zo gemakkelijk als het was om deze man te tergen, hoezeer hij hunkerde naar elke lettergreep van elke belofte.

Maar toen werd ik zenuwachtig. Ik kan me niet meer herinneren waarom. Misschien kwam er nog iemand op de veranda zitten. Misschien zag ik mezelf in het raam van het koffiehuis, waardoor ik ineens weer besefte dat ik zwanger was. Ik was geen stralende zwangere vrouw; ik was voortdurend zweterig en misselijk, had een vlekkerig gezicht, en Phil en ik hadden al drie maanden geen seks meer gehad. Al sinds die avond dat ik me plotseling, midden in een vrijpartij, omdraaide om in bed over te geven. Kelly glimlachte naar me, boog over de tafel naar me toe en moedigde me aan om door te gaan. Maar toen ik de weerspiegeling van mezelf in het raam zag, hield ik op met praten. De man aan de andere kant van de lijn was stil. 'Ik hoop dat ik geen slechte eerste indruk heb gemaakt,' zei ik uiteindelijk. 'Integendeel,' zei hij, 'niemand heeft ooit een bétere eerste indruk op me gemaakt.' Ik gaf Kelly de telefoon terug en zei: 'Hij is een schatje.'

Ze drukte de telefoon tegen haar oor, luisterde een minuutje en grijnsde toen naar me. 'Nee,' zei ze. 'Ik zei toch dat Elyse en ik naar de film gaan? Ik ben pas om vijf uur terug.' Daarna pauzeerde ze weer en zei: 'Nee, ik denk niet dat ze daarvoor in is en gebruik dat soort woorden niet. Het klinkt net alsof je haar iets wil aandoen.'

In de daaropvolgende maanden was ik de enige die wist van hun affaire. Kelly belde me geregeld giechelend op en ratelde dan aan één stuk door. Ik verzekerde haar ervan dat ik toch niet sliep, en dat was ook vaak zo. En op de rusteloze avonden aan het einde van mijn zwangerschap en tijdens de lange borstvoedingssessies die daarop volgden, klemde ik de telefoon tussen kin en schouder en luisterde naar haar waterval van woorden, verhalen die ze in de verkeerde volgorde vertelde, verhalen waaraan geen touw vast te knopen viel. Verhalen die begonnen met een gemompeld: 'Mijn god, hoe moet ik dit nou weer vertellen...'

Soms pauzeerde ze even en vroeg dan hoe mijn dag was geweest. Maar godallemachtig, hoe moest ik haar dat nou vertellen? Om te beginnen wist ik vaak niet eens welke dag het was. En anders dan voor wat zij doormaakte, leken er geen woorden te zijn voor wat mij overkwam. Hoe kun je de uren beschrijven waarin je alleen maar naar een babyhandje kijkt, of hele dagen waarop je niet eens weet of je wakker bent of slaapt? Alles om haar heen was riskant en gevaarlijk, terwijl ik me in een omgeving bevond waar veiligheid vóór alles kwam. Hoekbeschermers, kussens opgestapeld tegen de open haard, sloten op de kastjes, plastic afdekplaatjes op de stopcontacten, luchtbevochtigers die elk geluid dempten met een zacht, dof gesnor. Hoe kon ik uitleggen dat ik in een wereld leefde waarin het onmogelijk was om je te bezeren? 'Mijn dag was prima,' zei ik dan. 'Vertel verder.'

Natuurlijk kon ze mijn donzige wereld niet begrijpen, natuurlijk kon ze het niet rustiger aan doen en om zich heen kijken. Natuurlijk had ze een tunnelvisie; ze zát ook in een tunnel. Op een gegeven moment zul je een stap terug doen en het grote geheel zien, een ander gezichtspunt innemen, maar toen niet. 'Praat ik te veel over hem?' vroeg ze dan, om er meteen aan toe te voegen: 'Ik weet het, ik weet het, ik praat te veel over hem.' Maar die korte momenten van helderheid waren niet genoeg om het proces waarin ze zich bevond te vertragen. Er overkwam haar iets fundamenteels, en haar vragen om te stoppen en om zich heen te kijken zou net zoiets zijn geweest als een barende vrouw vragen een discussie over politiek met je aan te gaan. Ze zou je, geheel terecht, laten weten dat ze wel andere dingen aan haar hoofd had.

Hoewel ik het nooit hardop heb uitgesproken, heb ik geen moment gedacht dat het echt iets kon worden tussen Kelly en Daniel. Het huwelijk is niet geschikt voor zoveel passie. Dat zou net zoiets zijn als kokend water in een vaas van dun glas gieten. Ik zag haar al in scherven uiteenspatten en zich in duizend stukjes over mijn keukenvloer verspreiden. Een deel van me wilde ontwaken uit mijn verdoofde toestand en tegen haar zeggen dat ze voorzichtig moest zijn, maar een ander deel wist dat wat ik 'bescherming' noemde eigenlijk gewoon jaloezie was. Slaat na al die jaren eindelijk de romantische bliksem in, treft die niet mij, maar de persoon die vlak naast me staat. Ook al was Daniel een overspelige schoft, ze waren de hoofdpersonen van de meest verbazingwekkende verhalen. En die verhalen hadden we nodig. Ze moest me die verhalen vertellen, en terwijl ik in het donker mijn dochter zat te wiegen, voelde ik de dringende behoefte ze te horen.

Ze was mijn beste vriendin. Het overkwam een van ons, en dus overkwam het ons eigenlijk allebei.

Hun plan was eigenlijk heel simpel: Daniel zou overplaatsing naar St. Louis aanvragen, gebaseerd op zijn theorie dat het voor Kelly en hem gemakkelijk zou zijn om in een andere stad een nieuwe start te maken. Zodra de overplaatsing geregeld was, zou hij zijn vrouw vertellen dat hij wilde scheiden. Duidelijk en snel, heel eenvoudig. Hij zou weggaan, en zijn vrouw zou hier blijven. Natuurlijk zou hij het huis aan haar nalaten, dat was wel zo eerlijk. ('Er is altijd een schuldafkoopsom,' zei hij eens tegen me. 'Maar als het zover is, ben je meer dan bereid die te betalen.') Kelly zou zich een paar maanden later bij hem voegen. Zijn vrouw zou nooit te weten komen dat hij een affaire had gehad. Zijn kinderen zouden Kelly nooit beschouwen als de boze stiefmoeder die hun redelijk gelukkige gezin kapot had gemaakt.

Hij ging naar St. Louis. Maar heeft haar nooit laten overkomen. Na een week van gekmakende speculaties belde ze hem uiteindelijk op, en zo kwam ze erachter dat zijn mobiele telefoon was afgesloten. Zijn werkgever vertelde dat hij niet meer bij hen in dienst was. En nee, hij had geen adres achtergelaten. Toen we langs zijn oude huis reden, stond er in de tuin een bord met VERKOCHT.

'Het enige wat dit moment nog tragischer kan maken,' zei Kelly grimmig toen we aan het einde van de doodlopende weg naar het lege huis staarden, 'is als ik je nu zou vertellen dat ik zwanger ben.'

Ik was degene die met haar meeging naar de abortuskliniek. Tory was toen vijf maanden oud. Waarschijnlijk ben ik de enige vrouw die ooit met een baby in haar armen een abortuskliniek binnen is gegaan. Ik voelde me ongemakkelijk toen ik Tory daar in de wachtkamer de borst gaf, dus toen Kelly werd opgeroepen, ben ik met Tory buiten heen en weer gaan lopen. De vrouwen die naar de kliniek kwamen, zullen vast gedacht hebben dat ik daar stond te protesteren. Er was maar één ding erger dan hen opwachten met foto's van verminkte foetussen: hen opwachten met een levende baby in mijn armen. Het waren voornamelijk meisjes, geen vrouwen, de meeste heel jong en ogenschijnlijk doodsbang. Om een of andere reden had Kelly erop gestaan naar een openbare kliniek te gaan, met plastic stoelen en overal folders over geslachtsziekten, huiselijk geweld en aids. Oké, had ik gedacht, als zij zichzelf met alle geweld wil straffen door negenentachtig dollar voor een gesubsidieerde abortus te betalen, is op haar wachten het minste wat ik kan doen. Onderweg ernaartoe had ze op een gegeven moment gevraagd: 'Hoe weet je waar we moeten zijn? Dit is niet bepaald jouw deel van de stad.'

'Hier heb ik Phil leren kennen,' bracht ik haar in herinnering.

'In een abortuskliniek?'

'Natuurlijk niet.'

Ik zei het te snel, mijn stem klonk te scherp van ontkenning. Ik haalde diep adem, keek even naar Tory, die op de achterbank lag te slapen, en vervolgens naar Kelly. 'Hij werkte als vrijwilliger in de gratis tandartskliniek, en mijn moeder had gevraagd of ik een kind...'

'O ja, nu weet ik het weer,' zei ze. 'De gratis kliniek. Daar heb je Sint-Phil leren kennen.'

Ik ijsbeerde ruim een uur met Tory in mijn armen tot ik Kelly eindelijk door de deur naar buiten zag komen, bleek en met een flesje sinaasappelsap in de hand. 'Ik wil er niet over praten,' zei ze, en ik zette Tory in het autostoeltje en reed naar huis. We wisten toen nog niet dat het de enige keer was dat ze ooit zwanger zou zijn.

Precies een jaar lang ging ze eronder gebukt.

Ze ging er zo onder gebukt dat ik er bang van werd. Ik belde haar elke ochtend en zag haar bijna elke dag. Ze paste op Tory als Phil en ik een avondje uit gingen, en elke keer dat ze op bezoek kwam, nam ze een cadeautje voor haar mee: ontzettend onpraktische jurkjes en boeken die eerder geschikt waren voor een tienjarige. En toen, precies een jaar nadat ik haar naar de kliniek had gebracht, belde ze me op en zei: 'Genoeg.'

'Oké,' zei ik. 'Genoeg.'

'Het leven is lang, Elyse.'

'Ik weet het,' zei ik. 'Heel lang. En we hebben nog een lange weg te gaan.'

'Weet je welke dag het vandaag is?'

'Ja.'

'Daarom vond ik het tijd om "genoeg" te zeggen.'

Ze hield woord. We spraken zelden over Daniel en na een poosje leek het wel alsof we een gemeenschappelijke hallucinatie hadden meegemaakt. Toen ik toevallig eens in de toiletruimte van de BP op de hoek van Providence en Rama was, zag de wasbak eruit als elke andere wasbak. Kelly kreeg een betere baan en daarna een nog betere. Ze begon te daten – knappe mannen, mannen met een goede baan, mannen die haar mee op vakantie namen naar exotische oorden. Ik zou bij god niet weten hoeveel het er zijn geweest, vooral niet omdat ik in de meeste gevallen niet eens wist hoe ze heetten. We hadden afgesproken dat ik pas een naam hoefde te onthouden als ze minstens een maand met de betreffende man ging. Tot die tijd mocht ik aan hem referen als 'de jongen'. Als we het nu over die tijd hebben, noemen we het nog steeds Het Jaar van de Vele Jongens.

En toen, op een dag, verkondigde ze dat ze met Mark ging trouwen. Ze was naar mij toe gekomen om het te vertellen en had iets meegenomen, een pakketje met een elastiekje erom: alle brieven die Daniel haar tijdens hun affaire had geschreven.

'Verbrand ze,' zei ze.

Terwijl ik erdoorheen bladerde, zag ik dat het er tien, misschien wel twaalf waren. En ze lagen in chronologische volgorde, wat me verbaasde. Kelly is helemaal niet zo georganiseerd.

'Het zijn er niet eens zoveel, hè?' zei ze. 'Maar ach, hoe lang heb ik hem nu eigenlijk gekend?'

Ik werd een beetje misselijk van het vasthouden van de brieven. 'Wil je echt dat ik ze verbrand?'

'Je móét. Zelf kan ik het niet.'

Die avond, toen Tory op bed lag en Phil al sliep, stak ik de open haard aan. Laat één ding duidelijk zijn: ik ben nooit van plan geweest de brieven te verbranden. Het was eerder bedoeld om een bepaalde stemming te creëren. Ik schonk mezelf een glas wijn in, ging languit op de bank liggen en begon te lezen.

Ik had Kelly en Daniel een aantal keren samen gezien en was getuige geweest van de wanhopige manier waarop hij haar met zijn ogen overal volgde. Ik kende alle details van hun seksleven, maar toch was ik verbaasd over de ruwe passie in Daniels schrijfsels. De humor, de openheid, het gevoel van een gedeelde geschiedenis, de manier waarop hij alles aan haar leek op te merken en zich alles herinnerde wat ze zei. Daniel had alles met Kelly gedaan wat een man met een vrouw kan doen – hij had haar versierd en geneukt, aanbeden en bedrogen, maar om een of andere reden was het nooit bij me opgekomen dat hij van haar had gehouden.

Natuurlijk was dat geen verklaring voor het feit dat hij naar St. Louis was gevlucht, of waar hij ook naartoe was gegaan. Het verklaarde niet waarom ze in die aftandse openbare kliniek terecht was gekomen of waarom ze nu met een man trouwde die ik alleen maar als plan B beschouwde. Maar hoe meer ik las, hoe minder het me leek uit te maken hoe hun verhaal was geëindigd. Natuurlijk kon ik de brieven niet verbranden, en dat had ze al die tijd geweten. Ze had het stapeltje toevertrouwd aan de enige persoon van wie ze wist dat die het met haar leven zou bewaken. Ik legde Daniels brieven weer netjes op chronologische volgorde, bond het elastiekje erom en verborg het stapeltje in een tas achter in mijn kast.

Af en toe haal ik het tevoorschijn en lees ik de brieven, zelfs nu nog. Als het laat is en ik me eenzaam voel of verdrietig. Daniel heeft zich keurig aan de regels van ontrouw gehouden – de brieven bevatten namen noch data, en dat maakt ze perfect voor mij. Gaandeweg is het steeds gemakkelijker geworden om te doen alsof het míjn brieven zijn. Alsof iemand ze aan míj heeft geschreven.

Ik heb nog één keer iets van Daniel gehoord. We zijn op dezelfde dag jarig, en dat heeft ons op een of andere manier altijd met elkaar verbonden. Een gevoel van gedeeld lot, zei hij eens toen we bij Kelly thuis achtenzestig kaarsjes uitbliezen die ze op een taart had gezet – eenendertig voor mij, zevenendertig voor hem. Dus eigenlijk kwam het niet helemaal als een verrassing toen hij me een paar jaar na zijn verdwijning opbelde om me een fijne verjaardag te wensen. Het was zo bizar om met hem te praten dat het even duurde voor het goed en wel tot me doordrong en ik echt kwaad werd. We kletsten alsof we elkaar een week geleden nog hadden gezien, en uiteindelijk kwam hij ter zake.

'Is alles goed met haar?'

'Ze gaat trouwen.'

Nooit zal ik het geluid vergeten dat hij toen maakte, een rauw, dierlijk geluid, een soort geloei. Ik ontstak in woede en vertelde hem dat ze zwanger was geweest toen hij haar verliet, of hij dat wel had geweten. En dat ze de weken en maanden erna compleet was weggekwijnd. En waarom had hij haar zomaar in de steek gelaten als het hem zoveel kon schelen hoe het met haar ging?

Maar hij vermande zich en vroeg: 'Houdt ze van hem?'

'Hij zorgt goed voor haar.'

'Dat vroeg ik niet.'

'Jij hebt het recht verspeeld om vragen te stellen.'

'Zet ze het echt door?'

'Morgen gaan we op lingeriejacht. Voor haar huwelijks-nacht. Hij neemt haar mee naar Parijs.' In werkelijkheid nam hij haar mee naar Vegas, maar Parijs zou vast pijnlijker zijn.

'Zal ik terugkomen?'

'Hoezo? Is er iets veranderd dan?'

'Ga je haar überhaupt vertellen dat ik heb gebeld?'

Op de dag van de bruiloft was Tory Kelly's enige bruids-meisje. Ze liep voorzichtig door het geïmproviseerde gang-pad van de danszaal van het hotel in haar blauwzijden jurk en strooide witte rozenblaadjes, een voor een. Ik bleef maar naar de deur kijken. Misschien was dit de dag dat de ro-mantische hysterie een hoogtepunt zou beleven. Misschien zou Daniel binnenstormen zoals in die scène in *The Gradu-ate*, Kelly optillen en wegdragen.

Natuurlijk gebeurde dat niet, en tijdens de receptie kwam Kelly naar me toe en zei: 'Dus nu ben ik getrouwd.'

'Ja, nu ben je een van ons.'

'Het lijkt niet echt,' zei ze. 'Hoe lang duurt het voordat je echt het gevoel hebt dat je iemands vrouw bent?'

'Dat zal ik je te zijner tijd laten weten.'

Ik denk dat ik er goed aan heb gedaan haar niet te vertel-len over Daniels telefoontje, hoewel ik na al die jaren nog steeds twijfel over die beslissing. Kelly zag er gelukkig uit, ze straalde zelfs een beetje. 'Wit is jouw kleur,' zei ik, en we lachten terwijl we onze armen in elkaar haakten en ons om-draaiden naar onze echtgenoten. Het was een aangenaam ta-fereel. Mark zag er best knap uit in zijn smoking, heel statig met zijn sigaar. Hij zwaaide er wild mee terwijl hij met Phil sprak, die met Tory in zijn armen leunde tegen de met zijde bedekte wand. Tory had zich er dagenlang op verheugd en was vrijwel meteen na de ceremonie in slaap gevallen. Ze lag uitgestrekt in haar vaders armen, haar hoofd naar achteren, haar mond open, het mandje met rozenblaadjes nog steeds in haar hand geklemd. Kelly zuchtte.

'Denk je dat het deze keer goed gaat?'
'Ik hoop het.'
'Ik zou Mark nooit kwetsen.'
'Dat weet ik.'
'Het is anders, maar op een bepaalde manier goed. Hij is er voor me, en dat is ook iets waard.'
'Dat is heel veel waard.'
'Je hebt de brieven verbrand, toch?'
'Natuurlijk heb ik de brieven verbrand.'
Ze boog zich naar me toe en kuste me op mijn voorhoofd. Ze wist dat ik loog.

12

Oktober komt en gaat. Hij blijft bellen.

Niet elke dag. Maar wel zo vaak dat er sprake is van een zekere continuïteit, op een vreemde manier gedetailleerd op de hoogte zijn van elkaars leven. Hij luistert naar me als ik vertel over dingen die zo belangrijk of juist onbeduidend zijn dat je ze normaal gesproken niet bespreekt: de pot die uiteindelijk meer blauw dan groen bleek uit te vallen, de dure schoenen die Kelly me heeft gegeven omdat ze knelden, de droom waarin mijn moeder in een beer veranderde, het vreemde plukje wit dat in mijn wenkbrauw is verschenen, ogenschijnlijk in één nacht. Het betekent dat ik oud word. Het betekent dat ik doodga. Ik vertel hem dat ik bang ben om dood te gaan. Ik vertel hem dat ik mijn favoriete pen kwijt ben.

'Ik heb dit nog nooit eerder gedaan,' zegt hij. 'Wat dit ook is.'

De telefoon ligt op het aanrecht, een constante verleiding, als een taart op een bord. Een klein hapje maar, een beetje glazuur op mijn tong. Dit is natuurlijk de ergste vorm van ontrouw die er is: dat ik van deze man mijn vertrouweling heb gemaakt en dat ik die van hem ben geworden. Dat hij tijdens het autorijden hardop leest wat er op de borden langs de weg staat. Dat ik de koelkast opentrek en hem vertel dat ik ben vergeten room te kopen. Dat ik weet dat de zus van zijn beste vriend een zelfmoordpoging heeft gedaan, en dat hij me helpt met de zondagse puzzel als daarin een Latijns woord voorkomt. Hij weet wanneer ik weer ongesteld moet worden. Ik weet dat de reparatie van die deuk in zijn auto elfhonderd dollar heeft gekost. Ik zeg tegen hem dat de rode en gele paprika's in mijn koekenpan naar zomer ruiken, naar het einde van de zomer, zoals het einde van iets, en hij vertelt mij dat hij in de rij staat bij een drive-in, maar dat hij liever bij mij in de keuken zou zijn. Hij spreekt de wens uit me van achteren te naderen en zijn armen om mijn middel te slaan. Ik sluit mijn ogen en hoor de verrassend heldere stem van een tienermeisje in Boston dat aan hem vraagt of hij er ook saus bij wil. 'Mijn leven is klote,' zegt hij, en ik open mijn vuist en laat de pijnboompitten in de pan vallen. Er is geen woord voor wat Gerry voor mij betekent, hoewel Kelly hem met opgetrokken wenkbrauwen 'de afleiding' noemde toen ik het uiteindelijk niet meer volhield en het hele verhaal uit de doeken deed.

Ik bel hem elke keer als ik bij Jeff ben geweest. Die besluit onze sessies altijd met de woorden dat ik iets voor mezelf moet doen. Elke dag moet ik iets voor mezelf doen, en ik weet wel zeker dat hij niet bedoelt Gerry bellen, maar dat is het enige waar ik rustig van word na zo'n onmogelijke therapiesessie. Vijftig minuten waarin ik probeer uit te leggen wat ik aan het begin van mijn huwelijk had gewild en waarom ik er niet langer naar verlang. Vijftig minuten waarin ik besef dat ik eigenlijk niet meer weet wat ik wil, maar dat ik er vrij zeker van ben dat Phil het me nooit zal kunnen bieden. Vijftig minuten van toegeven dat ik de verkeerde taal spreek en dat het natuurlijk, natúúrlijk, mijn taak is om mezelf dingen te gunnen. Vijftig minuten waarin Phil me geïrriteerd aankijkt, Jeff gretig knikt en mij aanspoort verder te vertellen. Want hoe verwarder en onsamenhangender ik nu ben, hoe groter de lof die hem zal toekomen als hij me redt. Ik ben het verloren schaap wiens terugkeer meer vreugde zal brengen dan die van de andere schapen, die inmiddels weer veilig in hun weiden staan te grazen.

Achter Jeff staan rijen huwelijkshandboeken in een volgestouwde boekenkast. Jeff heeft honderden gidsen met daarin honderden theorieën over hoe het huwelijk zou moeten zijn, en hij zal niet rusten voordat we die allemaal hebben onderzocht. 'Elk huwelijk is een eigen land,' zei hij tijdens onze laatste sessie. 'De huwelijkspartners zijn de koning en koningin van dat land en kunnen alle regels uitvaardigen die ze willen.' Even voelde ik iets van trots toen Phil heel kalm zei: 'Dat is het domste wat ik ooit heb gehoord.' Zelfs Jeff moest erom lachen. Maakt niet uit. Als die vergelijking ons niet aanstaat, heeft hij nog genoeg andere paraat. Ik vraag me af hoeveel mensen met therapie stoppen omdat ze echt iets hebben bereikt en hoeveel omdat ze de gestage woordenstroom spuugzat zijn en uiteindelijk met alles instemmen om maar weg te kunnen.

Dus elke keer dat ik van Jeffs kantoortje terugrijd naar huis, druk ik op nummer 3 van mijn lijst met voorgeprogrammeerde nummers. Dit is niet het moment om over koetjes en kalfjes te praten. Dit is het moment voor een gesprek dat me naar het overdekte winkelcentrum of de luchthaven of de atletiekbaan drijft, waar ik alleen op een verlaten deel van het parkeerterrein naar deze man luister, die vertelt dat hij zijn tong over mijn ruggengraat laat glijden en mijn voetholten tegen zijn voorhoofd drukt. Gerry vraagt me nooit wat ik wil.

'Het kan niet,' zeg ik tegen hem.

'Waarom hebben we het er dan zo vaak over?'

'Omdat we elkaar graag kwellen.'

'Oké, kwel me nu.'

'Je weet dat ik lingerie heb gekocht.'

'Geweldig, geweldig, wacht even, ik heb hier heel slecht bereik. Ik wil niet dat je ineens wegvalt.'

'Ik kan niet lang praten. De meiden en ik gaan zo lopen.'

'Vertel me over de lingerie.'

'Ik heb het niet voor jou gekocht, maar voor mijn man. Eén blik van hem op deze nieuwe onderkleding en alles zal veranderen. Hij zal uitroepen: "Halleluja, ik zie je als echtgenote en als minnares, en dit huwelijk is absoluut voor honderd procent gered."'

'Hoe reageerde hij? Wacht even, ik rijd over een brug...'

'Hij heeft nog niet gereageerd. Ik heb het nog niet aangehad.'

'Waarom niet?'

'Ik durf eigenlijk niet. Hij kan heel sarcastisch doen en denkt dan dat hij grappig is...'

'Arme schat.'

'Ik weet het. Ik haal de spullen steeds uit de tas, leg ze op het bed en kijk ernaar.'

'Vertel me erover. Beschrijf ze een voor een.'

'Nou, het eerste is een negligé. Weet je wat dat is?'

'Ja, prachtig.'

'En daaronder draag ik zelfophoudende kousen, zo'n panty met elastiek rond de bovenbenen waardoor hij uit zichzelf omhoogblijft, en daaronder hoge hakken.'

'Klinkt echt super.'

'In de paskamer fantaseerde ik dat ik mijn benen om je nek klemde. Ik stelde me het ruisende geluid voor van de panty tegen je huid als ik...'

'Wacht even, verdomme, allemaal vrachtwagens. Ik neem de eerstvolgende afrit en zoek een plekje waar we echt kunnen praten. Wacht heel even. Houd die gedachte vast. Wil je me soms dood hebben?'

'Ik wil íéts dood hebben.' Ik ben net het parkeerterrein van de school op gereden en blijk de eerste te zijn. Ik zeg tegen Gerry dat hij geen afrit moet nemen, dat de andere vrouwen er elk moment kunnen zijn, en dat ik moet ophangen. Hij zegt dat hij me wil ontmoeten. Dat heeft hij wel vaker gezegd. Ik heb geen ja maar ook geen nee geantwoord. Dit is gevaarlijk, vertelt hij me. Het is dom, zeg ik tegen hem. Hij zegt dat hij gewoon wil weten of we op één lijn zitten. In het vliegtuig had ik hem verteld dat het huwelijk een deur is waardoor mensen naar binnen en naar buiten lopen, en ik moet begrijpen dat hij niet van plan is naar buiten te lopen.

'Dus het zou alleen maar seks zijn,' zeg ik.

'Vriendschap en seks,' zegt hij. 'Kun je dat aan?'

Ik zeg dat ik het aankan.

Het lijkt hem het beste om op neutraal terrein af te spreken, in elk geval de eerste keer. Niet in zijn of mijn stad.

'New York,' zeg ik meteen. Ik heb daar een vriendin wonen. Niemand zou er iets achter zoeken als ik bij haar op bezoek ging. Ook voor hem is het een goede optie – er zijn miljoenen redenen om naar New York te moeten. Hij zegt dat hij een zakelijk dossier op mijn naam kan aanleggen, zodat ik een klant lijk en hij mijn ticket kan betalen. Dat klant-zijn bevalt me niet zo. Misschien heeft hij dit eerder gedaan, dat zou niet best zijn. Maar als hij bereid is de moeite te nemen om een dossier over me aan te leggen, is hij vast van plan vaker af te spreken, en dat zou juist heel best zijn. Mijn lichaam wordt overspoeld door iets – adrenaline, endorfine, een vloeistof die in mijn verbeelding op wodka lijkt en rechtstreeks naar mijn hoofd stijgt.

'Hoor je me nog?' vraagt Gerry. 'Er zijn hier zoveel van die rotbruggen.' Hij valt even weg.

'Ik heb je gehoord. Dit gaat echt nooit gebeuren.'

'Wat trek je in New York aan?'

'Ben je nu al vergeten hoe ik eruitzie?'

'Ik weet hoe je eruitziet. Ik had zin in vieze praatjes.'

'Vanavond trek ik de lingerie aan.'

'Ja, je kunt altijd een poging wagen. Bel me morgen en laat me weten hoe het is gegaan.' Nancy's busje is het parkeerterrein opgereden en ze rijdt naar me toe. Gerry's stem gaat bijna verloren in een zee van ruis. 'Als het goed gaat, hoor ik nooit meer iets van je, zeker?'

'Dan kun je je troosten met de wetenschap dat je een huwelijk hebt gered,' zeg ik, terwijl ik zie hoe Nancy uit haar busje stapt en de veters van haar wandelschoenen straktrekt. 'Je kunt al je vrienden vertellen dat ik dankzij jou ben veranderd in de grootste stoeipoes van Charlotte, North Carolina.'

'Je hebt gelijk. Dat zal een enorme troost zijn.'

'Maar kop op. De kans is groot dat het niet goed afloopt.'

'Zie ik je in New York als dat zo is?'

Ik neem afscheid en spring uit de auto, sla het portier dicht en loop naar Nancy. Ze bindt haar hartslagmeter om en kijkt op, terwijl ze haar ogen samenknijpt tegen het zonlicht.

'Ik kan dwars door je heen kijken,' zegt ze.

'Wat?'

'Dat topje is wel erg dun.'

'Het is zo'n nieuw, ademend stofje. Ik draag er een sportbeha onder.'

'O nou, ik bedoel er niets mee, hoor. Zolang je maar een sportbeha draagt. Het ziet er comfortabel uit. Zullen we vast beginnen?'

'Prima,' zeg ik, en we lopen de trap af naar de atletiekbaan.

'Mag ik iets aan je voorleggen? Het is nogal belangrijk.'

'Natuurlijk,' zeg ik. 'We vertellen elkaar toch altijd alles?' Ik ben nog steeds een beetje van mijn stuk gebracht door haar opmerking dat ze dwars door me heen kan kijken, maar gelukkig heb ik altijd een leugentje paraat. Nancy's grote nieuws is dat ze overweegt een hardhouten vloer in haar keuken te laten leggen, en ik mompel iets, waarmee ik de enorme omvang van de beslissing erken. Helemaal rationeel is het niet. We doen zo ons best om een façade op te trekken en vervolgens beschuldigen we elkaar ervan, een beetje maar, dat we niet verder kunnen kijken.

Ze vertelt hoe groot de ruimte precies is en hoeveel geld je per vierkante meter aan laminaat kwijt bent in vergelijking met echt hout, en ze vertelt wat Jeff zei en dat ze, als ze voor hout gaan, eigenlijk niet meer op vakantie kunnen, en vervolgens vertelt ze in detail over de drie bestemmingen die ze voor hun vakantie in de herfst op het oog hebben. Kelly komt aangereden, met Belinda vlak achter zich. Ik help Nancy met het rekensommetje. Dertig vierkante meter laminaat staat gelijk aan een week Cancun, en is dat niet beter dan dertig vierkante meter hardhout en vier dagen in Hilton Head? Iemand alles vertellen is gewoon een andere manier om iemand niets te vertellen.

Die avond, nadat Tory in slaap is gevallen, loop ik naar de badkamer en trek het negligé, de panty en de hoge hakken aan. Phil komt meestal vlak voordat het tienuurjournaal begint de slaapkamer in, en op de minuut nauwkeurig komt hij binnen en ziet me liggen op het bed.

'Wat doe jíj nou?' vraagt hij met een vage glimlach.

Ik voel me meteen belachelijk zoals ik daar met mijn hoge hakken op het bed lig. Uit alle macht probeer ik het negligé over mijn buik te trekken.

'Wat probeer je precies te zijn?' Ah, de vraag waarop geen antwoord bestaat. 'Waar heb je die spullen gekocht? Heb je ze van Kelly geleend?' Ik spring van het bed en wankel naar de inloopkast, mijn gezicht rood van schaamte.

'Niet boos zijn,' roep hij me na. 'Laat me nog even het weerbericht kijken en dan mag je weer binnenkomen en doen wat je van plan was.' Maar ik heb het negligé al over mijn hoofd getrokken en de panty hangt om mijn enkels. Ik ben al bezig het bewijs van mijn stompzinnigheid terug te stoppen in de roze tas van Frederica's. 'Je trekt het toch niet uit, hè?' roept hij weer. 'Want het heeft echt wel iets schattigs.' Ik trek mijn wijde, grijze slaapshirt met in grote letters UNC op de voorkant aan en loop de slaapkamer weer in.

'Nu ben je zeker pissig,' zegt hij.

'Je kunt in elk geval niet meer zeggen dat ik het nooit probeer.'

'Oké,' zegt hij, terwijl hij een denkbeeldige aantekening in zijn denkbeeldige notitieboekje maakt. 'Staat genoteerd: op 27 oktober om 21.56 uur heeft Elyse het geprobeerd.'

Twee dagen later, als we dit verhaal aan Jeff vertellen, zullen Phil en ik het ons verschillend herinneren. Ik zal Jeff vertellen dat Phil meesmuilend naar me grijnsde en vroeg wat ik probeerde te zijn. Phil zal zeggen dat hij dat helemaal niet deed, dat hij alleen maar glimlachte omdat hij verrast was. 'Ik had haar nog nooit in zoiets gezien,' zal hij tegen Jeff zeggen, maar Jeff zal ons niet aankijken. Wanneer Phil mijn outfit beschrijft, zal Jeff zijn stoel van het bureau af draaien en zijn ogen sluiten.
'Oké, misschien heb je hem een beetje te veel verrast,' zal Jeff zeggen. 'Het is belangrijk om niet te veel in deze ene reactie te lezen...'
'Ze is die nacht op de bank gaan slapen.'
'Hij maakte me belachelijk.'
'Het is belangrijk te beseffen dat hier slechts sprake was van een misvatting,' zal Jeff zeggen, zijn stem gedempt doordat hij naar de muur gericht zit. 'Een misverstandje. Het is belangrijk dat jullie blijven openstaan voor de seksuele mogelijkheden tussen jullie.'
'Je kent haar niet,' zal Phil zeggen. 'Elyse is het type vrouw dat over zoiets enorm moeilijk kan doen.'

13

Ze denken dat ik naar New York ga om een vriendin te bezoeken die Debbie heet. Debbie is mijn ontsnappingscapsule – alle getrouwde vrouwen hebben er een. De vriendin uit de tijd dat je nog single was en die altijd single is gebleven, de vriendin die in een andere stad woont, de vriendin in wier leven je af en toe kunt verdwijnen zonder dat er alarmbellen gaan rinkelen. Mijn moeder is bereid een paar dagen te komen logeren. Ze zal Tory van school halen en erop toezien dat ze haar huiswerk maakt, en ik vermoed dat ze haar te eten zal hebben gegeven en haar zal hebben gebaddderd tegen de tijd dat Phil thuiskomt. Het is maar voor drie dagen, zegt ze tegen me, maak je geen zorgen. Zo te horen kun je wel een uitje gebruiken.

Phil maakt zich ook geen zorgen. 'Veel plezier,' zegt hij. 'Doe Debbie de groeten van me.' Debbie mag hem niet. Hij mag Debbie niet. Maar het verbaast me dat ik zo gemakkelijk wegkom. Ik heb er zelfs al over nagedacht hoe lang ik zou moeten wachten voordat ik het nog een keer probeer. Maar nee, ik loop te hard van stapel. Een paar zoenen en een paar spannende telefoontjes betekenen niet dat Gerry en ik het in de echte wereld ook zo goed met elkaar kunnen vinden. Niet dat een hotelkamer in New York per definitie kan doorgaan voor de echte wereld.

Op dinsdagmiddag vertrek ik. Ik zal de nacht doorbrengen in een kamer die hij heeft gereserveerd en betaald, in een hotel waarvan hij beweert dat het heel mooi is. Zelf zal hij woensdag vroeg in de ochtend arriveren. Dit is het beste, besluiten we, aangezien zijn vliegtuig om acht uur vijftien landt en we anders tot drie uur 's middags zouden moeten wachten voordat we onze hotelkamer in kunnen. We kunnen het ons niet veroorloven het grootste deel van de dag door te brengen met een beetje rondlopen en lunchen. Tijd is te belangrijk, we hebben er te weinig van, dus check ik een dag eerder in.

Die dinsdag word ik om vijf uur wakker. Ik voer de katten tweemaal. Als Phil me gedag kust, mist hij mijn mond, en de kus blijft als een natte veeg op mijn wang zitten, totdat ik het wegwrijf. Ik breng Tory naar school en omhels haar te stevig terwijl ik afscheid neem. 'Prettige vakantie,' zegt ze. 'Toi, toi, toi.' Ze heeft dit jaar voor het eerst toneelles en ze vindt die uitdrukking geweldig, geniet van het idee dat het ongeluk brengt als je iemand geluk wenst en dat je altijd het tegenovergestelde moet zeggen van wat je bedoelt. Ik heb mezelf twee uur de tijd gegeven om naar de luchthaven te rijden. Op het laatste moment, terwijl ik al achteruit de oprit afrijd, kijk ik naar mijn trouwring, zet de motor uit en ren weer naar binnen om hem af te doen. In eerste instantie leg ik hem bij de wasbak, maar dat lijkt me toch een beetje riskant, alsof ik iemand smeek hem door de gootsteen te spoelen. Het is de vloek van de vrouwen in mijn familie. Generaties lang presteren we het onze trouwringen door de gootsteen te spoelen. Mijn moeder heeft het diverse keren gedaan, mijn grootmoeder ook, en allebei mijn tantes. Mijn vroegste herinneringen zijn die van loodgieters die midden op de dag in paniek werden opgetrommeld om ringen uit zwanenhalzen te vissen, voordat de echtgenoten thuiskwamen. De mannen mogen natuurlijk niet weten hoe dom we zijn geweest. Hoe argeloos. Het is bijna alsof we betrapt wíllen worden. Als je ons niet beter zou kennen, zou je denken dat we vrouwen zijn die van problemen genieten. Oeps, daar gaatie weer.

Als ik mijn ring bij de wasbak laat liggen, zou dat bovendien zo'n theatraal gebaar zijn dat zelfs Phil het niet kan negeren. Ik besluit de ring in de bovenste lade van mijn nachtkastje te leggen en laat op het aanrecht een briefje achter voor mijn moeder, met daarop allemaal dingen die ze allang weet: Tory's schooltijden, telefoonnummers van artsen, de plek waar onze verzekeringspapieren liggen en wat de katten eten. Het is een pure dwangneurose, of misschien wel bijgeloof. Als dit een sprookje was, zou er iets gruwelijks gebeuren terwijl ik van huis was en onhandig met deze vreemde aan het neuken was. Brand, een aardbeving, een argeloos weggeworpen softbalknuppel, een monster dat onder de dorpsbrug vandaan kruipt.

Ik wil weg zijn voordat ze hier is en dus schrijf ik het briefje gehaast. Mijn moeder is niet gek. Ze zou te veel vragen stellen over wat ik in New York ga doen, ze zou de naam van het hotel willen weten, mijn exacte vliegtijden. Ze zou meteen opmerken dat ik mijn trouwring niet draag. Mijn moeder heeft een natuurlijk talent voor schuldgevoel en oog voor detail. Elke keer dat de loodgieter haar ring uit de zwanenhals viste, barstte ze in tranen uit. 'Dat was op het randje,' zei ze dan tegen me. 'Echt op het randje.'

Het duurt lang voordat mijn koffer er is en ik het hotelbusje heb gevonden. In het hotel aangekomen, ontdek ik bij het uitpakken dat mijn pak gekreukeld is en dat ik mijn makeuptasje thuis heb laten liggen. Ik had het op het allerlaatste moment nog tevoorschijn gehaald om mijn mascara te pakken, en het ligt nu vast nog steeds naast de wasbak.

Het is duidelijk een teken, een teken dat ik het naturel moet houden. Ik was mijn gezicht en loop naar buiten. Ik wil rode lipstick. Eén elegante stick.

Die blijkt nog niet zo gemakkelijk te vinden, zelfs niet in New York, waar je alles kunt vinden mits je bereid bent ver genoeg te lopen. Bij Macy's verkopen ze er een die Plainly Red heet, maar de naam spreekt me niet aan en ik zoek door. Uiteindelijk vind ik er een in een Chinees kruidenwinkeltje in Chelsea. Rood. Zeventien dollar. Ik wil graag meer betalen.

De eigenaar van het winkeltje houdt een spiegeltje voor mijn gezicht terwijl ik voorzichtig mijn lippen stift, en al snel sta ik weer buiten in de winderige straten van Manhattan. Misschien is het zo genoeg, denk ik, misschien heb ik mijn grote avontuur al gehad door zover te komen. Ik hou van dit nieuwe gezicht: naturel, bleek met een enkele streep kleur. Op een hoek blijf ik staan en pak een elastiekje uit mijn tas. Ik bind mijn haren in een paardenstaart; zo staat de lipstick nog mooier. Misschien moet ik grotere oorbellen kopen en mijn wenkbrauwen laten epileren, maar het wordt al donker, dus dat moet maar wachten. Voorlopig zal ik het met mijn mond moeten doen.

Terug in het hotel bestel ik via roomservice drie wodkatonics en een spinaziesalade. Ik douche, sla de hotelbadjas om mijn natte lichaam, geef het kamermeisje een fooi van tien dollar en nestel me met het eten op bed. De badjas is zacht en heeft een capuchon, en zodra ik de stof om me heen voel, denk ik: zo voelt het om een minnares te zijn. God mag weten wat deze suite Gerry heeft gekost, maar ik ben blij dat het hotel zo elegant, zo discreet en overduidelijk duur is. Ik ben blij dat hij bloemen in de kamer heeft laten zetten. Tory heeft me ook een bloem gegeven. Toen we vanochtend onderweg naar school moesten tanken, vroeg ze me twee dollar, die ik haar gaf in de veronderstelling dat ze er een chocoladereep van wilde kopen. Ik was te zeer in beslag genomen om tegen te werpen dat het geen gezonde snack was voor kwart voor acht in de ochtend. Ze kwam terug met zo'n roos die verpakt naast de kassa's staat, de soort die nooit opengaat en nooit doodgaat, zo een die uiteindelijk slap wordt en gaat hangen terwijl hij nog in de knop zit. Ik nam de roos mee het vliegtuig in. In de taxi hield ik hem in de hand. Nu hangt hij futloos in de ijsemmer van het hotel; zijn kopje komt nauwelijks boven de brede chromen rand van de emmer uit.

Maar de suite is mooi. Ik lees daarin dat Gerry me leuk vindt en dat ik in zijn ogen nog niet ben gedevalueerd, ondanks mijn gretigheid. Ik sla het eerste drankje achterover en zuig aan het schijfje limoen. Ik wrijf mijn voeten in met de amandellotion. Ik lees alle tijdschriften die op het nachtkastje liggen en bestudeer wat er deze week in de musea te zien is, want mijn moeder zal vragen hoe ik mijn twee dagen in New York heb doorgebracht en zal verwachten dat ik met iets concreets kom. Ik wil haar bellen om haar te laten weten dat ik veilig ben aangekomen, maar nadat ik de eerste vier cijfers op de hoteltelefoon heb ingetoetst, stop ik. Het is niet verstandig als ze thuis op het display van de telefoon kunnen zien dat er vanaf een Mandarin Oriental Hotel is gebeld, dus gebruik ik mijn mobiele telefoon, de redder van de trouwelozen, de uitvinding die het zo gemakkelijk maakt te beweren dat je ergens bent waar je niet bent. Ik toets mijn eigen nummer in – grappig hoe moeilijk ik me dat kan herinneren – en spreek een vage boodschap in. Vervolgens loop ik met mijn tweede drankje naar het raam.

Aan de overkant van de straat staat een kantoorgebouw. Achter vele ramen brandt nog licht, hoewel de wekker naast het bed aangeeft dat het bijna negen uur is. Er zit een man achter een bureau. Ik kan hem heel duidelijk zien, zelfs het blikje cola light naast zijn scherm, en ik denk aan de telescoop die we vroeger hadden toen ik nog klein was. Mijn vader ontwikkelde tijdens de regering-Kennedy een grote interesse in astronomie. Hij nam een abonnement op het tijdschrift *Omni*, keek naar *The Outer Limits* en vertelde me dat tegen de tijd dat ik kinderen had, het voor iedereen – zelfs burgers – normaal zou zijn om naar de maan te vliegen. In de tussentijd gebruikte hij de telescoop om door het keukenraam van de buren te gluren. Dan speelde hij met de scherpstelling, draaide de lens met zijn korte dikke vingers de ene en daarna de andere kant op, totdat hij elk voorwerp op hun aanrecht kon zien. Vervolgens leunde hij achterover en zei zelfvoldaan: 'Nabisco.'

Spioneren zal dus wel in mijn bloed zitten, deze stompzinnige, nutteloze behoefte om de details van het leven van andere mensen te observeren, en ik druk mezelf tegen het glas van het lange, smalle hotelraam en probeer de man met pure wilskracht op te laten kijken. Misschien merkt hij me op aan de andere kant van de straat. Als dat gebeurt, laat ik misschien wel even snel mijn badjas openvallen of sein met mijn vingers mijn kamernummer door, in elk geval iets losbandigs. Er zijn maar weinig dagen waarop ik alleen ben. Heel even denk ik aan wat er zou gebeuren als Gerry niet kwam opdagen. Ik heb hem vandaag niet gesproken. Het zou best kunnen dat hij op het laatste moment koudwatervrees kreeg, dat hij last kreeg van gewetenswroeging of ineens verstandig werd. De man blijft over zijn bureau gebogen zitten alsof hij in gebed is. Pas als ik het opgeef en bij het raam wil weglopen, merk ik een andere man op, drie verdiepingen hoger. Hij staat ook bij het raam en glimlacht naar me. Ik spring achteruit alsof ik zojuist een elektrische schok heb gekregen. Gerry zal morgen om tien uur in het hotel zijn. Mijn beste pak, mijn enige Armani, is ongeschikt voor dit weer, maar het hangt aan de douchekop te ontkreuken, voor het geval we in een chique gelegenheid gaan dineren. Er zijn hier overal mannen, verspreid over de hele stad, die vanuit kantoorramen naar beneden kijken, of nog hoger, hangend in de lucht, cirkelend in vliegtuigen, op weg naar de bedden van vrouwen als ik. Vrouwen die hun trouwring afdoen, die met helderrood gestifte lippen in hun uppie wachten in verduisterde kamers en Tanqueray drinken. Ik ga liggen en trek het bobbelige, grijze dekbed over me heen. Ik ben dronken en lig alleen in een gehuurd bed. Niemand kent me hier en niemand thuis weet precies waar ik ben. En gek genoeg voelt dit als de gelukkigste avond van mijn leven.

14

Als hij de volgende ochtend aanklopt, schrik ik. Ook al verwacht ik de klop, ook al is hij gearriveerd binnen vijftien minuten van de voorspelde tijd, ook al heeft hij me vanuit de taxi gebeld om te zeggen dat hij is geland en om het kamernummer te vragen, toch schrik ik als ik hem hoor kloppen. Ik schuif van het bed en loop naar de deur. Ik ben al twee uur op. Ik heb genoeg tijd gehad om te ontbijten, mijn benen te scheren en mijn haar te föhnen. Ik heb de rode lipstick opgedaan en in een tissue gehapt. Ik heb nog een keer in een tissue gehapt en de lipstick er toen afgewreven. Nu zit er alleen nog maar iets vaag roods op mijn lippen, het zou de natuurlijke kleur van de lippen van een echte vrouw kunnen zijn. Ik wil niet dat hij denkt dat ik make-up op heb gedaan. Ik wil niet dat hij denkt dat ik te hard mijn best doe.

Ik sta op mijn tenen. Dit is het moment waarop ik een overspelige vrouw word. Ik heb mijn hand op de deurknop, mijn oog tegen het spionnetje. Hij kijkt opzij, en dat is goed, want zo ken ik hem het best. Zo zag ik hem tijdens de vlucht van Tucson naar Dallas, en profil, als een man op een muntje. Waar kijkt hij naar? Loopt de schoonmaakster door de gang met haar karretje met toiletpapier en handdoeken, of is hij gewoon zenuwachtig, bang om betrapt te worden? Maar dit is New York, de meest anonieme plek op aarde. Hij kijkt eerst de ene en dan de andere kant op, alsof hij wil oversteken.

En ik zeg tegen mezelf, hardop, als een idioot: 'Dit is het moment.'

Maar natuurlijk is dat niet zo. Onze affaire is al een tijd geleden begonnen. Gisterochtend toen ik op het vliegtuig stapte, of misschien afgelopen dinsdag, toen hij me zijn vluchtgegevens e-mailde, of misschien zelfs nog eerder, toen ik erin toestemde naar New York te komen, toen we een datum afspraken. Of misschien was het keerpunt wel de eerste dag dat hij me belde, toen ik naar Tory keek op het speelveld, of toen ik hem kuste in de kapel in Dallas. Dat je je lot kunt veranderen, is een illusie, en ik zwelg er niet lang in. Deze beslissing is jaren geleden al genomen. Nog voor ik Gerry Kincaid ontmoette.

Hij klopt nog een keer.

Ik doe de deur open.

Ik wou dat ik kon zeggen dat de seks weinig voorstelde.

Maar het is een openbaring.

Niet alleen dat er ergens ter wereld zulke seks bestaat. Dat wist ik al. Een deel van me heeft altijd geweten dat er ergens mensen waren die zulke seks hadden. De verrassing is dat het míj overkomt.

Hij kust me totdat ik er helemaal slap van word, en ik rol

mijn hoofd heen en weer over het kussen en mompel: 'Ik wil liefde.' Onmiddellijk schaam ik me. Dit was niet onze afspraak, en waarom flap ik dat er zomaar uit? Maar hij pakt meteen mijn hand vast en zegt: 'Oké, daar gaan we naar op zoek.' Hij zou net zo goed een tropenhelm kunnen dragen. Hij zou net zo goed een wandelstok en een veldfles kunnen hebben gepakt of een rugzak hebben omgedaan. Hij laat mijn hand niet los, en ik heb het gevoel dat ik door de ruimte zweef, alsof ik mijn ogen op de ene plek sluit en ontdek dat ik ergens anders ben als ik ze weer opendoe. Er zijn zoveel emoties dat het even duurt voordat ik besef dat het gevoel van opluchting erboven uitstijgt. Al die gedachten die ik zo lang heb gekoesterd, die hebben rondgecirkeld en zijn teruggekeerd naar zichzelf, die me er bijna van hebben overtuigd dat ik ziek ben en vreemd en ongeschikt voor liefde – opeens hebben al die gedachten een bestemming. Op een gegeven moment ziet hij dat ik naar de wekker kijk. Ik probeer, ik geef het toe, uit te rekenen hoe lang we hier nu al mee bezig zijn, hoeveel jaren ik op dit bed heb doorgebracht. Maar hij wil niet dat ik weet hoe laat het is. Hij reikt naar het nachtkastje. Zijn schouders en rug glinsteren van het zweet. Ik verwacht dat hij de wekker gaat omdraaien, maar in plaats daarvan tilt hij hem met een ruk op, een beweging die zo abrupt is dat ik even denk dat hij hem als een steen op mijn hoofd zal laten neerkomen. Maar hij trekt hem uit het stopcontact, en de rode cijfers zinken meteen in een zee van duisternis.

'Je hebt hem uitgezet,' zeg ik of misschien denk ik het alleen maar. Hij gooit de wekker over het bed en het zwarte snoer slaat daarbij tegen zijn arm. Dit is het punt waarop de meeste mannen zouden glimlachen, een snelle grijns om de heftigheid van de beweging af te zwakken, om de ironie van de situatie te erkennen, maar Gerry is niet een man die tijdens de seks lacht, zoals ik tijdens deze lange, tijdloze dag zal ontdekken. Hij lijkt eerder stervende.

'Groots van je dat je je tot mijn niveau verlaagt,' zeg ik. 'Dat je hierheen vliegt om me te neuken terwijl ik niet eens uit het noorden kom of bankier ben of zo.'

'Geloof me, het feit dat je niet uit het noorden komt of bankier bent werkt helemaal in je voordeel.' Ik pak Gerry's grijze jasje en trek het aan. De zijden voering voelt koel op mijn huid. 'De slimste mensen die ik ken, komen uit het zuiden,' zegt hij. 'Zoals Custis.'

'Wie is Custis? Mag ik met dit jasje gaan liggen?'

Hij schuift iets opzij, en ik kruip tegen hem aan en leg mijn hoofd op zijn schouder.

'Een ontredderde, oude man die op de boerderij woonde waar ik 's zomers werkte. De boerderij was van een oom van mijn moeder – ze had wiet onder mijn bed gevonden en besloten dat ik moest weten wat echt werk inhield. Dat waren haar woorden – echt werk, mannenwerk, God mag weten waar ze dat idee vandaan had. Mijn vader was advocaat. Het was er bloedheet, nergens schaduw, maar ik zweer je dat Custis minstens honderd jaar was en een soort volkswijsheid bezat.'

'In Boston wordt het nooit heet.'

'Het was niet in Boston, maar in Virginia.'

'Dus Custis heeft je geleerd...'

'Hij heeft me over het leven geleerd. Ik weet niet precies wat mijn ouders wilden bewijzen door me daarheen te sturen – ik werkte me voor twee dollar vijfenzestig per uur uit de naad – maar Custis heeft me allerlei dingen geleerd.'

'Zoals?'

'Hoe je een watermeloen neukt, bijvoorbeeld.'

'Dat meen je niet.'

'Mijn eerste keer was met een watermeloen.'

'Ik geloof er niets van dat je je maagdelijkheid aan een kalebas hebt verloren. Dan zou je niet alleen voor een andere soort hebben gekozen, maar voor een geheel nieuwe fylus of genus of zo.'

'Nee, ze zijn geweldig... echt waar. Want ze zijn zacht, ongeveer zoals een vrouw, en als ze net van de stengel komen, zijn we nog warm vanbinnen. Lichaamstemperatuur.'

'En ze praten niet.'

'Een meloen zal je nooit vertellen wat je verkeerd doet.'

'Dus je splijt hem open... Hoe gaat het in zijn werk?'

Hij schudt zijn hoofd. 'Niks opensplijten. Je pakt je zakmes en snijdt er een gat in. Klein genoeg om iets te voelen, maar groot genoeg om indruk te maken op de andere jongens, en dan verdwijn je achter een bosje...'

Ik lach, en hij ook. Hij gaat boven op me liggen, trekt zijn jasje open en wrijft over de gevoelige boog onder mijn borst terwijl we heen en weer rollen. 'Dit voelt goed,' fluistert hij, en ik stop met rollen. Onze gezichten zijn vlak bij elkaar, maar we kijken elkaar niet aan.

Plotseling voelt hij zwaar, en ik verschuif mijn gewicht een beetje. 'Het neuken van een watermeloen is volgens mij niet iets wat veel vaardigheid vereist,' zeg ik. 'Wat heeft Custis je precies geleerd?'

'Hij heeft me geleerd een goede te selecteren.'

'Sla je erop?'

'Er komt meer bij kijken. Je zoekt in het veld een specifieke meloen uit en wacht totdat hij het juiste formaat heeft. Elke dag til je hem op en laat je hem even in je handen stuiteren.' Hij illustreert de handeling met mijn borst. 'Als ik er een had uitgekozen, ging ik elke dag een paar keer kijken. Want je wilt hem niet van de stengel trekken voordat je zeker weet dat hij klaar is. Je wilt dat hij zwaar is in verhouding tot zijn omvang, zodat hij sappig is.'

'Wat ben je toch grappig. Niet dat ik geloof dat je het echt gedaan hebt, want hoe oud was je? Veertien? Vijftien? Maar je had er een echte relatie mee, eigenlijk had je zoiets als verkering.'

'Soms gaf ik ze ook namen.' Nu giechelen en wiegen we weer. Zijn mond is vlak bij mijn oor. 'Ik krijg trek,' zegt hij. 'Hoe laat is het?'

'Dat weet ik niet,' zeg ik. 'Deze chique hotelkamer die je voor ons hebt geboekt heeft kennelijk geen wekker.' Het bed is grijs in de schemering. Het is uren geleden dat hij op de deur klopte, maar hoe lang precies weet ik niet.

Gerry staat op en zoekt in zijn broek naar zijn horloge. Het is een bergbeklimmershorloge dat licht geeft in het donker. 'Geen wonder dat we trek hebben. Het is al bijna zeven uur.'

Nog precies twaalf uur en hij gaat weer weg. Ik adem langzaam in en uit en probeer vooral niet het geluid van een zucht te maken. 'Trek mijn slipje eens aan,' zeg ik.

'Wat?'

'Trek mijn slipje aan, dan draag ik jouw boxershort.'

'Dat werkt niet.'

Ik trek zijn marineblauwe zijden boxershort, die tot een prop verfrommeld is, met mijn voet van het voeteneinde. Ik vraag me af of hij zoiets elke dag naar kantoor aanheeft of dat hij hem speciaal heeft gekocht. De boxershort glijdt soepel over mijn heupen. 'Helaas moet ik je meedelen dat hij perfect past.'

'Voor de goede orde, wist je dat het in Boston wel degelijk erg warm kan worden? Ben je er ooit geweest?'

Ik schud mijn hoofd.

Gerry schuift dichter naar me toe. 'Laten we maar roomservice bestellen,' zegt hij.

'Nee, ik wil me met jou in het openbaar vertonen. Ik wil kleren aantrekken en rechtop zitten en over de tafel naar je kijken terwijl er andere mensen bij zijn.'

'Denk je dat je nog een keer kunt voordat we gaan?'

'Meisjes kunnen altijd.' Morgen zal het wel helemaal beurs zijn daaronder.

'Ja,' zegt hij zacht, terwijl hij over het bed leunt om me met zijn duim en wijsvinger te betasten. Hij verplaatst zijn hand van mijn sleutelbeen naar mijn navel en stopt vlak voor de elastieken band van zijn boxershort. 'Ja, volgens mij ben je er bijna klaar voor.'

In het restaurant laten ze ons weten dat het nog vijftig minuten duurt voor een tafel vrijkomt. Veel mannen zouden ontzet zijn en eisen dat we ergens anders naartoe gaan, maar het is me intussen aan Gerry opgevallen dat hij altijd bereid is te wachten. We noteren onze naam, nemen de buzzer mee en steken de straat over om onze tijd in een filiaal van Restoration Hardware te doden. Ik vind het prettig daar. De muziek is rustgevend en de verkopers zijn vriendelijk. Ze hebben er opgerolde tuinslangen, koperen beschermingsplaten, prachtige zware borden en leren stoelen. Ze verkopen het huwelijksleven.

Gerry staat aan de andere kant van de winkel bij de boeken. Hij fronst zijn wenkbrauwen, zijn gezicht staat gespannen. Als ik naar hem toe loop, laat hij me een recept voor coq au vin bereid boven een kampvuur zien. In zijn mandje liggen stukken ouderwetse laurierzeep en hij zegt me dat hij aan zijn grootvader moest denken toen hij de verpakking zag. 'Zo hoort een man te ruiken,' zegt hij terwijl hij me een stuk zeep voorhoudt. 'Het is de geur van betrouwbaarheid.'

Hij betaalt contant. We geven elkaar een arm terwijl we de winkel verlaten. Ik geniet van het feit dat hij zoveel langer is dan ik, en als ik mijn arm in de zijne haak, trekt hij me bijna achter zich aan. Ik verzwik me een aantal keren omdat hij grote passen neemt. Zijn vrouw is denk ik ongeveer zo groot als hij, anders zullen ze niet vaak arm in arm lopen. In de etalage zie ik ons lopen. We zijn een mooi stel.

Morgen zal hij al heel vroeg vertrekken. Hij vliegt uren eerder dan ik, en ik zeg tegen hem dat hij me wakker moet maken. Dat wil hij niet. Er is geen enkele reden om voor dag en dauw op te staan om hem uit te zwaaien, zegt hij, en hij vertrekt liever met het beeld van mij slapend in het luxueuze witte bed. Ik vermoed dat hij gewoon niet tegen afscheid nemen kan of tegen vragen over wanneer ik hem weer zie. 'Ik beloof dat ik geen scène zal maken,' zeg ik tegen hem. 'Maak me alsjeblieft wakker.' En toch zal ik de volgende ochtend alleen wakker worden en de gedempte geluiden van de kamermeisjes op de gang horen. Hij zal de ontbijtkaart voor me hebben achtergelaten op zijn kussen, samen met een stuk laurierzeep.

Maar dat weet ik allemaal nog niet als we het restaurant weer in lopen. Ik kan niet in de toekomst kijken, en dat is een fantastisch geschenk. Ik zie ons alleen gelukkig, aantrekkelijk, arm in arm tijdens het lopen, onze weerspiegeling in de etalages van dure winkels. Ik zie hem schrikken en lachen als de buzzer in zijn jaszak afgaat. We worden naar onze zithoek gebracht, buigen ons over de menukaart en besluiten te beginnen met een bord mosselen. Ik vertel hem verhalen over mij en Kelly in de drive-inbioscoop, en hij citeert de tekst van een liedje dat hij in de jaren zeventig heeft geschreven voor het eerste meisje van wie hij ooit heeft gehouden.

'Ze brak mijn hart,' zegt hij.

'Ze zal intussen wel dood zijn,' zeg ik tegen hem. 'Dat zou ze in elk geval moeten zijn.' Hij glimlacht. En heel even vullen we het hele restaurant, de lucht om ons heen flikkerend van de mogelijkheden. Hij schuift de laatste mossel naar me toe, zoals Vagebond de laatste gehaktbal aan Lady gaf. Dat was mijn lievelingsfilm toen ik klein was.

15

Seks kan je redden. Je hoort het niet te zeggen, maar het is wel zo. Na terugkomst uit New York ben ik drie hele dagen high. Ik stuur hem een e-mail, waarvan de inhoud neerkomt op: 'Ik ben gelukkig.'

Ik weet dat het zo niet hoort te gaan. Je hoort in therapie te gaan en aan je problemen te werken. Je hoort een dagboek bij te houden, aan yoga te doen en diep in en uit te ademen. Je hoort je terug te trekken in een lege, sobere ruimte – een strandhuisje misschien, in een stadje waar je niemand kent, een huis waarvan alle muren uit zijn, zonder foto's. Of je gaat met een groepje vrouwen naar Ierland, en iedereen draagt wollen hemdjurkjes en eet voedzame wortelgewassen terwijl het elk moment dreigt te gaan regenen. Of misschien India. Waarschijnlijk India. Of Nepal. Het punt is dat je naar een verre bestemming moet reizen en heel lang moet wegblijven. Geluk is zwaar. Het vereist stilte, eenzaamheid en bezinning. En dan, ergens in jaar zeven, vijftien of tweeëntwintig, komt het geluk misschien naar je toe. Misschien ook niet. Ik weet dat het zo hoort te gaan. Ik weet dat je mannen niet als sluiproutes of afritten moet gebruiken, dat weet ik, en toch: als ik het aantal keren dat seks me terug in het leven heeft getrokken moet afzetten tegen het aantal keren dat dat gebeurde door therapie, religie, meditatie of de liefde van goede vrienden, zou het verschil enorm zijn.

Ik weet niet hoe mannen tot de ontdekking komen dat ze weer beter zijn, maar als vrouwen herstellen van iets, knippen ze hun haar af. Op de derde dag na New York word ik wakker, loop naar de badkamer, kijk in de spiegel en denk: het is tijd om mijn haar af te knippen.

08.00 uur: Ik bel de duurste kapsalon in de stad en krijg te horen dat Antonio onverwachts een gaatje heeft. Ze verzekeren me dat ik heel veel mazzel heb – klaarblijkelijk komt dit zelden voor. Bij aankomst brengen ze me de Italiaanse *Vogue* en een flesje water, en leggen ze een langwerpig kussen met aromatherapie in mijn nek. Als Antonio vraagt wat ik in gedachten had, antwoord ik dat ik een kapsel wil waarmee ik er goed uitzie als ik plat op mijn rug lig. Hij maakt zo'n Europees geluidje, ergens tussen een honend gesnuif en het uitblazen van sigarettenrook in, maar hij is heel voorzichtig met mijn haar en knipt mijn pony drie keer bij om de lagen precies goed te krijgen. Later vertelt hij me dat hij uit Tennessee komt.

10.40 uur: Met haar dat om mijn kin ruist, koop ik pakpapier voor Belinda's verjaardagscadeau. Dit duurt langer dan ik had verwacht, omdat ik helemaal opga in de Hall-mark-winkel. Alles lijkt even vreemd en exotisch, alsof ik weer in het Chinese winkeltje in Chelsea loop tussen de stoffige nefrieten beeldjes en pakjes zwarte, aromatische thee. Ik drentel op en neer door de gangpaden en na rijp beraad koop ik uiteindelijk ballerinablauw zijdepapier en dunne, gekartelde linten die je met een schaar kunt krullen. Het is voldoende voor Belinda's cadeau, maar ik koop ook nog een bolletje ruw twijngaren, twee roodzijden dozen gevuld met confetti, een fluwelen tas met een gouden koord, een glanzende, zilverkleurige trommel en olijfgroen paisleypapier. Allemaal gekocht zonder te bedenken waarvoor of wanneer ik het zal gebruiken. Ik laat mijn vingers langs de rekken glijden en raak de puntjes van de satijnen strikken aan alsof het zeeanemonen zijn die zich bij mijn aanraking terugtrekken. Ik was vergeten dat het leven zoveel textuur had.

11.20 uur: Ik koop veertien kilo potaarde bij Wal-Mart, neem de zakken mee naar huis, sleep ze naar de achtertuin en steek er een vleesmes in. Ik verzamel alle potten die niet geschikt zijn om te verkopen en vervolgens til ik mijn kamerplanten naar buiten. Daar trek ik ze een voor een uit hun pot, waardoor hun samengeklitte witte worteltjes bloot komen te liggen. Ineens word ik overspoeld door een golf van schuldgevoel. De wortels van sommige planten vormen zo'n dichte kluwen dat meteen duidelijk is dat ze al heel lang geleden verpot hadden moeten worden. Na de planten met wortels ga ik over op de bloembollen. Ik ruk aan de basis van elke stengel totdat ik een zacht zuchtje hoor en de aarde de bloem in mijn vieze handen laat vallen.

De bloembollen zijn sowieso mijn favorieten. Ik heb ze altijd als kleine wondertjes beschouwd, zoals ze in staat zijn zichzelf te regenereren en steeds weer door de aarde omhoog te komen. Ze hebben de hele zomer en herfst geduldig in mijn garage geslapen, en de potten zijn bedekt met spinnenwebben. Ik houd ze een voor een in mijn hand, stel me voor dat ik hun kleine hartslag hoor, begraaf ze opnieuw in veel grotere potten, bedek ze met verse aarde en laat ze achter met een gepreveld excuus voor het feit dat ik ze zo heb verwaarloosd. Op een gegeven moment word ik behoorlijk emotioneel van dit alles. Ik stop, ga in de hangmat liggen en begin te huilen. Ik bedenk dat als Phil me vanavond vraagt waarom ik mijn trouwring niet om heb, ik kan antwoorden: 'Ik ben de hele middag bezig geweest met planten verpotten,' maar achteraf zal blijken dat hij er helemaal niet naar vraagt.

12.40 uur: Ik zit onder de potgrond en dus loop ik het huis in om in bad te gaan. Op het allerlaatste moment spuit ik een hoeveelheid badschuim in het water. De fles Vitabath heeft jaren in mijn badkamermeubel gestaan, maar ik kan me niet herinneren van wie ik hem heb gekregen of waarom ik hem nooit heb gebruikt. Het schuim valt met een zware, gelatineachtige plof uit de fles en maakt de bodem van het bad zo glad dat ik meteen onderuitga als ik erin stap, met flink gespetter tot gevolg. Het geluid van mijn gelach verrast me, en ik kijk op, in de veronderstelling dat er iemand de badkamer in is gelopen.

13.30 uur: Voor de lunch stop ik bij de sportsbar vlak bij het overdekte winkelcentrum. Ik bestel een pilsje en kippenvleugeltjes. Het bier is zo koud dat het bij de eerste slok voelt alsof er een ijspriem achter in mijn hoofd is gestoken. Ik heb een groot, zwaar boek meegenomen, zo'n klassieker die je altijd had willen lezen, maar waarvan het nooit is gekomen. Ik heb een pen in mijn hand, zodat ik iets kan onderstrepen wat ik bijzonder interessant of goed geschreven vind – het is een tic die ik heb overgehouden uit mijn studietijd. Ooit was ik intelligent. Ooit kon ik dingen onthouden. Nu ben ik gewoon een vrouw die katten met intelligente namen heeft. Maar vandaag komt alles me veelbetekenend voor, en ik onderstreep elke zin. Het is alsof ik een 3D-bril draag en de pagina niet plat is – sommige woorden lijken op me af te komen en andere trekken zich terug.

De barman vraagt of alles naar wens is. Dat soort vragen stellen mensen me altijd: Hoe is het vandaag met u, mevrouw?

Waar bent u naar op zoek? Zal ik even bijschenken? Wilt u die ook nog in een andere kleur zien? Wilt u misschien een dessert? Als je al zoveel hebt, kunnen mensen het niet nalaten te vragen of je nog een beetje meer wilt.

'Ja hoor,' zeg ik tegen de barman, maar in werkelijkheid ben ik uitgehongerd – gulzig, vraatzuchtig, begerig en gek van de trek. De vleugeltjes zijn verrukkelijk, zwartgeblakerd en pikant, en ik gebruik drie bakjes blauwekaasdressing. Het is alsof ik voor het eerst in maanden voedsel tot me neem, alsof voedsel een geheim is dat alleen ik heb ontdekt. Genoeg, genoeg, genoeg – wie zegt wat genoeg is? Ik heb een dochter, een huis, een echtgenoot, een minnaar, mijn potten, mijn boeken, mijn katten en één echte vriendin – dat zou genoeg moeten zijn. Maar als ik wist hoe ik tot genoeg moest tellen, zou ik nu niet in deze situatie zitten.

Ik sluit mijn ogen en vraag me af hoe lang deze manische vreugde kan standhouden. Ik gedraag me al dagenlang als een dolle, schreeuw de letters tijdens het *Rad van Fortuin*, giet het pannenkoekenbeslag in de vormen van schepen en konijntjes, net zoals mijn vader vroeger deed. Hij zag van alles in pannenkoeken, zoals bij een rorschachtest, en hij geloofde dat je personen kon lezen op basis van wat ze in de vormen van beslag en stroop zagen. Mijn vader bakte elke zaterdagochtend pannenkoeken voor me, en ineens mis ik hem zo erg dat ik mijn handen voor mijn gezicht sla en voor de tweede keer vandaag tranen voel opkomen.

'Wat lees je?' vraagt de barman.

'*Ulysses* van James Joyce.'

'Uh-huh,' zegt hij. 'Wat dacht je van een stuk limoentaart?'

Tory heeft de verandering in me opgemerkt, maar ze is nog zo jong dat ze dingen kan opmerken zonder zich af te vragen wat de redenen erachter zijn. Bovendien bevalt deze nieuwe mama haar wel. Deze mama neemt haar mee op wandelingen naar watervallen en vindt het niet erg dat de voorkant van haar T-shirt nat wordt. Deze mama zingt Motown in de auto, schreeuwt elke keer dat het verkeerslicht op groen springt: 'Olé!' en zegt dat we voor één keer het woord van de dag kunnen overslaan. Deze blije mama gooit misvormde pannenkoeken op haar bord en vraagt: 'Waar lijkt deze op volgens jou?'

'Oké, ik begrijp het. Je bent de hele week al zo stoned als een garnaal,' zegt Kelly. 'Hoe nu verder?'

'Geen idee. Misschien niets, misschien alles.'

'Ik wil niet dat je gekwetst wordt.' We zitten op de veranda van ons favoriete koffiehuis, dat met de Frank Lloyd Wright-lampen. Alle tafels waren al bezet, dus hebben we drie stoelen naar de enige plek in de schaduw gesleept. Nu zitten we tegenover elkaar met onze voeten op de stoel tussen ons in.

'Jij zei dat ik een affaire moest beginnen.'

'Dat meende ik niet.'

'Maar je had wel gelijk.'

'Wanneer zie je hem weer?'

'Dat is een van die zen-dingen. Het gebeurt wanneer het gebeurt.'

'O, shit. Volgens mij word je verliefd. Ik hoor het aan je stem.'

Gerry is niet mijn leven, vertel ik haar. We hebben afgesproken dat we elkaar één keer per maand ontmoeten, telkens in een andere stad, een frequentie die volgens ons geen obsessie verraadt maar continuïteit laat zien. Tory zal nooit weten dat hij bestaat. Phil weet niets en hoeft ook niets te weten. Het is maar één keer per maand. Gerry is niet mijn leven, zeg ik tegen haar. Ik houd mijn handen uit elkaar om aan te geven dat hij maar een klein deel van mijn leven uitmaakt. Het is ongeveer zo groot als een vis.

'Je leeft in een droomwereld,' zegt ze. Kelly heeft de gewoonte om in stoelen half te zitten en half te liggen, met haar knieën gebogen en haar benen ietwat uit elkaar, waardoor het lijkt alsof ze net seks heeft gehad. Alsof haar geliefde net is opgestaan en weggelopen. 'Wat heb je daar toch allemaal gedaan dat een hotelkamer van zeshonderd dollar waard was?'

'Volgens mij ging het er eerder om hoe vaak ik het heb gedaan.'

'Denk je dat hij ooit beschikbaar zal zijn?'

'Beschikbaar?'

'Niet meer getrouwd.'

Ik schud mijn hoofd. 'Er zat Paxil in zijn tas. Dat zag ik toen hij de speciale shampoo tevoorschijn haalde die hij had meegebracht.' Ik wend ineens verlegen mijn hoofd af. 'Hij heeft mijn haar gewassen.'

'Hij heeft je haar gewassen.'

'Ja.'

'Hij had een speciale shampoo meegebracht om je haar te wassen.'

'Waarom is dat zo moeilijk te geloven? Het hoeft niet altijd alleen maar jou te overkomen.'

'Wat is Paxil?'

'Dat krijg je voorgeschreven als je al zo lang Zoloft slikt dat het niet meer werkt. Hij is depressief, al jaren. Hij bevindt zich op het punt waarop ik me zou bevinden als ik de eerste huisarts die me aan de medicijnen wilde hebben zijn gang had laten gaan.' En ik weet dat het waar is. Zolang hij die pillen slikt, zal Gerry nooit de kracht vinden om uit dit leven te stappen. Hij is niet tevreden genoeg om te blijven en niet ongelukkig genoeg om weg te gaan. Hij bevindt zich in dat grijze gebied daartussen en trilt met een frequentie die alleen waarneembaar is voor de ongelukkig getrouwden.

'Denk je dat hij je haar heeft gewassen omdat hij dat in een film heeft gezien?'

'Vast,' zeg ik, terwijl ik terugdenk aan het warme spoor van schuim dat van mijn schouderbladen over mijn ruggengraat liep, en aan Gerry's voorzichtige, door bergbeklimmen vereelte handen boven mijn wenkbrauwen om mijn ogen te beschermen terwijl hij mijn haar uitspoelde. Als een man

Paxil en sandelhoutshampoo in een tas stopt en zeshonderd dollar aan een hotelkamer uitgeeft om het haar van een vrouw te kunnen wassen, betekent dat maar één ding: dat hij hartstikke getrouwd is.

Kelly tilt haar voeten van de middelste stoel, laat haar koffiemok op een van de lampen balanceren en buigt naar voren. Ik doe hetzelfde totdat onze voorhoofden elkaar bijna raken. Ondanks alles wat we hebben meegemaakt en ondanks onze jarenlange vriendschap begrijpen we vaak niet waar de ander het over heeft. We denken niet hetzelfde; dat is nooit zo geweest. We zijn lichamelijke vriendinnen. Als ik haar zou vragen met me mee te gaan naar de toiletruimte en van shirt te ruilen, zou ze dat doen zonder vragen te stellen. Als ze nu met haar armen uitgestrekt en haar voeten half in de lucht op me af zou rennen, zou ik mijn kop koffie laten vallen en haar zonder aarzeling midden in de lucht opvangen. Want het lichaam herinnert zich alles.

'Hoe belt hij je?'

'Mobiel.'

'Wat is je code om berichten mee af te luisteren?'

'1-2-3.'

Ze fronst haar wenkbrauwen. 'Die zou ik dan maar eens veranderen.'

Ik neem haar handen tussen de mijne en knijp erin. Het is een spelletje dat we vroeger speelden. Ze drukte haar handpalmen tegen elkaar en bewoog die op en neer tussen mijn handen, en dan probeerde ik ze te vangen. Op de middelbare school was ze me nog te snel af, maar vandaag is ze afgeleid, en ik vang haar handen met gemak. Een tijdje blijven we zo zitten.

'Het zou slim zijn om het wat rustiger aan te doen,' zegt ze.

'Ja.'

'Bijvoorbeeld één keer per week bellen in plaats van elke dag.'

'Precies.'

'Het is verleidelijk om de frequentie juist op te voeren, maar dat is gevaarlijk.'

'Weet ik.'

'Want als je in een dergelijke situatie zit, waarin je, je weet wel, op vliegtuigen stapt en afspraakjes maakt en je haar laat wassen... moet je voorzichtig zijn, omdat er gevoelens kunnen gaan meespelen.'

'Ik weet het, lieverd,' zeg ik.

WINTER

16

Kelly en ik hebben niet dezelfde studie gedaan. We hebben onze vrijgezellentijd zelfs in verschillende steden doorgebracht. Als ze over die levensfase praat, over de jaren tussen de achttien en zevenentwintig, zegt ze altijd dat onze wegen uiteenliepen. Ze is dol op het woord 'uiteenlopen'. Ze zegt het graag hardop en benadrukt daarbij elke lettergreep, maar eigenlijk kan ik me niet herinneren dat onze wegen ooit uiteenliepen. Dat impliceert namelijk dat ze buiten beeld was, en dat is ze nooit geweest.

Ik woonde in Baltimore, gaf lessen handvaardigheid en had een relatie met een kunstenaar toen ik plotseling, totaal onverwachts, werd overspoeld door het verlangen naar een kind. Dat gebeurt bij vrouwen die de dertig naderen, zoals iedereen weet, maar ik had niet verwacht dat het mij zou overkomen. Ik had als kind nooit met poppen gespeeld en als tiener nooit opgepast, maar plotseling betrapte ik mezelf erop dat ik in de supermarkt naar andermans kinderen stond te staren. 'Neemt u mij niet kwalijk,' zei ik dan, 'maar hoe oud is uw baby? Is het een jongetje of een meisje?' Het was alsof ik me een vorig leven herinnerde, een dat ik had doorgebracht in een hutje aan zee, met een houten vijzel waarin ik maïs fijnstampte en met lange repen gekleurde stof in mijn haren, een leven waarin ik de ene na de andere baby kreeg, altijd zwanger of zogend. Het werd mijn enige doel in het leven. Het was alsof ik bezeten was, alsof ik onder invloed stond van de maan.

En toen, ergens in de lente van het jaar waarin ik achtentwintig werd, brak mijn moeder haar voet. Ik gaf les aan zo'n school voor posthippie-quasi-Montessori-rijkeluiskinderen en de voorjaarsvakantie zat eraan te komen. Ze hadden het daar niet over Pasen, maar over het equinoxfestival. Maar goed, ik had een week vrij, en het leek onaardig om de tijd niet te gebruiken om bij mijn moeder langs te gaan, en dus deed ik dat maar. Wat haar het meest dwarszat, was dat ze niet mocht autorijden. Daardoor kon ze namelijk niet al haar vrijwilligerswerk doen. Grappig, maar laatst besefte ik ineens hoezeer mijn moeder op Nancy lijkt, zoals ze haar hele ziel en zaligheid in die goede doelen legt. Ze is altijd zo druk dat niemand haar ooit kan bekritiseren of kan beweren haar echt te kennen.

Na drie dagen verveelde ik me stierlijk in mijn ouderlijk huis en ik vroeg me af waarom ik nooit had opgemerkt dat mijn ouders de televisie veel te hard aan hadden staan en de verwarming te hoog. Ik liet me door mijn moeder maar al te gemakkelijk overhalen om een jongetje, Keon geheten, naar de gratis tandartskliniek te brengen. Ik leende haar Volvo, pikte Keon op bij de peuterschool en volgde haar zorgvuldige, gedetailleerde routebeschrijving naar het gezondheidscentrum midden in een straat met sociale woningbouw.

Keon was een rustig kind. Hij had geen idee wie ik was, maar ging gewillig met me mee. Zelfs op vierjarige leeftijd leek hij er al aan gewend te zijn om de handen van vreemde, blanke dames vast te pakken en in stationwagens te stappen. Toen we bij de kliniek aankwamen, hing er in de wachtkamer een schoolbord met daarop de namen van de artsen die die dag als vrijwilliger werkten, alsof ze het menu van de week waren in een restaurant. Tandarts Phillip Bearden had die dag dienst, en ik weet nog goed dat ik het een prettige naam vond. Een prettige naam voor een prettige man, want alleen prettige mannen zouden natuurlijk als vrijwilliger in een gratis kliniek werken.

Toen we eindelijk werden opgeroepen, raakte Keon, die in de wachtkamer met blokken had zitten spelen, in paniek. Ik denk niet dat hij had beseft waar hij was of wat er zou gebeuren, tot hij de grote tandartsstoel zag. Met een verrassend wilde beweging zette hij zich schrap, en dr. Bearden, een brede, ruige man met een onverzorgde baard en een vriendelijke stem, kon hem alleen maar overhalen in de stoel te gaan zitten door te beloven dat ik er ook op zou klimmen en Keon op schoot zou nemen.

Zo heb ik Phil leren kennen. Hij was net een jaar afgestudeerd. Ik maakte het rekensommetje. Hij was minstens een jaar jonger dan ik, misschien wel twee. 'De kinderen noemen me dr. Phil,' zei hij, en dat was vóór de televisieshow, dus hoefde ik niet te lachen. Keon klemde zijn handjes om mijn polsen en kneep erin alsof hij mijn hartslag wilde meten. Dr. Phil wreef over zijn wangen totdat hij hem eindelijk zover had dat hij zijn mond opendeed. 'Deze kleine jongen heeft au,' zei hij meer tegen zichzelf dan tegen mij. 'Er moeten er twee uit.'

Je kon merken dat hij aan kinderen gewend was, dat hij goed met ze was. Voorzichtig legde hij zijn grote handpalm om de verdovingsnaald, zodat Keon hem niet zag aankomen. Hij maakte maar één krampachtige beweging toen de naald in zijn tandvlees drong, en toen Phil zijn hand weer wegnam, sprak Keon voor het eerst. Hij zei: 'Liedje.'

'Dat klopt,' zei ik. 'Het voelt als een nietje.'

Phil schudde zijn hoofd. 'Hij wil dat je een liedje zingt.'

'Wat moet ik dan zingen?'

'Liedje,' zei Keon weer.

'Kennelijk,' zei Phil, en er verschenen rimpeltjes bij zijn ogen, zodat ik vermoedde dat hij onder zijn masker glimlachte, 'is er iemand die voor hem zingt als hij bang is.'

'Ik zing niet. Ik zing nooit.'

'Liedje,' zei Keon nu krachtiger, terwijl hij zo heftig kronkelde dat hij bijna het katoenen schort lostrok.

'Volgens mij zit er niets anders op,' zei Phil.

Dus begon ik te zingen. Ik zong 'Happy Birthday', het eerste wat bij me opkwam. Ik heb een slechte stem. Mijn slechte stem is legendarisch onder mijn vrienden, maar ik besefte dat Phil gelijk had en dat ergens iemand ooit voor dit kind had gezongen om het te kalmeren. Vrijwel meteen zakte zijn lichaam tegen het mijne, en toen Phil hem vroeg of hij zijn mond wilde opendoen, deed hij dat. Ik zong dus 'Happy

Birthday', en daarna 'Gamptown Races', en 'Free Bird' en 'Jingle Bells' en 'Girls Just Want to Have Fun'. Elke keer dat ik stopte, zei Keon: 'Liedje', en dan begon ik weer te zingen, telkens iets anders maar steeds niets toepasselijks, en ik zag dat Phil moeite had om zijn lachen in te houden.

Maar hij kreeg de ene tand eruit en daarna de andere, en terwijl ik daar zat en het jongetje in mijn armen hield en zong en naar Phils grote handen keek, begon ik me af te vragen waar ik precies met mijn leven naartoe ging en waarom ik nog steeds lesgaf terwijl het slecht betaalde en ik geen tijd meer had om potten te bakken. Na de kunstacademie was ik van plan geweest om parttime les te geven en mijn middagen in het atelier door te brengen, maar daar was niets van gekomen. De kinderen wilden niets weten van weven of waterverf. Ze waren gewend aan veel beter spul dan ik me kon veroorloven. Het was het type school waar van me werd verwacht dat ik alles prees wat ze maakten. Ze ontvingen een certificaat als ze alleen al kwamen opdagen, en hun kunst werd tentoongesteld in de gangen van gebouwen die in het bezit waren van hun vaders, al vermoedde ik soms dat hun werk door het personeel thuis werd gemaakt. Ik huurde het atelier zes uur per week, meer kon ik me niet veroorloven, en ik had geen zorgverzekering. Ik overwoog dr. Phil te vragen mijn tanden ook na te kijken zodra hij met Keon klaar was. God mocht weten hoe lang het geleden was.

Ik dacht aan de jongen met wie ik toentertijd een relatie had, en heel even, héél even, maar toch, kon ik niet op zijn naam komen. En ik dacht aan het feit dat het in Maryland sneeuwde, maar dat de bomen hier alweer in bloei stonden en dat ik klaar was voor de lente. Verdorie, mijn ouders hadden gelijk: er was geen reden om in de kou te leven, en waarom was ik nog steeds zo zinloos opstandig terwijl ik al tegen de dertig liep? Ik wilde thuiskomen, ik had behoefte aan een thuis. Ik wilde zwanger zijn. Phil zong ook, zacht en zuiver. Hij zong een liedje over een paard en een kikker. Een veel beter lied om voor een kind te zingen, want hij was het soort man dat wist hoe je voor kinderen moest zingen. Hij was het soort man dat de tekst van het liedje over een paard en een kikker kende.

Misschien was hij niet mijn type – hij was te conventioneel, te groot en te aardig – maar wie zegt dat je een type niet kunt veranderen? Wie zegt dat je je kinderlijke ideeën niet opzij kunt zetten en een dieper geluk kunt vinden bij mannen die aardig zijn en een goede baan hebben? Misschien was ik wel klaar met Baltimore. Misschien was ik wel klaar met jongens. Ik dacht aan mijn baan en mijn appartement en de jongen met wie ik ging en de jongen met wie ik vóór hem ging, en het leek allemaal weinig te betekenen vergeleken bij hier zijn met dit kind op schoot en bij deze man, vriendelijk en glimlachend, met een bloedvlek op zijn shirt.

Toen ik Keon, die half sliep en een ballon vasthield, naar mijn moeders auto droeg, hoorde ik snelle voetstappen achter me op het grind. Ik draaide me met een ruk om – het was niet bepaald mijn deel van de stad, zoals Kelly later zou zeggen – en zag Phil met een jas naar me toe komen rennen.

'Je bent je jas vergeten.'

'Dat is mijn jas niet.'

'Dat weet ik,' zei hij.

En toen vroeg hij of ik van Indiaas eten hield.

Het huwelijk leek toen nog niet zo moeilijk.

Getuige de eerste vakantie die Phil en ik samen doorbrachten als man en vrouw. Thanksgiving is de belangrijkste familiebijeenkomst bij hem thuis; gelukkig maar, want bij ons is dat Kerstmis. Het leek een goed voorteken dat we hier zo gemakkelijk over konden onderhandelen: we besloten in november naar het noorden te rijden en in december naar het zuiden. We bezegelden de afspraak met een handdruk.

En dus reden we op de dinsdag voor Thanksgiving op de 1-81, op weg naar de boerderij van zijn oom Simon in Pennsylvania. We liepen voor op ons schema en besloten de hoofdweg te verlaten om door Amish Country te kronkelen. Het was prachtig, vreedzaam en een beetje mistig, zoals een afbeelding op de doos van een puzzel. We stopten in een stadje met de belachelijke naam Gemeenschap, en daar, in een warenhuis, kochten we drie dingen. Het eerste was een sprei, dat leek ons een lief en gepast cadeau voor pasgetrouwden. Volgens mij had het zelfs een zogenaamd *wedding ring*-patroon, maar dat zou ziekmakend perfect zijn geweest, dus dat herinner ik me vast verkeerd.

We kochten ook pompoenijs. Dat weet ik zeker. Het kwam me zelfs toen vreemd voor. Het had een felle adobekleur, meer rood dan oranje, maar Phil stond erop dat we het zouden proberen, en dat is eigenlijk niets voor hem. Hij zei dat pompoen de vrucht van de herfst was, en terwijl ik om me heen keek in de tuin van deze plattelandswinkel in landelijk Pennsylvania, begreep ik zijn punt. Overal waren pompoenen – in een rijtje op de veranda, op een hoop vlak bij het parkeerterrein, boven op de hekken langs de weg. Maar over dat ijs had ik mijn twijfels. Later, twee dagen nadat we thuis waren gekomen van ons uitstapje, ontdekte ik dat ik zwanger was van Tory, maar ik had al eerder gemerkt dat alles ineens vreemd smaakte. Ik nam een hap van het pompoenijs en gooide de rest weg.

Het derde dat we kochten was een amish shirt voor Phil. Het had geen kraag, was vaal en stonewashed en gemaakt van een zachte, dunne spijkerstof die in mijn handen kreukte. Het overhemd kostte achtenveertig dollar, meer dan we toentertijd aan kleding uitgaven, maar ik vond het prachtig.

Ik vond het zo prachtig dat ik erop stond dat hij het de rest van de reis zou dragen, en dat heeft hij ook gedaan. Op het parkeerterrein verruilde hij zijn rood geruite flanellen overhemd voor het spijkershirt. Phil heeft de dikke nek van een *football*-speler. Er zit weinig vorm in en daar schaamt hij zich voor. Hij vindt dat hij een domme uitstraling heeft, en ik betwijfel of een overhemd zonder kraag de juiste keuze was om dit te verdoezelen. Maar in de begindagen van ons huwelijk was ik betoverd door zijn gespierde nek. Ik droomde zelfs dat ik met mijn handen om zijn nek en met gesloten ogen mijn voeten van de vloer trok en heen en weer schommelde. Heen en weer, met mijn ogen gesloten, hangend aan deze sterke man.

Tijdens de hele reis was ik slaperig. Op de terugweg viel ik in Fredericksburg in slaap en werd in Durham weer wakker; Richmond had ik volledig gemist. Maar om een of andere reden associeerde ik de lichte misselijkheid, de loodzware vermoeidheid en de plotselinge aanvallen van prikkelbaarheid niet met zwanger zijn. Misschien dacht ik dat vrouwen zich zo voelden als ze iemand hadden die voor hen zorgde. En ik had iemand die voor me zorgde. 'Ga maar slapen,' zei Phil. 'Ik rijd wel.'

Niets had me kunnen voorbereiden op de heftigheid van Tory's geboorte. Geen van de boeken, geen van de lessen zwangerschapsgymnastiek, geen van de vrouwen die me op straat staande hielden en me hun eigen gruwelijke verhaal vertelden. De lange bevalling, de wanhoop, het moment waarop de arts zijn handen volledig in mijn lichaam stak om de baby te draaien, terwijl hij bloedserieus zei dat ik misschien een beetje druk kon voelen. Ik had veel dapperder willen zijn. De anesthesist kwam erbij en stelde zich voor als dr. Wineburg. Hij verontschuldigde zich voor het feit dat hij laat was. Hij kwam rechtstreeks van een *pig-picking*, een barbecue waarbij een heel varken wordt geroosterd. Ik was de enige die daar moeite mee leek te hebben. Ik voelde me de enige nuchtere persoon op een feest vol dronkenlappen. De verpleegster boog zich over me heen zodat ik niet de naald kon zien of zou gaan stuiptrekken op het moment dat de naald in mijn rug werd gestoken, maar de ruggenprik werkte maar aan één kant. Ik was slechts half verdoofd, en dr. Wineburg schudde zijn hoofd en zei dat dit soms voorkwam, dat ze de naald er altijd weer uit konden halen en opnieuw prikken, maar de gynaecoloog zei dat het daar nu allemaal te snel voor ging. De kant van mij die nog kon bewegen, probeerde steeds van de tafel te kruipen; het deel van mij dat gewoon bleef liggen, mocht deze horror ondergaan.

Aan het eind trok de arts zo hard dat hij zich schrap zette tegen de tafel, en dr. Wineburg stond achter hem om hem te ondersteunen. Tijdens de laatste weeën concentreerde ik me op de sproeten op de armen van dr. Wineburg, en als iemand me had verteld dat het mogelijk was dat de ene mens zo hard aan de andere kon trekken, had ik hem niet geloofd. Phil snauwde op een gegeven moment: 'Veel meer kan ze niet hebben.' En ik realiseerde me dat hij het over de baby had, wier aanwezigheid ik allang was vergeten. Maar Tory kwam heelhuids ter wereld, lang en boos en knipperend met haar ogen, en de verpleegster vouwde haar als een kaart uit op mijn buik.

De gynaecoloog pakte naald en draad en maakte een dom grapje over hoe strak ik wilde worden. Ik zei tegen hem dat hij het hele zaakje mocht dichtnaaien. Phil rende met zijn camera van de ene hoek van de kamer naar de andere en maakte zoveel foto's dat het leek alsof zijn gezicht me vanuit elke hoek toeflitste. Dr. Wineburg zei met een glimlach dat ik me geen zorgen hoefde te maken en dat de tweede een stuk gemakkelijker zou gaan.

Na de bevalling trokken we tijdelijk bij mijn moeder in, zogenaamd omdat haar huis geen trappen had, maar in werkelijkheid wilde ik gewoon graag op de doorgezakte bank liggen waarop ik als kind mijn middagdutjes had gedaan. Bovendien wilde ik dat iemand me kaneelbroodjes zonder korstjes zou brengen. Tory lag elke twee uur aan de borst, en een zware vermoeidheid viel als een deken over me heen. De herinnering jaagt me nu nog angst aan. Mijn melkproductie kwam woest op gang; ik had zoveel melk dat mijn T-shirt binnen enkele seconden doorweekt was als ik in de supermarkt een baby hoorde huilen of op tv een item over uitgehongerde kinderen in Oeganda zag. Op mijn aandringen bracht Phil mijn klei en stoflaken mee en zette de spullen in mijn moeders eetkamer. Elke dag, als de baby sliep, schuifelde ik ontmoedigd naar de tafel. Ik kreeg niet veel gedaan, op de vlek op mijn moeders oosterse tapijt na. Tory sliep slecht, en ik wist nooit hoe lang ik aan de tafel kon werken voordat onze betrekkelijke rust weer werd verstoord. 'Ik kan zo niet werken,' zei ik tegen mijn moeder, waarop ze antwoordde dat ook niemand dat van me verwachtte. Na de komst van een baby wordt het nooit meer zoals vroeger.

Maar ik wilde graag werken. In de lage, grijze momenten van mijn eigen ondiepe slaap droomde ik over klei en werd ik met mijn handen tot een kommetje gevormd wakker. Ik probeerde aan iets vast te houden, ook al wist ik dat toen mijn moeder zei dat het nooit meer zoals vroeger zou worden, ze eigenlijk bedoelde dat ík nooit meer zoals vroeger zou worden. Toen Tory ongeveer een week oud was, sloot ik mezelf op in de badkamer en hield een spiegel tussen mijn benen. Met moeite lukte het me om over mijn nog steeds opgezwollen buik heen te kijken. Wat ik in de spiegel zag, was zo'n wirwar van sneeën en hechtingen dat ik het ding van schrik op de grond liet vallen. Heel even dacht ik dat de arts me serieus had genomen en me helemaal had dichtgenaaid.

In alle boeken staat dat de genitaliën van een vrouw snel genezen vanwege de hoge concentratie bloedvaten in de schaamstreek. Dat kan wel zijn, maar dat beeld van de arts die zich schrap zette tegen de tafel, kwam op de vreemdste momenten weer boven, bijvoorbeeld wanneer ik Phil pijpte. Dat was de manier waarop we toen vreeën, zelfs nadat de eerste zes weken waren verstreken. Zo lang werd je aangeraden te wachten. 'Wat mij betreft,' zei ik, 'is Gemeenschap alleen nog maar een stadje in Pennsylvania,' en hij lachte, een beetje ongemakkelijk, omdat ik wel zag dat ik hem angst aanjoeg door alsmaar huilend, slapeloos en melk lekkend door het huis te dwalen. Hij leek te denken dat hij zijn vrouw op een of andere manier wel terug zou krijgen als we gewoon samen naakt in bed stapten, maar ik zag me geen seks hebben – geen echte seks, niet de seks die tot zulke ellende kon leiden. Ik hoorde de baby in de andere kamer zachte, hikkende geluidjes maken. Die kwamen binnen via de Fisher-Price-monitor op het nachtkastje terwijl ik knielde, mijn mond zo strak mogelijk hield en zoveel druk uitoefende dat ik er hoofdpijn van kreeg. Ik bad dat hij zou komen voordat ze zou gaan huilen, zodat ik die dag in elk geval één ding voor elkaar had gekregen.

Phil had tijdens Tory's geboorte zijn kraagloze spijkershirt gedragen. Een paar dagen nadat de baby en ik weer naar ons eigen huis waren teruggekeerd, vond ik het shirt tot een prop verfrommeld in de kast. Ik schrok van de geur. Ik had niet beseft dat hij tijdens de bevalling zo had gezweet, en de geur had er twee weken lang in kunnen trekken. Het was zijn lievelingsshirt, ook dat van mij, en ik voelde me verplicht het te redden.

Ik waste het, deed er een extra schep Vanish bij en waste het daarna nog een keer. Het was de eerste keer dat ik zijn was deed. In het eerste jaar van ons huwelijk hadden we min of meer voor onszelf gezorgd, maar nu ik met de baby thuis zou blijven, leek het logisch dat ik die huishoudelijke taken op me zou nemen... Logisch, en toch wist ik dat mijn straatwaarde, zonder dat ik er zelf schuld aan had, plotseling drastisch was gedaald, zoals de waarde van een auto met vijfduizend dollar daalt op het moment dat je het terrein van de dealer af rijdt.

Ik hing het shirt in zijn kast, maar toen Phil het zag, zei hij dat de geur er nog steeds in zat en dat we het moesten weggooien.

Ik zei dat hij niet zo belachelijk moest doen. Het shirt stonk helemaal niet, het was toch gewassen? Maar hij heeft het amish shirt nooit meer gedragen.

Was ik gelukkig? Moeilijk te zeggen, zelfs nu, en misschien is de vraag eigenlijk een andere. Ik herstelde. Na verloop van tijd leerde ik de kunst van het middagslaapje. Ik betrapte mezelf erop dat ik soms liedjes zong, zelfs als de baby niet in de kamer was. Ik ontwikkelde die geweldig gave waarover echtgenotes en moeders beschikken: ik begon de schoonheid in kleine dingen te zien. Moeders zijn net zenmonniken, die niet anders kunnen dan in het nu leven. Ik keek naar de sperziebonen in het borrelende water in de zilverkleurige pan en was gefascineerd door de aanblik; ik vond het prachtig, een soort bewegende kunst die ik nooit zou bevatten en nooit meer in zijn geheel zou aanschouwen. Kelly belde om me te vertellen dat ze de nacht vrijend in de regen op een picknicktafel had doorgebracht, en daarna vroeg ze: 'Wat ben jij aan het doen?'

Ik deed een pas naar achteren en keek in het gewelddadig kolkende water onder me. 'Niets,' zei ik en ik ademde uit in een soort gebed.

Op een dag reed ik in een opwelling het parkeerterrein op van een kerk met een bordje waarop stond: MAMA'S VRIJE OCHTEND. Tory was nu oud genoeg om een paar uur per week zonder mij te zijn, en alleen al de gedachte om in mijn eentje naar de supermarkt te gaan, wond me op. Boodschappen doen zonder dat haar buggy het hele boodschappenwagentje in beslag nam. Mijn haar laten knippen zonder dat ik de kapster om de paar minuten moest vragen de föhn uit te zetten, zodat ik kon horen of ze huilde. En, o hemel, lunchen met een vriendin! Toen ik nog studeerde, riep ik altijd dat kerken sekten waren, maar deze sekte was bereid mijn dochter twee ochtenden per week op te vangen, en dat was voor mij goed genoeg.

Ik meldde Tory aan bij Mama's Vrije Ochtend, en de zondag erop gingen Phil en ik naar de kerk. Gewoon om te kijken, zei ik tegen hem, om er zeker van te zijn dat het echt een geschikte plek was om haar achter te laten. Het was een presbyteriaanse kerk, het genootschap waarin ik was opgegroeid, en bij het zingen kende ik alle liederen uit het hoofd. Phil kende ze ook. Hij zong het eerste en tweede vers zonder het gezangboek in te kijken, en pas toen we bij het derde en vierde kwamen, moesten we het boek erbij pakken en ons

143

echt op de pagina concentreren. Hij verbaasde me, en volgens mij verbaasde ik hem ook een beetje.

Na de dienst dromden ze om ons heen. Natuurlijk. We waren een jong stel met een kind. Precies wat ze wilden. Deden we ook aan klaverjassen? Softbal? Hadden we belangstelling voor het handbellenkoor? Had ik misschien interesse in de leesclub? Wilde hij zich misschien inschrijven voor Habitat? Alles wat als steun begint, wordt uiteindelijk een bankschroef – dat weet ik nu en dat wist ik toen. Maar een deel van me had behoefte aan een gemeenschap. Ik hunkerde naar de God uit mijn kindertijd. We haalden Tory op bij de crèche, waar een vrouw met grote borsten vertelde dat ze zich voorbeeldig had gedragen. Onderweg naar de auto werden we belaagd door mensen die ons het beste wensten. En terwijl we het parkeerterrein af reden, wuivend naar alle mensen die ons uitzwaaiden, zei Phil: 'Misschien moeten we het maar doen. Voor haar. Om haar een goede basis te geven.'

'Ja,' zei ik. 'Zodat ze iets heeft om zich tegen te verzetten als ze dertien wordt.' Toen we wegreden, keek ik in de achteruitkijkspiegel en zag de kerk steeds kleiner worden. Als kind ging ik naar de kerk en leerde de gezangen en Bijbelverzen. Ik dronk het zoete sap en at de dunne koekjes, speelde met de kapotte poppen in de crèche en luisterde naar de vliegen die zoemden en tegen de gebrandschilderde vensters vlogen. Ik was er niet slechter van geworden.

Phil kneep zijn ogen samen tegen de middagzon. 'Het heeft iets liefs.'

'Ik weet het.'

'Had je gezien dat ze een basketbalteam hebben?'

Het duurde niet lang of ik bouwde vriendschappen op zoals je die hebt met vrouwen wier kinderen even oud zijn als die van jou. Belinda was de eerste. Ze was opdringerig in haar pogingen vriendschap te sluiten. Ze vroeg me de tweede week dat ik Tory afzette al op de koffie en al snel belde ze me elke dag, soms ook 's ochtends, hoewel ik haar herhaaldelijk had verteld dat ik dan werkte. Ik gebruikte het antwoordapparaat als schild. 's Middags, als Tory hangerig werd en ik me toch niet meer kon concentreren, belde ik haar terug. Dan liep ik door het huis met de baby in de draagzak en de draadloze telefoon tussen kin en schouder geklemd. Ik droeg de vuilniszak naar buiten terwijl ze vertelde dat Michael die week elke avond had overgewerkt, ik gaf de planten water terwijl ze fluisterde dat ze weer zwanger was, ik vouwde de was terwijl ze zei dat ze op het punt stond volledig door te draaien. Het was een opluchting toen Nancy vanuit New Jersey hiernaartoe verhuisde en Belinda abrupt stopte met bellen. Nancy was zo goed georganiseerd dat ze zelfs haar kruiden op alfabetische volgorde had staan. Iedereen kon zien dat Nancy beter was toegerust om Belinda te redden.

Phil en ik vonden dus ons plekje. We sloten ons aan bij de kerk en kochten een huis in een straat met bomen aan de 'goede kant van de stad'. De vrouwen hier zijn geabonneerd op *Martha Stewart* en *O At Home*, en we geloven graag dat onze huizen onze bijzondere persoonlijkheden reflecteren, dat elk zijn eigen individuele charme heeft. Het zal tot op zekere hoogte waar zijn, maar het eerste jaar dat ik hier woonde, verdwaalde mijn moeder elke keer dat ze op bezoek kwam. Ze zei dat ze het niet kon helpen, dat alle huizen in mijn straat er hetzelfde uitzagen.

Ik neem aan dat ik gelukkig was. Ik was in elk geval, om met Nancy te spreken, tevreden. Als ik het contact met Phil toen al aan het verliezen was, zat ik daar niet erg mee. Phil was bezig zijn praktijk op te zetten, en ik nam de helft van de garage in bezit en vertelde aan iedereen die het wilde horen dat ik kunst maakte. Ik sleepte de potten mee naar plaatselijke winkeliers, die ze voor vijftien dollar per stuk verkochten, en soms – als ze er een plant in zetten – voor achttien dollar. De baby gaven we als een estafettestokje door. Het was allemaal heel kleurloos en beschaafd, maar zelfs nu kan ik geen andere manier bedenken waarop we het hadden kunnen doen.

Al snel leek het totale energieverspilling als we allebei tegelijkertijd in dezelfde ruimte waren. Zodra ik zijn portier op
de oprit hoorde dichtslaan, pakte ik mijn tas. Ik begroette
hem in de hal; niet zoals je dat vrouwen in televisieseries ziet
doen, op hoge naaldhakken en op de tenen om zijn wang te
kussen. Nee, ik groette hem tijdens het passeren op de oprit
met de opmerking: 'Mijn god, had je nog later kunnen komen?' Het was mijn kans om er een uurtje tussenuit te knij-
pen. Als ik terugkwam, ging hij hardlopen. Als hij terugkwam, ging ik telefoneren, en als ik ophing, ging hij douchen.
Ik moet toegeven dat niet alleen Phil koel en zakelijk was. Ik
was het net zo goed.

Heeft hij er ooit bij stilgestaan dat dit niet helemaal was
hoe hij zich zijn leven had voorgesteld, dat iets binnen in
hem langzaam vervaagde en wegteerde? Ik wil echt niet beweren dat ik weet wat mannen willen, waar ze over dromen
of wanneer hun dromen stoppen. Ik weet alleen dat ik zijn
spijkershirt in een zak voor het Leger des Heils heb gestopt
toen we verhuisden. Hij had het niet meer gedragen sinds de
geboorte van Tory, maar toen hij het shirt vond – de mouw
stak uit een vuilniszak vol roze babykleertjes – werd hij woedend.

'Ik had toch gezegd dat je het moest weggooien,' zei hij.

'Er is absoluut niets mis met dat shirt,' zei ik. Ik haalde het
weer tevoorschijn en snoof eraan om mijn punt te bewijzen.
Het was twee weken voor Kerstmis. We hadden ons eerste
haardvuur aangestoken en onze eerste kerstboom gekocht,
en te midden van dit alles probeerde ik dozen uit te pakken.
Ik weet zeker dat er woede in mijn stem doorklonk, misschien
zelfs verwijt. 'Maar aangezien je altijd zo hysterisch doet over
het onderwerp, geef ik het aan het Leger des Heils.'

Maar Phil zei dat je stinkende kleren niet aan andere mensen kon geven, ook al waren ze arm. Hij griste het shirt uit
mijn handen, rolde het op en gooide het in het haardvuur,
waar het langzaam vlam vatte. Stukjes blauwe stof vlogen tegen het scherm.

Dit is, voor zover ik weet, de enige onbezonnen actie die mijn man ooit heeft ondernomen.

17

'Nee, serieus,' zeg ik tegen hem. 'Ik wil dat je me vastbindt.'

Hij zegt dat hij dat kan regelen. We zouden zelfs handboeien kunnen kopen. Hij kan ze via internet bestellen. Daar kun je ook blinddoeken en tuigjes krijgen, en van die witte kerkkaarsen, en zweepjes.

Ik weet het niet. Misschien. Een deel van dit spelletje is proberen vast te stellen hoeveel ik aankan. Misschien kan ik het aan om geboeid te worden, maar misschien niet om tegelijkertijd geblinddoekt te worden of hete was op mijn buik te voelen druppen. Ik negeer wat hij zegt over de zweepjes.

'Als het te erg wordt,' zegt hij, 'stoppen we.'

Hij is aan het lunchen. Ik hoor hem aan de andere kant van de lijn op iets kauwen. Het klinkt als een appel. Hij vindt dat ik meer fruit moet eten. Hij heeft het er voortdurend over dat ik niet genoeg vezels binnenkrijg. In de boeken staat dat je een stopwoordje kunt afspreken, een manier om aan te geven dat je je persoonlijke grens hebt bereikt, en ze stellen voor dat je een woord kiest dat totaal niet bij de situatie past. Dus geen 'nee' of 'stop', want dat zeggen mensen in bed voortdurend, zelfs als ze het niet menen. Volgens mij is 'stop' het meest gebruikte woord in het universum.

'We kunnen er "appel" van maken,' zeg ik tegen hem. 'Dat is een woord dat je normaal gesproken tijdens de seks niet gebruikt.'

'De vrucht van de verleiding, heel toepasselijk. Gaan we uitproberen in Miami.'

Ik was het bed aan het opmaken toen hij belde. Ik telefoneer zelden met hem via mijn huistelefoon. We praten meestal via onze mobieltjes, en het verbaasde me dat hij me op deze traceerbare lijn belde. Het nummer zou op het overzicht van zijn telefoonrekening verschijnen, als iemand al de moeite zou nemen die te controleren. En als iemand de telefoon op mijn nachtkastje zou pakken en op de herhaaltoets zou drukken, kregen ze hem aan de lijn. Dat wil zeggen, als ik er geen gewoonte van had gemaakt Kelly te bellen zodra Gerry had opgehangen. We nemen voorzorgsmaatregelen. Hij verzekert me dat de meeste ervan niet nodig zijn, dat zijn vrouw net zo weinig interesse in zijn dagelijkse activiteiten heeft als mijn man in de mijne.

'Ik weet het nog niet van Miami.'

'In New York hebben we afgesproken dat we elkaar één keer per maand zouden ontmoeten. En tegen de tijd dat we samen in Miami zijn, is het precies een maand geleden.'

'Ik weet het,' zeg ik. Ik druk het kussen plat en strijk het met mijn handpalmen glad. Normaal gesproken trek ik alleen het dekbed recht, zodat de verkreukte lakens eronder bedekt zijn, maar om een of andere reden heb ik vandaag besloten het bed fatsoenlijk op te maken. Laag voor laag. Waarschijnlijk heeft hij gelijk. Toen we in New York waren, heb ik er vast mee ingestemd elkaar eens per maand te ontmoeten, maar nu ik thuis ben, voelt het anders. Een maand gaat snel voorbij. Het is te veel.

'Wat is er?' vraagt hij. 'Waar denk je aan?'

'Eén keer met je afspreken is iets wat kan gebeuren. Iets wat te vergeven is, snap je? Maar je één keer per maand ontmoeten, is een affaire.'

'Er zit geen enkel ethisch verschil tussen het één keer of honderd keer doen. Als we dan toch naar de hel gaan, dan ook maar helemaal.'

'Nou, Kelly zei... Je weet wie Kelly is?'

'Natuurlijk weet ik wie Kelly is. Mijn god, Elyse. Je hebt het voortdurend over haar.'

Ik schud het dekbed op, en het valt als sneeuw op het laken. 'Toen ik terugkwam uit New York zei Kelly: "Oké, nu heb je het dus uit je systeem. Je moest er gewoon heen om het uit je systeem te krijgen."'

'Is het uit je systeem?'

Hij weet dat het niet zo is.

'Net zei je nog,' gaat hij verder, en zijn argumenten worden sterker, 'dat ik je de volgende keer moest vastbinden. Daarmee impliceerde je dat we elkaar weer zouden zien.'

'Ik weet het. Maar misschien is één keer per maand te veel.'

'In New York zei je zelfs dat je twee keer per maand wilde afspreken.'

'Heb ik dat gezegd? Ik kan me niet meer herinneren wat ik in New York heb gezegd.'

'Wil je Miami of niet?'

'Je weet dat ik het wil,' zeg ik, terwijl ik de sierkussens zorgvuldig op het bed schik, zoals ik dat doe als ik bezoek verwacht.

'Dus we hebben een afspraak?'

'Daar lijkt het op.' Ik doe een stap naar achteren. Het bed is perfect.

'Ik regel de tickets. Heb je problemen met uitleggen…'

'Hoe het kan dat ik gratis kan vliegen? Ik heb al heel lang een creditcard waarmee ik airmiles kan sparen, Phil denkt dat ik er al een heleboel heb.' En nu ik erover nadenk, is dat ook zo.

'Geweldig,' zegt Gerry. 'En maak je geen zorgen. Eén keer per maand afspreken is perfect. Twee keer per maand zou te veel zijn, alsof we altijd komen en gaan.'

'Ik weet het. Dat zou verdacht zijn, alsof we bijna onderdeel van elkaars leven zijn.'

'En dat kunnen we beslist niet hebben.'

Ik weet niet of hij dat sarcastisch bedoelt. We e-mailen elke dag en nu ronden we een telefoongesprek af dat een halfuur heeft geduurd en waarvan het belangrijkste onderwerp zijn vrouw was. Niet over hoe vreselijk ze is. Niet over dat hij bij haar weggaat. Maar over hoeveel zij en ik op elkaar lijken, dat wil zeggen, als we uit bed zijn en aangekleed rondlopen. Ze heet Susan, en volgens hem zou ze heel goed in ons leesclubje passen, zou ze graag met ons meelopen op de atletiekbaan van de school en koffiedrinken met Kelly en mij. 'Je zou haar vast mogen,' zei Gerry, en ik heb geen reden om het tegendeel te denken. 'Op seksueel vlak is ze alleen uitgeblust,' voegt hij eraan toe, en ik mompel meelevend, al zegt Phil dit waarschijnlijk ook over mij.

'Miami is goed,' zeg ik tegen hem. 'Miami over twee weken.'

'En ik zal je vastbinden.'

'Weet je wat Kelly zei? Ze zei dat we net kinderen in een snoepwinkel zijn, die alles vastpakken wat ze zien.'

'Kelly heeft gelijk.'

'Vind je het raar dat we nu al pervers worden?'

'Zo pervers is dit niet.'

Ik ben beledigd. 'Voor mij wel.'

'Dat weet ik. Voor mij ook, het was gewoon een slappe poging om je gerust te stellen. Beloof me dat je het vertelt als het je te veel wordt.'

'Ik vertel je alles,' zeg ik luchtig, maar zodra de woorden mijn mond hebben verlaten, besef ik dat het waar is.

Ik kijk altijd even in de richting van de kerk als ik langsrijd, en deze middag zie ik dat Lynn iets over het parkeerterrein sleept. Ik rijd naar haar toe en draai mijn raampje naar beneden om te vragen of het gaat.

'Jawel, hoor,' zegt ze. 'Het zijn zeildoeken van de doe-het-zelfzaak. Onhandig om te vervoeren, maar niet zwaar.'

'Ga je verven?' vraag ik onnozel.

Ze laat de zeildoeken vallen en duwt haar haren met de rug van haar hand omhoog. 'Je gelooft nooit met wat voor offertes die lui kwamen. Echt van de zotte. Ik heb besloten een deel van het werk zelf te doen. In elk geval de vleugel van de zondagsschool.'

'Volgens mij verwacht niemand...'

'Dat ik echt iets doe?'

Het voelt alsof ze me een klap in het gezicht geeft en dat is kennelijk te zien, want ze kijkt omlaag en schopt tegen het zeildoek. Ze draagt hoge hakken. Alleen Lynn zou op hoge hakken naar een doe-het-zelfzaak gaan.

'Sorry,' zegt ze. 'Ik heb een lange dag gehad.'

'Heb je hulp nodig?'

'Moet jij geen kinderen van school halen?'

'Ik bedoel, kan ik je helpen tegen de tijd dat je gaat verven?'

'Dat is niet jouw taak.'

'Ik doe het graag,' zeg ik. 'We kletsen bijna nooit meer.'

'Ik zie je auto hier vaak staan.'

'Ik ben in therapie bij Jeff. Doe maar niet alsof je dat niet weet.'

Ze glimlacht nu, voor het eerst. 'Wat voor therapie?'

'Relatietherapie.'

Lynn bukt en pakt het zeildoek vast. 'Het zou fijn zijn als je me hielp,' zegt ze.

18

Begin december heeft Nancy ineens net zo'n kapsel als ik. Ook draagt ze felrode lipstick, iets waar Kelly me opgewekt op wijst als we bij de atletiekbaan aankomen voor onze zesenhalve kilometer lange loop.

'Je zult zien dat ze haar Volvo ook nog inruilt voor een Mini Cooper,' zegt Kelly terwijl ze mijn middel van achteren beetpakt en haar mond tegen mijn oor legt. 'Ze kan het niet helpen, zo graag wil ze jou zijn.'

Ik schud mijn hoofd. Dat is niet wat ze wil.

Vandaag staat het kerstspel op de agenda. Na drie seizoenen kribbes maken en wijze mannen kleden heb ik me dit jaar geëxcuseerd. Nancy heeft ermee ingestemd om de leiding over te nemen. Onder het lopen vraagt ze wat ik met de balen stro en engelenvleugels van de vorige optocht heb gedaan en hoe ik die draagbare Ster van Bethlehem in elkaar heb geflanst. Die werd vorig jaar voor de wijze mannen door het gangpad gedragen en was een groot succes – diverse mensen zeiden na afloop tegen me dat het het beste kerstspel was dat ooit in de kerk was opgevoerd. Nancy zal dat nooit beamen. Het irriteert haar mateloos dat ik iets heb bedacht waar zij nooit opgekomen zou zijn. Maar ze stelt veel vragen over de techniek en draagt lipstick, zelfs op de atletiekbaan. Ergens vind ik het wel vleiend.

Het is grappig, al die manieren waarop we met elkaar verbonden zijn. Belinda gebruikt vaak de frase 'allemaal in hetzelfde schuitje zitten', en dan kijkt de rest elkaar aan met een blik van verstandhouding. We vinden niet dat we in hetzelfde lekke roeibootje als Belinda zitten. Maar ze heeft wel een punt. Door elke verandering in mij voelen de anderen zich uit balans. Als ik een paar centimeter naar links schuif, verschuift de wereld onder hun voeten ook. Op een bepaald niveau weet ik zeker dat ze mijn gejammer allemaal zat waren. Het is alsof ik deze ziekte al zo lang heb dat ik er nu wel van hersteld had moeten zijn of het fatsoen had moeten hebben te sterven. Dat is één niveau. Op het andere rekenden ze erop dat zij zich door mijn slechte huwelijk beter zouden voelen in hun eigen huwelijk. Als ik de kwade van het stel ben, hoeft de rest zich niet zo te voelen. Maar als ik gelukkig ben, waar blijven zij dan?

Als ze ernaar vragen, zeg ik dat ik dankzij de therapie heb geleerd hoe ik kleine gebaren kan maken waarvan ik weet dat ik Phil er een plezier mee doe. Ik zet 's ochtends cafeïnevrije koffie met mijn nieuwe cappuccinoapparaat omdat hij daar de voorkeur aan geeft. (En voor de goede orde, hij had gelijk: de reden dat het niet schuimde, was dat ik te veel melk gebruikte.) Ik draag blauw omdat hij dat een mooie kleur vindt. Ik leg zijn badjas op het bed als hij onder de douche staat en elke ochtend vindt hij de krant naast zijn kom met cornflakes, opengeslagen op de sportpagina. We hebben één keer per week seks. Zoals Jeff herhaaldelijk heeft aangegeven, heeft Phil altijd alleen maar vriendelijkheid van mij gevraagd, en sinds ik terug ben uit New York, heb ik ineens ontdekt dat ik dat kan geven. De koffie... de krant... de badjas... de seks. Ik kan hem al die dingen geven die neerkomen op vriendelijkheid. Eigenlijk is het heel gemakkelijk om een huwelijk te redden. Het enige wat je hoeft te doen, is er niet meer mee zitten.

Maar het feit dat ik niet meer negatief over hem praat, heeft de andere vrouwen volledig van hun stuk gebracht. Kelly geeft nu ineens toe dat Mark erg hard kan zijn in zijn kritiek op haar, dat hij altijd weg is en dat hij te veel drinkt als hij thuis is. Nancy zegt: 'Ach, je weet toch hoe dat is,' als ze over Jeff praat. Maar Belinda verraste me nog het meest, Belinda die mijn titel 'Ontevreden Echtgenote' lijkt te hebben overgenomen.

'Het gaat eigenlijk best goed tussen Phil en mij,' zeg ik tegen de vrouwen, en het is alsof ik met een rode vlag naar een stel stieren sta te zwaaien.

Meteen flapt Belinda er uit: 'Waarom doet Michael alsof hij me een gunst verleent als hij bij de kinderen blijft? Het zijn net zo goed zíjn kinderen, maar als ik even vijf minuten de deur uit ga, doet hij alsof hij me een enorme gunst verleent.'

'Hij komt tenminste thuis,' zegt Kelly.

Belinda zegt dat ze misschien een baan moet zoeken, ze heeft slechts twee jaar doorgeleerd en zou alleen rotbaantjes kunnen krijgen. Nancy geeft nu wiskundeles op de middelbare school, en misschien zou Belinda ook zoiets kunnen doen. Geen wiskunde natuurlijk, want Belinda is waardeloos in wiskunde, maar iets soortgelijks, parttime. Ze wil niet zoals haar moeder eindigen. Je weet wel, verbitterd. Kelly stelt voor om tijdens het lopen alle dingen op te sommen waar Belinda goed in is, maar ik vermoed dat dit niet zal helpen. Vrouwen als Belinda krijgen nooit werk dat ook maar iets te maken heeft met waar ze goed in zijn. Belinda is erg dicht bij de gevaarlijkste aller vragen – 'En ik dan?'– en ik vrees voor haar. Het is de zak chips van de gedachten. Je kunt hem maar beter dicht laten.

'Zoveel is het toch niet gevraagd?' zegt Belinda.

'Het sleutelwoord is "evenwicht",' zegt Nancy. 'Tijd voor de kinderen en je man en je vrijwilligerswerk en misschien een baan, en je moet een beetje tijd voor jezelf inruimen.'

Belinda doet niet eens moeite om op die belachelijke bewering te reageren. 'Ik moet ook naar die sportschool van jullie,' zegt ze. 'Ik ben te dik. Ik weeg veertien kilo meer dan op mijn trouwdag, en toen was ik ook nog zwanger.'

'We zijn allemaal zwaarder geworden,' zegt Kelly, voor wie dat duidelijk niet geldt. 'Je bent veel te hard voor jezelf.'

Maar Belinda wil daar niets van weten. Ze vertelt ons dat ze op een avond geen zin had in seks, maar Michael wel, en je weet hoe dat gaat. Soms is het gemakkelijker om seks te hebben dan rechtop te gaan zitten, de lichten aan te knippen en te praten over waarom je geen seks wilt. Dus zei ze: 'Prima, maar dan wel een vluggertje.' Maar halverwege begon ze te huilen.

'En hij hield niet op,' zegt ze. 'Hij zag dat ik huilde, maar hield niet op.'

'Laten we een lijst maken van alle dingen waar je goed in bent,' zegt Kelly. Haar stem klinkt een beetje wanhopig. Ze vindt het niet fijn als Belinda ongelukkig is.

Belinda veegt als een kind met haar mouw haar gezicht droog. 'Misschien moet ik het voorbeeld van Lynn maar volgen.'

'Doe in elk geval een poging. Je bent geweldig met kinderen en honden. En je spreekt toch Spaans?'

Nancy en ik zijn een paar stappen achter hen gaan lopen. 'De sfeer wordt grimmig,' zegt ze.

Ik schud mijn hoofd. 'Ze gaat echt niet bij hem weg.' En dat doet ze ook niet. Als een vrouw er klaar voor is om te gaan, praat ze niet over huilen tijdens de seks. Ze praat helemaal niet over gevoelens. Opeens draait het om paspoorten uit kluizen vissen, nieuwe lampen kopen en erop letten dat het appartement waarnaar je op zoek bent dicht bij de school van de kinderen ligt. Als een vrouw er klaar voor is om te gaan, ligt er geen woede in haar stem, geen verdriet. Belinda past zich nog steeds aan aan haar echtgenoot – ze gaat zo naar huis en maakt het waarschijnlijk vanavond nog goed met Michael.

Maar dit alles valt een vrouw als Nancy niet uit te leggen. Je kunt haar niet aan het verstand brengen dat Belinda's woede betekent dat er nog hoop voor haar huwelijk is of dat mijn kalmte betekent dat ik het mijne volledig heb opgegeven. Als je naar een man schreeuwt, zie je die man in elk geval nog. Maar als je stem vlak wordt, je sneller begint te praten en zakelijk klinkt, dan is je echtgenoot al bezig om op te lossen in het niets. Hij verdwijnt langzaam uit beeld, verdampt als regendruppels op een warm wegdek. Hij is alleen nog maar een stadje waar je doorheen rijdt op weg naar een andere bestemming.

'Wat denkt een man,' zegt Belinda, 'als hij op een vrouw neerkijkt, ziet dat ze huilt en dan gewoon doorgaat?'

'Ze denken niet,' zegt Kelly.

'Misschien moet je in therapie gaan,' zegt Nancy. 'Je ziet dat Elyse er veel aan heeft.'

Belinda blijft ineens staan, zo abrupt dat Nancy tegen haar op botst. 'Ligt het aan mij,' zegt ze, 'of lopen we steeds in een kringetje?'

Later die middag slentert Pascal het atelier binnen met een levend vogeltje in zijn bek. Ik gil en hij rent weg. Hij laat graag zien dat hij een geweldige jager is, en in het verleden kon ik hem soms vangen en met mijn wijsvinger zijn bek openwrikken. Maar het bevrijden van gewonde dieren is een grijs gebied. Het is moeilijk te zeggen hoe erg ze gewond zijn – soms kan het beestje wegkomen, soms niet, en als ze niet sterk en snel genoeg zijn, heeft hij ze zo weer te pakken. Ik heb nooit kunnen besluiten of het humaner is om Pascal ze te laten verslinden of om ze buiten te leggen, zodat ze in het gras rustig kunnen sterven.

Net als Pascal met het vogeltje binnenkomt, schiet Garcia uit het niets tevoorschijn, wat aan Pascal een grauw ontlokt. De vogel ontsnapt. Hij vliegt in een onstandvastige boog richting plafond, en ik besef dat zijn ene vleugel is gebroken. Met een stoflaken weet ik hem uit het atelier te drijven. Ik sluit de katten op in het washok, maar het is moeilijk te zeggen of ik daar goed aan doe. De vogel fladdert ruim een uur wild door het huis, vliegt herhaaldelijk tegen de muren en laat kleine explosies van bloed en poep achter. Ik zet alle deuren en ramen open, en uiteindelijk vliegt hij weg, God mag weten welk lot tegemoet. Als Phil thuiskomt, loop ik door het huis in een poging de muren met een spons en een fles allesreiniger schoon te maken.

'Ze zijn helemaal wild geworden,' zeg ik.

'Zo zijn katten,' zegt hij, rationeel zoals alleen mensen die de hele dag weg zijn geweest dat kunnen zijn. 'Ze doden vogels. Als je daarmee zit, moet je ze binnenhouden.'

'Vervelende rotkatten,' zeg ik tegen Pascal en Garcia, die, zo onschuldig als een kalenderafbeelding, opgekruld op de poef liggen. Ze zien eruit als de lieve poesjes die ik drie jaar geleden ophaalde bij de dierenbescherming. 'Ik geef jullie voortdurend te eten. Waarom hebben jullie toch altijd honger?'

'Het heeft niets met honger te maken,' zegt Phil. 'Het is gewoon hun natuur.'

19

Miami is heet, zelfs in december. Ik lig in de middagzon op het balkon van de hotelkamer te doezelen met een krant op mijn schoot. Gerry loopt naar buiten en gaat naast me zitten op de ligstoel. Hij drukt zijn heup tegen mijn dij, en ik verschuif een stukje.

'Het is heet,' zeg ik.

Hij vist een ijsklontje uit een longdrinkglas en wrijft ermee over mijn polsen, alsof hij een middeleeuwse arts is die probeert mijn lichaamssappen te koelen. Ik vind het heerlijk. Er is geen groter genot dan overal heet te zijn, behalve op één plekje, en hij gebruikt het ijsklontje als een penseel, strijkt koelte over mijn handpalm en verft over de hitte. Ik leg mijn handen in mijn nek om hem eraan te herinneren, maar dat is niet nodig. Hij heeft al een paar stropdassen tussen de latten van mijn ligstoel heen getrokken, en hier schrik ik van. Ik had het hem niet zien doen – ik moet even hebben geslapen. Binnen een seconde heeft hij mijn polsen vastgebonden, heel losjes. Hij glijdt op zijn knieën naast me en duwt de krant met zijn arm opzij, en ik schrik van de beweging, alsof hij me heeft geslagen. Hij pakt nog een ijsklontje en stopt het in zijn mond. Het steekt tussen zijn lippen uit als een transparante tong.

Dit is het moment dat ik bijna ondraaglijk erotisch vind, de intense blik waarmee hij naar me kijkt, het buigen van zijn hoofd. Hij draait met het klontje kringen om mijn navel en laat het doorglijden naar mijn buik. Langzaam gaat hij te werk. Hij weet dat ik graag het gevoel heb dat we de hele dag de tijd hebben. Hij laat het ijsklontje lager glijden en trekt het langs de band van mijn korte broek, en ik mompel iets.

Zijn mond is sterk. De eerste keer dat we zoenden, merkte ik al op dat zijn tong zo gespierd is dat hij moeiteloos in de elastische pijp van mijn korte broek verdwijnt. Het kost hem totaal geen moeite om de restanten van het ijsklontje, dat nu kleiner en buigzamer is, tussen de plooien in mijn huid te duwen. Ik maak een geluidje om hem te laten weten dat dit goed is, dat hij goed is, dat ik dít wil, dit langzame, omzichtige naderen, deze focus.

Terwijl het ijsklontje kleiner wordt, wordt zijn tong groter. Hij is net zo koud, maar de textuur is anders, platter en breder met meer verscheidenheid, een paar oneffenheden, de vaardigheid om te krullen of te glijden. Ook al heeft hij zijn aandacht nog niet gefocust, ook al stelt hij het moment uit waarop de gestage klim naar mijn orgasme begint, ook al doet hij niet dát waarvan we allebei weten dat hij het uiteindelijk zal doen, mijn vingertoppen beginnen toch te tintelen en mijn gezicht is warm. Het ijs is weg, en tot mijn verrassing voel ik handen op mijn borsten.

Ik ga rechtop zitten. Of eigenlijk, ik probéér rechtop te zitten, maar mijn handen komen niet mee. Ze herinneren zich dat ze achter mijn hoofd zijn vastgebonden, gekneveld met een paar Gucci-stropdassen van tachtig dollar per stuk. Ik bevind me in deze vreemde positie – niet zittend, niet liggend – en op een of andere manier hang ik, met mijn rug raar gebogen, en ineens word ik overvallen door paniek.

'Stop,' zeg ik. Hij duwt zijn tong in me en begint langzaam te likken, systematisch, alsof hij veegt.

'Nee, stop,' zeg ik. 'Ik meen het. Ik wil rechtop zitten. Mijn rug doet zeer.'

Hij lijkt me niet te horen en is nu gefocust. Het voelt goed, goed en slecht, goed-slecht. Hij is ruw met mijn borsten. Hij trekt aan de tepels en draait ze terwijl hij trekt. Niemand heeft dat ooit bij me gedaan, trekken en draaien tegelijkertijd. Ik hoor mezelf een geluid maken tussen een kreun en een gil in, ook al zijn we buiten, mogelijk binnen gehoorafstand van andere balkonzitters, en ook al geniet een deel van me ervan.

'Ik heb gelogen,' zeg ik. 'Ik heb tegen je gelogen. Ik heb gelogen, ik lieg.'

Ik kan dit niet aan. Ik weet niet waarom ik hem heb gezegd van wel. Ik trek aan de stropdassen, zet mijn hielen in de ligstoel en probeer mezelf weer in een zittende positie te duwen. Maar hij volgt me, drukt zijn voorhoofd tegen mijn schaambeen, en het orgasme en de paniek rennen nu zij aan zij, en mijn gezicht is zo warm dat mijn tong koel aanvoelt als ik ermee langs mijn lippen ga.

En dan ineens zie ik het op me afkomen, en er is absoluut geen twijfel. Hij voert me naar het veld op Saint Kitts. Ik ken dit veld. Ik ben er eerder geweest. Ongeveer veertig minuten rijden vanaf Basseterre met een zwetende cola in je hand, de azuurblauwe oceaan aan de ene kant en aan de andere kant gele tarwe wuivend in een bries. Een smalle straat, een hobbelige weg, een huurauto met slechte remmen. Het is alsof ik midden in een schilderij van Van Gogh ben gedropt, alsof ik in de hemel ben beland, en ik herinnerde me het de eerste keer dat ik het zag. Het is het orgasmeveld, het veld dat ik soms, heel even, zie voordat ik kom. Niet elke keer, maar soms. Maar als ik het orgasmeveld zie, weet ik dat het onvermijdelijk is en dat het een fijne zal zijn.

Ik zeg help en ik zeg nee, maar het blauwe water en de gele tarwe komen als een vloedgolf op me af. Je kunt er niet op rijden, je wordt erdoor overspoeld, en ik probeer te schreeuwen. Net op dat moment zeg ik: 'Appel.' Eindelijk komt de appel bij me op, appel. Ik zie dat Gerry zijn armen naar me uitstrekt. Ik reik naar hem, en mijn handen glijden over de stropdassen. Ik weet niet wanneer hij me heeft losgemaakt, of ik überhaupt ooit vastgebonden ben geweest.

'Het was te veel,' zeg ik tegen hem.

'Waarom zei je niet "appel"? Eerder, bedoel ik.'

'Ik dacht er niet aan.'

'Ik wist niet wat ik moest doen.'

'Je hebt juist gehandeld,' zeg ik. 'Het was mijn schuld. Ik dacht er niet aan.'

'Je had een intens orgasme, volgens mij.'

Eh... ja.

Hij laat de stropdassen van mijn polsen glijden, gaat naast me op de smalle ligstoel liggen en trekt mijn hoofd naar zijn borst. Ik ruik de geur van zijn laurierzeep. Zijn ademhaling wordt regelmatiger, en de mijne ook. Op en neer in hetzelfde ritme als dat van hem, alsof we gekoppeld zijn, alsof we elkaar al jaren kennen. Ik ben het niet gewend om na de seks in iemands armen te liggen. De eerste minuut voel ik me nog gevangen, en dan begint het goed te voelen en flap ik er bijna uit dat ik van hem houd, maar dan leunt zijn arm zwaar tegen mijn ribben en voel ik me weer gevangen. Dit is een mysterieus land. Een mysterieuze kust waarop ik ben aangespoeld, en ik ben als de wereldreizigers die, eeuwen geleden, naar India vertrokken en in plaats daarvan belandden in het Caraïbisch gebied.

Hij zegt iets, even denk ik dat hij me 'lieverd' noemt, en er zijn vogels, zegt hij, iets over vogels in de verte. Ik zie geen vogels. 'Ze zijn mooi, hè?' zegt hij, en ik antwoord ja, omdat ze dat waarschijnlijk ook zijn.

'De wedstrijd kan elk moment beginnen,' zegt hij.

'Ik weet het. Eigenlijk moeten we een weddenschap afsluiten.'

Geen van ons beweegt.

Toen ik als kind over de ontdekkingsreizigers las, was ik woedend op hun blanke arrogantie. Hoe durfden ze mensen indianen te noemen terwijl ze niet in India waren? Ik schreef een opstel met als titel 'De grote vergissing', en mijn onderwijzer hing het op het prikbord met een grote rode 10 erop. Misschien komt het daardoor dat ik dacht dat kwaad zijn hetzelfde was als slim zijn. Maar nu ik ouder ben, voel ik wel enige compassie met de ontdekkingsreizigers, zoals ze weken achtereen samengeperst in hun bedompte scheepjes zaten, half krankzinnig van de scheurbuik en de dorst, zo gedesoriënteerd door hun lange reis dat ze natuurlijk dachten dat ze in India waren. Natuurlijk noemden ze de dingen zoals zij dat wilden. Gerry en ik voeren uit om Vriendschap met Seks te vinden, dus neem ik aan dat we dit nieuwe continent zo zullen noemen, ongeacht wat het in werkelijkheid ook is.

We zijn omringd door bomen, die ons balkon afschermen van de andere en er een veilige, ietwat private plek van maken, zodat je er op een winterdag naakt kunt liggen zonnen. Ik neem aan dat hij hiervoor betaalt – deze luxe, deze ruimte, deze illusie dat we ons in een hoge kamer met groene muren bevinden, muren die bladeren hebben en, naar het schijnt, vogels. Ik zou overeind kunnen komen en mijn bril kunnen pakken, maar ik weet niet zeker of dat zou helpen. Mijn gezichtsvermogen verandert, en de laatste keer dat ik bij de oogarts was, zei ze dat ik bifocale glazen moest overwegen. Toen ik zei dat ik daar absoluut nog niet aan toe was, lachte ze alleen maar en zei: 'Oké, dan zul je moeten kiezen. Zie je liever wat zich dicht bij je bevindt of dat wat verder weg is?'

20

Bij terugkomst uit Miami staat er een bericht op mijn antwoordapparaat van de galeriehoudster in Charleston. Een paar weken eerder had ik haar een foto gestuurd van een pot met een nieuwe soort glazuur waarmee ik werkte, en ze zegt dat ze hem mooi vindt. De galeriehoudster is oud. Haar stem is zo zwak dat ze aan de telefoon moeilijk te verstaan is. Ze klinkt altijd alsof ze elk moment het loodje kan leggen. Maar ze is meer dan eens mijn geluksengel geweest. Zij is de persoon die Gerry heeft verteld hoe hij me kon vinden.

Ik bel haar terug, en ze zegt dat ze in het nieuwe jaar weer een open dag houdt en dat ze diverse potten wil hebben. Misschien wel dertig, zegt ze met haar beverige stem, en even denk ik dat ik haar niet goed heb verstaan. Het is een verbazingwekkende opdracht voor iemand die vanuit haar garage werkt en een verbazingwekkende hoeveelheid werk. We besluiten dat ik de eerste tien op 18 januari zal leveren, de volgende tien in februari en de laatste in maart. Een keer per maand leveren is een mooie frequentie, zegt ze, en ik ben het met haar eens.

En dan, net op het moment dat we willen ophangen, kweelt ze: 'Ben je niet iets vergeten, lieverd?'

'O,' zeg ik beschaamd. 'Dank u. Heel erg bedankt, mevrouw Chapman.'

'Nee,' zegt ze. 'De prijs.'

'Ik kan ze voor honderd dollar per stuk maken.' Ik weet niet waarom ik dat zeg. Het komt er zomaar uit. Ik heb van mijn leven nog nooit een pot voor honderd dollar verkocht. Ze aarzelt misschien een paar seconden, en ik denk al dat ik te hebzuchtig ben geweest, dat ik zo meteen een uitbrander krijg en dat ze me eraan zal herinneren dat ze me een gunst bewijst. Maar dan zegt ze: 'Dat lijkt me geen probleem.'

De hele middag verkeer ik in een staat van opwinding. Ik zet de pot die ik op de foto had gezet op mijn kneedtafel en bekijk hem van alle kanten. De vorm en de kleur zijn goed, maar van de textuur ben ik niet zo zeker. Die is een beetje te grof, niet zo grof dat je het op een foto ziet, maar misschien onaangenaam als je de pot aanraakt, en dat kunnen we niet hebben als mevrouw Chapman er honderd dollar per stuk voor betaalt. Waarschijnlijk zet ze hem in de galerie voor het dubbele van de prijs. Misschien moet ik minder mortel gebruiken. Ik bel Kelly en vraag haar Tory van school te halen. Daarna bestel ik klei en vervolgens sleep ik wat ik nog heb – ongeveer negen kilo – uit de bak naar de tafel.

Kneden en snijden zijn activiteiten waarbij je niet hoeft na te denken, en meestal zijn dat de momenten waarop ik mezelf verlies. Er is altijd wel iets in de gezwollen, flexibele massa tussen mijn vingers wat mijn gedachten uitschakelt en me terugstuurt naar een soort God. Maar vandaag is het anders. Ik bewerk de klei, maar hij bewerkt mij niet. Mijn hersenen zijn druk in de weer met de logistieke planning. Om tien goede potten te krijgen, moet ik er vijftien maken. Met één pot ben ik minstens tien uur zoet, en het is december, de drukste maand van het jaar. Bovendien heb ik Lynn beloofd dat ik haar zou helpen met het schilderen van de lokalen van de zondagsschool. Misschien moet ik proberen daar onderuit te komen.

Op een gegeven moment gaat de deur naar de keuken open en zegt Phil zacht: 'Jij bent nog laat aan het werk.'

'Je gelooft het nooit. Ik heb een opdracht gekregen. Mevrouw Chapman uit Charleston wil dertig potten.' En dan, God mag weten waarom, maar ik kan het niet voor me houden, voeg ik eraan toe: 'Ze betaalt honderd dollar per stuk.'

'Wauw,' zegt Phil. 'Dat is dertigduizend dollar.'

'Nee. Nee, dat is drieduizend dollar.'

'Nou, dat is nog steeds een mooi bedrag. Ik neem aan dat we wat te eten gaan halen?'

'Wel een vreemde vergissing.'

'Je weet dat ik nooit goed ben geweest met nullen. Heb je zin in Thais?'

'Thais is prima.' Ik sta op. Mijn rug doet pijn, en ik besef dat ik urenlang in dezelfde houding heb gezeten, voorovergebogen. 'Kun je Tory ook meteen even oppikken? Ze is bij Kelly.'

Hij knikt en loopt naar zijn geparkeerde auto. 'Een groene en een gele curry?'

'Prima.' Ik snijd in de klei en zoek naar luchtbellen. Ze zijn klein maar verraderlijk. De homp ziet er goed gekneed uit, maar je weet het nooit zeker. Ik snijd er vanuit een andere hoek doorheen, en dan nog een keer. 'Phil?'

Hij draait zich om. 'Ja?'

'Ik zou graag willen dat je zegt dat je trots op me bent.'

Hij aarzelt, lang genoeg zodat ik weet dat hij overweegt te vragen of ik ook trots op hem ben als hij een wortelkanaalbehandeling heeft uitgevoerd. Hij zou me erop kunnen wijzen dat ik ook niet applaudisseer als hij met drieduizend dollar thuiskomt. Ook niet bij dertigduizend dollar trouwens. Hij zou daar wel een punt hebben.

Maar in plaats daarvan trekt hij zijn portier open.

'Natuurlijk ben ik trots op je,' zegt hij.

'Ik ben trots op mezelf. Ik heb iets losgelaten, en Phil en ik hebben een evenwicht gevonden.'

Lynn gooit speelgoed in een zwarte vuilniszak. 'Wat heb je losgelaten?'

'Dat weet ik niet. Maar wat ik heb verloren, had ik klaarblijkelijk niet nodig. Het gaat beter tussen ons als er minder van me is.'

'Denk je dat ik alles in de vaatwasser kan stoppen?'

'Ja. Het meeste is van plastic. Ik vraag me af hoe lang het geleden is dat iemand deze spullen heeft gesteriliseerd.'

'Ik denk... nooit.' Lynn trekt aan het trekkoord van een van de zakken en pakt een volgende. 'En jij kunt daarmee leven?'

'Jeff zegt dat je niet kunt verwachten dat een man je alles kan geven wat je nodig hebt.'

'Heeft Jeff dat gezegd?'

'Nou, ik bedoel, iedereen zegt dat. Het is standaard relatietherapieadvies. Je accepteert een man zoals hij is, en dan zoek je manieren om de gaten op te vullen. Zoals jij vroeger ging hardlopen.'

'En je hebt gezien hoe geweldig dat heeft uitgepakt.' Lynn pauzeert, trekt haar haarband af en schudt haar haren los. Ik heb een kerstcadeautje voor haar meegebracht en het ligt ongeopend op de kleine tafel in het peutervertrek. Een paar elastische handschoenen – marineblauw en grijs met een visgraatmotief dat ik verfijnd en subtiel vond, echt iets voor Lynn. 'Weet je,' zegt ze, 'toen ik pas in de kerkenraad was benoemd, waren Phil en ik op een avond vroeg... We waren alleen, en hij begon over je te praten. Ik kan me niet herinneren welk verhaal hij precies vertelde, maar op het eind zei hij: "Elyse is een kanjer." En hij klonk echt trots.'

Ik kan me niet voorstellen dat Phil dat heeft gezegd, maar oké. Lynn heeft de planken leeggehaald en begint die nu met een desinfecterend middel te schrobben. Ze fronst haar voorhoofd, maar misschien komt het door de geur.

'Weet je wat Andy tegen me zei op de dag dat hij wegging? Hij zei dat een deel van me ontbrak.'

'Heeft hij nog gezegd welk deel het was?'

'Hij zei... dit is zo vreemd. Hij gebruikte precies dezelfde woorden als jij net gebruikte, hij zei dat ik iets had losgela-

ten. En dit... dit is ook vreemd. Hij zei dat het hem dwarszat dat ik geen ruzie meer met hem maakte. Hij zei dat het
leek alsof ik er niet helemaal bij was.'

Ik denk aan Gerry, hoe uitbundig ik bij hem kan zijn, hoe
we vorige week op de wedstrijd Panthers-Patriots hebben ge-
wed, hoe ik mijn benen om zijn middel sla en hem in bed
probeer om te draaien.

Lynn vat mijn stilzwijgen op als scepsis en raast verder. 'Ik
heb een punt, echt. Toen ik geen ruzie meer maakte, met
hardlopen begon en allemaal dingen deed om mezelf af te leiden, was het precies zoals jij zei. Het leek toen een goed idee.
Iedereen was doodop van al die jaren ruziën, en we hadden
behoefte aan een pauze. Er was rust in de tent.'

'Evenwicht.'

'En ik dacht net als jij dat ik iets had losgelaten wat hij
toch niet nodig had. Maar op een dag werd hij wakker en
zei vanuit het niets dat ik er niet helemaal bij was. En wat
kon ik zeggen? Het enige wat ik kon uitbrengen was: "Ja, je
hebt gelijk. Ik ben er niet helemaal bij."'

'Ik had dat gesprek graag gehoord.'

'Dat heb je net gedaan. Dat was het hele punt. Hij zei dat
ik er niet helemaal bij was en ik zei ja, je hebt gelijk. Ik ben
er niet helemaal bij, en toen liep hij de deur uit. Ik bedoel,
hij liep letterlijk de deur uit, naar het einde van de oprit, linksaf de straat in. Hij ging niet met de auto. Ik weet nog steeds
niet precies waar hij naartoe is gegaan.'

Ik trek het kleed uit de kinderbox en kreun hardop. We
hebben vanochtend bij de doe-het-zelfzaak schoonmaakmiddelen gehaald, maar ik weet niet of die deze vlekken aan-
kunnen. Bovendien maak ik me zorgen over de hoeveelheid
gifstoffen die we in de ruimte spuiten. Ergens moet je een
keuze maken tussen kinderen chemisch vergiftigen of bloot-
stellen aan de pest. 'Misschien stond iemand hem op te wachten. Een auto aan het einde van de straat of zo.'

Lynn schudt haar hoofd. 'Het maakt niet uit. Uiteindelijk
belandde hij bij het vriendinnetje. Ik neem aan dat zij nog

had wat ik gaandeweg had verloren. Maar weet je, ik hoefde mensen alleen maar te vertellen dat hij een vriendin had, en ze stonden in de startblokken om hem op het dorpsplein te stenigen. Mijn advocaat vond het geweldig. Mijn hemel, zullen we dat ding maar weggooien?'

'Ik wil het eerst nog met bleekmiddel proberen. Hoe oud was dat meisje? Vierentwintig?'

Lynn zucht. 'O ja, een schoolvoorbeeld. Iedereen zegt dat ik hem kan uitkleden. Tijdens de bemiddeling zei mijn advocaat dat we hem zijn boot kunnen laten verkopen, zodat ik de helft van het geld krijg. Andy was dol op die boot. Maar ik wilde de helft van zijn boot niet. Er klikte iets in mijn hoofd, en ik zei tegen mijn advocaat: "Weet u, deels is het mijn schuld, dus ik vind het prima als hij de boot houdt." En weet je wat mijn advocaat zei?'

'Ik heb wel een idee.'

'Hij legde zijn hand over mijn mond, daar in de gang,' – ze illustreert dit met haar eigen hand – 'en zei: "Dat soort dingen mag je nooit meer zeggen. Elk verhaal kent een slachtoffer, en in dit verhaal ben jij dat."'

'Jezus.'

'En weet je wat ik me ook afvraag? Soms vraag ik me af wat er zou gebeuren als een vrouw volledig zichzelf was in een huwelijk en alles zei wat ze wilde zeggen en alles deed wat ze wilde doen en gewoon alles op zijn beloop liet. Wat voor huwelijk zou ze dan hebben? Het zou misschien op de korte termijn hobbelig zijn, maar op de lange termijn zou de man zeggen: "Ze maakt me gek, maar ze is er in elk geval helemaal bij," en hij zou er uiteindelijk respect voor hebben, denk je niet?'

Als ik vooroverbuig heb ik niet genoeg kracht om te schrobben, dus besluit ik in de kinderbox te kruipen. Lynn helpt me mijn been over het hekwerk te zwaaien en geeft me vervolgens een spons en spuitflessen aan. 'Hoe gaat het met Andy en die vierentwintigjarige?'

'Prima, voor zover ik weet.'

'Waarom verlaten sommige mannen hun vrouw voor hun vriendin en andere niet?'

'Ik heb geen idee.'

'Weet je wat het is? Als een single meisje met een getrouwde man naar bed gaat, zeggen mensen altijd dat ze dom bezig is, dat de getrouwde man zijn vrouw nooit zal verlaten. Maar als een vrouw niet vierentwintig uur per dag aan haar huwelijk werkt, zeggen diezelfde mensen: "Kijk maar uit, straks verlaat hij je voor een ander." De vrouw is hoe dan ook het bokje. Maar welk scenario lijkt jou het waarschijnlijkst – blijft de man bij de vrouw aan wie hij gewend is of gaat hij voor het meisje dat hem opwindt?'

'Ik denk dat het allebei voorkomt. In mijn geval heeft de man duidelijk gekozen voor het meisje dat hem opwindt.'

'Het was niet mijn bedoeling je te kwetsen.'

'Dat heb je ook niet gedaan. Ik laat me niet meer kwetsen. Maar je hebt mijn vraag niet beantwoord. Wat zou er gebeuren als de vrouw zich als de vriendin gedroeg?'

'De vrouw kan nooit de vriendin zijn.'

'Nooit?'

'In elk geval niet die van haar eigen man.' Ik ga staan en kijk naar de rubberbodem onder me. 'Ik weet niet of dit wel werkt.'

Lynn trekt haar schouders op. 'Ik weet dat je mij niet bent. Ik weet dat we compleet verschillend zijn, maar ik moet er steeds aan denken dat ik dat heb gedaan waarvan ik dacht dat het mijn huwelijk zou redden, maar uiteindelijk heeft het alles verpest. Jij was... Ik dacht altijd: als iemand haar man wakker kan schudden, is zij het. Toen Phil je een kanjer noemde, klonk hij zo trots.'

Dit is nu al de tweede keer dat ze vertelt dat Phil me een kanjer heeft genoemd. Ik weet niet goed waarom Lynn zo lyrisch is over de enige zin die Phil ooit tegen haar heeft uitgesproken. Misschien maakt alles wat hij zegt grote indruk omdat hij zich zo zelden uitspreekt. Zo dacht ik ook altijd. Dat het meer betekenis had omdat het van hem kwam.

'Dat heb ik ook altijd van jou gedacht,' vertel ik haar. 'Ik dacht dat jij van ons allen het beste huwelijk had.'

Ze lacht kort. 'Waarom dacht je dat?'

'Geen idee. Je bent zo intelligent.'

'Nou, jij ook.'

'En toch zijn wij de eerste twee die eruit stappen. Klaarblijkelijk maakt een hoog IQ een vrouw ongeschikt voor het huwelijk.'

'Dat geloof je toch niet echt?'

'Natuurlijk wel. Intelligent zijn heeft ons geen van tweeën ook maar enig goed gedaan. Het betekent alleen maar dat als dit in *The Stepford Wives* gebeurde, het hun een extra week zou kosten om ons te klonen.' Ik stop met schrobben en draai me om naar Lynn. 'Zal ik je een geheimpje vertellen?'

Ze spuit op de deurknoppen, met haar rug naar me toe. 'Ik weet het niet.'

'Ik ben gelukkig.'

'Nou, dat is nieuws.'

'Je mag het aan niemand vertellen.'

'Je geheim is veilig bij mij.' Lynn kijkt op haar horloge. 'Je hoeft niet de hele dag te blijven. Ik ga zo zelf ook pauze nemen.'

'Zin om bij Qdoba's te lunchen?'

'Ik neem mijn lunch tegenwoordig mee. Hij staat in de koelkast.'

Het is een moment. Een herinnering aan het feit dat ze de energierekening van haar huis niet meer kon betalen, dat ze daarom is verhuisd en nu in een appartementje woont. Een herinnering aan het feit dat de kerk vorige week een spoedbijeenkomst heeft gehouden om zich ervan te vergewissen dat ze verzekerd was tegen blijvende invaliditeit voordat ze op de steigers zou klimmen om de muren van de kerk te schilderen. Een herinnering aan het feit dat Belinda op een dag met tranen in haar ogen naar onze dagelijkse loop kwam, omdat ze langs de kerk was gereden en Lynn buiten langs de weg afval had zien prikken.

De stilte hangt tussen ons in. Ik klim uit de kinderbox en laat de sponzen en schuursponsjes in de emmer vallen. Uiteindelijk vraagt Lynn: 'Wat denk je dat Phil voor je gaat kopen voor Kerstmis?'

'Dat weet ik al. Een gasbarbecue.'

'Híj was toch de grote barbecuemeester?'

'Klopt. Maar de oude barbecue heeft eindelijk de geest gegeven, en dus heeft hij een chique nieuwe gekocht en er een rode strik om gebonden.'

'Dus hij heeft iets voor je gekocht wat hij zelf van plan is te gebruiken? Ben je er kwaad om geworden?'

'Ben je mal. Je praat met de nieuwe, verbeterde vrouw. Meisje Evenwicht. Ik heb alleen diep ademgehaald en tegen mezelf gezegd: "Ik mag blij zijn dat ik een man heb die kookt."'

'Dat evenwichtsgedoe,' zegt Lynn, die haar rubberhandschoenen met een klap uittrekt, 'werkt natuurlijk alleen maar tijdelijk.'

Ik knik. Ik vertel haar niet dat het ook maar tijdelijk hóéft te werken.

Ze loopt met me mee door de gang. Het regent hard, de hele ochtend al. Ik heb mijn paraplu in de foyer laten liggen. In de deuropening blijven we even staan, en ik kijk naar de winterse mistroostigheid. Jeff parkeert zijn auto op de speciale parkeerplek voor de predikant. Het is een kleine, zwarte Solstice. Daar rijdt hij in om te bewijzen dat er meer achter hem steekt. In een korte broek en op Nike-schoenen springt hij uit zijn wagen. Kennelijk heeft hij tussen de middag gerend, en hij ziet er schattig uit, Jeff, met zijn korte, dikke beentjes en zijn stuiterende manier van lopen. Lynn en ik glimlachen, bijna onbewust, terwijl we hem door de plassen naar de deur zien waden.

'Die minnaar van je,' zegt ze, 'komt toch niet uit de buurt, hè?'

Ik schud mijn hoofd. 'Zo dom ben ik nu ook weer niet.'

21

Ik heb mijn best gedaan om er iets moois van te maken. Ik heb Tory gisteravond naar mijn moeder gebracht, en Kelly is vanochtend gekomen, samen met de twee zwijgzame Hondurese schoonmaaksters. We hebben de boom opgetuigd, de krans aan de deur gehangen, de schoorsteenmantel versierd en de tafels zijn bijna gedekt. Als gastvrouw van het kerstfeest van dit jaar hoef ik niet een van de hoofdgerechten te verzorgen, alleen de salade. Ik heb alle ingrediënten al gewassen en in de koelkast gelegd, klaar om op het allerlaatste moment bij elkaar te gooien.

'Waarom gebruiken we onze goede borden niet?' vraagt Phil. Het is even na zessen, en ik kom net onder de douche vandaan. Hij heeft een van mijn zelfgemaakte borden van de tafel gepakt en mee naar de slaapkamer genomen. Het ligt op een kussen, en hij kijkt er argwanend naar.

'Dat zíjn onze goede borden. Ik heb ze een paar jaar geleden speciaal voor kerst gemaakt, weet je nog?' De borden zijn lichtbeige met rode en mosgroene verstrengelde lijnen. Het is geen techniek die ik nu nog zou gebruiken – eigenlijk ziet het er een beetje overdreven kerstachtig uit. Maar ze zijn nog steeds geschikt voor een feestelijk etentje.

'Dit is een officieel diner,' zegt Phil. 'Ik zou het prettiger vinden als we het porseleinen servies gebruiken dat we voor ons huwelijk hebben gekregen.'

'Het porseleinen servies gebruiken we in de eetkamer,' zeg ik, terwijl ik worstel om mijn stem neutraal te houden en me afvraag waarom dit gesprek mijn gevoelens zo kwetst. Meisje Evenwicht heeft vandaag een dagje vrij, maar ik heb geen zin in ruzie terwijl onze gasten over krap een uur arriveren.

'Porselein in de eetkamer, waar ik de tafel voor vijf personen heb gedekt, en mijn borden in de woonkamer, waar de tafel voor vier is gedekt.'

'Zitten we niet allemaal bij elkaar?'

'We hebben dit vorige week al besproken. Ongelooflijk dat je het niet meer weet. Ik heb niet genoeg dezelfde borden voor ons allemaal, en negen personen aan één eettafel is sowieso te veel. Maar maak je geen zorgen: jij zit in de officiële kamer, ik in de woonkamer.'

'Dat is wel een beetje vreemd. Wie zetten we in de woonkamer met de zelfgebakken borden? Dan is het net of we twee van de stellen minder belangrijk vinden.'

'Ik haal de stellen uit elkaar,' zeg ik overdreven langzaam. 'We hebben dit hele gesprek vorige week al gevoerd.' Phil trekt zijn groene kasjmieren sweater over zijn hoofd. De kleur staat hem goed en accentueert zijn ogen, maar om een of andere reden draagt hij hem alleen tijdens de kerst. 'Bovendien,' zeg ik, voordat hij nog meer kritiek kan spuien, 'zit Lynn dan anders met vier stellen aan tafel, en dat is voor haar niet prettig. Ze voelt zich er al zo ongemakkelijk onder.' Ik denk helemaal niet dat Lynn zich ongemakkelijk voelt, maar dit is een argument waarmee ik de meeste kans maak Phil de mond te snoeren. Hij is een zorgzame gastheer. Als het aan hem lag, gaven we elke week een diner.

'Alles ziet er fantastisch uit,' zegt Kelly terwijl we de keuken in lopen. Ze is naar huis geweest om zich om te kleden en ik wist niet eens dat ze al terug was. Ze draagt een lange, grijze, zijden rok en een cranberryrood wikkeltopje. Automatisch kijk ik naar mezelf in de spiegel naast de telefoon. Mijn haar is nog nat, en mijn gezicht ziet er gevlekt en kaal uit. 'De andere vrouwen zijn onderweg,' voegt ze eraan toe, terwijl Phil langs ons scheert en naar buiten loopt om de fakkels aan te steken. 'Nancy was net haar auto aan het parkeren toen ik binnenkwam.'

'Geweldig,' zeg ik. 'Moet je mijn haar zien.'

'Ga je even optutten. Ik regel hier alles wel. Je weet dat ze alleen maar even het eten komen brengen – de mannen komen minstens een halfuur later. Zal ik alvast een fles champagne openmaken?'

Ik knik en loop weer naar de badkamer. Mijn föhn maakt

veel lawaai, maar als ik hem uitzet, hoor ik hun stemmen in de keuken, gekletter van glazen en borden, de gedempte knal van een champagnekurk en Kelly die zegt: 'Ah... wat een feestelijk geluid toch.' Ik staar naar mezelf in de spiegel. Mijn haar zit goed en de zilverkleurige jurk staat me prima. Ik haast me met mijn make-up, en op een gegeven moment kijk ik naar de telefoon die naast de wasbak ligt. De vrouwen klinken bedrijvig. Misschien heb ik tijd om Gerry te bellen. Maar nee, halfzeven op vrijdagavond is geen geschikte tijd, en bovendien loop ik de kans dat ik me nog verdrietiger voel nadat ik hem heb gesproken.

'Het komt door de feestdagen,' zeg ik tegen mijn spiegelbeeld. 'Daar krijg je altijd een raar gevoel van.' Daarna loop ik door de slaapkamer, pak de stapel platte, identiek ingepakte doosjes en ga naar de keuken.

'Tijd voor cadeautjes,' roep ik, misschien een beetje te luid. 'Jullie raden nooit wat mijn thema voor dit jaar is.'

'We zaten net Lynns nieuwe handschoenen te bewonderen,' zegt Kelly, die een flûte champagne naar me toe schuift.

'Sorry dat ik niet creatiever ben,' zeg ik terwijl de vrouwen hun pakjes openmaken, maar ondanks het feit dat alle cadeautjes er hetzelfde uitzien, is elk paar handschoenen zorgvuldig uitgezocht. Kelly's handschoenen zijn van zwart kalfsleer, de duurste van allemaal, en ze passen bij haar status van niet-erkende beste vriendin. Die van Nancy zijn wit en van mohair, zo delicaat als sneeuwvlokken, en ik vond Belinda's sexy roze suède paar een beetje grillig, zoals zijzelf. Ik heb besloten Belinda zo te typeren – grillig. Naïef past niet echt meer bij haar.

Ik heb de handschoenen betaald met mijn nieuwe creditcard. Die staat op mijn meisjesnaam, en het aanvragen ervan was behoorlijk confronterend. Als vrouw van dr. Philip Bearden heb ik een flinke stapel *gold* en *platinum* cards, met voldoende saldo om naar de maan te kunnen vliegen of in elk geval een rondje om Neiman Marcus. Als Elyse Morrison, gescheiden en parttimepottenbakker, heb ik recht op een kredietlimiet van vijfentwintighonderd dollar. Maar de handschoenen zijn een groot succes. De vrouwen staan achter mijn kookeiland, geven ze aan elkaar door en passen ze. Lynn heeft haar marineblauwe met visgraatmotief uit haar jaszak gepakt en onderweg haar champagneglas bijgevuld.

'Ze zijn heel schattig,' zegt Belinda. 'Soms heb ik het idee dat jij mij beter kent dan ikzelf. Zullen we een keertje samen shoppen?'

Nancy kijkt op.

'Als ik mijn potten af heb, gaan we met z'n tweeën naar de grote kledingoutlets,' zeg ik. 'Dat beloof ik.'

'Misschien kunnen we met z'n allen gaan.'

Phil is klaar met het aansteken van de fakkels en komt vlak achter me staan. Hij staat zo dichtbij dat ik even bang ben dat hij zijn knieën gaat buigen en me zo dwingt dat ook te doen, waardoor we op de grond zullen vallen, zoals in dat domme schoolpleinspelletje. Maar in plaats daarvan omhelst hij me. Het is een stevige, opzichtige omhelzing om onze gasten te laten zien dat we heel gelukkig getrouwd zijn. In dit huishouden zijn geen problemen, *pas du tout*. Phil heeft nooit begrepen hoeveel vrouwen praten. Hij had deze show voor de mannen moeten bewaren.

'Kijk eens naar je handen,' zegt Belinda ineens. 'Ze lijken sprekend op die van Nancy.'

Ze heeft gelijk. Dankzij het potten bakken heb ik werkhanden. Er zit permanent een donkerblauwe glazuurlaag onder mijn korte nagels, en mijn handpalmen voelen altijd droog en stoffig aan, hoe vaak ik ze ook insmeer. Die van Nancy zien er net zo uit, onder de verf en rood en ruw van alle oplosmiddelen. Onze handen zien eruit alsof we ons leven doorbrengen met dingen uit de aarde klauwen – en in zekere zin is dat ook zo.

'Kelly heeft mooie handen,' zegt Phil en ook hij heeft gelijk. Kelly's handen zijn altijd prachtig verzorgd en gekruld in een soort Mona Lisa-stand.

'Met dank aan mijn manicure.'

'Ik snap niet waarom Elyse niet naar een manicure gaat,' zegt Phil. 'Het zijn juist de kleine details die een vrouw sexy maken, maar dat schijnt ze niet te beseffen. Beloof me dat je haar de volgende keer meesleept.'

'Dat heeft weinig zin,' zeg ik terwijl ik zijn armen van mijn middel trek, 'gezien de manier waarop ik in mijn onderhoud voorzie.'

Ik doe helemaal niets om in mijn onderhoud te voorzien, en iedereen die daar staat weet dat, Phil nog wel het best. Ik ben bang dat hij iets gaat zeggen, maar mijn toon weerhoudt hem daarvan. Hij kust me boven op mijn hoofd en laat het onderwerp rusten.

'Hoe gaan we zitten?' vraagt Nancy. 'Ik zie dat je twee tafels hebt.'

'We hebben niet genoeg goed servies voor iedereen,' zegt Phil. 'Vlak voor jullie komst hadden Elyse en ik het er nog over dat we daar voor volgend jaar echt iets aan moeten doen.'

'Ik vind twee tafels wel leuk,' zegt Kelly, 'dat houdt het gesprek levendig.'

'Bovendien,' zegt Lynn, die haar glas leegdrinkt, 'het lost dat pijnlijke probleem van de gastvrouw op: "Waar moet ik in vredesnaam die arme, zielige, gescheiden vrouw neerzetten?"'

Nancy pakt nonchalant de champagnefles op, alsof ze het etiket wil lezen, en zet hem vervolgens aan de andere kant van de gootsteen, buiten bereik van Lynn. Kelly kijkt haar met een botoxfrons op haar voorhoofd aan, alsof ze vermoedt dat het wel eens een onrustige avond kon worden.

'Jij zit in de woonkamer bij mij,' zeg ik tegen Lynn. 'Ik heb Jeff tussen ons in gezet, want hij heeft praats genoeg voor twee mannen.'

'O, absoluut,' zegt Nancy. 'Al zouden jullie hem in tweeën delen, dan nog heb je genoeg man aan hem.'

Wat ik Phil heb verteld, klopt niet helemaal. Ik heb niet alle

174

stellen uit elkaar gehaald. Kelly en Mark zitten allebei in de officiële kamer met het goede servies, terwijl ik in de woonkamer zit met praatzieke Jeff, geschifte Lynn en lieve, verwarde Michael. Kelly zit dus opgescheept met zowel Mark als Phil, maar ze kan hen ongetwijfeld aan. Ze is de perfecte surrogaatgastvrouw, die ervoor kan zorgen dat zelfs twee saaie mannen boeiende gesprekspartners lijken. Ik hoor haar hoge lach in de andere kamer, en heel even vraag ik me af hoe het in vredesnaam mogelijk is dat wij met de vervelende tweeling zijn getrouwd. Jeff vertelt een lang, onsamenhangend grapje over een getrouwd stel dat bij hem in therapie is. Ik vind het ietwat ongepast, maar Michael en Lynn liggen in een deuk. Ik doe mijn best om het gesprek aan de goedeserviestafel te volgen en vang nog net het einde van Kelly's laatste opmerking op, iets in de trant van: 'Ik heb het op Food Channel gezien...'

Waarschijnlijk heeft ze het over de soep, die door de Hondurese vrouwen wordt binnengebracht. Het recept is behoorlijk ingewikkeld, een combinatie van twee soorten soep in een yin-yangpatroon, een combinatie van Kelly's geroosterde-pompoensoep en witte-maïssoep. Het ziet er zo prachtig uit dat iedereen begint te mompelen wanneer het hun wordt voorgezet, en ik leun achterover in mijn stoel en begin me te ontspannen. Dit feest wordt een succes. De tafels zien er mooi uit en de kerstboom is adembenemend. Ik mag dan niet de beste van de groep zijn in het creëren van huiselijke gezelligheid, maar ik heb wel altijd de mooiste boom, ik weet hoe ik aan de beste wijnen kan komen en ik zit aan de beste tafel, ook al hef ik het glas met mijn relatietherapeut. Ik lach, eerder van opluchting dan van iets anders, maar het valt perfect samen met de clou van Jeffs grapje, en hij glimlacht naar me. Zijn glimlach is breed, alsof mij aan het lachen maken het beste is wat hem die dag is overkomen.

'Weet je wat het is?' zegt Jeff, die duidelijk opgewarmd is door zijn waarderende publiek. 'Mannen en vrouwen gaan om verschillende redenen vreemd. Mannen omdat ze afwisseling willen, vrouwen alleen als er iets fundamenteel mis is met hun huwelijk.'

'Van wie heb je dat?' vraagt Lynn.

'... en dat verklaart waarom twee derde van de vreemdgaande mannen blijft en twee derde van de vreemdgaande vrouwen een scheiding aanvraagt...' Typisch Jeff. Hij is dol op statistieken. Hij verwerkt ze ook altijd in zijn preken en raakt zo in de ban van zijn getallen dat hij zich nooit bewust is van het effect dat hij op andere mensen heeft.

'Dus eigenlijk zeg je,' zegt Michael, die iedereen schokt door überhaupt zijn mond open te doen, 'dat als een man rotzooit, zijn vrouw dat niet persoonlijk moet opvatten. Het is niet dat hij niet van haar houdt, hij wil alleen maar een verzetje.'

Jezus. Iedereen is dronken.

'Wat zijn jullie daar stil geworden,' roept Nancy. 'Waar hebben jullie het over?'

'Ik vraag me toch af hoe het mogelijk is dat ik aan de verkeerde kant van de vergelijking terecht ben gekomen,' zegt Lynn. 'Als twee derde van de overspelige mannen blijft, hoe kan het dan dat Andy bij mij is weggelopen?'

'Snel door naar de salade,' mompel ik tegen de Hondurese vrouw die de soepkommen afruimt.

'Het is maar hoe je het bekijkt,' zegt Jeff, die vastbesloten lijkt er nog een schepje bovenop te doen. 'Diezelfde statistiek kan erop duiden dat een derde van de vreemdgaande mannen uiteindelijk verliefd wordt op de andere vrouw.'

'Heb ik even mazzel,' zegt Lynn met lijzige stem. 'Getrouwd met een van de vreemdgangers die daadwerkelijk verliefd is geworden.' Ze heeft haar glas sauvignon blanc leeggedronken en geniet duidelijk van de kans om Jeff een opgelaten gevoel te geven. Ze werpt haar hoofd naar achteren en neemt een bestudeerde pose aan, beide ellebogen op de tafel en haar kin in het holletje van haar handen, onschuldig en verrukt als Audrey Hepburn in een still van een zwart-witfilm. Ja, ze geniet hier absoluut van. Ze geniet van de kans de tafelgenoot, en dus de gelijke, te zijn van de man die haar salaris betaalt, de man die haar publiekelijk zoveel gunsten heeft verleend. Jeff en Nancy geven Lynn straks een lift naar huis. Tijdens het champagne-uurtje heeft hij ervoor gezorgd dat iedereen dat wist, dat hij een vrouw die bij hem in dienst is nooit alleen door deze verraderlijke buitenwijkstraten laat rijden.

'Ik vind dit prachtige borden,' zegt Michael, die daarmee de dag redt. 'Hoe kan het dat ik aan de speciale tafel met de mooie kerstborden ben beland?'

Ik kijk hem glunderend aan.

De salade wordt geserveerd – mijn specialiteit: met peer, blauwe kaas en walnoten. 'Het is verrukkelijk, Elyse,' roept Kelly. 'Heb je het recept van Food Channel?' Ze weet heel goed dat dat niet zo is, maar haar vraag brengt een hoop gelach teweeg rond de tafel met het goede servies. Kennelijk hebben ze eerder grappen over Food Channel gemaakt.

'Ze kijkt er verdorie vierentwintig uur per dag naar,' zegt Mark. 'Laatst kwam ik thuis en zat ze met haar broek op haar enkels op de wc in de badkamer naar de televisie te kijken. Een of andere show over hoe je drie verschillende soorten room maakt. Het is toch ook geen wonder dat dit land naar de kloten gaat?'

'Waar hebben jullie luitjes het over?' roept Nancy weer.

'Nancy zei "jullie luitjes",' roept Jeff terug. 'Dat is het officiële teken om haar te onderbreken.'

Lynns zalmpakketjes vormen de volgende gang, gevolgd door een verzameling kaasjes die Nancy heeft meegebracht – aangezien zij het kerstspel regelt, hoeft ook zij geen uitgebreid gerecht te bereiden – en we eindigen het diner met Belinda's panna cotta met mokkasmaak. In afwachting van de zalm komt Phil de woonkamer in met de *pinot noir*. Het is onze duurste wijn en Jeff fluit als Phil hem het etiket laat zien.

'Wauw,' zegt Jeff. 'Jullie weten wel hoe het moet.'

'Ik dacht: ik begin maar bij de import,' zegt Phil, die de grote, bolle glazen volschenkt. Jeff maakt er een hele show van; hij laat de wijn walsen en ruikt eraan.

'Weet je, als ik naar jullie twee kijk,' zegt Lynn, 'vraag ik me altijd af waarom jullie vrienden zijn.' Dat heb ik me ook vaak afgevraagd, maar ik heb het nooit hardop gezegd.

'Phil en ik zijn als twee soepen in een kom,' zegt Jeff. 'Het contrast maakt elk van ons beter. Je zou ons op het basketbalveld moeten zien...' voegt hij eraan toe en hij raakt nu echt op dreef. 'Het is alsof we telepathisch contact hebben. Zodra hij een terugkaatsende bal vangt, draai ik me om en loop over het veld omdat ik precies weet waar hij...'

'Een bodempje,' zeg ik zachtjes tegen Phil als hij mijn glas pakt, en hij knikt. Hij weet dat dit de dure fles is, en we hebben er maar één voor beide tafels. Bovendien volgen hierna nog twee wijnen.

'Schenk het mijne maar helemaal vol,' zegt Lynn.

'Geen probleem,' zegt Jeff. 'Ze hoeft niet te rijden.'

'De reden dat Jeff en ik zulke goede vrienden zijn,' zegt Phil, die hen negeert en Lynn dezelfde kleine hoeveelheid inschenkt als iedereen, 'is dat onze deugden dezelfde zijn, maar onze tekortkomingen niet.'

'Mooi gezegd,' zegt Jeff. 'We zijn allebei trou...'

'Betrouwbaar,' beaamt Phil. 'Wij zijn mannen die nooit...'

'Lynn, de zalm is heerlijk,' roept Nancy vanuit de kamer met het goede servies. 'Je hebt jezelf overtroffen.'

'Alles is perfect, Elyse,' voegt Kelly er zelfs nog luider aan toe.

'Op onze gastvrouw,' zegt iemand, en ik durf te zweren dat het Mark is die dat zegt. Er klinkt getik van vorken tegen glazen en een beetje applaus. Phil is aandoenlijk gelukkig dat de avond een succes is. Hij glimlacht terwijl hij met de witte doek de hals van de fles pinot afveegt. Voorzichtig, voorzichtig, voorzichtig. Er valt geen drupje naast.

22

'Ik heb mijn best gedaan om er iets moois van te maken.'

'Waarom? Je bent niet het type vrouw dat zich in de stress werkt voor een etentje.'

Hoe weet hij dat zo zeker?

'Dit zou wel eens de laatste keer kunnen zijn geweest dat ik een uitgebreid diner verzorg. Misschien is dit wel de laatste Kerstmis in mijn huis.'

'Hoezo?'

Het is de ochtend na het feest, en ik zit in de auto om Tory op te pikken bij het appartementencomplex van mijn moeder. Even denk ik dat de verbinding slecht is.

'Ik heb je toch verteld dat ik wegga? Dat heb ik al duizend keer gezegd.' Neemt dan echt niemand me serieus? Misschien ben ik wel zoals die boom in het bos. Niemand hoort me vallen, dus maak ik kennelijk geen geluid. Vanochtend, toen ik nog aan het opruimen was, kwam Phil binnen met de met as bedekte zakken die om de fakkels zaten. Hij zei dat hij het gezellig had gevonden, gisteravond. Ja, zei ik, gezellig, en toen zei hij: 'Dat is het enige wat ik wil, Elyse. Dat het gezellig is. Dat is alles wat een man zich kan wensen.'

Ik hoor gekraak aan Gerry's kant van de lijn. Hij zit vast ook in de auto. 'Ja, dat heb je gezegd, maar een concreet plan lijk je niet te hebben. Waar wil je naartoe?'

'Niet naar jou, dus wees maar niet bang.'

'Elyse...'

'Rustig maar. Je loopt geen gevaar.'

'En Tory?'

'Zij gaat natuurlijk met me mee.'

'Weet je dat zeker?'

Natuurlijk weet ik dat zeker. De rechtbank is altijd op de hand van de moeder. 'Ik zou Tory alleen verliezen als ik iets heel doms deed, als ik het op een ongelooflijk gruwelijke manier verpruts.'

'En ik neem aan dat je niet van plan bent iets heel doms te doen.'

'Nee, jij bent het domste wat ik ooit heb gedaan.'

We lachen. Nu kunnen we lachen. Dit gesprek heeft ons allebei angst aangejaagd. Het is niet echt een ruzie, maar wel de eerste schaduw die ooit over ons is gevallen. Ik rijd het terrein van het complex op waar mijn moeder woont, een bewaakte woongemeenschap voor actieve senioren, en wuif naar de bewaker, een bewoner die een centje bijverdient. Hij is rond de tachtig, draagt een golfbroek en drukt op de knop, waardoor het elektronische hek openschuift.

'Als ik weg zou gaan,' zegt Gerry rustig, 'krijg ik de kinderen niet mee.'

Waarschijnlijk heeft hij gelijk. Het huwelijk is een spel met verschillende regels voor mannen en vrouwen. En met verschillende straffen voor de verliezer. Gerry's vrouw zou de kinderen houden, en hij zou de weekendvader worden.

'Als je gaat,' zegt hij, zijn stem nog steeds rustig, 'ik bedoel als je echt gaat, wat gebeurt er dan met ons?'

'Niets,' zeg ik. Ik heb de motor afgezet en kan hem nu beter horen. Ik hoor de gekwetstheid in zijn stem.

'Niet niets. Als jij single bent, verandert alles.'

'Ik zal je niet méér nodig hebben, dus wees gerust.'

'Misschien heb je me wel minder nodig.'

Voor het parkeerterrein zijn een paar oude mensen een kerstboom aan het optuigen. De man op de ladder staat er wankel bij. Hij weet de ster op de top te plaatsen, maar hij staat scheef. De dames op de grond onder hem wijzen en praten, geven hem blijkbaar aanwijzingen, en ik besef met een schok dat Gerry bang is me te verliezen, dat ik op een of andere manier een vrouw ben geworden die een man kan verliezen, een vrouw die het hart van een man kan breken. Ik hoor niet alleen gekwetstheid in zijn stem, het is ook angst, en in een schemerig, verachtelijk deel van mijn geest besef ik dat Phil ook bang is. Daarom zegt hij: 'Mooi, je hebt dertigduizend dollar verdiend,' terwijl hij heel goed weet dat het drieduizend is. Dat is de reden waarom hij tegen Kelly zegt dat ze me moet meetronen naar de manicure, waarom hij me met zoveel kleine zwaarden prikt. Waarom is het zo gemakkelijk om de onderliggende emoties in de stem van je minnaar te horen en zo moeilijk om die in de stem van je man te ontwaren? Maar Gerry helpt me Phil te begrijpen. Hem zelfs te vergeven. De man op de ladder reikt omhoog om de ster recht te trekken en maakt het alleen maar erger. Hij helde eerst te ver naar rechts en nu helt hij te ver naar links, maar de vrouwen op de grond hebben kennelijk besloten hem dat niet te vertellen, want hij klautert naar beneden.

'Weet je wat het is,' zegt Gerry. 'Je gaat me óf meer nodig hebben, óf minder. Als je single bent, wil je een heel, compleet vriendje, en als ik dat niet voor je kan zijn, zul je iemand zoeken die dat wel kan.'

'Wat verwacht je nu dat ik zeg?'

'Zeg maar niets. Maar denk na over wat je op het spel zet. Niet Tory en het geld en het huis, want ik weet dat je daar al goed over hebt nagedacht. Denk na over het feit dat je misschien je hele leven achterlaat.'

'Waaronder jou?' Er is aarzeling aan de andere kant van de lijn, net lang genoeg om me mijn hele toekomst te laten zien, me alles te tonen wat ik wel en niet kan hebben. Ik laat mijn hoofd op het stuur zakken. 'Je wilt een getrouwde minnares,' zeg ik uiteindelijk. 'Dat is veiliger. Jij en ik in een hotelkamer: wij zijn de nieuwe status-quo.'

'Zo moet je niet praten,' zegt hij. 'Ik zal er zijn zolang je me wilt.'

Om een of andere reden geeft deze uitspraak ons geen van beiden een beter gevoel.

23

Nancy houdt me staande in het kerkportaal, haar armen vol met engelenvleugels.

'Je moet me helpen,' zegt ze. 'Ik verzuip.'

Het is de zondagavond van het kerstspel. Ik ben hier om Tory af te zetten en loop een gekkenhuis binnen. Twintig kinderen, in diverse stadia van Bijbelse kleding en hyper van de suikerkoekjes die een moeder, goed bedoeld, heeft meegegeven, rennen achter elkaar aan door het middenpad van de kerk. Ze gebruiken hun herdersstaffen en aureolen, gemaakt van metalen hangers, als wapen. Er zijn weinig ouders in zicht, behalve een paar vaders die de Ster van Bethlehem optrekken. Klaarblijkelijk heeft Nancy, in haar gebruikelijke overmoedigheid, niet genoeg mensen gevraagd iets eerder te komen om te helpen.

'Scheid de jongens van de meisjes,' zeg ik. 'Daar wordt iedereen rustiger van.'

'Belinda is er niet,' zegt Nancy met een ietwat verwilderde blik. 'Haar ouders zijn op bezoek, dus ik heb tegen haar gezegd dat ze niet hoefde...'

'We redden het ook wel zonder Belinda,' zeg ik, verbaasd dat zij degene is aan wie Nancy als eerste denkt. 'Lynn kan hier elk moment zijn, en ik zal Kelly bellen. Wil jij de engelen of de herders?'

'Ik doe de jongens wel,' zegt ze, terwijl ze me de vleugels geeft. 'Jij mag deze alvast op de meisjes spelden, want...' Want meisjes kunnen stilzitten en een halfuur lang een ongemakkelijk kostuum verdragen, jongens niet. Iedereen die ooit aan een kerstspel heeft meegewerkt, weet dat. Je kleedt de meisjes eerst en laat hen wachten. Je laat de jongens spelen, en kleedt ze op het allerlaatste moment aan.

Ik roep naar een paar oudere meisjes dat ze me moeten volgen en neem de kostuums mee naar de damestoiletten. Even later komt Lynn binnen, en we zetten een productielijn van vleugels opspelden op, kleden elk meisje aan en sturen haar de gang in met de instructie de volgende engel te sturen. We zijn bijna klaar als Nancy binnenkomt om te kijken hoe het gaat. Nu alles loopt, oogt ze kalmer.

'Wat vinden jullie van ons nieuwe schilderij?' vraagt ze terwijl ze naar een portret van een roodharige vrouw wijst dat aan de muur boven de bank hangt. De vrouw is in het blauw gekleed en kijkt ons met een starende blik recht aan.

We hebben het zo druk gehad dat ik het niet eens had opgemerkt. 'Is dat Maria?'

'Er bestaat twijfel over welke Maria,' zegt Lynn, die met samengeperste lippen praat omdat ze spelden in haar mond heeft.

'Jeff denkt dat het de Maagd niet is,' zegt Nancy, die een kromgetrokken aureool uit een plastic tas vist.

Ik ben klaar met mijn engel en wenk de volgende. 'Waar komt het vandaan?'

'Nou, Bessie Morgan heeft de kerk na haar dood een heleboel geld nagelaten. Ik ging ervan uit dat je dat wist,' zegt Nancy. 'En een paar maanden geleden is die geheimzinnige Canadese nicht van haar eindelijk, twee jaar na dato, hiernaartoe gekomen om haar spullen uit te zoeken. Bessie bleek namen op de helft van de spullen in haar huis te hebben gezet, dingen die ze aan specifieke personen wilde nalaten. Ze moet het geweten hebben... of misschien had ze dat jaren geleden al gedaan. Zo zijn oudere mensen. Niemand weet eigenlijk waarom ze dit schilderij aan de kerk heeft geschonken. We gaan ervan uit dat het een of andere heilige is, maar Bessie Morgan was beslist niet katholiek, dus ik weet niet waarom ze een olieverfschilderij van een heilige in huis had.'

'Het is Maria Magdalena,' zegt Lynn een beetje stelliger. Ze volgt twee dagen per week een cursus op het seminarie en heeft er duidelijk moeite mee dat Nancy dat altijd schijnt te vergeten. De spelden zijn nu uit Lynns mond, en ze is verdergegaan met de aureolen. 'Dat zie je aan haar rode haar. Het was een traditie om de haren van...' Ze aarzelt en ik besef dat ze het woord 'hoeren' in de mond wilde nemen, maar dat ze zich net op tijd heeft bedacht bij de aanblik van al die engelen. Lynn geeft Nancy een aureool aan en een paar schuifspeldjes. 'Als een vrouw op een schilderij rood haar had, wilde dat zeggen dat ze een bepaald type vrouw was.'

'Daar heb ik nog nooit van gehoord,' zegt Nancy. Ze bloost een beetje.

'Ze heeft gelijk,' zeg ik. 'Maar Maria Magdalena was waarschijnlijk geen... je weet wel, zelfstandig ondernemer. Tegenwoordig wordt er anders over gedacht.'

Dit is gevaarlijk terrein, zelfs voor een groepje presbyterianen. Toen we met onze leesclub De Da Vinci Code lazen, was Jeff zo van slag geweest door de theorie dat Jezus getrouwd was, dat hij een hele reeks kritische preken gewijd had aan het boek. Het was zo'n kruistocht geworden dat zelfs Phil had moeten toegeven dat Jeff te ver ging. 'Het is verdorie een roman,' had hij gezegd toen we op een zondag naar huis reden. 'Wat zal hem in werkelijkheid dwarszitten?' Ik had alleen mijn schouders opgehaald, maar in alle eerlijkheid was ik het, wat dit aanging, wel met Jeff eens. Ik denk ook niet graag aan Jezus als een getrouwde man. Het is onmogelijk om een echtgenoot te aanbidden.

Ik kijk naar het schilderij en ga staan om het mijn volledige aandacht te kunnen geven. De vrouw kijkt naar me terug, haar lippen ietwat uit elkaar. Ze heeft zware oogleden en haar lange, rode haar is gevangen in een windvlaag die geen vat op haar jurk schijnt te hebben. Nee, beslist niet de Maagd, en het is een beetje vreemd dat Bessie van de vele stoofschotels zo'n schilderij in huis heeft gehad. Het is voorzien van een passe-partout en er zit een dikke lijst omheen. Iemand heeft veel geld aan dit schilderij uitgegeven.

'Nou, wie ze ook is en wat ze ook heeft gedaan, we hebben besloten haar in het damestoilet te hangen,' zegt Nancy, die een stap achteruit doet en de kin van een engel optilt om haar werk te inspecteren. 'Hier heeft niemand last van haar.'

Tien minuten later zitten Phil en ik in onze vaste kerkbank, halverwege de rij aan de linkerkant. De muziek begint, en de lichten gaan uit.

De herders lopen met hun staf voorbij en de wijzen volgen. De jongste wordt stevig het kerkportaal uit geduwd door een vrouwenhand, waarschijnlijk die van Nancy. Een zacht gelach kabbelt door de kerk. Mensen vinden het leuk als iets het kerstspel in de war stuurt. Vorig jaar konden Kelly en ik op het allerlaatste moment de mirre niet vinden, en dus stuurden we de kleine Jay Penney door het middenpad met een Rolodex uit Jeffs kantoor.

Tory zit gehurkt met de andere engelen achter de muur van kaarsen. Het veertienjarige meisje dat al zes jaar lang de hoofdrol speelt, wacht daar op haar beurt. Ze heeft overduidelijk een hekel aan de rol die haar is toebedeeld, de prijs die ze moet betalen voor het hebben van een hoge, heldere stem. Ze kijkt met een gepijnigde blik en ze is het engelenkostuum duidelijk ontgroeid. De beddenlakens zitten strak om haar heen en drukken haar borsten plat, en haar vleugels van vloeipapier verspreiden goudkleurige glitters bij elke beweging. Belinda draait zich twee rijen verderop naar me om en vormt met haar lippen woorden die ik niet helemaal begrijp. Maar ik glimlach en knik, ook al zit mijn keel dicht en vullen mijn ogen zich met tranen. Ik huil altijd bij het kerstspel.

Belinda's middelste kind, het meisje dat ze tijdens haar lange, martelende zwangerschap naar mij dreigde te vernoemen, het kind dat zo verlegen is dat ze weigert een engel te zijn, verlaat de kerkbank van haar moeder en rent naar de mijne. Ik neem aan dat Belinda dit wilde vragen, of het goed is dat Courtney bij mij komt zitten.

Ik trek het meisje op schoot, haar puntige knietjes drukken in mijn dijen terwijl ze op me klimt. Courtney is altijd dol op me geweest, en ik vraag me af of ze zich op een of andere manier die keer nog herinnert, jaren geleden, dat Belinda haar een middagje bij mij achterliet. We waren vergeten

185

de luiertas met haar fles uit de auto te halen, maar daar kwam ik pas achter toen Belinda al weg was. De naam van de kapsalon waar ze naartoe ging wist ik niet. Ze was nog geen tien minuten weg of Courtney begon te snikken. Daarmee maakte ze Tory wakker, die veertien maanden ouder was en al snel ook begon te jammeren. Ik had Tory volledige borstvoeding gegeven en had geen flesvoeding in de kast staan, en met maar één autostoeltje kon ik onmogelijk met beide kinderen naar de supermarkt. Ik probeerde van alles – heen en weer lopen en zingen met op elke heup een baby.

Ik belde Nancy en vroeg: 'Moet ik haar maar sap geven?' Nancy zei van niet, want Belinda deed moeilijk over suiker. 'Heb jij toevallig flesvoeding in huis?' En Nancy zei: 'Ja, maar je moet eerst met Belinda overleggen. Volgens mij moet het sojamelk zijn, want Courtney heeft een eiwitallergie.'

Ik kon haar nauwelijks horen boven de twee huilende baby's uit. 'Ik kan Belinda niet bellen,' zei ik. In die tijd had nog niet iedereen een mobieltje en konden moeders echt weg zijn, in elk geval voor een uur. 'Ik weet niet eens waar ze zit.'

'Misschien kijkt ze wel achterom en ziet ze de tas op de achterbank staan,' zei Nancy, maar Belinda was al zo lang weg dat die hoop was vervlogen. Als ze de luiertas had gezien, was ze al terug geweest.

'Dan moet je haar maar gewoon laten huilen,' zei Nancy, op die coole manier van haar. 'Een baby gaat echt niet dood als hij een uur geen eten krijgt.' Maar als je ooit een paar uur met een hongerige baby hebt gezeten, weet je wat dat betekent. Courtney maaide wild met haar vuistjes in de lucht en huilde met intense, hartverscheurende uithalen. Uiteindelijk kon ik er niet meer tegen. Ik zette Tory in de babyschommel en nam Courtney mee naar de badkamer, waar ik op het wc-deksel ging zitten en schuldbewust mijn borst tevoorschijn haalde. Nu zit Courtney hoog op mijn schoot en schopt met elke zwaai van haar benen tegen mijn schenen. Nancy heeft de instructies er kennelijk goed ingeprent bij de kinderen, want als het deel komt waarin de engel des Heren verschijnt, reageren ze doodsbang, grijpen naar hun borst en vallen achterover, alsof ze zijn neergeschoten. Er wordt nu openlijk gelachen. Er volgt een salvo van klikkende camera's.

Zes jaar geleden zat ik op het deksel van de toiletpot. Belinda's baby nam een paar flinke teugen, begon te trillen van opluchting en werd toen slap. Ze was zo uitgeput van het huilen dat ze binnen enkele minuten in slaap viel. Toen ik mijn keukendeur hoorde opengaan, trok ik mijn tepel voorzichtig uit het babymondje, slap en klam van de melk, en knoopte snel mijn blouse dicht. Belinda stond in de keuken toen ik verscheen. Ze zei dat ze niet begreep hoe ze zo stom kon zijn geweest. Hoe had ik me uit de situatie gered? Ik wist hoe moeilijk het kon zijn om een middagje weg te gaan, en nu was ze bijna in tranen. Ze had het verprutst. Ze had haar fout beseft vlak nadat haar haren waren gewassen. Meteen had ze het plastic schort afgerukt en was ze weggerend. Nu zou ze weer helemaal opnieuw moeten beginnen, mensen moeten regelen om op drie kinderen te passen en de helft van de vrouwen in de buurt een wederdienst moeten bewijzen. Ik zei dat de baby een minuutje had gejammerd en toen meteen in slaap was gevallen. Ik heb Belinda nooit verteld wat ik had gedaan, iets wat erger was dan met haar man naar bed gaan, en ik zou het ook nu niet aan haar opbiechten, hoewel het, om eerlijk te zijn, de enige keer is geweest in al die jaren dat we elkaar nu kennen dat ik een echte vriendin voor haar ben geweest.

De engelen komen naar voren, tillen hun armen op en beginnen een zacht, bibberig lied te zingen. Tory loopt in het midden en kijkt naar ons om zich ervan te vergewissen dat we zitten waar we altijd zitten en daarna richt ze haar aandacht volledig op Megan, de koorleider die haar huwelijk heeft gered en haar huis heeft verbouwd. Tory's gezicht staat ernstig, en naast me verschuift Phil een beetje in de kerkbank, alsof zijn lichaam het gewicht van haar zenuwen overneemt. 'Ze kent het lied helemaal,' fluister ik, en hij knikt, maar zijn ogen blijven strak op zijn dochter gericht.

De engelen kijken in de kribbe, waar de rol van het kindje Jezus wordt vervuld door een gloeilamp van veertig watt. Waar is Maria Magdalena in dit kerstspel, denk ik, en dan herinner ik me weer dat ze hier natuurlijk niet bij is. Rond deze tijd was ze zelf nog een baby, een meisjesbaby in de tijd van de kindermoord van Bethlehem onder koning Herodes, onbelangrijk en dus volkomen veilig. Het zou nog jaren duren voordat ze de man zou ontmoeten die haar redde en in gevaar bracht. Ik denk aan het schilderij in het damestoilet, de uitdrukking die ik interpreteerde als verlangen, maar het had net zo goed angst kunnen zijn. Want die twee lijken op elkaar, toch? De lippen iets van elkaar, de smekende armen en de ietwat glazige blik? Waar keek ze naar? Of, waarschijnlijker, naar wie keek ze?

Phil laat zijn arm over mijn rug glijden en legt hem om mijn schouders. Tory's gezicht wordt in het vage licht van de gloeiende kribbe gereflecteerd, en ik glimlach naar haar, hoewel ik weet dat ze me waarschijnlijk niet kan zien. We zijn omgeven door illusies, sommige overtuigender dan andere, en anders dan ik heb gezegd, geloof ik niet echt dat je een klein stukje naar buiten kunt lopen. Mijn dwaze bewering dat het huwelijk een deur is waardoor je naar binnen en naar buiten loopt... de troostende mythe dat je kunt weggaan, opkijken en zeggen: 'O, het regent,' en weer naar binnen kunt glippen. In mijn hart weet ik beter. Weg is weg. Je wordt verbannen naar de badkamer. Je wordt gespot terwijl je langs de weg vuilnis loopt te prikken. Of nog erger, ze behandelen je met een pijnlijk overdreven vriendelijkheid – ze rijden je naar feestjes, staan erop de lunch te betalen, praten tegen je op zo'n opgewekte toon die je reserveert voor kleine kinderen of zojuist gediagnosticeerde ernstig zieken. De muziek ebt weg en Courtney wiebelt op mijn schoot. Ik sus haar alsof ze mijn eigen dochter is, met de tijdelijke toestemming die we allemaal delen, dat gevoel van gezamenlijk bezit van elkaars kinderen, elkaars huizen, elkaars lotsbestemmingen. Denk aan alles wat je op het spel zet, zei Gerry tegen me. Denk aan al die dingen. Mensen hier hebben van me gehouden. Misschien houden ze nog steeds van me, maar dat betekent niet dat ik ze niet zal verliezen. De eerste verandering breng ik zelf teweeg, de andere volgen vanzelf.

Toen ik een tiener was, zei mijn grootmoeder altijd tegen me: 'Trouw je met een man, dan trouw je met zijn leven,' en het lijkt me logisch, gewoon een kwestie van karma, dat het omgekeerde ook waar is. Als ik deze man verlaat, moet ik dit leven verlaten. Met toegeknepen ogen kijk ik naar de grootste engel, de engel die schoorvoetend is gekomen om het goede nieuws te brengen.

24

Met een klap valt het pakje op het stoepje bij mijn voordeur. Als ik opendoe, zie ik de UPS-wagen de oprit af rijden.

Ik bel Gerry. 'Dank je wel,' zeg ik.

'Ik had toch geen keuze? In Miami heb je mijn beste stropdas verscheurd.'

'Waar heb je het over?'

'Je hebt ze toch uitgepakt?'

'Ze? Het was maar één pakje.'

'Heb je het niet uitgepakt?'

'Nee. Ik dacht dat het een kerstcadeautje was.'

Er valt een stilte aan de andere kant van de lijn, waardoor ik weet dat hij er nooit aan heeft gedacht me een kerstcadeautje te sturen.

'Dat komt volgende week,' zegt hij uiteindelijk. 'Maar je moet weten dat ik een man ben die zijn schulden keurig aflost. De Panthers hebben de Patriots verslagen, eerlijk is eerlijk.'

Nu begrijp ik het. Hij heeft handboeien voor me gekocht.

'Ik had niet verwacht dat je ze zou sturen.'

'Dat had ik toch gezegd?'

'Ik had niet verwacht dat je ze híérheen zou sturen.'

'Wat is er aan de hand?'

Wat er aan de hand is? Ziet hij dan niet hoe gemakkelijk, hoe terloops hij mijn hele leven zou kunnen verwoesten? Ik rek het telefoonsnoer uit tot aan de keuken en kijk naar het vierkante, bruine doosje op het aanrecht. 'Ik wil niet dat je me nog op dit telefoonnummer belt,' zeg ik. 'Je weet dat het riskant is. Bel naar mijn mobiele telefoon.'

'Doe dit nou niet.' Hij herinnert me er niet aan dat ik hém heb gebeld. Hij wil niet dat we twee vervelende gesprekken achter elkaar voeren. Zoiets kan een fragiele relatie als de onze kapotmaken.

Ik weet dat ook, maar ben nog steeds van streek. 'Je hoort zoiets gewoon niet naar het huis van een vrouw te sturen. Je hebt een grens overschreden.'

'Nou, sorry dat ik niet precies weet waar jouw grenzen liggen. Je vond het anders geen probleem een pakje toegestuurd te krijgen toen je nog dacht dat het om een kerstcadeau ging.'

'Stel dat ik het in het bijzijn van Tory of Phil had geopend? Stel dat ik dacht dat het iets was wat ik voor Tory had besteld?'

'Dat zou je nooit hebben gedaan. Kijk maar naar de adressering. Het staat op je meisjesnaam.'

'Shit, dat maakt het nog verdachter. Het zou voor Phil een reden zijn om het pakje te openen.'

'Volgens jou is hij nooit thuis en breng je je dagen alleen door.'

'Kom jij hier straks de scherven opruimen?'

'Waar heb je het in vredesnaam over?'

'Je verpakt bewijs dat ik een affaire heb en stuurt het naar mijn huis. Dus vraag ik jou: als ik mijn kind en mijn huis verlies, kom jij dan hier de scherven opruimen?'

'Je zei dat je bij hem wegging.'

'Dat gaat ook gebeuren. In mijn eigen tijd en als ik er klaar voor ben. Geen gedwongen vertrek omdat een man in Boston heeft besloten zich als een volslagen idioot te gedragen.'

'Het was een grapje, Elyse. Je vond het maar wat grappig toen we in Miami waren.'

'Ik stort mijn hart bij je uit en ik vertrouw je, en dan vertel jij me dat alles een grapje is?'

'Het is geen grapje. Op de dag dat ik ze bestelde... had ik gewoon een slechte dag. Ik heb helemaal niet aan je dochter gedacht. Het gaf me een goed gevoel om ze via internet te bestellen.'

'Ik gooi ze weg.'

'Prima, doe wat je niet laten kunt. En voor de goede orde: ik geloof niet dat je ooit bij hem weggaat. Je vindt het gewoon leuk en stoer om erover te praten.'

'Ik ga nu ophangen. Ik hang op en ik neem geen afscheid.'

'Ja, doe dat. Ik neem ook geen afscheid van jou.'

Ik leg de telefoon neer, en de uitgerekte telefoondraad trekt het toestel van het aanrecht met veel lawaai over de hardhouten vloer terug naar de slaapkamer. Het is vreemd genoeg een bevredigend geluid. Ik neem het pakje in mijn handen. Het is licht en bestaat voornamelijk uit verpakkingsmateriaal. Hij zegt dat het een grapje is. Hij zegt dat het geen grapje is. Ik draai het zorgvuldig in bruin papier gewikkelde doosje een aantal keren en bekijk het van alle kanten. Pascal, die dol is op dozen, springt op het aanrecht en kijkt toe. Wanneer heb ik hem mijn meisjesnaam verteld? Ik heb hem te veel verteld, en altijd is daar de vraag – de vraag hoeveel ik Gerry moet toevertrouwen. Hij kent mijn adres. Hij weet wat mijn sofinummer is. Hij kent de werktijden van mijn man, weet hoe laat mijn dochter naar school moet, hoeveel geld ik op mijn rekening heb staan, hoe ik het liefst gekust word en hoeveel potten ik nog moet bakken voor de Charleston-opdracht. Het doosje is vederlicht, bijna alsof er niets in zit. Alsof hij me een doosje lucht heeft gestuurd.

25

'Kijk eens,' zeg ik tegen Phil terwijl ik de handboeien voor zijn gezicht laat bungelen.

Hij is meteen geïntrigeerd. 'Wat heb je daar?'

'Handboeien, sufferd.'

'Dat weet ik, maar… zijn ze voor jou of voor mij?'

We zijn ons in onze slaapkamer aan het omkleden voor Kelly's oudejaarsfeest. Ik ben de hele dag bij haar thuis geweest, heb oesters opengewrikt en uit de schelp gehaald en champagneglazen omgespoeld.

Phil en ik zijn alleen. Hij heeft Tory al naar Nancy's huis gebracht. Zij en Jeff hebben een stel tieners van de kerk ingehuurd om op de kinderen te passen. Die hebben met z'n elven hun eigen feestje. Nancy heeft films gehuurd, pizza's laten bezorgen en de pingpongtafel uit de garage in de woonkamer gezet. Dus nu kunnen de volwassenen het gerust zo laat maken als ze willen. Het grappige is dat het helemaal geen oudejaarsavond is. We zijn zo voorzichtig dat we het niet prettig vinden om op die avond de hele nacht weg te blijven, de avond waarop de alcohol rijkelijk vloeit. De echte oudejaarsavond brengen we graag in de kerk door, met onze kinderen naast ons, waar we kaarsjes aansteken tijdens de dienst. Ons uitbundige feestgedruis vindt plaats op een willekeurige avond tussen kerst en oud en nieuw. Het is iets waarover ons groepje het altijd eens is geweest.

Mijn nieuwe, rode jurk ligt klaar op ons onopgemaakte bed. Ik leg hem voorzichtig aan de kant en klauter over de matras naar het hoofdbord. Als Gerry ze naar mijn huis stuurt, dan zal ik ze verdorie ook gebruiken in mijn huis. Ik sla de ene handboei om mijn rechterpols, leg de korte ketting om de bedstijl en sla de andere boei om mijn linkerpols. 'Oeps,' zeg ik. 'Volgens mij zit ik vast.'

Phil glimlacht een beetje, zijn hand glijdt langs de bovenrand van de handdoek die hij om zijn middel heeft geslagen. 'Wat doe je?'

Het is natuurlijk een cruciaal moment. Twee maanden geleden zou diezelfde vraag me nog in tranen hebben doen uitbarsten en zou ik de kamer uit zijn gerend. Ik voelde me altijd zo kwetsbaar als ik probeerde sexy te zijn voor Phil. Eén sarcastisch woord, één suggestie dat dit niet is zoals hij me ziet, en het zou over zijn. Maar er is iets veranderd tussen ons. Het kan me niet meer schelen wat hij denkt. Dit is, tenslotte, alleen maar een repetitie. Ik sluit mijn ogen, beweeg mijn hoofd heen en weer, zoals een beeldschoon slachtoffer in een film, en zeg: 'Zelfs als ik het zou proberen, kom ik niet los.'

Natuurlijk is het allemaal nep. Ik kan op elk gewenst moment op mijn knieën gaan zitten en de handboeien langs de bedstijlen omhoogtrekken. Maar iets in mijn hulpeloosheid, gespeeld of niet, lijkt hem op te winden. Hij klimt achter me op het bed en rukt de handdoek af.

'Ben ik de goede of de slechterik?'

'Wat denk je?'

Zijn stem is zacht, bijna alsof hij tegen zichzelf praat. 'De slechterik, denk ik.' Ik kijk over mijn schouder. Hij heeft nu al een stijve.

'Straf me,' zeg ik. 'Je wilt het.'

Meer aanmoediging heeft hij niet nodig. Met één beweging gaat hij zo ruw van achteren bij me naar binnen dat mijn knieën van het bed glijden en mijn bovenlichaam in de lucht hangt. Ik probeer een voet op de grond te zetten. 'Rustig,' zeg ik. 'Straks zakken we nog door het bed.' Ik heb hem weliswaar zelf uitgenodigd, maar ben verrast door zijn felheid.

'Rustig,' zeg ik weer, maar hij is doof geworden door zijn eigen gebonk. Hij raakt mijn baarmoederhals, en er gaat een siddering door mijn lichaam. Ik trek met mijn heupen... nee, dat klopt niet. Ik trek niet met mijn heupen. Mijn heupen trekken uit eigen beweging, naar links, en heel even komt hij bijna van me los. Er flitsen allerlei gedachten door mijn hoofd.

Dit hebben we nog nooit gedaan, zelfs niet in het begin, en wat vroeg Jeff me vorige week ook alweer? Wat ik onder vrouwelijkheid verstond, en ik antwoordde: 'Het verlangen om gepenetreerd te worden.' Phil trekt ons weer recht en stoot weer in me, dit keer met zoveel gewicht dat ik mijn rug krom en mijn hoofd in mijn nek gooi als een pornoster.

Het verlangen om gepenetreerd te worden. Het is een goed antwoord, maar ik weet niet of Jeff heeft begrepen wat ik bedoelde. Ik had het niet over gepenetreerd worden door een penis, maar door de hele wereld. Opmerken hoe de bloemen in een vaas staan, dat is vrouwelijk – ja, nu ik erover nadenk, misschien was dat de plek waar ik in deze rivier ben gewaad, dat restaurant in Phoenix, toen ik alleen maar dacht dat ik dapper was omdat ik alleen at en de toekomst niet zag, niet had kunnen weten dat die me zou oppikken en meevoeren. Ik heb *Ulysses* nooit uitgelezen. Ik heb een groot stuk overgeslagen en ben naar het einde van het verhaal gegaan, waar Molly Bloom zich verliest in een stroom van ja, ja, ja. En is dat niet waar we het al die tijd over hebben gehad, over die stroom van ja zeggen, dat gebed dat begint met de woorden 'neuk me', dit absolute genot dat komt op het moment dat je je leven loslaat? 'Ik heb niet het hele boek gelezen,' mompel ik en ik lijk Belinda wel. Maar Phil lijkt niet te luisteren, en bovendien is het niet alleen neuk me, maar ook mat me af, wis me uit, verwijder me van de pagina en laat me helemaal opnieuw beginnen. Ik adem uit en er ontsnapt een dierlijke lucht uit mijn lichaam.

En dan voel ik ineens dat er iemand in de kamer is. Ja. We worden begluurd. Ik draai me om en kijk over Phils schouder.

'Waar kijk je naar?' vraagt hij, zijn stem schor en ademloos. Ik draai nog iets verder en probeer me op de deurpost te concentreren.

'We zijn alleen,' zegt Phil, die een verdomd grappig moment heeft gekozen om mijn gedachten te lezen. Hij pakt me onder mijn heupen vast en gooit me op mijn rug. Mijn polsen zijn nu gekruist en recht boven mijn hoofd getrokken, zodat ik als een martelaar op een pijnbank ben, en het dringt tot me door dat ik in deze positie echt niet los zou kunnen komen, al zou ik het proberen. Elke keer dat hij mijn heupen naar zich toe trekt, word ik verder het bed op getrokken, totdat mijn oksels pijn doen en de handboeien in mijn handen snijden. Ik sluit mijn ogen, doe ze weer open en sluit ze opnieuw. Hij drukt zijn vuist tegen mijn schaambeen om me te helpen komen, en ik schuur hard tegen zijn hand. Phil kijkt naar me met toegeknepen ogen.

'Ben je een slet?' vraagt hij. 'Ben je een hoer?'

'Dat weet je,' zeg ik. 'Ik bedrieg je met andere mannen. Ik neem ze mee naar huis en neuk met ze als jij niet thuis bent.'

Hij gromt en begint zo hard te bonken dat ik met elke stoot verder naar boven word geduwd en mijn gezicht tegen het hoofdbord slaat. Het zou komisch zijn... al die circusgeluiden die uit zijn keel komen, zoals hij me eerst de ene kant en daarna de andere kant op heeft getrokken. Het zou komisch zijn... als mijn hoofd niet zo gebeukt werd, als mijn polsen niet zo'n pijn deden, maar ik slaag erin mezelf in een betere positie te manoeuvreren, en net als ik dat doe, is het daar: een vreemd, donker orgasme. Het valt over me heen als een doek dat valt aan het eind van een toneelvoorstelling. Als ik mijn ogen opendoe, zie ik dat Phil zijn rug kromt, uit me gaat en op mijn buik klaarkomt, alsof we tieners zonder voorbehoedsmiddelen zijn. Alsof ik echt een hoer ben.

Na afloop zijn we allebei een beetje beduusd. We praten niet. Hij is lief en voorzichtig met me. Hij helpt me om te draaien en schuift mijn handen langs de bedstijl omhoog totdat ik los ben. Of bijna los. Mijn polsen zijn nog steeds vastgebonden. Op een bepaald moment zijn we kennelijk op mijn nieuwe rode jurk gerold, want daar zit nu een donkere vlek op. Ik loop naar de kast en pak een andere: een soepel vallend, zwart hemdjurkje dat met twee knopen op de schouders vastzit.

'Je zult me moeten aankleden.'

'Ik weet niet hoe ik een vrouw moet aankleden.'

'Doe je best maar.'

Ik heb dit eens in een film gezien, een man die een vrouw na de seks aankleedde, haar panty omhoogrolde en haar blouse dichtknoopte, en ik vond het zo sensueel, zo het tegenovergestelde van wat seks gewoonlijk is, dat het beeld me altijd is bijgebleven. Phil heeft die film niet gezien, maar lijkt toch voor het idee te voelen. Hij komt in beweging en klimt van het bed. Hij pakt de zwarte jurk en zonder enige aanwijzingen van mij houdt hij hem laag zodat ik erin kan stappen en daarna trekt hij hem omhoog en maakt hem vast, een knoop per keer, op elke schouder.

Ik laat hem mijn haren borstelen, mijn schoenen vastgespen en oorbellen bij me indoen. We gaan naar de badkamer, waar ik even schrik van mijn rode gezicht. 'Alles erop en eraan?' vraagt hij, en ik schud mijn hoofd. Alleen lipstick en mascara. Hij heeft vaste handen, de handen van een tandarts, en hij maakt mijn wimpers donker en brengt een huidkleurige gloss op mijn lippen aan. We staan zij aan zij en staren in de spiegel. Heel even vangt hij mijn blik, en er gebeurt iets tussen ons. Iets... onechtelijks.

Ik ga op het bed zitten en kijk toe terwijl hij zich aankleedt. Net als we willen vertrekken, pakt Phil een klein, zilverkleurig, bewerkt sleuteltje uit het nachtkastje om de handboeien om mijn polsen los te maken. Het past niet.

'Hoe kom je aan die handboeien?' Hij klinkt ineens achterdochtig. 'Dat zijn niet de handboeien die ik je heb gegeven.'

Ik ben verbijsterd. Heeft hij ooit handboeien voor me gekocht? Dat zou ik me toch moeten herinneren? Een duizelingwekkend moment denk ik dat hij me misschien verwart met een andere vrouw, een minnares die hij in Miami of New York ontmoet. Ik herinner me dat ik het sleuteltje een poosje geleden in de bovenste lade van mijn nachtkastje heb zien liggen en me afvroeg waar het van was. Phil probeert het nog een keer, en daarna probeert hij een ander sleuteltje, een uit de ladekast in de keuken. Ten slotte haalt hij zijn Zwitserse zakmes tevoorschijn. Hij trilt zo dat het even duurt voordat hij het mes ook maar in de buurt van het slot krijgt.

Ik ben niet zo overstuur als Phil. Het is niets voor hem om zo scherp tegen me te doen, en hij zegt dat als we de sleutel niet kunnen vinden, we een pistool moeten pakken om de handboeien los te schieten. 'Of we bellen een slotenmaker,' zeg ik. 'Jezus christus.' We hadden twintig minuten geleden al op het feest moeten zijn. Hij kiest voor de pistooloplossing.

'We hebben helemaal geen pistool,' zeg ik, maar ja, ik wist ook niet dat we handboeien hadden. Kennelijk zijn er allerlei dingen in ons huis waarvan ik niets weet. Phil is radeloos en loopt met zijn Zwitserse zakmes heen en weer tussen de keuken en de studeerkamer. Ik ben helemaal klaar voor vertrek in mijn zwarte zijden jurk en probeer iets te verzinnen om hem te kalmeren.

Ineens bedenk ik dat de sleutel misschien nog in de UPS-doos zit. 'Bel jij Kelly even,' zeg ik. 'Zeg haar dat we wat later komen.'

Hij knikt, opgelucht om een taak te hebben, en terwijl hij aan de telefoon hangt, loop ik naar de oudpapierbak in de garage, graai onhandig tussen de lege pindaverpakkingen en vind uiteindelijk een vierkante, witte envelop. De sleutel zit erin, klein en bewerkt, de mysterieuze tweeling van de andere. Ik loop het huis weer in en gooi de sleutel naar Phil. Ik houd mijn polsen heel stil totdat hij de handboeien los heeft.

'Je hebt toch niet echt een pistool?' vraag ik. 'Dat was een grapje, toch?'

Hij lacht op een vreemde manier. 'Geen idee waarom ik dat zei.'

'Je was scherp tegen me. Dat vond ik niet leuk.'

De handboeien springen open. 'Als je de sleutel niet had gevonden,' zegt Phil, 'hoe had je dit dan aan onze vrienden uitgelegd?'

'Wauw,' zegt Jeff, die zijn handen ophoudt. 'Dat had ik allemaal niet hoeven weten.'

'Zo is mijn vrouw,' zegt Phil. 'Soms is ze echt knettergek.' Maar hij zegt het trots, zoals hij Lynn zou hebben verteld dat ik een kanjer was. Uit de manier waarop Jeff me blozend aankijkt, maak ik op dat Phil hem dit verhaal al heeft verteld, op het basketbalveld of in de sauna van de YMCA. Hier in de therapieruimte van de kerk heeft Phil het beperkt tot een gekuiste versie, maar ik twijfel er niet aan dat hij eerder, in een andere omgeving, het voorval in geuren en kleuren uit de doeken heeft gedaan. Ik, geboeid op mijn eigen bed, uit eigen beweging. Ik, op mijn knieën en praktisch smekend. Ik, plat op mijn rug en maar al te bereid om hard genomen te worden. En nu zijn op magische wijze al onze problemen opgelost. Alles wat ik ooit tegen Phil heb gezegd, is uit het dossier gewist.

Ik zou boos kunnen zijn, maar ik had dit kunnen verwachten. Als je zo lang getrouwd bent als ik, weet je verdomd goed dat je met seks de boel kunt resetten. En trouwens, misschien werkt dit wel voor mij. Ik heb zoveel jaren geprobeerd om Phils aandacht te trekken dat ik steeds vergeet dat dit een nieuw spel is met andere regels. Deze keer win ík door hem ervan te overtuigen dat alles goed is. Een eenvoudiger taak. Als een vrouw zegt dat alles goed is, gelooft de man haar altijd. Hij zou haar nog geloven als ze onder het bloed zat. Mannen vinden ons simpele wezens die gemakkelijk gesust worden met rozen en een glimmend paar nieuwe schoenen. Vol vertrouwen, kinderlijk, gemakkelijk te bedriegen – bereid Manhattan te ruilen tegen een handjevol kralen. Misschien hebben ze gelijk. Mijn man begrijpt me niet. Nou en? Ik begrijp hem ook niet, en bovendien heeft het feit dat hij me niet begrijpt me bevrijd. Hij ziet niet dat seks hebben met één man me niet bevredigt; het maakt het alleen maar gemakkelijker om seks te hebben met een ander. Hij weet niet hoever ik kan gaan, hoe meedogenloos ik kan zijn. Hij begrijpt niet dat er voor een vrouw geen natuurlijk stoppunt is voor seks.

Jeff en Phil glimlachen van elkaar afgewend, en ik vermoed dat ze daadwerkelijk zouden gniffelen als ze zo indiscreet waren om elkaar aan te kijken. Volgens mij kan ik nog behoorlijk lang op dit handboeienincident teren. Het is een verhaal dat iedereen gelukkig schijnt te maken. Jeff denkt dat hij gelijk had over wat een vrouw echt wil. Phil denkt dat hij zijn kanjer terug heeft. En Gerry – want natuurlijk heb ik het aan Gerry verteld, natuurlijk heb ik hem meteen de volgende dag gebeld. Ik dacht dat hij misschien wel jaloers zou zijn dat ik zijn handboeien heb gebruikt om mijn eigen man te verleiden, maar dat is niet zo. Hij onderbrak me halverwege mijn verhaal en zei: 'Wacht even,' waarna ik een deur hoorde dichtslaan en hij zei: 'Oké, vertel het nog eens. Vanaf het begin.'

Kennelijk kan ik gewoon niet in de problemen raken.

Hoe zeggen ze het ook alweer? De ketenen van het huwelijk zijn zo zwaar dat er twee mensen voor nodig zijn om ze te dragen, en soms drie. Roddels en literatuur zijn tenslotte gebaseerd op de ongelukkigen, de mensen die niet goed zijn in het uitwissen van hun sporen. 'Je wordt alleen betrapt als je betrapt wilt worden,' zegt Gerry. 'Ik durf te wedden dat er miljoenen mensen zijn die jarenlang stiekeme affaires hebben.'

Jeff glimlacht naar me. Ik glimlach terug. Als Lynn ons kon zien, zou ze me apart nemen en fluisteren: 'Dit kan zo niet eeuwig doorgaan,' en ik zou terugfluisteren: 'Natuurlijk niet.'

Maar eigenlijk zou ik niet weten waarom niet.

26

Ik laat mijn potten bakken in een pottenbakkersoven ongeveer dertig kilometer van mijn huis, bij een bedrijf dat koffiemokken maakt voor bedrijven en sportevenementen. Ik had het bedrijf in de Gouden Gids gevonden en toen ik belde, nam een man op met de woorden: 'Jezus redt, waarmee kan ik u helpen?' De man heette Lewis. Hij vertelde dat hij kunstenaar was geweest met als specialisatie beton, maar dat hij zijn tijd nu voornamelijk vulde met het bedienen van de oven en optreden als waarnemend predikant voor de Southern Baptist Church. Hij zei dat hij mijn spullen op zaterdag 'spotgoedkoop' kon bakken – hij ging ervan uit dat ik begreep waarom hij niet op zondag werkte – en ik kreeg de indruk dat ik 'spotgoedkoop' mocht interpreteren als 'praktisch voor niets'. De eerste keer dat ik erheen reed, ben ik drie keer gestopt omdat ik dacht dat ik verdwaald was. Je verlaat de snelweg, dan wat Lewis 'de hoofdweg' noemt, vervolgens de zandweg en de laatste vierhonderd meter volg je een bandenspoor door een open veld. Dat is Charlotte. Je slaat een paar keer af en je bent niet alleen op het platteland, maar terug in de jaren vijftig.

Op de maandag na Nieuwjaar belt Lewis me. Hij zegt dat we een klein probleem hebben. Dat heeft hij nog nooit gezegd.

'Wat voor klein probleem?'

'Ze zijn gebarsten.'

Bij aankomst begroet hij me met een rechthoekige kartonnen doos die me aan een doodskist doet denken. De doos is gevuld met gebroken stukken keramiek. Ongelooflijk dat twintig potten zo'n klein hoopje puin opleveren.

'Voor hoeveel had je ze willen verkopen?'

'Dat is nu juist het beroerde,' zeg ik. 'Ik had ze al verkocht. Voor honderd dollar per stuk.'

'Ze zijn groter dan de potten die we normaal gesproken doen, hè?' vraagt Lewis, die duidelijk zijn best doet zijn tranen te bedwingen.

'Daar ligt het niet aan, het is de textuur,' zeg ik. 'Ik heb minder mortel gebruikt. Het is niet jouw schuld, Lewis, maar de mijne. Het was gewoon een domme actie.'

'Ze zouden echt prachtig zijn geworden,' zegt hij terwijl hij de doos in mijn auto schuift.

Ja. Ik rijd terug over het lange, hobbelige grindpad, waar ik normaal gesproken met een slakkengang overheen rijd om mijn schatjes te beschermen. Maar vandaag rijd ik snel, de doos met groene en koperkleurige scherven schudt en rammelt naast me. Ik ben de klos.

Marks auto staat op de oprit als ik bij Kelly's huis aankom. Dat is ongebruikelijk en ik kijk op de klok. Verdorie. Het is nog geen negen uur. Maar ik ben hier nu en zou niet weten waar ik anders heen kan. Bovendien staan er auto's voor het huis geparkeerd – tuinarchitecten en ook steenhouwers, te oordelen naar de reclame op de zijkant van de vrachtwagen. Ik neem de trap aan de achterzijde, de trap die naar de keuken leidt, en tik op het raam.

Een van de werksters is het aanrecht aan het boenen, de grootste van de twee; volgens mij heet ze Rosa. Ze zwaait naar me en ik interpreteer dat als een uitnodiging om binnen te komen. Ik duw de deur open en word omgeven door muziek, de easy listening waar Kelly voortdurend naar luistert, muziek die via speakers in elke kamer van het huis te horen is, muziek die je het gevoel geeft dat je in een eeuwige wachtkamer zit. 'Is ze thuis?' vraag ik, en Rosa wijst naar het plafond.

Volgens mij heb ik nog nooit zonder Kelly door dit huis gelopen, en het voelt als een school in de zomervakantie of een museum bij nacht. Hol en leeg, en ik denk terug aan het moment waarop Kelly me vertelde dat ze verloofd was. Het enige wat ze zei, was: 'Ik ga met Mark trouwen,' alsof dat niet meer dan logisch was, alsof ze haar hele leven al van plan was geweest om te verhuizen naar een door hekken omgeven gemeenschap. Niemand had hem nog ontmoet. Ze werkte nog maar drie maanden voor hem. 'Onder hem' waren de woorden die ze gebruikte, met een ondeugend lachje dat ongetwijfeld bedoeld was om eventuele vragen voor te zijn. Er was geen beleefde manier om haar te vragen waarom ze dit deed. Ze was de laatste persoon op aarde die voor geld zou trouwen, maar toch leek er geen andere verklaring voor te zijn. Nou ja, misschien één.

Vlak nadat Kelly bij Mark was ingetrokken, nodigde ze Phil en mij uit voor een etentje. Ik was zenuwachtig. In die tijd was ik nog steeds bang dat mijn vriendinnen mijn man dom en ongevoelig zouden vinden, en ik vertelde heel wat leugentjes. Soms deed ik alsof ik hem aan de lijn had terwijl dat niet zo was. Als iemand zei dat ik een mooie sweater aanhad, glimlachte ik en antwoordde dat Phil hem had uitgekozen. Onderweg naar het etentje gaf ik Phil instructies over waar hij het niet over mocht hebben. Het was vooral belangrijk dat hij geen opmerking zou maken over hun tuin. Phil was geobsedeerd door tuinieren, en een van de gelukkigste dagen van zijn leven was de ochtend waarop hij zag dat er 's nachts een bordje met de tekst TUIN VAN DE MAAND tussen onze heesters was geplant. Maar Mark en Kelly hadden een tuinarchitect in de arm genomen, en ik wist dat als Phil zou vragen hoe Mark zijn heggen zo keurig recht kreeg, hij iets zou antwoorden als: 'Dat doet ons mannetje.' Kelly en ik zouden ons allebei voor onze echtgenoten schamen, zij het om verschillende redenen.

Phil zei niets over de tuin, en toch was het geen gezellige avond. Kelly had patrijs bereid, iets wat ze volgens mij nog nooit had gegeten, en daarna ook niet meer, en ze gaf ons een rondleiding door het huis dat was ingericht in Toscaanse tudorstijl, zoals Mark het omschreef. 'Wat betekent dat in vredesnaam?' mompelde Phil terwijl we haar de drie trappen naar beneden volgden en ze onderweg stijfjes interessante dingen aanwees: het dakraam boven de whirlpool in de grote badkamer, de wijnkelder met klimaatbeheersing, het ingebouwde schoenenrek, de kranen die op sensoren werkten, de verlichting in het gazon.

'Het is verdomme net een faux chateau,' zei Phil op de terugweg, en vervolgens, toen ik niet reageerde, voegde hij eraan toe: 'Je vindt zeker dat je met een loser bent getrouwd.' Ik zei hem dat ik al die dingen helemaal niet wilde. Dat ik niet begreep waarom Kelly het wilde en dat ik hem heus niet had meegesleept om het onder zijn neus te wrijven. 'Mark is stokoud,' zei ik tegen hem. 'Dat is de enige reden waarom ze zo leven.'

Nu loop ik door dit huis, dat kalm en stil is, met het arrangement van tulpen en krokussen op de tafel in de foyer, de nonchalant gerangschikte kussens op de stoel ernaast. Natuurlijk is het mooi, en ik begrijp het wel, die behoefte aan een man en een huis en tulpen op tafel. Nog maar enkele minuten geleden had ik, terwijl ik over het hobbelige pad van de pottenbakkerij wegreed, naar mijn mobiele telefoon gereikt. Het is verbazingwekkend hoe automatisch je je echtgenoot belt als er iets misgaat, verbazingwekkend hoe snel mijn vinger naar het tweede van mijn voorgeprogrammeerde nummers gaat. Zo zal het altijd zijn. Wat er ook tussen ons gebeurt, een deel van mijn hersenen zal in tijden van nood altijd roepen om Phil. Jaren later, in een bed hier ver vandaan, zal ik een nachtmerrie hebben en wakker worden terwijl ik zijn naam schreeuw.

De marmeren vloer in de foyer glanst zo dat ik mijn benen erin weerspiegeld zie terwijl ik eroverheen loop. Het is verontrustend, alsof ik op water loop.

'Kelly?' roep ik.

Geen antwoord. Veel te vroeg om langs te komen, denk ik, maar op de tafel zie ik ontbijtbordjes en een opengeslagen krant liggen. Ze moeten wakker zijn. Ik roep haar naam nog een keer en loop de trap op.

Halverwege de spiraalvormige trap ga ik een zone binnen zonder muziek, een plek tussen de speakers in, en daar, zwevend in de stilte tussen de begane grond en de eerste verdieping, hoor ik stemmen.

Ze hebben ruzie.

Nee, ik hoor alleen Marks stem, maar hij is boos. Eén woord dringt door: 'Belachelijk.'

Verstijfd blijf ik staan. Het is één ding om na afloop van je vriendin te horen dat ze ruzie met haar man heeft gehad, op een ander, kalmer moment, wanneer ze even tijd heeft gehad om de rotste stukken eruit te knippen en misschien een paar gevatte opmerkingen over de onredelijkheid van mannen heeft bedacht. Het is één ding om erover te horen in een koffietentje, nadat ze haar gezicht heeft gewassen, make-up op heeft gedaan en alles in haar hoofd heeft herschreven. Het is heel iets anders als je ermee geconfronteerd wordt terwijl het gaande is, je de toon hoort in de stem van de man en voor het eerst getuige bent van de diepte van zijn minachting.

Ik zou weg kunnen gaan, de trap af lopen en de deur achter me dichttrekken. De kans is groot dat Rosa nooit zal vertellen dat ik langs ben geweest. Maar net als ik me omdraai en mijn hand op de trapleuning leg, gaan de dubbele deuren boven aan de trap open en staat Mark daar in zijn ondergoed.

Ik weet niet waarom hij zo kwaad is, maar mijn aanwezigheid lijkt voor hem een bevestiging te zijn, een illustratie van alles wat hij gruwelijk vindt aan het samenleven met een jongere vrouw die er belachelijke hobby's op na houdt en belachelijke vriendinnen heeft die 's ochtends veel te vroeg langskomen. Ik verontschuldig me, maar hij heeft de dubbele deuren al dichtgetrokken, en ik draai me om, storm de trap af, ren de keuken in en bots zowat tegen de werkster op. Ik ruk de achterdeur open en zie dat de vrachtwagen van de steenhouwer mijn auto blokkeert. Geweldig. Terwijl ik tegen de man zeg dat hij achteruit moet zodat ik erlangs kan, komt Kelly via de voordeur over het gazon aangelopen. Ze draagt Marks badjas.

'Sorry dat je dat moest horen,' zegt ze.

'Ik heb helemaal niets gehoord.'

'Dus je rende zo hard weg om een beetje aan je conditie te doen?'

'Ik had niet zo vroeg moeten komen. Ik had eerst moeten bellen.'

'Wat is er?'

Ik kijk in de richting van mijn auto. Het lijkt geen geschikt moment om haar de gebroken potten te laten zien, maar ze heeft mijn blik gevolgd en loopt naar de oprit. Ze wikkelt de badjas strakker om zich heen terwijl ze stevig doorloopt. Hij praat altijd zo tegen haar, besef ik. Ze is eraan gewend. Anders zou ze niet in zijn badjas naar buiten zijn gelopen – ze zou de moeite hebben genomen om haar eigen badjas te zoeken. Het enige wat anders is aan deze ochtend is dat ik hen heb gehoord, en ze schaamt zich, en bij nader inzien is dit misschien juist wel een goed moment om haar iets te laten zien wat in mijn eigen leven faliekant misgaat.

Ik trek de doos, die verrassend zwaar is, over de achterbank naar me toe en til het deksel op. In eerste instantie is Kelly verbaasd; ze beseft niet dat ze naar potten kijkt en dan vraagt ze of ik soms een ongeluk heb gehad waarbij ze zijn gebroken – een vraag die nergens op slaat. De mannen laden grote, platte tegels uit en dragen die naar de achterkant van het huis. Ze laten de tegels even aan Kelly zien en ze knikt.

'Ja,' zegt ze. 'Dat is zonder enige twijfel een tegel.'

'Waar ging het over?' vraag ik.

'Mark werd kwaad toen hij de rekening voor het steunmuurtje zag.'

'Dat was toch zijn idee?'

'Hij wil dat ik geld binnenbreng, weet je, dat ik iets bijdraag. Hij zegt dat hij niet snapt waarom ik altijd maar moe ben terwijl ik niets doe.'

'Belachelijk,' zeg ik. Een ongelukkige woordkeuze, maar het is eruit voor ik er erg in heb.

Ze haalt haar schouders op, steekt haar armen in de lucht en laat ze met een bestudeerde, bijna Europese nonchalance weer vallen. 'Hij wees me erop dat jij wel een baan hebt.'

'Ik durf te wedden dat hij zei: "Zelfs Elyse heeft verdomme een baan."'

'Dat waren zijn exacte woorden.'

Ik heb me heel vaak afgevraagd waarom ze niet werkt, maar het feit dat Mark het heeft aangeroerd, vervult me met woede. Mark, die iedereen maar wat graag vertelt over zijn aandelenopties en lucratieve pensioenregeling, die dit uitputtende, tijdrovende imperium van linnen pakken, bloembollen, wijnkelders en muurtjes heeft opgebouwd. Mark die graag een jongere, slankere, sexy vrouw heeft om tijdens diners van de golfclub mee te pronken, en toch ziet hij niet wat Kelly doet. Voordat zij in zijn leven kwam, was dit een imperium zonder koningin, slechts een droevige bult geld. Mannen begrijpen niet hoeveel energie het kost om ergens leven in te pompen, dat vrouwen in een permanente staat van lactatie leven, een soort lactatie van de ziel. Kelly doet niets? Ze fleurt verdomme zijn wereld op.

'Nou,' zeg ik, terwijl ik van de ene voet op de andere wieg. De grond is zacht onder onze voeten, en met enige moeite weet ik mijn hiel uit de graszode te trekken. 'Elyse zal verdomme niet lang meer een baan hebben, tenzij ze bedenkt wat ze met deze potten kan doen.'

'Bel die dame in Charleston en vertel haar dat je meer tijd nodig hebt.'

'Dat is geen optie.'

'Waarom niet?'

Dat weet ik niet. Het voelt gewoon niet als een optie.

Ik schuif de doos de auto weer in en hoor het gerinkel van de scherven. 'Je hoeft dit niet te pikken,' zeg ik, terwijl ik doe alsof ik met het deksel rommel zodat ik haar niet hoef aan te kijken.

'Je weet dat dit is wat ik wil,' zegt ze. 'Nog steeds. Meer dan wie dan ook.'

'Je kunt bij mij intrekken.'

'Waarom?'

'Ben je niet bang dat hij op een gegeven moment...'

Ze schudt haar hoofd en lacht even, alsof ze verrast is door de suggestie. 'O, god. Nee. Hij doet alleen moeilijk over geld, meer niet. Iedereen heeft wel iets. Hier. Ga op de oprit staan. Je zakt weg.'

'Waarom is de grond zo nat?'

'We hebben een heleboel van die... je weet wel. Hoe heten die dingen?'

'Sprinklers?'

De man die op me staat te wachten om de vrachtwagen te verplaatsen kijkt me verwachtingsvol aan, en ik omhels Kelly, terwijl ik haar nog steeds niet durf aan te kijken. 'Ik bel je nog wel,' zeg ik.

'Je snapt het niet,' zegt Kelly. 'En dat kan ook niet. Phil schiet nooit uit zijn slof.'

27

Ik ben er vast van overtuigd dat onze vrienden denken dat ik Kelly heb meegesleept naar de kerk, de buitenwijken en haar stenen huis met wegzakkend gazon, als ze er überhaupt al over nadenken. Maar eigenlijk heeft ze wel gelijk – Kelly wilde dit leven liever dan wie dan ook, hoe onlogisch dat ook lijkt. Daar ben ik jaren geleden achter gekomen, op een decembermiddag toen Tory nog een peuter was. Het was de dag van onze eerste ruzie.

De vrouwen van de kerk hielden een koekjesruildag, en ik had beloofd dat ik twaalf dozijn koekjes zou meenemen. Twaalf dozijn koekjes die moesten worden gebakken, afgekoeld, gedecoreerd, in zakken gedaan en met een feestelijke strik versierd.

Ik ben nooit goed geweest in koekjes bakken, maar probeerde toch in de stemming te komen. Ik deed de open haard en de kerstboomverlichting aan en zette een kerst-cd van Kenny G. op. Ik had het zo heerlijk gevonden dat we niet langer in ons krappe appartement hoefden te zitten, dat ik iets te enthousiast was geweest met de kerstboom. Hij was zo reusachtig dat we hem niet rechtop in de standaard konden krijgen, nadat we hem eindelijk door de voordeur hadden weten te manoeuvreren. Uiteindelijk besloot Phil het topje van de boom met een lasso te vangen en aan een van de balken aan het plafond vast te binden. De boom stond een beetje scheef, en als je wist waar je moest kijken, zag je het touw, twee dingen die me irriteerden, hoewel iedereen de boom fantastisch leek te vinden. Ik moest twee keer terug naar de winkel om meer lampjes en ballen te halen.

Het was vier uur in de middag. De muziek stond aan, de boom was verlicht en het hele aanrecht lag vol koekjes. Tory waggelde me voor de voeten, en ik was zo moe dat ik zin had om te huilen. Ergens tussen de derde en de vierde portie had ik een heel pak suiker laten vallen (waarom had ik geen extra bakpapier gekocht toen ik in de winkel was om de lampjes en ballen te halen?), en het was zo heet in de keuken dat het wel 32 graden leek. De gevallen suiker was gesmolten, had mijn hele keuken veranderd in een plakkerige bende, en de gootsteen lag vol met koekjes die waren mislukt, het resultaat van het moment, ergens tussen portie zeven en acht in, waarop ik ontdekte dat Tory's luier zo vies was dat ik haar in bad moest doen. Eenmaal terug in de keuken kwam er zwarte rook uit de oven. Mijn sierlijke groene strikken waren niet sierlijk – ik ben nooit handig geweest in het maken van strikken – en twee van de zakken die zogezegd klaar waren, bleken onbruikbaar. Ik had portie een en twee te vroeg ingepakt, waardoor de koekjes waren samengeklonken tot een klonterige massa, bijeengebonden met een treurige knoop. Ik wist dat ik opnieuw moest beginnen, maar ik had bijna geen walnoten meer, en ik zag me mezelf en Tory nog niet omkleden en in de stromende regen naar de supermarkt rijden.

Ik zat te overpeinzen of het nu beter was om te verschijnen met a) twaalf zakken mooie koekjes, waarvan twee zonder walnoten, b) twaalf zakken walnootachtige koekjes, waarvan er twee niet uitzagen of c) tien zakken mooie walnootachtige koekjes, terwijl ik er twaalf had beloofd. Net toen ik had besloten dat het het slimst zou zijn om d) alle zakken open te maken en uit elke zak twee koekjes te pakken, hobbelde Tory trots de keuken in met haar handen vol naamkaartjes die ze van de cadeautjes onder de boom had getrokken en kwam Kelly via de achterdeur in haar Missoni-pak binnengelopen.

'Oy vey,' zei ze, 'wat een dag.' Kelly had op dat moment een relatie met een Joodse man en deed een slechte Barbra Streisand-imitatie.

'Ik kan niet zo lang blijven,' voegde ze eraan toe terwijl ze door Tory's haar woelde en over mijn plakkerige keukenvloer liep om in mijn lade naar een kurkentrekker te zoeken. 'Ik heb toch zo'n ongelooflijke jetlag. Todd en ik zijn pas gisteravond om elf uur uit Maui teruggekomen, maar ik ben toch naar mijn werk gegaan, en vanavond hebben we een feest. Volgens mij in de Duke Mansion, maar hij vertelt me nooit iets. Voor hetzelfde geld is het helemaal bij het meer. De helft van de tijd weet ik niet eens waar we heen gaan, hij zit achter het stuur, en ik stap in. Mijn god, je zou jezelf eens moeten zien. Waar ben je mee bezig?'

'Ik ben koekjes aan het bakken.'

'Waarvoor? Volgens mij zijn het er wel honderd.'

'Het zijn er ongeveer 144, en ze zijn voor een koekjesruildag.' Kelly trok haar jas uit en hing hem over een keukenstoel. Ze fronste en wreef in haar nek. 'Een koekjesruildag,' legde ik uit, 'is een kersttraditie. Ik maak twaalfmaal twaalf koekjes van dezelfde soort en dat doet iedereen, en dan komen we samen en...'

'Ruilen jullie?'

'Precies.'

'Dus je maakt 144 koekjes, en je eindigt met 144 koekjes.'

'Precies, maar je maakt 144 dezelfde koekjes en eindigt met twaalfmaal twaalf verschillende koekjes.' Terwijl ik de keuken rondkeek, voelde ik een aanval van hysterie opkomen. 'Om tijd te besparen, dat is de bedoeling.'

Kelly fronste nog steeds en wreef nog steeds in haar nek.

'Jullie zijn maar met z'n drieën. Wat moet je in vredesnaam met 144 koekjes?'

Ik leunde tegen het aanrecht en voelde me een beetje misselijk. 'Goed punt. Wat is er met je nek?'

'Verbrand in Maui. Ik heb toch zo'n vreselijke dag gehad. Ik draag dit pak omdat het van gebreide stof is, het zachtste wat ik in dit godvergeten weer kan dragen, maar de hele dag schuurt het tegen mijn verbrande nek. Echt, Elyse. Ik heb het echt gehad. Het feest begint over twee uur, en ik zou niet weten waar ik nog de kracht vandaan moet halen om mijn haar te föhnen.'

'Jezus.'

Ze schonk wijn in het ene glas en daarna in het andere. 'Wat?'

'Niets. Ik word altijd kierewiet van kerst.'

Ze keek om zich heen. 'Volgens mij heb je alles onder controle. Weet je dat ik nog niet eens een cadeau heb gekocht? Waarschijnlijk zal ik gewoon iets op internet bestellen, bij Crate & Barrel of zo, en een fortuin neertellen om het op het allerlaatste moment te laten verzenden. Todd... begrijpt niets van Kerstmis. Ik bedoel, dat is ook logisch. Ik weet het, ik weet het, ik doe zelf ook nooit moeite om een boom neer te zetten, ik kom gewoon hier, word dronken en kijk naar de jouwe. Ik bedoel, hij doet zijn best, echt waar. Hij heeft me meegenomen naar Hawaï en een cadeautje voor me achtergelaten. Ik bedoel, dat denk ik. Er ligt een pakje van Tiffany's op mijn aanrecht, en ik zou niet weten hoe het daar anders terecht is gekomen. Maar weet je wat me dwarszit? Het is verpakt in hetzelfde blauw-witte papier dat ze altijd gebruiken. Ze doen niet eens iets speciaals om het op een kerstcadeautje te laten lijken.'

Met z'n tweeën keken we naar mijn boom. Er lagen ongeveer vijfentwintig cadeautjes onder, en ik hoopte maar dat ik nog wist wat er in welk pakje zat, omdat ik alle naamkaartjes zou moeten vervangen zodra Kelly weer weg was. Het hielp niet bepaald dat alle cadeautjes in hetzelfde papier verpakt waren van een grote rol groen-rood geruit papier die ik in de uitverkoop had gekocht. Op het allerlaatste moment inkopen doen en alles laten bezorgen zat er voor mij niet in. Phil had tweeënzestig patiënten. We telden ze. We kenden ze bij naam. Toen Mr. Ziegles van ouderdom stierf, rouwden we om hem én om het feit dat hij geen tweejaarlijkse controle meer nodig had. We waren bang dat we het huis te vroeg hadden gekocht, vroegen ons af of we niet beter nog een jaar in ons appartement hadden kunnen blijven. Zo nu en dan las ik met een half oog de personeelsadvertenties, omdat ik Tory eigenlijk niet naar de dagopvang wilde brengen. In die tijd verkocht ik mijn potten voor vijfentwintig dollar per stuk, als ik al iets verkocht, en ik had mijn kerstcadeautjes geleidelijk en een voor een gekocht, vanaf de zomer, toen we onderweg naar Savannah bij de outletshops waren gestopt. Ik had alles met zorg uitgekozen en in de kast opgeborgen. Vlak voor Kerstmis haalde ik de cadeautjes weer tevoorschijn en verpakte ze in goedkoop Target-papier.

'Nou,' zei Kelly. 'Jij hebt het druk, ik heb het druk. Ik ga maar weer eens.' Ze had haar wijn niet aangeraakt. Waarschijnlijk zou ik de hele fles achteroverslaan als ze weg was.

Ze stond op, trok haar Missoni-jasje aan en kuste de lucht boven mijn hoofd. Ik keek toe terwijl ze wegliep, hees mezelf overeind en liep naar de koekjes. Als ik er een paar uit elke zak zou halen, had ik voldoende om de laatste twee zakken mee te vullen zonder nog meer te hoeven bakken. Ik ging er maar van uit dat geen van de vrouwen de koekjes zou tellen en tot de ontdekking zou komen dat ik vals speelde. Maar met Nancy wist je dat natuurlijk nooit.

De deur kraakte en ik draaide me om. Kelly stond in de deuropening, haar haren nat van de regen.

'Ik wilde je nog even bedanken,' zei ze, met een iel, piepend stemmetje, 'voor het feit dat je me altijd het gevoel geeft dat mijn leven een mislukking is.'

'Waar heb je het over?'

'Jouw leven, Elyse. Waarom moet dat zo idioot perfect

zijn? De boom en de koekjes en de cadeautjes en het open-haardvuur en de kerstmuziek... Moet jouw leven verdomme een soundtrack zijn? Ik bedoel, ik had het feit dat dit hele huis naar kaneel ruikt tandenknarsend kunnen accepteren... Ik rook het al voordat ik binnen was, en dat en het haard-vuur en je reusachtige boom had ik waarschijnlijk ook nog kunnen hebben als je maar niet 'Silver Bells' op de achter-grond had gedraaid. Dat was het favoriete kerstnummer van mijn vader, wist je dat? Wíl je soms dat ik me de eenzaam-ste persoon op aarde voel? Alsof ik een of andere hoer in een Hallmark-film ben? En moet die baby van je nou per se zo schattig zijn? Jij en Phil hebben allebei donker haar... Hoe komt het dat Tory blond is? Heb je je dat wel eens afge-vraagd? Hoe komt ze aan dat blonde haar? Heb je haar uit een catalogus met perfecte baby's gehaald of zo?'

'Wat is er met jou aan de hand?'

Kelly gooide haar tas op de grond. 'Wat er met mij is? Ik heb geen thuis, dat is er met mij. Ik heb geen gezin, ik heb geen Kerstmis, en als ik zo doorga, zal ik dat ook nooit heb-ben. Gisteravond kwam ik laat thuis, en het flatgebouw was donker, en er was niets in huis behalve...' – ze ademde uit – '... een stapel post op de keukentafel. En het rook naar schoonmaakmiddelen, omdat de werkster was geweest; al-lesreiniger, denk ik, of bleek. Het is allemaal veel te wit, mijn hele flat is wit, en er ligt geen eten in mijn kasten, en er is niets wat leeft omdat ik te vaak weg ben om een vis of een plant te verzorgen, en zeg me niet dat het allemaal mijn ei-gen schuld is, waag het eens. Je hebt geen idee hoe het is om 's avonds laat thuis te komen en alles is wit en stil en ruikt naar schoonmaakmiddel. Dat kun je ook niet begrijpen, want jouw huis is perfect en geurt naar kaneel. Bij jou gaat altijd alles van een leien dakje, Elyse. Dat is altijd zo geweest.'

'Dat meen je toch zeker niet?' zei ik. Ik was zo kwaad dat alles om me heen begon te tollen. 'Ik werk me hier uit de naad. Is dat echt het enige wat je opmerkt – dat het hier zo lekker ruikt? Steek je neus dan maar eens in die vuilnisemmer. Tory heeft vandaag drie keer in haar luier gepoept, en ik heb nog niet eens de kans gehad de zak naar buiten te dragen. Ik wil helemaal geen 144 koekjes bakken, Kelly, niemand met enig gezond verstand zou dat willen. Mijn boom kan elk moment omsodemieteren. Hij zit vastgebonden aan het plafond en hangt scheef, en een dezer avonden, als ik in bed lig, zal hij omvallen, en wat moet ik dan? Hoe krijg ik hem weer overeind met al die lampjes en ballen erin? Jij walst hier binnen, helemaal opgedoft en mooi... Is het je wel opgevallen dat ik nog in mijn nachtpon loop? Het is vijf uur in de middag, het is bijna donker, en ik heb nog steeds mijn nachtjapon aan. En jij vertelt me dat de kraag van dat pak van je, dat verdomme achthonderd dollar heeft gekost, tegen je godvergeten verbrande Maui-huid schuurt en dat je een jetlag hebt en niet weet waar je de energie vandaan moet halen om je haar te föhnen. Nou, boehoe. We zijn platzak, Kelly, onze hypotheek houdt ons in een wurggreep, en jij zit hier te klagen omdat een of andere jood je een kerstcadeautje geeft verpakt in saai blauwwit Tiffany's-papier. Weet je wat ik zou willen? Wat ik voor kerst zou willen? Naar jouw mooie, schone, witte, lege appartement vertrekken, waar niemand kookt of poept, en een avondje in jouw mooie, schone, witte lege bed liggen en acht uur aaneen slapen. Ik zou denken dat ik in de hemel was beland, Kelly. Ik zou verdomme denken dat ik in Maui was.'

Een minuut lang staarden we elkaar in stilte aan.

'O,' zei Kelly uiteindelijk. 'Wauw. Dat wist ik allemaal niet. Ik voel me ineens een stuk beter.'

We barstten allebei in lachen uit, en ze liep naar me toe en sloeg haar armen om me heen, zonder acht te slaan op haar verbrande huid. Tory, die met grote ogen naar ons had staan kijken, wurmde zich tussen ons in en sloeg met haar handjes op onze dijen. Kelly bukte en tilde haar op.

'Weet je wat het is?' fluisterde ze. 'Ik wil gewoon wat jij hebt.'

Dat wilde ze helemaal niet. Ze wist niet eens wat dat was, ze zag alleen de buitenkant. Maar het was bijna twee jaar geleden dat Daniel haar had verlaten, en nu was haar vader overleden, en het was Kerstmis. 'Dat weet ik, lieverd,' zei ik.

Ze glimlachte en maakte zich los uit onze omhelzing, met Tory op haar heup. Kennelijk had ze gehuild, want haar ogen waren vochtig. 'Maar in de tussentijd,' zei ze dapper, 'zal ik me tevredenstellen met een koekje.'

Ik huiverde. 'Je zult het niet geloven, maar ik heb niet genoeg om je er een te geven.'

Ze lachte die ontspannen lach van haar. De oude Kelly was terug. 'Die koekjesruilvriendinnen van je,' zei ze. 'Denk je dat ze mij zouden mogen?'

'Ze zullen op hun knieën vallen en je aanbidden. Maar ik weet niet of jij hen wel zou mogen. Ze zijn wat jonger dan wij, weet je, ze zijn meteen na de middelbare school getrouwd. Het is een andere wereld, Kelly. Eigenlijk is het een saaie boel.'

'Drinken en vloeken ze ook, die koekjesruilvrouwen?'

'Niet zoals wij.'

'Dan zal ik daarmee stoppen. Ik wil dat ze me mogen.'

'O, dat zullen ze beslist doen. Ze zullen jou een stuk leuker vinden dan mij.'

Ze schudde haar hoofd, en Tory deed haar na. Wild schudde ze haar blonde krulletjes heen en weer. 'Nee, ik meen het,' zei Kelly, die mijn dochter tegen zich aan hield. 'Ik wil die vrouwen ontmoeten. Ik ga me aansluiten bij de kerk, word lid van de leesclub en meld me aan voor pilateslessen. Ik koop de hele set Le Creuset-pannen, zelfs die grote diepe braadsleden die niemand ooit gebruikt. Ik bedoel, ik pas toch zeker ook in dat wereldje? Ik wil wat jij hebt.'

28

'Ze breekt dingen,' zegt Phil.

Ik was met mijn gedachten elders, had dus niet precies gehoord wat Jeff had gezegd. Waarschijnlijk iets over het niet willen opbreken van een gezin.

En Phil die, heel griezelig, dingen altijd te letterlijk neemt, haakt er meteen op in en zegt: 'Nee, ze vindt het léúk dingen te breken. En dingen weg te gooien. Je hebt ons huis gezien – je weet dat het niet is ingericht zoals de huizen van andere vrouwen. Als ik ook maar iets mee het huis in neem, gooit ze het meteen weg.'

'Ik kan geen adem halen als het huis te vol is,' zeg ik, 'het benauwt me.' Jeff huivert. Waarschijnlijk denkt hij aan de tientallen Lladro-beeldjes in de kasten in zijn woonkamer. Nancy heeft al acht van de apostelen. Ze wil haar verzameling compleet maken.

'Mensen die langskomen, denken dat we er nog maar net wonen,' zegt Phil.

'Niet waar.'

'Soms denken ze dat we gáán verhuizen.'

'Ik houd van open ruimten,' zeg ik tegen Jeff, die dat om een of andere reden in zijn notitieblok noteert.

'Tijdens onze huwelijksreis begon het al,' gaat Phil verder. 'Toen gooide ze mijn camera overboord.'

'Wat heeft dat er nou mee te maken?' Godzijdank heb ik hem niets over de potten verteld. Waarom heb ik überhaupt overwogen het te vertellen?

'Op de laatste dag in Martinique.'

'Doe even normaal. Het was een wegwerpcameraatje, zo'n ding dat je in de supermarkt koopt, en het was een ongelukje. Ik leunde over de reling...'

'Al onze vakantiefoto's stonden erop,' zegt Phil tegen Jeff, die in zijn stoel draait. 'En zij gooit hem zo overboord.'

'Allemachtig,' zeg ik. 'Heb jij nooit iets laten vallen?' Ik probeer me te herinneren wat hij ooit heeft laten vallen, maar er komt niets boven.

'De hele week viel letterlijk in het water,' zegt Phil, die zo opgekruld in zijn stoel zit dat hij bijna met zijn rug naar me toe zit. 'Ik wist toen meteen hoe het zou zijn om met haar getrouwd te zijn.'

'We hadden de foto's van de scheepsfotograaf nog,' zeg ik, met mijn meest redelijke, opgewekte stem, de stem die ik gebruikte toen ik Tory zindelijk probeerde te krijgen. 'Je hebt er een van ons samen, toen we de Dunn's River Falls beklommen, ingelijst op je bureau staan.'

'Zie je nou wat ik bedoel? Wat ik probeer te zeggen? Zelfs na al die jaren heeft ze nog niet door wat ze heeft gedaan.'

Als ik thuiskom van therapie bedek ik de vloer van mijn atelier met kranten en pak de grootste scherven uit de doos. Ik zit in kleermakerszit en zoek tussen de scherven, een handeling die stof veroorzaakt, waardoor mijn ogen gaan tranen. Ik kan natuurlijk mijn contactlenzen uitdoen, maar het voelt wel goed om een tijdje te huilen. Terwijl ik op de koude, betonnen vloer zit, graai ik met mijn handen tussen de scherven. Misschien wíl ik me wel snijden. Misschien verdient een vrouw die zoveel dingen breekt het wel om zich te snijden.

Maar Lewis heeft gelijk: de scherven zijn prachtig. En misschien te redden. Na een poosje veeg ik mijn gezicht droog, sta op en loop de vochtige ruimte in. Ik pak een saaie, keramische vaas van de plank en probeer me voor te stellen hoe die eruit zou zien als ik de scherven erop plakte. De patronen zijn, nu ik er goed naar kijk, echt opmerkelijk, interessanter nu ze gebroken zijn dan toen ze nog heel waren. Ik neurie terwijl ik de scherven op de hals van de vaas plak. Het is niet wat ik mevrouw Chapman heb laten zien, maar wie weet vindt ze het mooi. Moeilijk te zeggen of ik het ook mooi vind. Ik ben zo verdiept in mijn werk dat ik niet hoor dat het busje van de vrouw die deze week haalt en brengt op de oprit stopt, en ik schrik als Tory op de knop van de grote garagedeur drukt en naar binnen loopt. Ze laat haar rugzak naast me op de grond vallen.

'Ik heb difterie,' zegt ze.

'Shit, zeg,' antwoord ik. Ze spelen op school het Oregon Trail-spel. De kinderen krijgen een bepaalde hoeveelheid tijd en geld om hun trein van St. Louis naar San Francisco te laten rijden, en onderweg kunnen er allemaal onverwachte dingen gebeuren. Nu heeft mijn dochter, zonder dat ze er zelf schuld aan heeft, een slechte kaart getrokken en ligt ze op de prairie dood te gaan. Ik vind het een leuk spel, en niet alleen omdat ze er wiskunde, geschiedenis en geografie van leert. Ik vind een spel goed als vaardigheden en stom geluk gelijke factoren zijn, net zoals in het echte leven.

'Shit, shit, shit,' zegt ze, blij dat ik haar stilzwijgend toestemming heb gegeven om een woord te gebruiken dat ze van haar vader niet mag zeggen. 'Want nu mag ik twee dagen niet meespelen en moet ik een opstel over difterie schrijven.' Ze spreekt het woord voorzichtig uit en voegt er een onnodige lettergreep aan toe. Dif-fe-te-rie.

'De meisjes Bearden hebben duidelijk een slechte dag,' zeg ik. 'Kijk eens wat er met mama's potten is gebeurd. Pas op,' voeg ik eraan toe terwijl ze een vinger uitsteekt. 'De randen zijn scherp.'

'Waarom hebben dingen randen?'

'Wat?'

'Randen doen pijn.'

'Niet altijd.'

'Je snijdt je eraan of je valt ervan af.'

Ik weet niet wat ik daarop moet zeggen. 'Je kunt dat medische boek van papa gebruiken,' zeg ik tegen haar, 'om difterie op te zoeken.'

Ze kijkt me aan alsof ik gek ben. 'Ik googel wel even,' zegt ze.

'O ja.'

'Komt difterie nog voor?'

'Nee, als baby word je ingeënt tegen difterie, kinkhoest en tetanus.'

'Waar gaan mensen nu dood aan?'

Aan kanker, zeg ik tegen haar. Hartaanvallen. Dingen die kleine meisjes zelden krijgen.

De telefoon gaat. Ze rent ernaartoe, en aangezien mijn handen plakken, duwt ze de hoorn onder mijn kin en verdwijnt dan in de keuken. Het is Belinda.

'Zullen we samen een ijsje eten?'

'Alleen wij tweeën?'

'Wij en de kinderen.'

'Ik weet het niet, hoor. We hebben vandaag een slechte dag. Tory heeft difterie op het Oregon Trail, en ik heb voor duizend dollar aan potten gebroken.'

'Des temeer reden voor ijs. We komen je wel halen.'

Er was een tijd waarin Belinda er niet over peinsde het initiatief te nemen voor een uitje, zelfs niet zo'n simpel uitje als dit. En er was een tijd, misschien nog maar enkele maanden geleden, dat ze elke beslissing met Nancy overlegde, zelfs zoiets simpels als dit. Maar Tory zal het geweldig vinden om haar huiswerk even te kunnen laten liggen, en ik heb eigenlijk ook geen zin om over de potten na te denken. 'Oké,' zeg ik tegen haar. 'IJs is een goed idee.'

Terwijl de kinderen met hun ijshoorns naar het speeltuintje achter de Ben & Jerry's lopen, drinken Belinda en ik op een bankje onze warme chocolademelk op. We hebben het over Merediths wiskundedocent, die echt te streng voor de kinderen is, als Belinda ineens mijn arm vastgrijpt.

'Kijk,' zegt ze.

Het duurt even voordat ik haar herken. Aan de overkant van het plein loopt Lynn de Starbucks uit. Ze heeft hetzelfde roze, Chanel-achtige jasje aan dat ze droeg toen ik haar met de aannemers zag, maar deze keer draagt ze het boven een spijkerbroek en laarzen. Zo staat het veel beter. Er is een man bij haar, en zijn arm ligt om haar middel. Hij is kaal, maar dan wel opzettelijk kaalgeschoren, zoals jonge mannen tegenwoordig doen. Hij houdt haar bij de fontein staande en pakt iets uit een platte, bruine zak – een cakeje of zo. Lynn lacht. Ze oogt zorgeloos en nonchalant, en haar haren zitten een beetje verward. Ze ziet eruit alsof ze net seks heeft gehad.

'O, mijn god,' zegt Belinda. 'Denk je dat ze... een relatie hebben?'

'Daar lijkt het wel op,' zeg ik, terwijl ik mijn blik afwend. Het geeft me een ongemakkelijk gevoel om zo naar haar te gluren, alsof ik naar haar kijk terwijl ze naakt is.

'Wist je dat ze een vriendje had?' Belinda geneert zich totaal niet en staart naar Lynn alsof ze de veelbelovende debutante op een filmdoek is.

Ik schud mijn hoofd. 'Nee, maar waarom ook niet? Ze doet niets verkeerds. We moeten hier weg. Ze zou het vreselijk vinden als ze zag dat we haar zo aangaapten.'

'Hoe oud denk je dat hij is? Eind twintig?'

'Ouder.'

'Begin dertig?'

'Geen idee. We moeten hier weg. En Nancy hoeft hier niets van te weten.'

'Waarom niet?' vraagt Belinda in alle redelijkheid. 'Je zei zelf dat ze niets verkeerds doet, hoewel ik hem eerder vijfentwintig dan dertig schat. Ik bedoel, als jij aan dertig wilt vasthouden, prima, maar ik denk echt dat hij... O, mijn god. Hij voert haar.'

'Dan doen mannen. Mannen voeren vrouwen.'

Ze werpt me vanuit haar ooghoek een vreemde blik toe, en ik weet dat ze denkt: nee, vrouwen voeren mannen, zo werkt dat.

Mijn gedachten dwalen af naar New York, naar Gerry die een mossel naar mijn mond bracht en de schelp schuin hield, waarna boter, zout en witte wijn door mijn keel gleden. 'Soms voeren mannen vrouwen,' herhaal ik en ik zeg het langzaam, alsof dit iets belangrijks is wat Belinda moet begrijpen. 'Als je er goed over nadenkt, als je helemaal teruggaat naar Darwin of zo, zul je zien dat het altijd de bedoeling is geweest dat mannen vrouwen voeren.'

'Maar zijn vingers lagen op haar tong. Het is zo...'

'Ik weet het. We moeten hier weg.'

Belinda huivert, alsof ze letterlijk wakker wordt geschud uit een verdoofde toestand. 'Wist je dat ze een vriendje had?'

'Hoe had ik dat moeten weten?'

'Jij helpt haar met verven.'

'We praten niet over persoonlijke dingen. Ik had geen idee dat ze aan het daten was, dat zweer ik. Laat staan... dat ze cakejes at.'

Belinda zet ons thuis af, en ik vraag of ze nog even binnenkomt omdat ik haar iets wil laten zien. 'Heel even dan,' zegt ze. Ze lijkt zich over de uitnodiging te verbazen. De kinderen klimmen uit het busje en verspreiden zich als vogels over het gazon. Tory zegt altijd dat ze het niet leuk vindt om met Belinda's dochters te spelen, maar ik heb gemerkt dat ze lief tegen hen doet als ze daadwerkelijk samen zijn, met een soort verstrooide compassie. Het verwondert me dat mijn relatie met Belinda zich uitbreidt naar de volgende generatie.

'Niet te ver weg gaan,' roept Belinda naar de kinderen. 'We blijven maar even.'

Ik neem Belinda mee naar mijn atelier en laat haar de keramische pot met de opgeplakte scherven zien.

'Wat vind je ervan?'

'De waarheid?'

'Doe maar.'

'Het lijkt op iets wat Nancy in elkaar zou flansen.'

Shit. Dat is niet best. Ik leun tegen de emmer met klei en sluit mijn ogen.

'Kon je de scherven niet meer aan elkaar plakken?'

'Ik zou niet weten waar ik moet beginnen. In die doos liggen scherven van twintig verschillende potten. Het zou zoiets zijn als proberen twintig puzzels tegelijkertijd te leggen.'

'Kun je de scherven niet in klei drukken? Dan heb je een... je weet wel, een...'

'Mozaïek?'

'Ja. Ik bedoel, je kunt ze in die ongebakken kleipotten steken en...'

'Dat werkt ook niet.' Ik klink vinnig, en dat is niet goed. Ze doet echt haar best om me te helpen. 'De scherven zijn al gebakken, dan kan ik ze niet in ongebakken klei drukken en opnieuw bakken. Zo werkt het niet. Het is een chemisch proces.'

'Je zou er nog eens twintig kunnen maken en dan hopen dat die niet barsten.'

'O ja, dat is altijd een optie. Blijven doorgaan met wat de eerste keer niet is gelukt en misschien gaat het op een dag toch goed.'

Belinda woelt door haar haren. 'Het spijt me, Elyse.'

'Nee, dat zou ik moeten zeggen. Ik gedraag me als een kreng omdat ik niet weet wat er fout is gegaan en hoe ik ervoor moet zorgen dat het niet weer gebeurt. Volgens mij zijn ze gebarsten omdat ik niet genoeg mortel heb gebruikt, of misschien heb ik niet alle luchtbellen eruit gekneed. Het is vreemd, want ik heb natuurlijk wel eerder potten verpest, maar nog nooit een hele partij. Zou het zijn omdat ik er te veel zorg aan heb besteed? Het is alsof ze gebarsten zijn omdat ik het me echt niet kon veroorloven dat dat zou gebeuren, alsof ik die angst het universum in heb gestuurd, en die is teruggekaatst en me van achteren heeft belaagd. En weet je wat echt vreemd is? Ik vind de gebroken stukken mooier dan de originele potten. Kijk, kijk hier eens naar...'

Ik pak de originele pot van de plank, de pot waarop mevrouw Chapman haar bestelling heeft gebaseerd, en zet hem op tafel. De pot die Nancy volgens Belinda zou hebben gemaakt, zet ik ernaast. 'Zie je wat ik bedoel? De solide vorm van de eerste vind ik mooi. Hij is niet beplakt, er zitten geen scherpe scherven en andere artistieke uitspattingen op. Maar het patroon op de tweede vind ik ook heel mooi, met die scherven die in elkaar zijn gelegd. Zie je wat ik bedoel?'

'Volgens mij wel.'

'Dit was mijn kans, Belinda. Dit was mijn kans om mijn werk te laten zien en echt geld te verdienen. Een echte baan, een echte carrière, niet iets wat ik in mijn garage doe omdat ik een tandartsvrouw ben die zo nodig kunstenares wil zijn...'

Ik kijk haar aan en besef dat ze helemaal niet luistert. Ze lijkt ver weg met haar gedachten. Misschien zit ze te bedenken wat ze voor het avondeten zal maken of hoe ze de kinderen terug in het busje krijgt. 'Belinda,' zeg ik en zelfs ik hoor de wanhoop in mijn stem. 'Weet je wat het woord "dilettant" betekent?'

Maar Belinda staart naar de potten. 'Weet je,' zegt ze langzaam, 'er is nog één ding dat je zou kunnen proberen.'

29

Hij heeft een congres in San Francisco, en het enige wat ik hoef te doen is mezelf overdag zien te vermaken. Ik heb hem nog nooit in volledige werkmodus gezien en lig naakt op het bed terwijl hij in de stoel bij het raam over zijn BlackBerry gebogen zit. Ik vind het leuk als hij zijn bril opheeft. Later heeft hij een telefonische vergadering. Er zijn diverse mensen aan de lijn, en ik hoor dat ze hem respecteren. Ze praten allemaal door elkaar, maar als hij het woord neemt, onderbreekt niemand hem.

'Je bent echt belangrijk,' zeg ik als hij ophangt.

'Ja,' zegt hij, terwijl hij alweer met zijn BlackBerry in de weer is.

Hij draagt zijn goede pak als we uit eten gaan en morst iets op zijn broek. Paniek. Hij heeft dit pak nodig voor de laatste congresdag; dan zal hij de hoofdspreker introduceren.

Dus als we terug zijn in het hotel bel ik de receptie om te vragen of de broek die nacht gereinigd kan worden.

De receptionist neemt de telefoon op met de vraag: 'Wat kan ik voor u doen, mevrouw Kincaid?' Echt verbaasd ben ik niet. Dit is een hotel waar het personeel weet wanneer je er wel of niet bent, en als je voor iets belt, noemen ze je altijd bij de naam. Iemand had me diezelfde vraag eerder op de middag gesteld, toen ik een reservering voor het restaurant wilde maken.

Maar nu knaagt het. Misschien alleen maar omdat het laat is of omdat we tijdens het etentje een fles wijn hebben leeggedronken met een onuitspreekbare Franse naam – wijn voor op de onkostenrekening, had Gerry hem genoemd – of misschien was het deze keer onplezierig omdat ik echt moest doen alsof ik mevrouw Kincaid was. 'Mijn man heeft iets op zijn pak gemorst,' vertel ik de receptionist. 'Het moet morgen om uiterlijk twee uur gereinigd zijn.' Maar mijn man heeft helemaal niets op zijn pak gemorst. Mijn man ligt vijfduizend kilometer verderop, in een andere tijdzone, te slapen.

'Wat is er?' vraagt Gerry als hij de badkamer uit loopt. 'Kon het niet?'

'Ze sturen meteen iemand naar boven. Maar hij noemde me mevrouw Kincaid.'

Zijn gezicht betrekt heel even. 'O, lieverd. Sorry.'

'En ik heb het zo gelaten. Ik zei dat mijn man iets op zijn pak had gemorst.'

De rimpel tussen zijn wenkbrauwen is er altijd. Het is zijn werk om zich voortdurend zorgen te maken, en ik heb die rimpel de hele middag gezien terwijl hij over hedgefondsen, buy-outs en slechte verkoop van effecten sprak. Nu wordt de rimpel nog dieper. 'Wat wil je dat ik doe?' vraagt hij en zonder op antwoord te wachten kust hij me. Het is een kus als in een oude film. Hij duwt me tegen een muur en geniet, zo'n Tweede Wereldoorlog-romance van een man die een vrouw tegen een muur drukt, maar het duurt nooit lang. Vrijwel meteen knikken mijn knieën. Ik begin te glijden, ik hunker naar de vloer, naar die hardheid onder me, en ik ben wederom dankbaar dat ik geen man ben, dat niemand echt verwacht dat ik mijn eigen gewicht draag, laat staan het gewicht van een ander.

Soms glijden we helemaal naar beneden, totdat we op elkaar op de grond liggen. In zowel New York als Miami zijn we op de grond beland, maar vanavond houdt hij me tegen voordat ik volledig bezwijk en leidt me – deels draagt en deels sleept hij me – naar het bed. Hij neemt mijn onderlip tussen zijn tanden en trekt hem naar binnen. Het is niet altijd prettig, de manier waarop hij mijn vlees lijkt te doorboren op het dunste en gevoeligste plekje.

De kus doet pijn. Ik maak een geluid. Hij laat los. En dan gaan onze lippen van elkaar, de puntjes van onze tongen raken elkaar nauwelijks. We liggen heel stil, en ik bedenk dat dit een goed moment zou zijn om te sterven. Er wordt aan de deur geklopt. Gerry rolt van me af.

'Geef hun gauw die broek,' zegt hij. 'En kom dan terug, want de situatie is hopeloos en ik wil je de hele nacht kussen.'

30

'Ik snap niet dat ze zich zo verlaagt,' fluistert Nancy.

'Heel vreemd,' beaamt Kelly, die in de gang van de zondagsschoolvleugel staart waar Lynn net in een van de werkkamers is verdwenen. 'Ik zie haar nog wel een keer de vuilniscontainer schoonspuiten. Denk je dat ze zichzelf voor iets straft of zo?'

De vraag is aan mij gericht, en in mijn hoofd flitsen de herinneringen aan Kelly in de openbare abortuskliniek en aan mezelf, vastgeketend aan mijn echtelijke bed. Vrouwen straffen zichzelf voortdurend, voor vergrijpen die alleen zij kunnen zien, maar ik denk niet dat Lynn daar op dit moment mee bezig is.

'Ze probeert gewoon haar werk te doen,' zeg ik, en de opmerking klinkt slap, zelfs in mijn eigen oren.

'Ze heeft zelf bepaald wat het werk inhoudt,' geeft Nancy aan. 'De opdracht van het comité was heel vaag. Niemand verwachtte van haar dat ze in haar eentje de hele zondagsschoolvleugel zou verven.'

'Gaat ze mee lunchen?' vraagt Belinda. 'Heeft iemand eraan gedacht haar mee te vragen?'

'O, god,' zegt Kelly.

'Ze slaat onze uitnodigingen al maanden af,' zegt Nancy.

Maar toch is het de eerste keer dat niemand eraan gedacht heeft haar mee te vragen.

Lynn komt weer uit de werkkamer tevoorschijn, met een ladder op haar schouder, en we kijken in stilte toe terwijl ze door de gang naar ons toe loopt. 'Ik ben al bij groep drie,' roept ze opgewekt. 'Wat vinden jullie van de kleuren?'

'Je hebt zeker geen zin om met ons te lunchen, hè?' roept Belinda terug.

Het is een vreselijk ongemakkelijk moment. Lynn zet de ladder neer en zegt, heel rustig: 'Ik ben er vandaag niet op gekleed.' Ze heeft niets te veel gezegd. Ze draagt een wijde, witte overall, met gekleurde spetters van alle lokalen in de gang, een effect dat zo bizar is dat ik me heel even afvraag of ze het met opzet heeft gedaan. Alsof ze naar het Leger des Heils is gegaan en een kledingstuk heeft uitgezocht dat haar slecht staat, met bandjes die steeds van haar schouders glijden en broekspijpen die zorgvuldig ongelijk zijn opgerold. Het is alsof ze een outfit heeft samengesteld waarmee ze op de behulpzame klusjesman in een kinderprogramma lijkt.

Het is moeilijk te zeggen wie van ons het meest ontdaan is. Nancy's noordelijke politieke correctheid, Kelly's zuidelijke manieren, Belinda's opgelatenheid over haar slecht geformuleerde vraag, mijn vreemde, plotselinge visioen van de kale man die een stukje cake op Lynns tong legt – het is allemaal samengekomen in dit moment waarop we gegeneerd en stilzwijgend naar elkaar kijken, alsof we vreemden zijn. Lynn tilt de ladder weer op en we steken allemaal een hand toe om haar te helpen.

'Nee, het gaat wel,' zegt ze, terwijl ze even door haar knieën buigt.

Waarom, vraag ik me af, zijn we zo van slag door dit korte treffen? Wat heeft ons zo vreselijk van streek gemaakt dat het een schaduw zal werpen over onze traditionele dinsdaglunch? Lynns ladder is tenslotte niet zwaarder dan onze kinderen, die we de hele dag optillen. Hij is niet zwaarder dan tassen met boodschappen of een keramische pot of de dienbladen die Nancy en Belinda eens per week in het busje van de kerk laden. Hij is niet zwaarder dan een man die in bed boven op je ligt, en beslist niet zwaarder dan de metalen schijven die Kelly en ik op het bankdruktoestel bij de YMCA tillen, negen kilo per stuk. Hij is ook niet zwaarder dan de laatste dagen van een zwangerschap of de vierkante boeken met tapijtstaaltjes die achter in Nancy's auto liggen. Vrouwen dragen de hele tijd gewicht, dus is het moeilijk te zeggen waarom we zo stilletjes toekijken terwijl Lynn door haar knieën buigt, de ladder op haar schouder tilt en hem met geroutineerde soepelheid de donkere gang door wegdraagt.

Kelly kijkt naar me, en ik weet wat ze denkt: dus dit is wat jij wilt? Daarmee doelt ze niet op het werk, want dat valt wel mee. Ze vraagt of ik het medelijden van mijn vriendinnen zou kunnen verdragen.

Belinda's idee was eenvoudig. Niet eenvoudig in de zin dat het gemakkelijk uitvoerbaar was, maar eenvoudig in concept. Ik maak een pot en dan, voordat hij wordt gebakken, breek ik hem.

De eerste dag dat ik dit probeer, voelt het als heiligschennis. Het is een wanstaltig exemplaar dat ik uit de hoop recyclemateriaal heb gehaald, een mislukt experiment van maanden geleden, maar toch is het pijnlijk om het moedwillig te breken. Ik laat de pot van de kneedtafel rollen, maar tot mijn verbazing blijft hij heel. Ik gooi hem van de stenen trap die van de keuken naar de garage leidt. De bovenkant raakt beschadigd, maar de pot als geheel blijft intact. Ik speel met het idee om er met mijn auto overheen te rijden. Ik pak een van Tory's softbalknuppels uit de kast met sportspullen, gooi de pot in de lucht en haal uit. Ik mis, maar de pot valt op de grond te pletter.

Hem weer in elkaar zetten is lastiger, maar ik gebruik de lappen-en-plakkenmethode die ik sinds de kunstacademie niet meer heb toegepast, en wanneer ik hem biscuit bak in de kleine kleioven die ik soms gebruik om dingen uit te proberen, blijft hij heel. De glazuurpoelen in de barstjes verdwijnen en worden in het biscuit gezogen alsof de pot dorst heeft. Het heeft iets barbaars.

Ik probeer niet te veel te verwachten. Ik breng hem naar Lewis voor de laatste bakronde. Hij stelt voor een gebed op te zeggen.

Ja, denk ik, laten we een gebed opzeggen, en hij en ik staan hand in hand in zijn stoffige, kleine fabriek, en ik luister naar hem terwijl hij Jezus aanspoort om zuster Elyse te verheffen en te bevrijden. Amen.

De volgende ochtend om acht uur ben ik terug.

'Je zult heel tevreden zijn,' zegt Lewis. 'Sluit je ogen.' Dat doe ik, en als ik mijn ogen weer opendoe, houdt hij de pot omhoog zodat ik hem kan inspecteren. Ik voel een vreemde spanning onder in mijn buik, een lijfelijke erkenning van het feit dat dit een belangrijk moment is.

'Verdomme,' zeg ik.

'Jezus heeft je geholpen.'

'Zeker weten.'

'Even tussen ons,' zegt Lewis. 'Na deze eerste opdracht moet je je prijs meteen opschroeven, meisje. Dit is echte kunst.'

Ik ben nu tien jaar getrouwd.

Iedereen vindt dat we iets speciaals moeten doen om deze mijlpaal te vieren. Tien jaar is groots.

'Europa misschien,' zegt Phil tegen een groep mensen wanneer we op de zondag vóór onze trouwdag de kerk verlaten. We hebben het nooit over Europa gehad. In elk geval niet serieus. 'Maar natuurlijk,' gaat hij verder, terwijl iedereen mompelt hoe geweldig dat zou zijn, 'moeten we wachten tot het zomer is.'

'Waar in Europa?' vraagt iemand. Een jongen van het basketbalteam.

'Elyse wilde altijd al een keer naar Italië,' antwoordt Phil.

Ik ben ooit in Italië geweest. Tijdens mijn studie heb ik er een semester gestudeerd en dat weet Phil drommels goed, in elk geval heeft hij dat geweten. Maar iedereen op de trappen van de kerk lijkt het een geweldig idee te vinden om naar Italië te gaan. Toscane misschien. We kunnen een auto huren. Iedereen zegt dat het daar heel mooi is. Het eten is verrukkelijk, en de kunst – zou ik al die kunst niet willen zien? Natuurlijk wel, wie niet, zeg ik, hoewel alleen al het idee om met deze man door Italië te rijden, deze man die alles vergeet (behalve natuurlijk de keren dat ik iets heb verknald), me de hel lijkt.

Een vrouw zegt tegen me dat ik een mazzelkont ben.

Ik glimlach.

Voorlopig gaan we naar een Italiaans restaurant. Je moet toch iets doen om tien jaar te vieren, zelfs als je huwelijk op het punt van instorten staat. Ik geef hem een camera. Hij geeft mij een cd-verzamelbox met als titel: CONVERSATIE-CURSUS ITALIAANS. De eigenaar van het restaurant komt met een gratis tiramisu aanzetten.

En dan gaan we naar huis en stappen in bed. Hij schuift naar me toe en begint. Het is trouwdagseks – alsof hij een beetje meer geeft dan gewoonlijk. Hij wil me kussen, maar ik ben een meester geworden in het positioneren van lichamen in bed – niet alleen het x-standje, maar ook vragen of hij me van achteren neemt. 'Dan kom je dieper,' zeg ik tegen hem, en hij accepteert het zonder mopperen, zodat ik er niet aan toe hoef te voegen dat het echte voordeel van dit standje is dat ik zijn gezicht niet kan zien. Maar vanavond heeft hij een eigen agenda. Ik laat me een keer kussen en dan maak ik me los. Ik glijd met mijn hoofd naar beneden over zijn borst. Misschien denkt hij dat ik hem ga pijpen. Of dat ik wil knuffelen. Hoe dan ook zal hij me niet tegenhouden. Ergens halverwege zijn borst blijf ik liggen en sluit mijn ogen.

Boven de geur van wijn en knoflook en de vage zure lucht van zijn onderarm uit ruik ik iets wat me zowel bekend als onbekend voorkomt. Ik verstijf en adem diep in.

Ik vraag hem of hij een luchtje opheeft, en hij zegt nee, maar hij heeft onder de wasbak een nieuw zeepje gevonden en vond het wel lekker ruiken. Het rook naar iets wat zijn opa altijd gebruikte. Ja, ja. Hij heeft het stuk laurierzeep van de Restoration Hardware-zaak in New York gevonden. Ik weet niet hoe. Ik had het onder de wasbak verstopt achter de opgestapelde toiletrollen. Soms pakte ik het en rook eraan.

Maar nu ik hier op Phils borst lig, maakt de laurierzeep me in de war en gedesoriënteerd, zoals je soms overkomt wanneer je over een bekende weg rijdt. Je neemt die route elke dag, maar op een middag kijk je op – God mag weten waarom – en denk je: waar ben ik? Wat volgt is een moment van paniek, een gevoel dat je verdwaald bent in bekend gebied. De geur op Phils huid is vaag, maar ik weet wat het betekent. Ik bedrieg mijn minnaar met mijn man.

Want hier, op dit moment, met de geur van laurierzeep, het gevoel van een tepel tegen mijn wang en de realiteit van de grotere gestalte onder me, denk ik heel even dat alle mannen in het donker hetzelfde zijn. Ik denk terug aan Kelly, die om me lachte vanwege de tweeling in de drive-inbioscoop. Kelly die vroeg: 'Denk je echt dat ze nooit hebben gewisseld?' Kelly die me plaagde omdat ik toen pas ontdekte wat zij al op haar zestiende wist. Kelly die om me lachte op de leesclub en tegen de andere vrouwen zei: 'We moeten lief zijn voor Elyse, onze romantica. Ze denkt dat ze een andere vrouw zou zijn als ze een andere man had.' De anderen hadden ook gelachen. Is dat alles wat een romantica is? Ik wil het nog steeds geloven, dat de ene man verschilt van de andere, dat ik anders ben met de ene man dan met de andere, maar de geur van laurierzeep heeft me in de war en onzeker gemaakt, heel even maar, over waar ik ben of met wie ik ben.

'Ik vind hem niet lekker,' zeg ik.

'Wat?'

'Die zeep. Ik vind hem niet lekker.'

Phil tilt zijn hoofd op en strekt zijn nek om me aan te kijken. 'Waarom heb je hem dan gekocht?'

'Ik weet niet hoe hij daar is gekomen, maar ik vind hem niet lekker. Alsjeblieft.' Ik geef hem een duwtje. 'Volgens mij ben ik er allergisch voor.'

'Je bent nergens allergisch voor.'

'Ik vind hem niet lekker.'

'Waar komt hij vandaan?'

'Dat weet ik niet.'

Phil laat zijn hoofd terugzakken in het kussen. 'Oké,' zegt hij uiteindelijk. 'Ik zal hem weggooien.'

Ik ben te hard geweest. Ik laat mijn hand over zijn schouder glijden, een verzoenend gebaar, en wil hem iets vrolijks vertellen. 'De coach wil dat Tory catcher wordt,' zeg ik tegen hem.

'Catcher? Dus hij wil haar echt gaan inzetten?'

'Kennelijk.'

'Waarom heb je dat niet eerder gezegd? Dat is fantastisch nieuws, temeer daar ze de jongste van het team is. Is ze blij?'

'Niet echt. Ze vindt het een tweederangspositie, maar ik heb haar verteld dat ik ook catcher ben geweest en...'

'Jij hebt nooit softbal gespeeld.'

'Ik bedoel, ik was catcher als cheerleader. Ik ving de andere meisjes op.'

'Ironisch.'

'Zoek je ruzie?'

'Helemaal niet.' Hij stapt uit bed. 'Ik ga douchen, maar jij moet mee. Kom op. Het is onze trouwdag. Dat moet toch íéts betekenen.'

31

'Mark rookt weer,' zegt Kelly. Roken is het enige wat ze niet kan tolereren. Aanvankelijk deed hij het buiten op de veranda, daarna in de woonkamer, maar gisteravond deed hij het ondenkbare: hij liep met een sigaret hun slaapkamer in.

'Hij zei dat het zíjn huis was en dat hij zelf mocht weten wat hij daarin deed. Niet te geloven, toch?'

'En wat nu?'

'Hij zal uiteindelijk zwichten.'

'Hoe weet je dat zo zeker?'

'Omdat hij zegt dat ik van alle vrouwen die hij heeft gehad het best kan pijpen.'

We zijn in haar keuken en maken soep. Dat doen we om de zoveel maanden – samen grote porties soep maken, vier of vijf verschillende soorten. Vervolgens verdelen we de soep, scheppen de porties in kleine tupperware-doosjes in de vriezer en smullen ervan totdat het tijd is om nieuwe te maken. Soep maken is mijn favoriete huishoudelijke ritueel. Kelly zet een cd op van Miles Davis, en aangezien we dit al zo lang samen doen, hebben we een systeem ontwikkeld. Ik zit aan het einde van het aanrecht met een schilmesje, een hoeveelheid snijplankjes en alle groenten en stukken vlees opgestapeld om me heen. Ik mag graag snijden. Kelly bemant het gasfornuis; de recepten die we voor vandaag hebben uitgekozen, liggen tussen ons in op het werkblad, hoewel we al zo vaak soep hebben gemaakt dat de recepten eigenlijk alleen nog maar een formaliteit zijn.

'Wat doe je dan precies?' vraag ik haar. Ik heb van mannen gehoord dat ik goed ben, maar niemand heeft ooit gezegd dat ik de allerbeste was.

'Het stelt eigenlijk niets voor. Je gaat plat op je rug liggen en laat je hoofd over de rand van het bed hangen. Zo verandert je keel in een lange, rechte pijp.' Kelly demonstreert het en werpt haar hoofd in haar nek, alsof ze gaat gillen.

'De man staat rechtop?'

'Ja, de man staat rechtop.'

'Verdorie,' zeg ik verbaasd en geïmponeerd. 'Dat zou ik nooit kunnen. Ik weet zeker dat ik dan ga kokhalzen.'

'Dat is ook het lastige. Ervoor zorgen dat je keel zich ontspant.'

'Geen wonder dat je in een Jaguar rijdt.'

Ze lacht. We hebben vier verschillende pannen met bouillon opstaan. Ik schuif de eerste gesnipperde uien en geperste knoflook naar haar toe. Ze laat de groenten van de snijplank in de pannen glijden en zet het vuur zachter. We hebben nooit meer gesproken over die ochtend van het muurtje.

'Wat doe jij dan?'

'Met Gerry?'

Ze haalt haar schouders op. 'Dat is vast het interessantst.'

'Ik doe het heel anders. Gerry gaat plat op zijn rug liggen, en ik ga op mijn knieën tussen zijn knieën zitten. En dan lik ik de geplooide huid tussen zijn anus en zijn ballen.' Ik maak een vuist en laat mijn tong erover glijden om dit te illustreren, en Kelly kijkt me vragend aan, met haar hand op haar keel. 'En als het op zijn lul aankomt...'

'Daar komt het altijd op aan,' zegt ze.

'Maar niet meteen. Dat probeer ik je duidelijk te maken. Ik ga heel langzaam te werk. Het kan wel een week of een jaar duren, en ik gebruik zowel mijn handen als mijn mond om de pijp die jij van je keel maakt na te bootsen. Ik weet het, ik weet het, het is niet bepaald hetzelfde. Het is subtiel. Het gaat om textuur, om verering.'

'Verering?' Ze houdt haar hoofd schuin en glimlacht vaag.

Ik vertel haar over de laatste keer dat Gerry en ik samen waren. Niet bepaald barmhartig, ik weet het. Ik dwing haar mijn verhalen over mijn seksleven aan te horen, zoals ik ooit degene was die al haar geheimen moest bewaren. We hebben al jaren niet meer op deze manier met elkaar gesproken, maar nu leunt ze naar voren, haar kin in haar hand, en luistert zo aandachtig dat ik niet weet of ik haar vermaak of haar hart breek.

We hadden nog twee uur voordat we naar de luchthaven moesten vertrekken. De ochtend dat Gerry in New York de wekker uit het stopcontact trok, blijkt een uitzondering te zijn geweest; we zijn niet voorbestemd om deze affaire in een of andere zen-achtige wereld van het eeuwigdurende moment te leven. Integendeel. Naarmate de weken en maanden verstreken, heb ik de belangrijkste regel van ontrouw geleerd: je moet altijd weten hoe laat het is. Hoeveel uur ben ik daar geweest, hoe lang hebben we nog? Soms betrap ik hem erop dat hij zogenaamd nonchalant naar de wekker kijkt, zoals een man naar de vormen van een passerende vrouw gluurt. Ik ben niet jaloers op zijn vrouw, maar wel op de wekker. De wekker, zijn andere minnares. De minnares die meer macht over hem heeft, de minnares die hij altijd gehoorzaamt.

'Je had dus nog twee uur,' dringt Kelly aan.

'Gerry zei dat hij afgemat was. Dat hij niets meer overhad, dat hij volledig uitgeput was. Dat zei hij al vanaf het ontbijt. Er was iets doms op de televisie – ESPN, denk ik, want daar kijkt hij altijd naar – een programma over vissen op zeebaars. We lachten ons slap omdat het begin zo dramatisch is. Al die mannen die hun uitrusting aantrekken en muziek die uit een westernfilm afkomstig zou kunnen zijn. De presentator zei: "Er zijn dagen waarop je het meer verovert, en er zijn dagen dat het meer jou verovert," en Gerry begon gek te doen. Hij liep als een revolverheld met o-benen in zijn onderbroek door de kamer en imiteerde de diepe stem van die presentator. Hij doet stemmetjes, had ik dat al verteld? Daar is hij heel goed in. Ik keek naar de wekker en zag dat we nog maar heel even hadden. Gerry bleef maar zeggen: "Moet je die muziek nou toch horen, alsof ze straks in een drukke winkelstraat de vissen de lucht in gooien en dan de koppen eraf knallen."'

'Maar hij was afgemat.'

'Heb je dat vuur lager gezet?'

'Natuurlijk. Vertel verder, Elyse. Echt, zoals jij steeds stopt en begint... Ik ben trouwens klaar voor de kip.'

'Oké, dus ik doe alles wat ik je net vertelde, maar dan nog langzamer, en hij ligt doodstil. Of misschien overstemde dat programma over op zeebaars vissen alle andere geluiden. De vissers waren intussen uitgevaren, en ik hoorde het water van het meer klotsen tegen de zijkant van hun boot. We neukten stiller dan dat zij visten.'

'Cool.'

'En toen hij kwam, was dat onverwachts...'

'Onverwachts?'

'Nou ja, niet helemaal onverwachts, natuurlijk, maar meestal hapt hij stilletjes naar adem en legt hij zijn handen op mijn hoofd, maar dit keer niet. Het ging gewoon – dit slaat nergens op, maar het ging gewoon heel langzaam. Ik bedoel, we stopten allebei met bewegen, en toen gebeurde het, en het was anders. Ik leg het niet goed uit. Weet je hoe de Engelse dichter Milton het zei?'

'Natuurlijk niet.'

'Er is een gedeelte in *Paradise Lost* waarin Adam aan Michaël – je weet wel, aartsengel Michaël, volgens mij heeft Nancy een beeldje van hem – vraagt hoe engelen vrijen, en Michaël antwoordt: "Lichter dan lucht..."'

'Lichter dan lucht?'

'En zo was dit ook. De seks was lichter dan lucht.'

'Wauw,' zegt Kelly. 'Ik moet het je nageven, Elyse. Dat was een heel romantische pijpbeurt.'

Ze kijkt me aan met haar kin weer in haar handen. Soms denk ik wel eens dat alles in de wereld verandert, behalve Kelly's ogen. Die zijn nog net zo blauw als in onze middelbareschooltijd. Ze heeft nog altijd iets van een ontheemd meisje uit Californië – met haar verwarde blonde haar en de sproetjes op haar wangen. Haar gelaatskleur lijkt erg op die van Tory, zo erg dat als we met z'n allen op stap zijn, serveersters en verkoopsters ervan uitgaan dat zij de moeder is.

'Ben jij wel eens bang,' vraagt ze, 'dat het als cocaïne is?'

'Cocaïne?'

'Dat je er steeds meer van nodig hebt om opgewonden te raken?'

'Was het dan zo tussen jou en Daniel?'

Ze recht haar rug en draait aan de knoppen van het fornuis. 'Misschien,' zegt ze uiteindelijk. 'Ik bedoel, verlangen neemt toe... Het moet wel toenemen, anders...'

'Neemt het af?'

'Ik weet het niet. Het kan in elk geval niet stilstaan.'

'Het is de haai onder de emoties,' zeg ik. Ik probeer te lachen. 'Misschien moet ik je deze verhalen maar niet vertellen.'

'Nee, ik wil ze graag horen. Alleen...'

'Je maakt je zorgen om me.'

Ze kijkt in de soep. 'Ik maak me zorgen om ons allebei.'

Later, nadat ik twaalf bakjes met vier verschillende soorten wintersoep in mijn vriezer heb gelegd, bel ik Gerry. Ik wil eigenlijk niet hém spreken, maar zijn voicemail, en dus bel ik naar zijn mobiele telefoon in plaats van naar kantoor. Nadat zijn koele, zakelijke stem me heeft geïnstrueerd een bericht achter te laten, begin ik een lang fantasieverhaal dat begint met dat ik hem pijp in een hotelkamer. Dan wordt er aan de deur geklopt. Ondanks zijn protesten doe ik toch open, en mijn vriendin Kelly loopt binnen. Ik leg uit dat zij en ik onderzoeken hoe je een man het best kunt pijpen. We proberen vast te stellen wat belangrijker is – techniek of houding – en of hij ons daar alsjeblieft bij wil helpen. Natuurlijk wil hij dat. Ik fluister in de hoorn: 'Je doet het in de auto, je doet het in een tent... je bent nou eenmaal zo'n vent.'

Nadat ik heb opgehangen, ga ik opgekruld op bed liggen,

uitgeput, zoals zo vaak als ik over seks praat. Terwijl ik daar lig, half in slaap, hoor ik het gedempte geklapper van het kattenluikje en de zachte plof van Pascal die neerkomt in het washok. Ik roep zijn naam, hij loopt de slaapkamer in en springt met één zijdeachtige sprong naast mijn kussen. Hij mag dan wild zijn, Pascal komt als hij wordt geroepen.

Het is een vreemde dag geweest. Een vreemd voicemailbericht, zelfs voor Gerry en mij. Misschien is het wel zoals Kelly zegt – cocaïneseks – en heb je er steeds meer van nodig. Maar Gerry en ik vertellen elkaar altijd verhalen, en hij verwacht niet dat ze ooit werkelijkheid worden. Het is gewoon de manier waarop we elkaar troosten, en vandaag is dat niet anders. Hij zal het niet als een belofte beschouwen. Dat denk ik tenminste niet. En wat betreft dat verhaal over die engelen dat ik Kelly heb verteld: ik probeer haar alleen maar zover te krijgen dat ze weer met me gaat praten. Ik geef haar gewoon een por om me ervan te vergewissen dat de band tussen ons er nog steeds is.

Pascals pootjes zijn nat en zijn neus is koud. God mag weten waar hij heeft uitgehangen of wat hij heeft gedaan. 'Stoute jongen,' zeg ik, maar ik weet dat mijn stem vriendelijk klinkt, een beetje slaperig en schor. Voor hetzelfde geld zeg ik: 'Brave jongen.' Hij weet dat ik niet echt boos op hem ben, dat ik nooit echt boos op hem word, ondanks het bloed en de veren die ik elke ochtend op de veranda aantref, ondanks alle dieren die hij pijn heeft gedaan. 'Stoute jongen,' zeg ik weer, en hij nestelt zich tegen mijn buik, zo klein en rond als een foetus, en met z'n tweeën vallen we in slaap.

Later die middag belt mevrouw Chapman, net als Phil binnenloopt, om te zeggen dat de potten zijn gearriveerd.

Ze zegt: 'Tja, het is niet helemaal wat we hadden afgesproken, hè lieverd?' En dan, voordat ik het kan uitleggen, voegt ze eraan toe: 'Het is beter.'

Ik ben enorm opgelucht. We nemen de verzenddata voor de rest van de bestelling nog een keer door, en ik verontschuldig me voor het feit dat ik haar niet heb verteld dat de potten anders zouden zijn dan het voorbeeld. En dan begin ik te ratelen; ik biecht het hele verhaal op, vertel haar dat ik de potten met de softbalknuppel van mijn dochter heb bewerkt en dat Lewis boven de scherven heeft gebeden. Maar mevrouw Chapman zegt dat ze weet hoe kunstenaars zijn. Ze verwacht veranderingen, en ze zou mijn handen nooit binden. Ze is alleen maar blij dat ik de potten op tijd bij haar heb gekregen.

'Dat was cool,' zeg ik als ik heb opgehangen. 'Ze vindt de nieuwe potten mooi. Ze betaalt gewoon wat we hadden afgesproken.'

Phil kijkt op van zijn krant. 'Over geld gesproken...'

O god.

'De bank belde vandaag...'

O god, nee toch.

'... en ze zeiden dat je vorige week langs was geweest om een rekening op je eigen naam te openen.'

'Dat had ik toch verteld,' lieg ik. 'Diezelfde dag nog.'

Hij legt het financiële gedeelte van de krant weg en pakt de sportbijlage.

'Waarom belden ze je?'

Hij buigt zich over de pagina en tuurt naar een of andere grafiek. 'Toen ze je sofinummer natrokken, zagen ze dat we al rekeningen bij hen hadden lopen en dat we een ruim saldo hebben. Je hoeft dus niets extra's te betalen. Ik snap niet waarom ze je dat niet meteen hebben gezegd.'

En dan is hij stil.

'Kelly en ik hebben vandaag soep gemaakt,' zeg ik. 'Wil je een kommetje van haar maïssoep?' Het bloed klopt in mijn oren, maar ik ben verbaasd over hoe normaal mijn stem klinkt. Het bedriegen gaat me steeds beter af.

'Ik weet waarom je het hebt gedaan.'

Nu ben ík stil.

'Schoenen,' zegt hij triomfantelijk, terwijl hij een pagina omslaat. 'Nadat de bank had gebeld, ben ik naar de receptie gelopen en heb de meiden gevraagd waarom een vrouw een rekening op haar eigen naam zou openen. Ze zeiden dat een vrouw liever niet heeft dat haar man weet hoeveel ze uitgeeft aan schoenen.' Hij kijkt met een lichte frons op. 'Kosten mooie schoenen echt tweehonderd dollar per paar?'

Ik haal mijn schouders op. 'Betrapt,' zeg ik.

Het is al halfnegen als Gerry terugbelt. Phil kijkt naar basketbal op televisie. Ik loop met de telefoon naar mijn slaapkamer.

'Schatje, schatje,' zegt hij. 'Ik ben in een sloot beland. Ik hoorde je voicemailbericht en ben zo van de weg gereden.'

'Vond je het een mooi verhaal?'

'Vreselijk mooi.'

Natuurlijk ligt hij niet echt in een sloot. Hij staat ergens langs de kant van de weg in zijn eigen buurt geparkeerd, twee straten van zijn huis. Op die heuvel is de ontvangst van zijn mobiele telefoon prima, dat weten we van eerdere telefoontjes, en het is belangrijk dat we elkaar vanavond niet kwijtraken, nu we allebei zo rusteloos zijn. 'Wacht even,' zegt hij, en ik hoor een gerits. Te lang om zijn broek te kunnen zijn. Hij pakt iets uit zijn sporttas. Ik vertel hem over wat Kelly met mannen doet en wat ik doe, totdat hij het ineens uitschreeuwt en ik denk dat hij van achteren is aangereden. In gedachten zie ik voor me hoe iemand tegen zijn donkere, stilstaande auto in de woonwijk is gereden, maar nee. Hij probeerde met één hand zijn veiligheidsgordel los te gespen, zegt hij, maar die schoot ineens los en onthoofdde zijn lul. Dat is het woord dat hij gebruikt, 'onthoofdde'. We bulderen van het lachen. We lachen als mensen op een onbewoond eiland die de reddingshelikopter zien naderen.

Later zak ik ontspannen onderuit. We praten, mompelen halve zinnen zonder inhoud, alsof we echt samen in bed liggen en niet aan de telefoon hangen. Hij zweert dat zijn handen naar me ruiken. Ik breng mijn eigen handen naar mijn gezicht en vertel hem dat mevrouw Chapman blij is met de potten. Dan gaat hij weer rijden, op zoek naar een plekje om zijn plakkerige sportsok weg te gooien. Hij vraagt waarover Kelly en haar man ruzie hadden.

'Hij wilde roken.'

'Sigaretten?'

'Ja. Walgelijk, hè?'

'Heeft hij zijn excuses aangeboden?'

'Nog niet, maar dat komt wel. Als zij het best pijpt van alle vrouwen die hij heeft gehad, zal hij dat beslist niet opgeven.'

Gerry is zo lang stil dat ik denk dat de verbinding is verbroken. Dan zegt hij: 'O, dat weet ik niet. Je zou er versteld van staan wat mensen allemaal achterlaten.'

Ik wil hem vragen wat hij bedoelt, maar hij is vanavond ontspannen en komt met het ene na het andere verhaal. Hij kan altijd nog naar Charlotte komen, grapt hij. Hij zou graag al mijn vriendinnen ontmoeten, zegt hij. Misschien zou hij een keer kunnen komen opdagen tijdens de leesclub. De dames zouden gekleed zijn in wit kant met handschoenen en hoeden met een sluier – nee, misschien beter met het haar in een knotje boven op ons hoofd. We zitten in rieten stoelen met een ventilator aan het plafond die langzaam draait en bespreken – wat bespreken we? Ah, natuurlijk, Virginia Woolf en haar spel met de tijd in *Mrs. Dalloway*. Iemand serveert sandwiches met komkommer en champagne op een zilveren dienblad – nee, misschien is thee beter, thee in heel dunne porseleinen kopjes, en dan gaat de deurbel. Op de veranda staat hij, in een lichtgekleurd, linnen pak en met een strohoed in zijn handen. Ik sta op, mijn rokken ruisen, en ik zeg: 'Maar dames, jullie moeten echt mijn vriend Gerald ontmoeten...' en ik loop naar de deur en laat hem binnen.

'Dat gaat niet werken,' zeg ik tegen hem. 'Ik krijg mijn leesclub nooit zover dat ze Virginia Woolf lezen.'

32

'Denk je wel eens aan zijn vrouw?'

Lynn en ik zijn klaar met de lokalen van groep zeven en acht, en zijn nu bezig met het laatste klaslokaal van de gang. We hebben een systeem ontwikkeld – we schuren samen, en dan plak ik alles af terwijl zij verft. We zijn er heel snel in geworden.

'Sliepen Andy en jij, toen jullie nog getrouwd waren, tegen elkaar aan?' reageer ik met een tegenvraag.

Ze schudt haar hoofd.

'Phil en ik ook niet. En met die nieuwe man... slaap je lepeltje lepeltje met hem?'

Ik zie dat ze zich ongemakkelijk voelt, maar ze vraagt niet hoe ik weet dat ze een vriendje heeft. 'Hij is nog niet blijven slapen,' zegt ze. 'Ik wil mijn jongens niet met hem confronteren.'

'Dat snap ik. Maar als Andy de kinderen heeft, en hij is bij jou, slapen jullie dan lepeltje lepeltje?' Weer schudt ze haar hoofd.

'Nee,' zeg ik. 'Dat dacht ik al, want volgens mij moet je daar echt een type voor zijn. Dat zegt helemaal niets over hoe graag je de persoon mag, of hoe geweldig de seks is, en of het om een echtgenoot of een minnaar gaat. Je bent iemand die graag lepeltje ligt of niet.'

'Je zult wel gelijk hebben, maar wat heeft dat met die vrouw te maken?'

Ik zet de ladder tegen het raam en klim met een rol afplaktape omhoog. 'Zo weet ik dus dat Gerry en zijn vrouw nog steeds een stel zijn. Hij is iemand die lepeltje ligt. Hij wil dat we als lepeltjes tegen elkaar liggen, en dan slaat hij zijn bovenbeen over mijn heup. Je weet toch dat mannen dat graag doen, hun been over je heup gooien, alsof ze in je proberen te kruipen, alsof je een kano bent of zo? Ik kan daar dus niet tegen. Het is dan net alsof ik in een bankschroef lig. Ik kan alleen maar plat op mijn rug slapen, als een lijk.'

'Hoe slapen Gerry en jij dan?'

'Slecht. Eerst heb ik het geprobeerd. Ik wilde hem niet wegduwen of hem het gevoel geven dat ik hem afwees, dus de eerste nachten heb ik echt geprobeerd te slapen terwijl hij om me heen gewikkeld lag. Het leek me niet te veel gevraagd. Want zo gaat het toch ook in films? Je valt in elkaars armen in slaap, en niemand verroert zich tot het weer ochtend is. Maar ik werd er knettergek van, en dus wachtte ik tot hij sliep en dan schoof ik onder hem vandaan naar mijn kant van het bed. Maar hij achtervolgt je...'

Ze verschuift de pot met verf. 'O, nee.'

'Ja. Hij is zo'n type dat je achtervolgt. In zijn slaap schoof hij steeds verder naar me toe. Ik eindigde dan aan de rand van het bed met een van mijn billen bloot. Uiteindelijk wachtte ik totdat hij weer goed lag, dan maakte ik me van hem los, stond op en liep naar de andere kant van het bed. Dat werkte ongeveer een uurtje, en dan draaide hij op zijn andere zij en kwam weer achter me aan. Na een paar nachten van pure marteling heb ik tegen hem gezegd dat ik het niet prettig vind om te worden aangeraakt als ik slaap.'

'En daar kon hij mee leven?'

'Daar leek het op. Hij zag het niet als iets heel belangrijks. Dus de eerstvolgende keer dat we in bed lagen, gaf ik hem een dikke vette nachtzoen, rolde naar mijn kant van het bed en viel meteen in slaap. Maar elke keer dat ik 's nachts even wakker was, bleek hij klaarwakker te zijn. De helft van de tijd lag hij niet eens in bed. Dan liep hij te ijsberen.'

'Wat deed je dan?'

'Ik zei: "Ben je nog wakker?" en hij zei: "Ja," want natuurlijk was hij nog wakker, hij tuurde uit het raam. Ik vroeg hem wat hij 's nachts deed als hij voor zaken op reis was en uiteindelijk vertelde hij me – en ik zweer je dat het hem zeer zwaar viel – dat hij drie kussens naast elkaar legde, als een nepvrouw, zijn been over haar heen sloeg en zo ging slapen.

Ik zei: "Oké, dus we moeten een Susan maken," en hij zei: "Doe niet zo belachelijk," maar ik heb toen alle extra kussens uit de kast gehaald, en we hebben een Susan tussen ons in gelegd. Hij sloeg zijn been over haar heen, en ik lag plat op mijn rug aan de andere kant, en we sliepen allebei als een roos tot de volgende ochtend. Inmiddels is het een gewoonte geworden. Ik vraag zelfs om extra kussens bij het inchecken. Drie stuks. Ik denk dat ze langer is dan ik.'

Lynn kijkt naar me. 'Dat is een heel bizar verhaal, Elyse.'

'Ik weet het. Maar je vroeg hoe ik over zijn vrouw denk, en ik probeer je vraag te beantwoorden. Het is echt niet zo dat ik ooit vergeet dat ze er is. Ze ligt verdorie letterlijk tussen ons in. Zo gaat het dus als je de veertig nadert, getrouwd bent en een minnaar hebt. Je doet wat ervoor nodig is om het voor iedereen te laten werken, voor alle mensen in alle bedden. Je beseft... dat niemand het verdient om gekwetst te worden: jouw echtgenoot niet, zijn vrouw niet en al helemaal die vier kleine kinderen niet, aan wie niets te verwijten valt. Dus doe je wat nodig is.'

'De dag dat ik officieel gescheiden was...' zegt Lynn. 'Ehm... wil je even pauzeren?'

Ik knik. We lopen naar buiten, door de speeltuin en langs de keet waar de jeugdgroep altijd bijeenkomt, naar een bankje. Het is het enige deel van de kerktuin dat in de schaduw ligt. Lynn gaat zitten en schroeft haar flesje water open.

'Oké,' zeg ik. 'Wat gebeurde er op de dag van je scheiding?'

'Ik weet eigenlijk niet waarom ik je dit vertel.'

'Omdat je vindt dat ik het moet weten. En waarschijnlijk heb je gelijk. Je bent de enige die me hierin is voorgegaan.'

Ze lacht, zet haar petje af en probeert haar kapsel te fatsoeneren. 'Ik weet niet of ik het zo zou zeggen.'

'Kom op. Waar was je? In het centrum?'

'Ja... Ik zag Andy het gerechtsgebouw uit lopen, en hij zag er vreselijk uit. Ik zat in mijn auto en keek naar hem terwijl hij over het parkeerterrein liep en in zijn kleine gehuurde Toyota stapte. Hij bleef daar zitten met zijn hoofd op het stuur.

Ik kon niet zien of hij huilde, bad of gewoon nadacht. Toen we nog getrouwd waren, deed hij dat soort dingen nauwelijks...' Ik glimlach, en ze glimlacht terug. 'Ik weet het. Maar het zat me dwars dat hij zo droevig en eenzaam was. Iedereen zei... Je weet wat iedereen zei.'

'Ze zeiden dat je hem moest haten omdat hij degene was die opstapte.' Degene die opstapt, is altijd de boosdoener. Als we ooit ook maar enigszins zouden laten doorschemeren dat we van mening zijn dat degene die vertrekt daar misschien zijn of haar redenen voor heeft, zijn we niet beter dan dieren. Nog even, en we hollen achter auto's aan en plassen in de tuin.

Lynn werpt me een blik toe. 'Maar ik kon hem niet haten. Hij leek zo klein in die auto. Ik weet dat het nergens op slaat. Maar hij zat daar, en ik keek naar hem, en na een poosje reed hij weg, en ik volgde hem. Ik zei tegen mezelf dat hij overstuur was en dat ik er alleen maar zeker van wilde zijn dat hij veilig thuiskwam. Tenslotte is hij nog steeds de vader van mijn kinderen. Ik wilde niet dat hij een ongeluk zou krijgen of iets doms zou doen. Dat zei ik tegen mezelf, maar ik weet eigenlijk niet precies waarom ik hem volgde. Hij zag me bij het eerstvolgende verkeerslicht. Hij zag me achter zich en zwaaide... Ik weet niet eens waarom ik me dat herinner, maar je hebt gelijk. Het is grappig om te zien wat voor dingen je uiteindelijk allemaal doet.'

'Wat heb je gedaan toen hij zwaaide?'

'Dat maakt niet uit. Wat ik wil zeggen is dat als je Phil verlaat, het zomaar zou kunnen dat je...'

'... met hem op de achterbank van een Toyota belandt op de dag dat onze scheiding officieel wordt uitgesproken?'

'Dat is niet precies wat er is gebeurd.'

'Deed je het uit medelijden of omdat je nog steeds van hem hield?'

Lynn kijkt weg. 'Ik weet het niet. Misschien wel allebei.'

'Had je toen al afspraakjes met die jongen? Sorry, ik ken zijn naam niet.'

'Het is beter dat ze geen namen hebben. Ja, ik had al afspraakjes met hem, als je het zo wilt noemen. Maar hij had niets te maken met mijn gevoelens voor Andy. Het is moeilijk uit te leggen.'

'Ik begrijp het. Je kunt niet even een knop omzetten.'

'Houd je ergens nog steeds van Phil?'

'Ja, als je het zo wilt noemen. Waarschijnlijk zou ik die dag in de auto hetzelfde hebben gedaan. Ik geef om hem. Ik wil niet meer met hem getrouwd zijn, maar ik wil hem ook niet kwetsen.' De kerkdeuren zijn opengegaan, en kinderen rennen naar de speeltuin. Weldra zal het te lawaaierig zijn om te praten. Dus laat ik mijn tong over mijn lippen glijden en stel de vraag die op mijn lippen brandt. 'Wens je wel eens dat je nog getrouwd was?'

Lynn trekt haar kin met een snelle beweging terug en kijkt me recht in de ogen. 'God, nee. Ik bedoel, nee zeg. Jezus, Elvis en een koppel wilde paarden zouden me nog niet kunnen terugslepen. Ik probeerde je alleen maar duidelijk te maken dat je niet verrast moet zijn als je uiteindelijk dingen gaat doen... maar dat weet je al. Ik denk eigenlijk dat jij al verder bent dan ik.'

Ik houd mijn hoofd naar achteren en staar naar de takken boven ons, die als barsten in een keramiekpot door de winterlucht steken. 'Nou, dat is dan slecht nieuws. Ik hoopte eigenlijk dat jij me kon vertellen wat er hierna gebeurt.'

'Dat verhaal over een vrouw van kussens maken in het midden van het bed – dat is een heel vreemd verhaal, Elyse.'

'Ik weet het.'

'En best wel lief.'

Ik steek mijn arm door de hare. Het zou wel eens de enige keer kunnen zijn dat Lynn en ik elkaar ooit hebben aangeraakt, op het op en neer bewegen van armen en luchtkusjes na. 'Ik vind jouw verhaal over dat je Andy hebt gepijpt in zijn Toyota anders ook heel lief.'

'Lach me niet uit,' zegt ze, maar ook zij lacht.

'Nee, ik begrijp het. Liefde doet vreemde dingen met mensen.'

'Wat grappig.' Lynn veegt haar ogen droog. 'In al die maanden is dit de eerste keer dat ik je het woord "liefde" hoor uitspreken.'

Ik dep mijn tranen ook. 'Waar dacht jij dan dat we het over hadden?'

33

Twee weken later krijg ik een kaart van de galerie van mevrouw Chapman met daarop de data voor de open dagen in maart. Mijn pot staat op de voorkant.

Als ik haar bel om haar te bedanken, zegt ze: 'Maar lieverd, jij gaat echt een groot succes worden. De kaart is pas afgelopen donderdag verstuurd, en we hebben nu al een bestelling, van die man uit Boston.'

Ik had overwogen Gerry een pot te sturen maar had daar toch van afgezien. Hij kent mijn werk niet. Zou hij de afbeelding op de voorkant van de galeriekaart echt mooi hebben gevonden of wilde hij gewoon dat ik snel iets zou verkopen?

'Dat is fantastisch,' zeg ik.

'Je weet toch wie ik bedoel, lieverd?' zegt mevrouw Chapman. 'Die man die jou zo graag mag.'

'De galerie heeft al een van mijn potten verkocht,' vertel ik hem tijdens lunchtijd aan de telefoon. 'De kaart is pas donderdag verstuurd. Het is een goed voorteken.'

'Ik ben trots op je,' zegt hij.

'Zal ik je er een sturen?'

'Nee. Ik bedoel, natuurlijk zou ik er graag een hebben. Maar ik weet dat je het er momenteel heel druk mee hebt.'

Ik glimlach in de hoorn. 'Ik kan er aanstaande dinsdag een meenemen.'

'Even over Boston...' Hij begint een onsamenhangend, ingewikkeld verhaal over mijn ticket en dat er een chauffeur op me wacht als ik aankom omdat hij een vergadering heeft die kan uitlopen. En dat ik natuurlijk een jas moet meenemen omdat het in Boston altijd tien tot vijftien graden kouder is dan in Charlotte, dat heeft hij nagekeken op het Weerkanaal, en het is een gemiddeld verschil. Dan vraagt hij: 'Vind je het vervelend dat ik dat allemaal regel?'

'Ik vind het wel prettig,' zeg ik.

'Denk je niet: wat een dwingeland?

'Ik denk dat je mijn vrouw bent.'

'Want soms als ik ophang denk ik: verdomme, man. Wat ben je toch een controlfreak.'

'Het is prettig om nergens aan te hoeven denken.'

'Ik weet dat je heel goed in staat bent om zelf alles te regelen. Maar ik vind eigenlijk dat je dat niet zou hoeven doen,' zegt hij. 'Je zou je daar geen zorgen over hoeven maken. Je bent tenslotte kunstenares.'

'Ik hou van je.'

'Wat?'

'Ik hou ervan dat jij je bekommert om alle details.' Er valt een pauze. 'Ik moet ophangen,' zeg ik uiteindelijk. 'Ik heb vanavond leesclub.'

'Neem een van die potten voor me mee,' zegt hij. 'Ik zet hem op mijn bureau.'

'We beginnen geheimen voor elkaar te hebben.'

'Ik weet het,' zegt hij. 'Het begint echt te worden.'

'Zet *Oprah* op.'

'Wat?'

'*Oprah*. Zet de televisie aan.'

Ik loop naar de woonkamer en zet de televisie aan. Het is een programma over moeders die de voogdij over hun kinderen hebben verloren. Ik kijk of Tory nog steeds met de buurjongen in de speelkamer is, en dan ga ik zitten en kijk de show braaf uit, ook al word ik er een beetje misselijk van.

Kelly belt me al terug voordat de aftiteling is begonnen. 'Dat moet jij ook doen,' zegt ze. 'Al die dingen die ze opnoemden.'

'Kelly...'

'Nee, ik meen het, Elyse. Jij denkt dat alles automatisch naar jou gaat, omdat jij de moeder bent, maar stel dat je Tory verliest, heb je daar wel eens over nagedacht? Heb je dat stuk over het notitieblok gezien?'

'Dat werd net afgerond toen ik de televisie aanzette, maar ik denk...'

'Want dat moet jij dus ook doen. Je moet een notitieblokje in je auto leggen, en alles noteren wat je voor Tory doet. Alle keren dat je met haar naar de huisarts gaat, dat je haar naar softbaltraining brengt of naar school...'

'O, schei toch uit. Ik help elke week bij handvaardigheid. Gisteren heb ik groep vier nog geholpen met het maken van hazen van papier-maché.'

'Opschrijven, alles. Ga ook regelmatig langs de schooldirecteur om je werk te laten aftekenen, zodat het in je dossier komt. Misschien zul je straks moeten bewijzen dat jij degene bent die alles voor haar doet.'

'Iedereen weet...'

'Een deel van wat iedereen weet, is dat je elke maand op reis gaat.'

'Twee dagen maar. Je wilt me toch niet vertellen dat het feit dat Phil twee lullige dagen voor onze dochter zorgt zwaarder weegt dan de achtentwintig dagen van de maand die ik voor haar klaarsta? Wat is dat voor rekensom?'

'En pas je drinkgedrag aan.'

'Ik drink helemaal niet zoveel.'

'Want je hebt toch ook gezien dat die ene vent een foto had gemaakt van hun glasbak met al die wijnflessen erin... Heeft Phil een camera?'

'Ik drink niet meer dan jij.'

'Heb je wel gekeken? Het waren echt geen Tokkies, maar normale mensen die een paar fouten hadden gemaakt... We zouden dit niet eens via de telefoon moeten bespreken. Telefoons zijn heel gevaarlijk.'

'Phil is niet zo wraakzuchtig.'

'Dat weet je niet. Stel je eens voor dat elk gesprek dat je ooit hebt gevoerd, woord voor woord uitgeprint op het bureau van een advocaat ligt. En een grote, uitvergrote foto van je glasbak.'

Ik moet er niet aan denken.

'En je moet vastleggen wanneer je haar helpt met haar huiswerk of haar was doet. Zelfs koken. Al die dingen tellen. En het feit dat je bloed geeft en geld stuurt naar dat weesje in Thailand, of waar ze ook woont. Dat soort dingen. Opschrijven.'

'Als ik zo moest leven, zou ik gek worden.'

'Dat ben je al, en daarom probeer ík voor je te denken. Soms word ik badend in het zweet wakker. Ik heb eens gedroomd dat we op een grote luchthaven waren en toen we ons omdraaiden, was Tory weg...'

'Dank je wel.'

'Waarvoor?'

'Je bent gestoord en paranoïde, maar je gelooft me tenminste als ik zeg dat ik bij hem wegga. Niemand anders gelooft me. Phil niet, Jeff niet, en zelfs Gerry niet...'

'Ze kennen je niet zoals ik je ken. Ze weten niet hoe sterk je kunt zijn.'

'Dank je.'

'Of hoe dom.'

'Hij houdt van je,' zegt Nancy.

We zijn onderweg naar de leesclub bij Belinda thuis. Nancy rijdt voorzichtig, zoals altijd. Ze rijdt veertig waar ze vijftig mag.

'Hoe weet je dat?'

'Hij heeft me een paar keer gebeld.'

'Praat jij met Phil? Aan de telefoon?'

Ze kijkt naar me. 'Nou, niet over belangrijke dingen. We

praten over jou. Hij vraagt me wat je voor je verjaardag of voor Kerstmis zou willen, dat soort dingen.'

'Dus de barbecue en de Italiaanse conversatie-cd's waren jouw idee?'

Ze glimlacht. 'Nee, zelfs ik weet dat Phil degene is bij jullie thuis die de barbecue bedient, en je spreekt al Italiaans. Maar het cappuccinoapparaat, dat kwam van mij. Hij vertelde dat je het pas een week later uit de doos hebt gehaald.'

Ik zeg niets. We staren allebei recht voor ons uit naar de verkeerslichten.

'Hij wil je graag een plezier doen,' zegt ze. 'Daarom vraagt hij mij wat je wilt.'

'Waarom vraagt hij míj niet wat ik wil?'

'Zo denken mannen niet.' Het licht staat nog steeds op rood. Ik zucht. Ik had niet door dat ik het hardop deed, maar Nancy zucht nu ook. 'Waarom ga je naar Boston?'

'Voor een cursus.'

'O.' Ze gaat er niet op door. De laatste tijd ben ik blij dat mijn vriendinnen zo weinig interesse in mijn werk tonen.

'Ik vind het maar griezelig dat hij je belt. Dankzij Jeffs pastorale ondersteuning en het feit dat Phil en jij achter mijn rug kletsen, weten jullie veel te veel over ons.'

'Zo moet je het niet zien. Hij wilde je verrassen. We dachten... we dachten allebei dat je het leuk zou vinden. Dat cappuccinoapparaat, bedoel ik.'

Het licht springt op groen. Eindelijk. 'Vertel me iets,' zeg ik. 'Vertel me alsjeblieft iets negatiefs over jou en Jeff.'

'Waarom?'

'Omdat het niet eerlijk is. Jij weet alles van mijn huwelijk, en ik weet niets van het jouwe. Vertel me iets negatiefs. Kom op. Keer je huwelijk binnenstebuiten en laat me de barstjes zien.'

'Hij heeft niets voor mijn verjaardag gekocht.'

'Helemaal niets?'

'Dus zie je wel? Heeft Jeff jou ooit gebeld? Heeft hij je ooit gevraagd of je wist wat ik zou willen?' Ze rijdt de oprit van

Belinda's huis op en zet de motor uit. 'Ik dacht het niet. Phil doet veel meer zijn best dan jij wilt zien, Elyse, dat is het enige wat ik maar wil zeggen. Wat denk je dat het met een man doet als hij een cadeautje voor zijn vrouw koopt en ze haalt het niet eens uit de doos?'

Nancy duwt haar portier open, maar ik kan me niet bewegen.

'Wat had jij voor je verjaardag gewild?'

Ze lacht, maar het klinkt eerder als gegrom. 'Een cappuccinoapparaat.'

34

Afscheid nemen doen we volgens een vast ritueel. We hebben twee dagen doorgebracht in zijn stad, waar altijd de kans bestaat – klein maar reëel – dat iemand hem herkent als hij tegenover me in het café zit of als we stilstaan bij een verkeerslicht. Maar vooral hier op de luchthaven, waar hij me afzet voor mijn vlucht naar huis. We hebben in de auto afgesproken dat we elkaar niet gedag kussen, en ik ben dan ook verrast dat als we door de brede, glazen deuren lopen, die gehoorzaam openschuiven, ik ineens zijn hand op mijn rug voel. Hij duwt me op een ietwat bezitterige manier terwijl we bij de ticketmachine staan te wachten totdat die mijn instapkaart uitspuugt. Onze ogen scheren langs elkaar, en dan is hij weg.

Ik loop door de paspoortcontrole. Ik koop snacks, een Red Sox-T-shirt voor Tory en roddelbladen die ik thuis nooit zou kopen. Ik vind mijn gate. Ik controleer mijn telefoon op berichten. Die zijn er niet, en dat is een goed teken. Phil verwacht niet dat ik bel als ik weg ben, en hij belt alleen als er iets is. Vroeger stoorde ik me eraan, aan het feit dat mijn borst samentrok van angst wanneer ik zijn telefoonnummer zag, maar nu vind ik het een logische en attente opstelling voor een echtgenoot. Ik zit hier voor de gate met mijn tijdschrift op schoot en een fles water in de hand en staar naar het vliegtuig dat me weldra zal terugbrengen naar mijn echte leven – bij gebrek aan een betere term. Tory gaat morgen op schoolreisje. Ze moet een lunchpakketje mee, en er ligt waarschijnlijk niets in de koelkast. Misschien moet ik onderweg van de luchthaven naar huis maar even langs de supermarkt. Of misschien is het verstandiger eerst langs huis te gaan en in de keuken te kijken, want ongetwijfeld zijn er meer dingen die moeten worden aangevuld. De derde partij potten is klaar om verpakt en verstuurd te worden en mijn moeder is binnenkort jarig. Ik heb haar voordat ik wegging een kaartje gestuurd, maar ik moet niet vergeten morgen even met een boeket bloemen bij haar langs te gaan. Het is een ruwe overgang van de horizontale wereld van de minnares naar de verticale wereld van de echtgenote. Als het te snel gaat, word je duizelig, dus heb ik deze tijd op luchthavens nodig, deze nutteloze uren die ik doorbreng in het gezelschap van verslaafden en filmsterren.

Ik blader naar mijn favoriete rubriek, vrijwel achter in het tijdschrift: komieken die gemene, maar grappige dingen zeggen over slecht geklede beroemdheden. Wat Dacht Ze In Hemelsnaam? Nou, inderdaad. Niemand weet wat een ander denkt. Ik scheur een zakje chips open. De andere kant op vliegen is gemakkelijker, weet je. Op de heenreis haal ik mijn lekkerste parfum tevoorschijn, Issey Miyake, en mijn mooiste ondergoed. In bad scheer ik me van top tot teen. In de auto luister ik naar Ella en Frank, en in de bar van de luchthaven drink ik een glas van de beste wijn die ze hebben, en die drink ik heel langzaam. Ik sleep Jane Austen mee, adem diep in en zeg tegen mezelf dat ik me moet openstellen.

Dat is gemakkelijker. Natuurlijk is dat zo. Het is gemakkelijker om te onthaasten en mezelf open te stellen, gemakkelijker om een paar ontspannen dagen met Gerry tegemoet te gaan. Maar dit deel, dit terugvliegen – dat vereist weer een heel ander ritueel. Het is zoiets als het afsluiten van een zomerhuisje als de zomer voorbij is. Ik steek een chipje in mijn mond en kijk naar de sterren met hun afhangende ruches en kleding met luipaardprint. Ja, goed zo. Brave meid. Zo doe je dat. Zo ga je weg. Je slaat je tijdschrift open, neemt wat hartigs en inventariseert in gedachten de inhoud van je koelkast. Je wast je parfum eraf in de beschadigde wasbak in de toiletruimte van de luchthaven. Je zorgt ervoor dat je geen ruimte inpikt van de persoon die naast je in het vliegtuig zit. Morgen zal de telefoon rinkelen, mensen zullen komen en gaan, en het zal allemaal goed komen met je, maar nu moet je de tweede zak chips openmaken en rouwen om het feit dat Nicole Kidmans huwelijk zich in een crisis bevindt. Niet haar oude met die dwaze Tom, maar haar nieuwe, met die cowboy die zo'n lief gezicht heeft. Verdomme. Doet ze al die moeite om van man te wisselen, haar kinderen uit hun vertrouwde omgeving te rukken en een dubbel huishouden te voeren, in zowel Nashville als Australië – had het verdorie nog ingewikkelder gekund? – gaat het met dit huwelijk ook al de verkeerde kant op. Het is bijna te heftig om over na te denken. Je had drie zakken chips moeten kopen.

Misschien zit Nicole ergens net als jij in een vertrekhal in een onbekende stad. Op een luchthaven is iedereen gelijk, toch? Knappe, sterke mensen, slonzige, angstige mensen, allemaal zitten ze met tijdschriften en flesjes water te wachten. Je leest het artikel over de dochter van een rockster, die in dronken toestand met haar motor de veranda van een restaurant in Santa Monica op is gereden. Ze heeft een vrouw verwond die later beweerde de grootste fan van haar vader te zijn, en eindelijk, ja, eindelijk begint het: die zoete verlamming die je in luchthavens overvalt, dat gevoel noch hier noch daar te zijn. Je hebt deze luchtzakken van tijd nodig, en je hebt medelijden met Nicole en de vrouw die in Santa Monica is aangereden, en zelfs met het model van wie wordt gezegd dat ze zwanger is geworden om haar gevangenisstraf niet uit te hoeven zitten. Ze had een fotograaf aangevallen die haar op een luchthaven had gefotografeerd. Ze schijnt hem te lijf te zijn gegaan. Ze had hevig gevloekt, en de inhoud van haar tas had zich over de grond verspreid. Maar je weet hoe ze zich voelde. Er zijn momenten dat een vrouw niet gezien wil worden.

35

De winter gaat over in de lente. Tory's softbalteam speelt een aantal trainingswedstrijden. Bij haar derde keer slagbeurt verrast ze iedereen door een bal tegen het hek te slaan. 'Bij een echte wedstrijd was dat een driehonkslag geweest,' schreeuwt haar coach naar ons en vervolgens zegt hij tegen Tory: 'Lieverd, de bal raken is één ding, nu moet je nog rennen.' Ze stormt naar het eerste honk, en hij loopt een stukje de tribune op en zegt: 'Die meid van jullie is aan het einde van de zomer een echte topper, let op mijn woorden!'

Als haar team niet aan slag is, vangt ze. Dat gaat aanvankelijk niet zo goed – telkens wanneer het andere team een loper bij het derde honk heeft, schreeuwt de coach: 'Terug,' en dan komt ze gehoorzaam overeind, trekt haar beschermingsmasker af en loopt naar de kant, zodat de opwerper naar voren kan rennen om ballen in de richting van het thuishonk te vangen. 'Ziet hij dan niet dat ze door dat rottige masker niets ziet?' zegt Phil.

Maar aan het einde van de trainingsmaand begint er iets te veranderen. Tory klimt op van in de rode kleistof liggen naar knielen, van knielen naar hurken, en ze vangt steeds meer ballen, zelfs ballen die slecht worden opgegooid. Een aantal keer slaagt ze erin omhoog te reiken, de bal midden in de lucht te vangen en terug te gooien naar de werper zonder op te staan. 'Goed zo!' roept de coach. 'Laat ze maar zien wat je kunt.'

Phil heeft het niet meer over de handboeien en vraagt nooit waar ze zijn gebleven. Kelly en Mark maken een cruise door het Panamakanaal. Lynn en ik leggen de laatste hand aan de lokalen van de onderbouw en gaan aan de slag in de bovenbouw. Het Friendship Tray-busje geeft uiteindelijk de geest en de kerk organiseert een benefietbijeenkomst om een nieuw exemplaar te kunnen aanschaffen – een barbecue en rommelmarkt in het paasweekend. Ik haal de leesclub over tot het lezen van *Madame Bovary*.

En ik werk aan mijn potten. Ik ontdek dat er vele manieren zijn om dingen te breken. Je kunt het snel doen, met één flinke klap, of voorzichtig, met hamer en beitel. Je kunt het wild doen, zoals bij een *piñata*, of methodisch, zoals je een eitje kapottikt tegen de zijkant van een kom. Of – en dit blijkt de effectiefste manier te zijn – je houdt de pot boven je hoofd en laat hem vallen. De hele winter lang, tot in de lente, vliegen de scherven over mijn betonnen vloer.

LENTE

36

'Word eens wakker,' zegt Phil. 'Volgens mij is de kat dood.'

Ik strompel achter hem aan naar de veranda, waar een lang bloedspoor leidt naar het ingezakte lijf van Pascal. Hij is van zijn keel tot aan zijn buik opengereten; de wond is gekarteld en ongelijkmatig.

'O mijn god,' zeg ik.

Phil heeft een handdoek in zijn handen, die hij op de kat laat vallen. 'Kennelijk is hij uiteindelijk in gevecht geraakt met iets wat groter is dan hij,' zegt hij. 'Hij moet hier weg voordat Tory wakker wordt.'

'Laat mij maar.' Ik buk en pak het zachte, soepele, nog warme lijf van de kat op. Met een plakkerige plop komt hij los van de veranda, en ik voel iets in mijn armen bewegen. Ik draai hem om, zodat hij als een baby omwikkeld is, en zie dat hij nog ademt, hoewel het eerder sidderen dan daadwerkelijk ademen is.

'Hij leeft nog.'

Phil schudt zijn hoofd. 'Zijn buikwand is volledig gescheurd. Pak hem maar in en leg hem in het gras. Hij is zo dood.'

Pascal heeft nog steeds geen geluid gemaakt, maar ik voel hem trillen. Ik ben licht in het hoofd. De hele veranda zit onder het bloed, alsof er iets veel groters is gedood dan een kat.

'Leg hem maar in de hoek van de tuin,' herhaalt Phil. Zijn stem klinkt vlak en stellig, zoals wanneer hij Tory corrigeert. 'Ik regel het wel als ik thuiskom.'

Ik draai me om en loop met Pascal door de keuken. Ik reik naar mijn autosleutels door met één hand in mijn tas te graaien.

'Rustig nou,' zegt Phil, die me wil tegenhouden, en het lijkt wel alsof hij de afgelopen tien jaar nooit iets anders tegen me heeft gezegd. 'Rustig nou' is de opdracht van ons huwelijk, de eindeloze echo die om de muren van ons huis cirkelt, zelfs als we geen van beiden thuis zijn. Ik duw zijn arm weg en sta versteld van de kracht die me dat kost, van de mate waarin hij zijn spieren tegen me spant. Maar ik weet me los te draaien en loop via de garage naar de oprit.

'Wat doe je?' roept Phil vanuit de deuropening. 'Het heeft geen zin hem naar de dierenarts te brengen. Als zijn buikwand gescheurd is, kun je hem niet redden.'

Ik antwoord niet. Ik kan niet antwoorden. Ik zit in de auto en houd de kat nog steeds als een baby op mijn linkerarm. Onhandig rijd ik achteruit, terwijl ik met één hand probeer te sturen en tegelijkertijd mijn veiligheidsgordel omdoe. Mijn buurt ziet er bizar en onherkenbaar uit terwijl ik erdoorheen rijd. Ik praat tegen de kat en beloof hem dat ik eieren voor hem zal bakken als we weer thuis zijn. Gebakken eieren met kaas, zoals ik ze soms in het weekend maak. Dat is zijn lievelingsmaaltje. Hij knort, een geluid dat verontrustend veel op spinnen lijkt. De ochtendspits is al begonnen, en het is druk op de weg. Ik rijd stapvoets over Providence Road, en bij een verkeerslicht enkele straten bij de dierenarts vandaan steekt Pascal zijn pootje ineens uit de handdoek en maakt één rechte stoot in de lucht.

Toen ik Pascal en Garcia uit het asiel ophaalde, waren ze nog klein. Ik had ze voor de korte rit naar huis in een diepe kartonnen doos gezet, en het was Pascal die op een of andere manier had ontdekt hoe je via de gladde zijkant omhoog kon klimmen. Zijn kopje stak ineens door de flappen van de kartonnen doos. Tory had gegild van opwinding bij de grappige, onverwachte aanblik van het katje dat zijn nek rekte, terwijl hij met zijn oogjes tegen het licht knipperde. Ik had hem toen weer naar beneden geduwd. 'Stoute jongen,' had ik gezegd en ik had gelachen. Vanaf dat moment was hij mijn lievelingskat.

Maar deze beweging heeft niets met onderzoeken te maken, het is een laatste stuiptrekking. Ik vouw de handdoek open. De kat ligt stil, zijn ogen halfgesloten, zijn bekje tot een grimas vertrokken. Zijn tandvlees is zichtbaar. De auto achter me claxonneert. Heel even heb ik het gevoel alsof mijn ribben een voor een in mijn borst exploderen, maar ik trap het gaspedaal in, schiet naar voren en vervolg mijn weg naar de dierenarts. Ik zou niet weten waar ik anders naartoe moet.

De receptioniste doet de deur open als ik het terrein op rijd. De dierenarts is er nog niet, maar het jonge meisje, dat lief en van het gezonde buitenleven is, zoals zoveel dierenartsassistenten lijken te zijn, ziet me worstelen terwijl ik uit de auto stap met de bloederige handdoek in mijn armen en zegt: 'O, mevrouw Bearden. Dat ziet er niet goed uit.'

Ze neemt Pascal van me over, overziet de situatie met één blik en gaat naar binnen. Ze loopt meteen door naar achteren, naar een van de spreekkamers, en ze moet hem op een onderzoektafel hebben gelegd, want ze is meteen weer terug. Vragend trek ik mijn wenkbrauwen op, en ze knikt. Dood, ja, niet meer te redden, en dan vraagt ze of ik wil dat ze hem laten cremeren, en ik knik, nog altijd zonder iets te zeggen. Hoewel op een bordje op de balie CONTANT AFREKENEN staat, zegt ze dat ze me een rekening zal sturen.

'Ik vind het heel rot voor u,' zegt ze, en het klinkt oprecht, hoewel ze dit soort dingen natuurlijk dagelijks meemaakt. 'Wilt u uw handdoek terug?' Ik begrijp de vraag niet. Het is alsof ze Frans spreekt. Ik schud mijn hoofd. Ze zegt iets over dat ik misschien even achter in de praktijk moet gaan liggen, of iemand moet bellen om me te komen halen. Ik vermoed dat ik heel bleek zie. Ik voel me ook bleek. Weer schud ik mijn hoofd, en ze laat me gaan. Ze houdt zelfs de deur voor me open. Natuurlijk wil ze me zo snel mogelijk weg hebben, voordat de reguliere klanten in hun zaken- of sportkleding Max of Ridley komen afleveren voor hun jaarlijkse prikjes. Ik sta in mijn nachtjapon bij de balie. Mijn borsten en armen zitten onder het bloed. Ik zie eruit als een engel des doods die al heel vroeg op pad is.

Ze houdt de handdoek. Ik ga naar huis.

Phil heeft Tory kennelijk aangekleed en bij school afgezet. Er staat een open melkpak op het aanrecht. Ik loop naar binnen en laat mijn tas op de hardhouten vloer vallen. Ik pak de afstandsbediening en zet de televisie uit.

Ik kijk om me heen. Het is een mooi huis. De schoorsteenmantel boven de open haard, duidelijk in opdracht gemaakt, en de verzameling potten eronder op de haardstede. Iemand heeft veel tijd besteed ze esthetisch te rangschikken. De kleinste ligt artistiek op zijn kant, alsof er elk moment iets uit kan stromen. Er staat een rieten mand naast de televisie, met daarin videospelletjes en dvd's. Er woont hier een kind, vermoedelijk een meisje, gezien de vele prinsessenverhalen. Er ligt een stapel boeken naast een leren stoel. Een man die leest... Een man die over geschiedenis leest... Een man met een specifieke belangstelling voor de Amerikaanse Revolutie. Er liggen een paar borden in de gootsteen, een krant opengeslagen op het aanrecht, een berg tennisschoenen naast de achterdeur. Het is een beetje rommelig, maar niet vies. Iemand maakt dit huis geregeld schoon.

Ik zoek steun bij de muur terwijl ik door de gang loop en verwacht dat die onder mijn gewicht zal bezwijken, onder de druk van mijn aanraking, zoals de muren van een filmset. Maar het huis blijft stevig op zijn grondvesten staan. Ik loop de tuin in om Garcia te roepen, maar ik zie haar nergens en vraag me af of zij misschien ook is gedood door het wezen dat Pascal zo heeft toegetakeld.

Uiteindelijk loop ik de veranda weer op, pak de tuinslang en spoel het bewijs weg van de enorme inspanning die Pascal heeft geleverd om voor zijn eigen deur te sterven. De bloederige pootafdrukken bij de balustrade zijn eigenlijk best mooi, net bloemen, maar zullen gauw worden opgeslokt door de schreeuwend rode vlek die steeds groter wordt en eindigt voor de openslaande deuren. Ik laat het water stromen totdat de hele veranda druipnat is en dan trek ik mijn nachtjapon uit, gooi hem in de vuilnisbak en stap onder de douche.

Terwijl mijn haren nog nat zijn, rijd ik naar de bank. Ze kennen me hier. Ze weten dat ik normaal gesproken niet stom ben. Ik schuif de kasbediende een briefje toe, alsof het een overval is, en informeer haar dat ik een nieuwe kluis wil huren en een nieuwe rekening wil openen. Ze neemt me mee naar de ondergrondse kluisruimte, en met de veel te grote sleutels open ik de kluis die Phil en ik delen en daarna de mijne, die kleiner en leeg is. Ik hevel een paar dingen over naar mijn eigen kluis: de spaarobligaties die mijn tantes Tory door de jaren heen hebben gestuurd, mijn paspoort, de gouden munten uit Zuid-Afrika die mijn vader me had gegeven als afstudeercadeautje en de aandelen in nutsbedrijven die nog op mijn meisjesnaam staan.

Phil heeft onze kluis nooit gezien. Hij werkt hele dagen aan de andere kant van de stad, dus ben ik altijd degene die documenten eruit haalt en teruglegt. Het openen van de rekening voelt riskanter. Ik boek tweeduizend dollar van onze gezamenlijke rekening naar de nieuwe rekening, en terwijl ik dat doe, kijk ik aandachtig naar de kasbediende. Is zij soms de behulpzame medewerkster die de vorige keer naar Phil belde om uit te leggen dat het veel logischer en goedkoper was als ik niets van mezelf had?

Maar ik ben paranoïde. De kasbediende is niet geïnteresseerd in mij of in wat ik aan het doen ben. Zij en de vrouw naast haar overleggen waar ze gaan lunchen. Ze zouden die nieuwe Mexicaanse tent op de hoek eens kunnen proberen. Er is niets vreemds aan wat er op dit moment gebeurt, toch? Een vrouw hevelt geld van een gezamenlijke rekening over naar haar eigen rekening, maar haar naam staat op beide, toch? Het is gewoon een kwestie van goochelen met geld, financiële huishouding. Misschien wil ze verborgen houden wat haar schoenen kosten. Het enige waar de kasbediende mee lijkt te zitten, is het feit dat ik voor de gewone blauwe cheques kies, en ze wijst me erop dat ik voor hetzelfde geld cheques met poesjes of vuurtorens of mijn initialen verstrengeld in een Oudengels schrift kan nemen. De kosten zijn hetzelfde, vertelt ze me op fluistertoon, alsof we samenzweren, maar ik wijs op mijn horloge om aan te geven dat ik nog meer te doen heb. Gewoon de blauwe graag.

Vervolgens rijd ik naar de appartementen achter het koffietentje waar ik met Kelly heb afgesproken. Ik weet dat zelfs een appartement met één slaapkamer me twaalfhonderd dollar per maand zal kosten, want ik heb deze woningen diverse malen in het tijdschrift *Apartment Finder* opgezocht. Maar dit complex ligt in de buurt van Tory's school, in een deel van de stad waarin ik me op mijn gemak voel, en bij het binnengaan van de modelwoning zie ik meteen dat de appartementen oké zijn. Niet geweldig, niet zoals thuis, maar goed genoeg. Het meisje achter de tafel vertelt me dat maart een magere maand is. Als ik een contract voor een jaar teken, hoef ik geen borg te betalen. Ze geeft me een stapel plattegronden en zegt dat ik zelfs mijn eigen kleur vloerbedekking kan kiezen, mocht dat het struikelblok zijn. Ze lijkt niet op te merken dat ik niet praat.

Garcia komt rond drieën eindelijk thuis. Ik til haar op en voel haar hartje in haar borst kloppen. Een paar minuten later wordt Tory afgezet door de moeder die haalt en brengt. Zodra ze doorheeft dat ik een zere keel heb, reageert ze heel volwassen. Ze maakt haar huiswerk zonder dat ik haar daartoe hoef aan te zetten en belt het nummer van de pizzeria op de koelkast om pizza's te laten bezorgen. Ze vraagt niet naar Pascal, en ik ben benieuwd wat Phil haar heeft verteld, of hij haar überhaupt iets heeft verteld, en hoe hij heeft uitgelegd waar ik die ochtend ben geweest. Het kan wel dagen duren voor ze in de gaten heeft dat hij weg is. Pascal was een wilde, geneigd tot plotselinge sprongen en krabaanvallen, en volgens mij is Tory altijd een beetje bang voor hem geweest. Ik heb haar hem nooit zien aaien, en ik bedenk dat het zo moeilijk is om van een beest als Pascal te houden dat ik – misschien samen met zijn zusje – wel eens de enige kan zijn die om hem rouwt. Als de pizzabezorger aanbelt, betaalt Tory hem met het briefje van twintig dat ik op het aanrecht heb gelegd en zet de doos op tafel.

Ik lig in mijn ondergoed op de bank naar *Cat on a Hot*

Tin Roof te kijken. Elizabeth Taylor weet me elke keer weer te verrassen met haar acteertalent. Haar frustratie spat van het scherm, haar wanhoop dringt dwars door de beeldbuis. Ik ben altijd bang geweest voor ongelukkige vrouwen. Als ik een vrouw zie die openlijk overstuur is, loop ik meestal zo snel weg dat ik kopjes omstoot en tegen stoelen op bots, en misschien is dat wel de reden waarom ik naar deze buurt ben verhuisd en voor deze kerk heb gekozen, waarom ik ervoor heb gekozen in een plaats te wonen waar de vrouwen hun pijn maar wat goed kunnen verbergen. Maar vandaag is het anders. Elizabeth brengt me niet in de war, ze stelt me gerust. Ik heb deze film talloze malen gezien, maar voor het eerst ben ik opgelucht dat Maggie besluit bij Brick te blijven. Het universum vraagt om bepaalde offers, een soort wiskunde. Voor elke vrouw die vertrekt moeten er tien vrouwen blijven, zoiets, en het offer van Elizabeth Taylor weegt natuurlijk veel zwaarder dan dat van een doorsneevrouw. Ze is engelachtig mooi, en als iemand geschikt is het leed van alle vrouwen op zich te nemen, is zij het wel.

Ik kijk op en zie Phil in de keuken staan. Ik weet niet hoe lang hij daar al staat, maar hij kijkt bezorgd.

'Waarom heb je me niet gebeld?' vraagt hij.

Ik leg mijn hand tegen mijn keel en schud mijn hoofd om aan te geven dat ik niet kan praten. Domme ik, domme hoopvolle ik, dom tot aan het bittere eind, want een deel van me denkt zelfs nu nog dat hij naar huis is gekomen om over iets belangrijks te praten. Misschien gaat hij zeggen dat het hem spijt dat hij niet is meegegaan naar de dierenarts, of informeren naar wat er met de kat is gebeurd.

'Je had me moeten bellen,' zegt hij. 'Ik heb tussen de middag al pizza gegeten.' Dan kijkt hij naar het scherm en ziet dat Elizabeth de donkere trap op loopt naar de slaapkamer van haar man. Tegen beter weten in probeert ze haar huwelijk te redden.

'Ze was een mooie vrouw, hè,' zegt hij. 'Voordat ze dik werd.'

Het huwelijk kent zoveel kleine genadeslagen dat ik eigenlijk niet weet waarom de ene zwaarder weegt dan de andere. Ik doe mijn mond open en vertel hem dat ik wil scheiden.

37

'De kat is dood, en nu wil ze scheiden,' zegt Phil. 'Ze vindt dat het mijn schuld is.'

Jeff fronst zijn voorhoofd. 'Geef je hem de schuld van de dood van de kat?'

'Ik wilde dat hij met me meeging naar de dierenarts. Het was ochtendspits, en ik was compleet van de kaart. Hij had met me mee moeten gaan.'

'Je had niet zo halsoverkop hoeven wegscheuren. De kat was al dood.'

'Niet waar. Hij lag op sterven.'

Phil kijkt naar Jeff. 'Zijn buik was opengescheurd. Hij zou dood zijn voordat ze de wijk uit was.'

'Hij heeft tot aan Alexander nog bewogen.'

Jeff springt overeind. Dat doet hij wel vaker. Hij is snel en actief, zoals veel kleine mannen. Toen hij pas bij de kerk werkte, joeg hij iedereen schrik aan door plotseling van achter de kansel weg te springen en heen en weer door het gangpad te lopen. En ook in therapie heeft hij mij en Phil laten schrikken, de eerste keer dat hij opsprong en begon te ijsberen, maar nu zijn we eraan gewend. 'Oké,' zegt Jeff, 'het heeft weinig zin om hier de hele dag te zitten kissebissen over wanneer de kat precies is gestorven. Het punt is volgens mij dat Elyse vindt dat je haar niet hebt gesteund op een moment dat ze je nodig had.'

'Het was verdomme zes uur in de ochtend. Tory lag nog in bed, en ik had die ochtend drie operaties op het programma staan. Wat had ik moeten doen? Mijn patiënten opbellen en zeggen: "Het spijt me dat u nuchter bent gebleven voor uw operatie, maar ik moet vandaag thuisblijven om met mijn vrouw en een dode kat door de stad te scheuren"?'

Jeff probeert niet te lachen.

'Ik heb alles gedaan wat ik kan,' zegt Phil. 'Ik heb alles veranderd wat ik kan veranderen. Altijd ben ik degene geweest die alles in goede banen probeerde te leiden en ik ben het spuugzat. Ik laat mijn auto buiten staan zodat zij de garage in een atelier kan veranderen, en het enige wat zij doet, is met een hamer potten kapotslaan. Ze verdwijnt en vliegt naar God mag weten waar, en mijn moeder komt en haar moeder komt, en we proberen allemaal te doen alsof dit normaal en oké is, want iedereen weet dat je er alles aan moet doen om Elyse rustig te houden. Het is alsof we verdrinken. Zij trekt mij onder water, en ik haar...'

'Ik begrijp dat je gefrustreerd bent...'

'Wat mankeert haar? Behalve dat gedoe met die kat, bedoel ik. Wat mankeert haar nou echt? De meeste vrouwen zouden blij zijn met wat zij heeft.'

'Het maakt niet uit hoe de meeste vrouwen zouden reageren,' zegt Jeff. 'Je hebt maar één echtgenote.'

'Misschien moet ze maar weggaan. Daar heeft ze het altijd over, dus misschien moet ze maar gewoon haar spullen pakken en vertrekken. Een flatje huren en alles voor de verandering eens zelf betalen, kijken hoe leuk ze dat zal vinden. Elyse moet eens een flinke hap uit een broodje werkelijkheid nemen.'

'Wat bedoel je daarmee?'

'Hij bedoelt dat ik niet in staat ben om mezelf te onderhouden.'

'Kun je dat dan?'

Nu lijkt Jeff enigszins in paniek. 'Ik merk dat jullie allebei van streek zijn vanwege de kat...'

'Tory heeft op 1 juni haar laatste schooldag,' zeg ik. 'Dat lijkt me een goed moment om te scheiden.'

Jeff knippert snel met zijn ogen en kijkt van mij naar Phil. 'Heb je het over een proefscheiding of een scheiding van tafel en bed? Heb je het over een echte scheiding?'

Ik haal mijn schouders op. 'Het heeft weinig zin hier de hele dag te zitten kissebissen over wanneer de kat precies is gestorven.'

'Even rustig,' zegt Jeff. 'Laten we niet al te dramatisch doen. Het ging stukken beter tussen jullie, en nu hebben jullie een kleine terugslag. Dat gebeurt heel vaak in therapie, en dit is geen moment om grote beslissingen te...'

'Het is net alsof we doodgaan,' zegt Phil. 'Toe maar, zeg het dan.'

'We gaan dood,' zeg ik.

'Ik begrijp dat jullie allebei erg van streek zijn,' zegt Jeff, 'en dat is juist een reden om nu geen...'

'Heb je haar niet gehoord? Ze zegt dat we allebei dood zijn.'

Heel even, voor het eerst sinds lange tijd, voel ik iets van sympathie voor Phil. Heel even zijn we met elkaar verbonden, ook al is onze wanhoop het enige wat ons bindt. Hoe zijn we op dit punt beland? Jaren geleden drukte ik hem Tory in handen zodra hij van zijn werk thuiskwam, om vervolgens zelf weg te gaan. Had ik me toen moeten omdraaien en moeten blijven? Kelly zei een paar weken geleden iets, toen we bij haar thuis soep aan het maken waren. Over dat je iemand loslaat en vervolgens probeert weer bij hem terug te komen, dat het soms lukt en soms niet. Zo werkt Kelly's geest. Ze gelooft dat alles door het lot wordt bepaald. Dat bepaalt voor een deel waarom ze zo aardig is, waarom het voor haar zo gemakkelijk is om te vergeven, en het is waarschijnlijk de reden waarom ze altijd getrouwd zal blijven. Het is de reden waarom haar gezicht geen lijntjes vertoont, bijna sereen is, terwijl het mijne een en al rimpel is. Mijn voorhoofd vertoont groeven, en mijn ogen flitsen heen en weer. Ik zoek altijd naar een uitweg uit het onvermijdelijke, ben altijd op zoek naar de uitgang.

Het verbaasde me dat Phil zei dat we elkaar onder water trekken, dat hij dat er zomaar uitflapte, maar hij heeft gelijk. We waren in dit huwelijk allebei aan het verdrinken, hij net zo goed als ik. Maar nu lijkt het, misschien alleen maar omdat hij eindelijk bereid is het toe te geven, alsof zijn hoofd boven het water uitsteekt, en ik ineens mijn oude vriend weer zie. De man die ik vertrouw, de man die altijd precies doet wat hij zegt. De man die zo zijn best doet eerlijk te zijn dat toen we jong, arm en pasgetrouwd vier nieuwe banden kochten, hij er twee onder mijn auto en twee onder de zijne liet zetten. 'Dat is wel zo eerlijk,' zei hij tegen de Firestone-dealer. 'Zo hebben we evenveel kans op een lekke band.' Phil vecht tegen zijn tranen. Hij worstelt, net als ik, maar hij is er nog steeds. Ik hallucineer niet. Ik weet dat dit moment niet lang zal duren. Phil trekt zich veel te veel aan van wat andere mensen denken, en ik twijfel er niet aan dat Jeff met een plan op de proppen komt. De boeken achter hem staan op een rij als soldaten wier enige functie het is om mij in dit huwelijk te houden. Jeff zal zeggen dat ik een of andere pil moet gaan slikken en ons aanzetten tot een trektocht in de bergen van Colorado, een nieuwe sport, een nieuwe hobby, een reden om het nog een jaartje aan te zien. Jeff is momenteel even van de wijs gebracht, maar hij zal zich vermannen. Hij is ervan overtuigd dat elk huwelijk gered kan worden en laat zich daar door niemand van afbrengen, zelfs niet door zijn beste vriend en de vrouw die hij zo graag uitdaagt. We hebben hem bang gemaakt, zie ik, maar binnen enkele uren, dagen of weken zal Jeff een nieuw plan hebben uitgedacht, en Phil zal ertoe worden verleid. Ik staar naar Phil alsof ik zijn gezicht in mijn geheugen probeer te prenten. Ik moet wel. Hij kan elk moment weer onder water verdwijnen.

Je laat mensen los. Soms vind je je weg terug naar hen, soms niet. Over wie had Kelly het? Niet over Mark. Mogelijk over Daniel. Ze praat niet over hem, maar toch is hij op een bepaalde manier de enige over wie we het ooit hebben gehad. We waren soep aan het maken, we hadden de manieren waarop we pijpten vergeleken, en op een of andere manier waren we bij het onderwerp mensen loslaten beland. Had ze het over mij en Phil of over mij en Gerry? Het is grappig, maar ik zie haar daar nog staan terwijl ze wittebonensoep in plastic bakjes schenkt, maar ik kan me niet herinneren wat haar tot die preek had aangezet. Zeer waarschijnlijk had ze het over haar en mij, hoe vaak we elkaar hebben verloren en weer teruggevonden. Kelly gelooft dat zij en ik samen zullen eindigen, dat we samen in het westen gaan wonen, waar de lucht weids is en schoon. Ze zegt dat we daarheen gaan als we oud zijn en dit deel met de mannen voorbij is. Voorbij? Bedoelt ze als alle mannen dood zijn? Maar als ik haar die vraag stel, schudt ze alleen maar haar hoofd. Ze houdt niet van het woord 'dood'.

Ze zullen eerder aan hun einde komen dan wij. Dat weet ze vrij zeker. En dat is meestal zo met mannen, weet je, ze leggen eerder het loodje dan vrouwen.

Dan zullen we ons laatste hoofdstuk in gaan, in het westen, de enige richting waarin geen van ons beiden een man ooit is gevolgd. Het is ons lot. Ze is er zo vast van overtuigd dat ze al heeft bedacht hoe we onze meubels gaan neerzetten, welke meubelstukken ik uit mijn leven meebreng en welke zij uit het hare. Als ze 's nachts niet kan slapen, richt ze ons huis in. In gedachten loopt ze dan door de kamers, en ze weet precies hoe die eruit zullen zien. Ze zegt dat ik de slaapkamer met de ochtendzon mag hebben.

Even zitten we met zijn drieën zwijgend bij elkaar. Phil is eindelijk gaan huilen. Jeffs handen trillen terwijl hij zijn agenda pakt, een paar bladzijden omslaat en hem dan weer weglegt. 'Niemand gaat dood,' zegt hij. 'Niemand is dood. Wie heeft jullie ooit gezegd dat het huwelijk gemakkelijk zou zijn?'

De anderen zitten al als ik aankom. Het is de hele week al mooi weer, dus een paar dagen geleden – toen Pascal nog leefde, toen ik mijn stem nog had – hebben de vrouwen besloten onze dinsdaglunch in Café Edison te houden, waar we op het terras naast het aangelegde meer kunnen eten. Ze mompelen beleefdheden terwijl ik ga zitten en me verontschuldig voor het feit dat ik zo laat ben. Als de serveerster me de kaart overhandigt, verwacht ik dat het broodje werkelijkheid de specialiteit van de dag zal zijn.

De vrouwen praten. Ik weet niet waarover. Maar het is goed dat ze praten, want ik ben nog steeds van slag van de therapiesessie. Phil was in sneltreinvaart het parkeerterrein van de kerk af gescheurd en zonder te kijken de straat opgereden, en ik had hem nageschreeuwd dat hij voorzichtig moest zijn. Jeff was ons naar buiten gevolgd en had toegekeken terwijl Phil wegscheurde. Met moeite had ik mijn sleutel in het contact weten te krijgen. Ook had ik moeite gehad me te herinneren waar Café Edison precies lag.

Dus het is goed dat ze praten, en zelfs als ze alleen maar doen alsof er niets aan de hand is, ben ik ze dankbaar. Ik ga zitten en kijk om me heen. De lente is dit jaar vroeg. De lucht is vochtig en warm en ruikt naar opkomende bloembollen. De trottoirs zijn omzoomd door gele tulpen; ze vormen een grens tussen de stoeptegels en de klinkers, zodat wij huisvrouwen met onze hoge hakken bij het achteruitrijden geen deuk in onze suv's maken. In dit winkelcentrum zitten filialen van Ben & Jerry's, Smith & Hawken en Crate & Barrel. Vlak bij de fontein brengt een groep jongens van een voetbalteam uit de wijk hun voorjaarsvakantie door met de verkoop van snoep, in een poging geld op te halen voor een internationaal zomerkamp. Ik durf te wedden dat elk van die jongens een Bijbelse naam heeft – het zijn allemaal Joshua's, Gabriëls, Adams en Nathans. STUUR ONS NAAR PERU, staat er op hun bordje, OM EEN BALLETJE TE TRAPPEN. Ik luister naar de muziek van Mozart, het monotone gekletter van het water in de fonteinen, de nog vagere geluiden van auto's en kinderen. Vrouwen rijden langzaam, langzaam, langzaam over de verkeersdrempels, en op de achterbank liggen boodschappentassen die van boven zijn dichtgebonden met krullende, veelkleurige linten. In de tassen zitten tunieken van hennepvezel die zo is bewerkt dat hij als zijde aanvoelt, over-alls voor de kinderen, fijnproeverskaasjes en exotisch fruit, de roman die afgelopen zondag in de krant is besproken. Dit is een mooie wereld. Dit is de wereld waar immigranten van dromen.

'Ik hoorde dat je een paar dagen vrijaf hebt,' zegt Belinda.

'Ja, Phil gaat in de voorjaarsvakantie met Tory naar zijn moeder.'

'Hoe heb je dat voor elkaar gekregen?'

'Heb je het nog niet gehoord? Ik ben gek geworden.'

Iedereen lacht.

'Maar ze zijn met Pasen toch weer terug?' zegt Nancy. 'Je bent de barbecue en de rommelmarkt van zaterdag toch niet vergeten?'

'Natuurlijk niet. Ik heb van alles om te verkopen. De tassen liggen klaar in mijn slaapkamerkast. Kom gerust langs om ze op te halen.'

'Wanneer komt het uit?'

'Lieve hemel, kom wanneer je wilt, je weet waar de sleutel ligt. Volgens mij zijn het tien of twaalf tassen.' Ik kan er maar niet achter komen wat Nancy in vredesnaam aanheeft. Het is een soort gaasachtige kaftan met wijd uitlopende mouwen en een witte capuchon, waardoor ze eruitziet als een bruid. Een bruid in een boerka.

'Goed, want er moet een nieuw busje voor tafeltje-dek-je komen. De laatste keer dat ik ermee reed...'

'Ik wil je al heel lang iets vragen over tafeltje-dek-je,' zeg ik. 'Waarom breng je eten naar gescheiden mannen, maar niet naar gescheiden vrouwen?'

Nancy draait zich naar me om met een ondoorgrondelijke blik in haar ogen. 'Het gaat dus niet zo goed momenteel?'

Het gaat dus misschien niet zo goed momenteel. Ik neem aan dat Jeff haar heeft verteld dat ik het s-woord heb gebruikt en dat iedereen gillend bij de therapie is weggelopen. Of ver-domd, misschien heeft hij haar wel gebeld. Hij heeft haar nummer vast voorgeprogrammeerd. Hoe dan ook, het ver-

haal heeft de stad eerder bereikt dan ik, en dat is, nu ik erover nadenk, de enige verklaring voor het feit dat iedereen
zo abnormaal normaal doet, waarom er zo uitbundig levendig wordt gebabbeld sinds ik er ben. Ik heb in Jeffs kantoortje
honderden keren gehuild, maar nu Phil heeft gehuild is het
anders. De tranen van een vrouw zijn goedkoop, een goedkoop soort munteenheid, zoals de yen of de roepie, en je hebt
er honderden van nodig, zo niet duizenden, om een kopje
thee te kopen. Maar de tranen van mannen... die zijn goud
waard. Eén enkele traan kan zelfs de omvangrijkste schuld
vereffenen.

Kelly ziet er gepijnigd uit. 'Als hij nog zoveel om je geeft
dat hij moet huilen...'

'Precies,' zegt Nancy. 'Dat is precies mijn punt.'

'Het was één traan. Hij heeft verdomme één traan gelaten.' De vrouwen kijken allemaal weg, alsof ze blind zouden
kunnen worden bij de aanblik van zulke buitensporige, vrouwelijke wreedheid, alsof er bloed uit mijn borsten zou kunnen stromen in plaats van melk.

De ober brengt onze salades. Terwijl hij de borden neerzet, een voor ieder van ons, mompelen we een bedankje. Iedereen, behalve Nancy. Aan de oppervlakte mag ze o zo be-
leefd lijken, maar Nancy maakt het obers vaak moeilijk. Er
mankeert altijd wel iets – de wijn is te warm, de vis te koud,
ze had gevraagd of de dressing ernaast mocht. Ze vindt een
stukje rauwe ui terwijl ze nog zo had gezegd dat ze die niet
wilde. Rauwe uien zijn een aanslag op haar gevoelige gehe-
melte. Ze beweert dat ze de uien nog uren proeft, dat zelfs
een snippertje de rest van de avond kan verpesten.

Ik kijk toe terwijl ze haar vork pakt en door de salade prikt
waar ze niet bijzonder dankbaar voor is. Voor de zoveelste
keer vraag ik me af waarom ze niet werkt. Ze is slim en am-
bitieus en heeft een tomeloze energie, en God weet dat ze het
geld waarschijnlijk goed kunnen gebruiken. Ze is het type
vrouw dat een miljoen per jaar zou kunnen verdienen in de
makelaardij; ze heeft er die blinde gedrevenheid voor. Maar

ze heeft ook drie kinderen en een man die predikant is, dus in plaats van geld verdienen, is ze voordurend bezig met het opnieuw inrichten van haar huis en kaffert ze obers uit als ze haar de verkeerde saladedressing brengen.

'Heb je al met een advocaat gesproken?' vraagt Belinda.

Ik schud mijn hoofd. De vraag schokt me. Hij lijkt uit het niets te komen. Misschien zijn alle anderen ook wel geschrokken. Dat is moeilijk te zeggen, aangezien iedereen een zonnebril draagt.

'Wat je ook doet, ga niet het huis uit,' zegt Belinda.

'Ik zal wel moeten. Phil gaat nergens heen.'

'Niemand zegt dat het voorbij is,' zegt Nancy.

'Toch moet ze met een advocaat praten,' zegt Belinda. 'Als hij het huis niet uit wil, zal hij naar de logeerkamer moeten vertrekken.'

'Kom op, Belinda,' zeg ik. 'Wat me te wachten staat, is geen geheim. Phil is zelfs met dynamiet het huis niet uit te krijgen, dus als er iemand weggaat, ben ik het. Ik ben degene die straks zegt: "Vaarwel, veranda, vaarwel meer, vaarwel eendjes en BMW's en tulpen en jongetjes met Bijbelse namen en American Express gold cards en Ben & Jerry's."'

Kelly glimlacht flauw. 'Ik weet zeker dat ook gescheiden vrouwen bij Ben & Jerry's welkom zijn.'

'Wanneer is het woord "gescheiden" ter tafel gekomen?' bijt Nancy ons toe. 'Ze hebben een kleine terugslag gehad, meer niet.'

'Het spijt me van Pascal,' zegt Kelly.

'Ik kan het gewoon niet,' zeg ik terwijl ik in mijn ogen wrijf. 'Ik kan me gewoon niet herinneren waarom ik met hem ben getrouwd.'

'Maak jezelf nu niet gek,' zegt Belinda. 'Zo voelen we ons allemaal wel eens.' Nancy laat haar vinger over de rand van haar wijnglas glijden.

'Ik heb een slecht decennium achter de rug.'

'Maar je vergeet,' zegt Kelly, 'dat we allemaal hetzelfde decennium achter de rug hebben, schat.'

Een minuut lang zitten we zwijgend te eten. Kelly gebaart naar de ober dat ze nog een glas wijn wil. We drinken allemaal een glas wijn als we ergens gaan lunchen en soms twee, maar dat gebeurt zelden, en ik ben een beetje verbaasd over hoe snel Kelly haar eerste glas achterover heeft geslagen. Belinda heeft haar wijn ook al bijna op. Ik heb de mijne niet aangeraakt en kijk ernaar, de drank ligt vaal in het glas, en ik vraag me af wat het is. Meestal bestel ik als eerste, en dan bestellen de anderen wat ik heb, maar vandaag was ik laat en heeft iemand anders op de kaart gekeken.

Wijn tijdens de lunch hoort bij ons. We bestellen zo vier glazen achter elkaar, maar het zou niet in ons opkomen een hele fles te bestellen. Op een of andere manier is het drinken van een fles wijn bij de lunch iets heel anders dan vier glazen. Er zit geen numerieke logica achter, maar zo doen wij dat nu eenmaal, het is een van de manieren waarop we voor onszelf en elkaar verborgen houden hoeveel we werkelijk drinken, dat er tijden zijn – niet te vaak, misschien een of twee keer per jaar – dat we deze cafés niet halsoverkop hoeven te verlaten om de kinderen op te pikken van school.

'Je ziet er leuk uit vandaag,' zegt Belinda uiteindelijk tegen Kelly.

'Dank je,' zegt Kelly. 'We zien er allemaal leuk uit.' En dat is waar. Ondanks de gespannen sfeer aan tafel, ondanks het feit dat Nancy zichzelf als een mummie heeft ingepakt en mijn ogen gezwollen en rood zijn, zijn we een groepje aantrekkelijke vrouwen. Wat daar ook het voordeel van mag zijn.

'Die mannen daar,' zeg ik terwijl ik met mijn hoofd gebaar. 'Waarom denken jullie dat ze niet naar ons kijken?'

Nancy verschuift een beetje op haar stoel. 'Dit is nu niet bepaald een tent waar meisjes worden versierd.'

'Nee, dat weet ik. Ik weet dat ze niet op ons af zullen komen, een praatje zullen aanknopen en onze lunch zullen betalen of zo. Maar waarom denken jullie dat ze zelfs niet naar ons kijken?' De andere vrouwen draaien zich een klein stukje om en kijken zogenaamd nonchalant naar de mannen. Ik

koop de laatste tijd veel spullen – calciumtabletten, betere beha's, ergonomisch vormgegeven kussens en de hele huidver-
zorgingslijn van La Mer. Nutteloze gebaren, vergeefse pogingen om het onvermijdelijke tegen te houden. Ik zie dat de
horizon versmalt, hoor een raam dichtklappen. 'De tijd
dringt,' zeg ik. 'Volgend jaar word ik veertig. Wat me nu niet
overkomt, zal me misschien nooit meer overkomen.'

'De tijd dringt helemaal niet,' zegt Nancy.

'Natuurlijk wel,' zeg ik. 'Dat doet tijd nu eenmaal. Wat
moet tijd anders doen?'

'Mensen doorlopen verschillende fasen,' zegt Nancy en
haar stem klinkt monotoon, alsof ze herhaalt wat Jeff haar
heeft verteld. 'Tory zal opgroeien en het huis uit gaan, en jij
en Phil zullen in een heel nieuwe fase belanden.'

'Nee. Hij zal nog steeds dezelfde man zijn. Ik zal nog steeds
dezelfde vrouw zijn. Sorry dat ik zo doe, echt waar. Sorry dat
ik deze lunch bederf en mijn excuses voor alle andere lunches
die ik door de jaren heen heb verpest, maar het is waar, en jullie weten het allemaal. Ik ben met de verkeerde man getrouwd.'

'Elyse...' zegt Kelly.

'Excuseer me,' zegt Nancy abrupt. Ze staat op, duwt haar
stoel met een piepend geluid naar achteren en loopt in de
richting van het toilet. Ik heb een slechte uitwerking op Nancy. Ze loopt altijd weg.

'Ze heeft het er moeilijk mee als je zo praat,' zegt Kelly.
'Jeff lijkt ontzettend veel op Phil.'

'O ja?'

'Dat snap je toch wel?' gaat Kelly verder. 'Als je Phil verlaat, is het alsof je Jeff verlaat. Het is alsof je zegt dat ze bij
Jeff weg moet, en dat wil ze niet.'

'Ik heb nooit gezegd dat ze bij Jeff weg moet.'

'Het is niet nodig om dat hardop te zeggen, het is je hele
levensfilosofie: jij vindt dat een slimme vrouw in een huwelijk automatisch ongelukkig wordt.'

'Gedesillusioneerd over het kleinburgerlijke leven,' zegt Belinda. 'Zoals Madame Bovary.'

Het is het enige wat ze had kunnen zeggen om zowel Kelly als mij het zwijgen op te leggen.

'Ja... zoals Madame Bovary...' zegt Kelly langzaam, terwijl ze probeert de draad van haar verhaal weer op te nemen. 'Maar als je zegt: hoe slimmer een vrouw, hoe erger ze haar huwelijk zal verfoeien, dan moet het tegenovergestelde ook waar zijn: als een vrouw tevreden is, moet ze wel dom zijn, in elk geval in de wereld van Elyse.'

'Ik vond maar één ding grappig in dat boek,' zegt Belinda. 'Madame Bovary had helemaal geen vriendinnen.'

Ik neem een slok van mijn wijn. *Pinot gris.* 'Wij zaten altijd bij elkaar...'

'Ja,' zegt Kelly. 'Wij zaten altijd bij elkaar en klaagden over onze echtgenoten, ons leven, en jij klaagde het hardst van allemaal. Dat was, zeg maar, jouw taak. Maar ik had nooit verwacht dat je echt actie zou ondernemen, Elyse. Niemand. Je jaagt iedereen de stuipen op het lijf.'

'Dat weet ik,' zeg ik. Ik weet het echt en het spijt me, wat iedereen ook mag denken.

'Kan ik jullie misschien verleiden?' Een serveerster duwt een kar met drie etages toetjes naar ons toe. De kar wankelt gevaarlijk op het terras met kinderkopjes, en met haar glanzende, zwartgelakte nagels wijst ze de desserts aan. 'We hebben butterscotch crème *brûlée*, margaritamousse, bessen in een Galliano-bouillon met mascarpone en *biscotti*, grapefruitsorbet, chocoladecake met pindakaasijs...'

'Stop,' zeg ik en ik heb zin om te huilen.

'Het is gewoon obsceen,' zegt Kelly.

'Als jullie liever een aardbeienmilkshake hebben, wil de kok die best voor jullie maken.' De serveerster is jong en heel slank, en haar haren zijn zo blond dat ik even mijn ogen moet afwenden. Het is alsof je recht in de zon kijkt.

'Breng ons maar een bord met van alles wat,' zegt Kelly.

'Uitstekende keuze,' kirt ze en ze zwikt weg en trekt de kar achter zich aan.

Kelly staart haar na. 'Jezus, soms is het echt allemaal te

veel, hè? We zouden tegen die mannen aan de andere tafel moeten zeggen: "Sleep die stoelen hierheen en prik een vorkje mee."'

'Denk je dat Madame Bovary ermee zou zijn weggekomen als ze vriendinnen had gehad?' vraagt Belinda.

'Ik denk dat Madame Bovary ermee zou zijn weggekomen als ze een mobiele telefoon had gehad,' zeg ik.

'Alsjeblieft,' zegt Kelly. 'Moedig haar nu niet aan. Ik weet niet eens tegen wie van ons ze het heeft.'

'Eigenlijk heb je wel een punt, Belinda,' zeg ik. 'Ik had het niet eens opgemerkt, maar Madame Bovary had inderdaad geen vriendinnen.'

Nancy is terug van het toilet. Zo te zien heeft ze haar gezicht gewassen. 'Wat heb ik gemist?'

'We hebben een bord met van alles wat als dessert besteld,' zegt Kelly. 'En o ja, Elyse heeft huwelijksproblemen.'

'Jullie waren een paar weken geleden toch tien jaar getrouwd?' vraagt Belinda.

Ik knik.

'Hebben jullie seks gehad?'

'Ja, onder de douche.'

'Onder de douche? Die speciale doucheseks waarbij je rechtop staat? Dat moet je niet meer doen, Elyse. Stuur hem naar de logeerkamer. Zolang je doucheseks toestaat, neemt hij je natuurlijk niet serieus.'

Kelly glimlacht naar Belinda. 'Je bent vandaag lekker op dreef.'

Ik glimlach ook. 'Ze had *Madame Bovary* jaren geleden al moeten lezen.'

'We maken het hun gewoon te gemakkelijk, dat is alles wat ik zeg.'

Het bord met desserts wordt voor ons neergezet. Er is een raster van sausjes op het witte bord gespoten, karamel en chocolade, en een krul framboos in een hoek. Vier desserts, vier vorken, een mes voor het geval we alles eerlijk willen verdelen. Zoveel dat iedereen een beetje van alles kan proeven. Ik haal mijn vinger door het patroon van sauzen op het bord en breng hem naar mijn mond. Ik smeer de saus op mijn onderlip, wacht even en lik hem er dan af.

'Maar ik heb hem onder de douche niet gezoend,' zeg ik. Het hoogblonde meisje duwt haar kar van drie etages naar de mannen. Glimlachend en vol verwachting kijken ze naar haar op. 'Waarom denk je dat dat het eerste is wat je niet meer doet?'

'Allemachtig,' mompelt Kelly. 'Waarom pak je dat mes niet en steek je ons meteen neer?'

'Nou, je kunt dus wat winnen en wat verliezen,' zegt Nancy, die een stuk chocoladecake in haar mond propt. Kelly en Belinda kijken naar hun bord.

'Wat bedoel je daarmee?'

'Heb je het nog niet gehoord?' zegt Nancy liefjes terwijl ze haar zonnebril omhoogduwt en me recht in de ogen kijkt. 'Wat vreemd. Ik had verwacht dat jij de eerste zou zijn die het wist. Lynn en Andy zijn vanochtend naar Belize vertrokken. Ze heeft hem terug.'

38

Ik was niet de eerste die het wist, sterker nog, ik was de laatste. Naarmate de week verstrijkt, krijg ik het verhaal stukje bij beetje te horen.

Dat met die secretaresse is op niets uitgelopen, vertelt Kelly me op woensdag in de sportschool. Het meisje was nog zo jong, wat had Andy dan verwacht? Maar goed, hij belde Lynn en was moedeloos. Diepbedroefd. Berouwvol. Hij had zijn intrek genomen in de Residence Inn, zo'n treurige locatie bij het vliegveld die vol zit met mannen die het hebben verprutst.

Ze heeft hem precies waar ze hem hebben wil, voegt Belinda eraan toe als ze me op donderdag belt. Hij had haar gezegd dat ze naar een nieuw huis mocht uitkijken en dat geld geen rol speelde. Ze dachten erover om ten noorden van de stad te gaan wonen, in de buurt van het meer. Dat zou betekenen dat de kinderen naar een andere school moeten, maar Lynn vond een frisse start een goed idee. Slim van haar, zegt Belinda. Ze speelt het heel slim, maar zo is Lynn. Het tripje naar Belize is een soort tweede huwelijksreis. Ze gaan met dolfijnen zwemmen.

Niet echt een tweede huwelijksreis, corrigeert Nancy me, als ik haar later die dag in Trader Joe zie. Lynn en Andy zijn niet meer getrouwd – hun scheiding is al bijna een jaar een feit. Dus zal er een soort ceremonie moeten komen, misschien zelfs weer een bruiloft, en zou het niet een beetje vreemd voelen om het allemaal over te doen met dezelfde man?

Het vreemdste, fluistert Kelly tijdens het koffie-uurtje op zondag, was nog wel dat er een jongeman op het parkeerterrein van haar appartementencomplex verscheen terwijl ze aan het pakken was voor Belize. Hij begon luid te claxonneren. Eigenlijk was het nog een jongen. Hij was duidelijk verliefd op Lynn, want het werd een hele toestand.

De politie moest eraan te pas komen, zegt Belinda. Niet te geloven, toch?

Wie weet wat die jongen zich in zijn hoofd had gehaald, mompelt Nancy. Je weet hoe Lynn is. Ze is altijd veel te aardig. Hij had de situatie duidelijk verkeerd ingeschat, haar vriendelijkheid jegens hem geïnterpreteerd als iets anders...

Situaties kunnen zo snel uit de hand lopen, zegt Kelly.

Kun je je voorstellen dat de politie bij Lynn op de stoep staat? vraagt Belinda. Uitgerekend bij Lynn?

Nee, ze zal haar werk voor de kerk zeker niet voortzetten, legt Belinda uit. Jeff was er in eerste instantie een beetje kwaad over – hij had zijn uiterste best gedaan om het kerkbestuur ervan te overtuigen geld op te hoesten om haar in te huren. Maar als dit het best voor Lynn en Andy en de jongens is, dan begrijpt hij dat natuurlijk. Want dat is het enige wat echt belangrijk is: wat het best is voor Lynn en Andy en de jongens.

Drieëntwintig, zegt Belinda terwijl ze haar wenkbrauwen optrekt. Zo oud bleek de jongen op het parkeerterrein te zijn. Drie-en-twin-tig.

Kijk, zegt Nancy terwijl ze me een ansichtkaart van een oerwoud onder de neus drukt. Ze zegt dat het er prachtig is. Een soort paradijs.

Kelly heeft ook een kaartje uit Belize gekregen.

En Belinda ook.

Lynn is altijd een goede echtgenote geweest – waarschijnlijk de beste van ons allemaal. Zij was degene die de talloze vaardigheden die het vak vereiste het best onder de knie had. Niet alleen een huishouden voeren, de kinderen opvoeden, koken en haar echtgenoot comfort en genot verschaffen. Dat is het gemakkelijke gedeelte. Lynn had ook talent voor de innerlijke taken van het huwelijk. Ze wist hoe ze zakken kon creëren om in te verdwijnen, plekken om haar ware geest in weg te stoppen, als een extra setje autosleutels.

Maar uiteindelijk leek het niet uit te maken. Op een ochtend vertelde haar echtgenoot haar – met zijn plakkerige zaad nog tussen haar dijen – dat hij haar had ingeruild. Toen hij die dag de deur achter zich dichtsloeg en linksaf de straat insloeg, is ze hem gevolgd. Ze volgde hem totdat hij niet meer in zicht was. 'Ik ben hem kwijtgeraakt,' zei ze tegen mij. 'Letterlijk.' Wat is dit toch? Een automatisme dat bij alle vrouwen in werking treedt, een duister deel van onze hersenen dat het overneemt en ons tegen alle logica in dwingt mannen te volgen? Als het Lynn heeft gedwongen – verstandige, gedisciplineerde Lynn – dan moet het wel een heel sterke prikkel zijn.

Maar op een gegeven moment – waarschijnlijk niet het eerste jaar, mogelijk het tweede – was ze het prettig gaan vinden om alleen te zijn. Misschien kwam dat door die kale jongen van Starbucks, maar ik vermoed dat het ook iets te maken had met haar harde werken in de kerk. De geur van terpentine, het gewicht van de vuilniszak op haar schouder, het troostrijke gewicht van de hamer in haar hand. De afgelopen week ben ik dagelijks naar mijn brievenbus gelopen in afwachting van mijn kaartje uit Belize, er half van overtuigd dat Lynn iets op de achterkant zou hebben geschreven wat alles zou verklaren. Ze zou me vertellen waarom het zo moeilijk is om weg te gaan en – hier is de shock die ervoor heeft gezorgd dat ik nu op blote voeten en verstijfd in mijn keuken sta met een kop koffie tegen mijn lippen – waarom het klaarblijkelijk zo moeilijk is om weg te blíjven. Daar had ik dus totaal geen rekening mee gehouden. Natuurlijk begrijp ik de aantrekkingskracht van het huwelijk. Maar ik was ervan overtuigd dat als ik ooit genoeg kracht had verzameld om eruit te breken... Wat moet ik nu denken? Dat Jezus, Elvis en een koppel wilde paarden haar terug hebben getrokken in dit huwelijk, terwijl iedereen ervan overtuigd was dat het voorbij was?

Hij is achter haar aan gegaan. Kennelijk doen mannen dat. Als je eenmaal weg bent, écht weg bent, willen ze je terug.

Op de ochtend dat hij haar verliet, is Lynn Andy gevolgd totdat hij uit zicht was. Vervolgens heeft ze zich omgedraaid en is terug naar huis gelopen. Ze trommelde de kinderen uit bed, kleedde ze aan en maakte ze klaar voor school. Ze maakte de bedden op en ruimde de vaatwasser in. Ze bond haar hartslagmeter om en rende haar rondje van zesenhalve kilometer door de wijk. Ze opende een bankrekening onder haar meisjesnaam. Ze vroeg een studiegids aan via internet. Ze liet haar haren knippen. Ze regelde een appartementje, een baan, en ze kreeg een nieuw vriendje. Ze begon haar roze Chaneljasje boven een spijkerbroek en laarzen te dragen.

Wanneer merkte Andy precies dat ze hem niet meer volgde? Wanneer keek hij om en zag hij dat de vrouw die er altijd was geweest er niet meer was? Ik zie zo voor me dat ze op een avond de telefoon opnam, haar hart kloppend in haar keel, en zich afvroeg wat er aan de hand kon zijn dat iemand haar zo laat nog belde. Zijn stem. Hij zegt dat hij spijt heeft.

Dat het allemaal een vergissing is geweest. Hij zegt dat hij nog steeds van haar houdt. Dat er niets is gebeurd wat niet teruggedraaid kan worden. En dan is daar nog het feit dat haar kinderen hem 'papa' noemen.

Mensen kunnen veranderen, zegt hij.

Hij zegt dat hij naar huis wil komen.

Ik neem mijn koffie mee naar de veranda en stap bijgelovig over de plek waar we Pascal hebben aangetroffen. Iedereen denkt dat Andy zijn lesje heeft geleerd, maar Kelly is het daar niet mee eens, zij zegt dat Lynn degene is die is veranderd. ('Ik baseer deze theorie,' zegt ze schalks, 'op het feit dat het altijd de vrouw is die verandert.') Kelly gelooft dat huwelijken het best werken als vrouwen weinig verwachten. Ze denkt dat Lynn heeft gezien hoe moeilijk het buiten het huwelijk is en dat ze haar verwachtingen heeft bijgesteld. Maar ik weet nog dat Lynn zei dat ze zich pas weer herinnerde hoe redelijk Andy kon zijn toen hij haar eenmaal had verlaten. Voor het eerst in jaren hadden ze gezamenlijke beslissingen genomen – de verkoop van het huis, de verdeling van de aandelen, de omgangsregeling voor hun zoons – en ze had zich afgevraagd waarom ze dat niet hadden gekund toen ze nog samen waren. 'Er is een scheiding voor nodig,' zei ze, 'om je te laten zien hoe je getrouwd moet zijn.'

Garcia kuiert naar me toe. Ze springt niet op mijn schoot, zoals haar broertje altijd deed, maar krult zich om mijn voeten en begint luid te spinnen. In zijn afwezigheid is ze aanhankelijker geworden. Het is bijna alsof haar persoonlijkheid zich heeft uitgebreid en de ruimte heeft opgevuld die Pascal ooit innam. Als ik me een scheiding voorstel, kom ik niet verder dan de voordeur. Hoe ik ook mijn best doe, ik kan de eerste dag in mijn eentje niet visualiseren, en nu ik hier op deze zonnige veranda zit, besef ik dat het voor mijn geestelijke gesteldheid ook beter is om het niet te proberen. Het heeft me te veel inspanning gekost om mijn ontsnappingssnelheid op te voeren, het heeft me te veel tijd gekost om de juiste combinatie van stuwkracht, woede en geld te vinden.

En nu ik eindelijk, éíndelijk de motoren onder me voel ronken, kan ik het me niet veroorloven te gaan zitten denken. In elk geval niet aan Lynn.

'Ze heeft hem terug,' zei Nancy, op haar gebruikelijke harteloze manier, en de overeenkomst tussen de taal van de wraak en de taal van de verzoening is opmerkelijk. Nancy beschouwt het als een overwinning voor onze sekse. Lynn heeft voordeel behaald, haar positie versterkt, een gratis tripje naar Belize gewonnen. Het is slechts een kwestie van tijd voordat ze muren neerhaalt en een serre aan de achterkant van haar huis laat bouwen. 'Ik ben zo trots op haar,' zei Nancy, en ik denk, terwijl ik mijn koffie opdrink en Garcia tegen haar wil op schoot trek, aan Belinda's moeder in dat woonwagenkamp in Alabama met een foto van Belinda's grote, rode bakstenen huis op de koelkast.

'Ze vertelde me,' zei Belinda somber, 'dat je moet leren houden van het spelletje dat je hebt gewonnen. Geloof jij dat? Dat geen van ons ooit gelukkig zal zijn totdat we hebben geleerd te houden van het spel dat we hebben gewonnen?'

Die middag komt dan toch het ansichtkaartje waarop ik zo lang heb gewacht. Er staat een afbeelding van de Maya-ruïnes op.

Het ansichtkaartje is gekreukt en gehavend. Het ziet eruit alsof het van Belize via Guam in North Carolina is beland, en ik vraag me af of Lynn het als laatste heeft geschreven, of ze soms niet wist wat ze tegen me moest zeggen. Misschien heeft ze het kaartje dagen in haar tas meegedragen, en gewikt en gewogen of het de moeite waard was om te versturen. Of misschien heeft ze alle kaartjes tegelijkertijd geschreven, zittend aan de rand van een zwembad met een vruchtensapje naast zich, en is het mijne op mysterieuze wijze bij de post vertraagd.

Ik loop over de oprit met het kaartje boven op de overige post, ga naar binnen en leg het op het aanrecht. Daar blijft het uren liggen terwijl ik tussen het huis en het atelier heen en weer loop, terwijl ik kip uit de diepvries haal om te laten ontdooien en naar binnen loop om mijn sleutels te pakken omdat ik die middag de kinderen van school haal. Pas als ik met het avondeten begin, pak ik het weer op.

De ruïne is donker, imposant. De man die erbovenop staat, is zo klein als een speldenknop, nauwelijks herkenbaar als mens tegen de helderblauwe lucht. Ik draai het kaartje een paar keer om totdat de tekst op de achterkant, Lynns mooie ronde letters in donkerblauwe inkt, één groot waas wordt. Wat Lynn ook heeft gezien, ik zal het op mijn eigen manier moeten zien. Wat ze ook weet, ik zal er zelf achter moeten komen. Ik gooi het kaartje in de vuilnisbak en begin de sla te wassen.

39

'Iedereen praat over ons,' zegt Phil.

In werkelijkheid praat iedereen over Lynn. We zijn eindelijk van de eerste plaats gestoten, maar het heeft geen zin om Phil dat te proberen uit te leggen. 'Nou, en wiens schuld is dat?'

Phil fronst zijn voorhoofd. 'Ik vertel nooit iemand iets.'

'Schei toch uit. Ik weet dat je Nancy belt en haar praktisch vraagt me te bespieden. En dan zijn er nog die zogenaamde therapiesessies. Ik durf te wedden dat Jeff al aan de telefoon hangt zodra we de deur achter ons hebben dichtgetrokken. Ik durf te wedden dat hij na elke sessie Nancy belt en uitgebreid verslag doet van alles wat we hebben gezegd. We praten met hem, hij praat met haar, zij praat met iedereen, en als ik met mijn vriendinnen ga lunchen, sta ik voor schut. Ik ben het spuugzat. Het is een zieke toestand.'

Even kijkt Phil schuldig. Die uitdrukking verschijnt niet snel op zijn gezicht. 'Vind je dat we een andere therapeut moeten nemen? Iemand die we niet kennen? Ik wil wel wat telefoontjes plegen.'

Perfect. Ik heb hem drie jaar lang gesmeekt in therapie te gaan, en ineens ziet hij het licht. Hij staat voor me als de belichaming van een bezorgde echtgenoot die alles wil doen wat in zijn macht ligt. Eigenlijk zou ik er troost uit moeten putten dat ik hem keurig heb afgericht voor zijn tweede echtgenote. Maar wat ons betreft, is het te laat om überhaupt nog uit te leggen waaróm het te laat is. Ik schud mijn hoofd. 'Ik snap sowieso niet waarom we in therapie zijn.'

'Wil je stoppen?'

'Phil, we zijn al gestopt.'

'Want Jeff belde vanmiddag met een suggestie. Volgens mij was hij echt ontdaan van ons gedoe rond de kat, en, nou ja, hij zei dat Nancy er ook bij kan komen zitten, als jij je daar prettiger bij voelt. Je weet wel, zodat je niet het gevoel hebt dat de mannen tegen je samenspannen.'

'Dat meen je niet.'

'Ze hebben vaker samen relatietherapie gedaan. Lang geleden, voordat ze kinderen hadden, maar hij zei dat hij zeker wist dat ze in dit geval graag...'

'Jeff en Nancy hebben een slecht huwelijk.'

'Jij denkt dat iedereen een slecht huwelijk heeft.'

'Nee, alleen jij en ik, en Jeff en Nancy.' Ik kan er nog wel een paar bedenken, maar dit is geen geschikt moment om erop door te gaan. 'Ik wil niet dat ze met ons werken. Ik wil het beetje privacy dat we nog hebben niet ook nog kwijtraken. Ben je onze laatste therapiesessie soms vergeten?'

'Nancy is je beste vriendin.'

'Gelukkig niet.'

'Ze geeft om je.'

'Op haar eigen sneue manier misschien. Maar het feit dat ze getrouwd is met jouw beste vriend maakt haar nog niet tot mijn beste vriendin.'

'Jeff zou haar niets hebben verteld als hij niet dacht dat ze...'

'Wil je dit gesprek echt voeren?'

'Nee,' zegt Phil, maar hij voelt zich ongemakkelijk. Hij herinnert zich de dagen dat ik er alles voor overhad om hem aan het praten te krijgen. Hij herinnert zich dat ik hem, opgekruld als een foetus voor de deur van de badkamer, smeekte met mij te praten. Hij herinnert zich de brochures voor Bed & Breakfasts die ik overal in huis liet slingeren, in de ijdele hoop dat hij ze zou opmerken en zou voorstellen een weekendje weg te gaan. De manier waarop ik in de bioscoop naar zijn hand greep. Nu heeft hij een vrouw die de kamer uit loopt terwijl hij nog iets aan het vertellen is.

'Misschien moet je toch met Tory en mij mee naar Florida gaan,' zegt hij, terwijl hij me via de garage naar buiten volgt.

'Nee. We hebben een adempauze nodig.' Het is mijn kans om alvast wat spullen te pakken en naar Kelly te brengen voor de verhuizing op 2 juni. Ik wil niet met dozen slepen terwijl Tory thuis is. Ik heb er goed over nagedacht en geloof dat het het best zou zijn om haar pas een week voor de daadwerkelijke verhuizing te vertellen dat we weggaan. Maar dat betekent niet dat ik niet alvast een paar dingen uit het huis kan halen terwijl zij in Florida zit.

'Ik ben met Pasen weer terug.'

Ik draai me naar hem om, een vuilniszak in mijn hand. 'Maak je je daar druk over? Hoe de buren erop zullen reageren?'

'We zijn zelfs zaterdag alweer terug. Op tijd voor de barbecue.'

'Nou, ik hoop maar dat je Jeff en Nancy een kopie van je vluchtschema hebt gegeven.'

'Dat is het niet alleen,' zegt hij. Phil zet zijn bril af en doet alsof hij de glazen schoonwrijft. Hij maakt er een hele show van met blazen en wrijven, maar zijn ogen zijn naar beneden gericht. Hij durft me niet meer aan te kijken. 'Ik dacht dat je je misschien eenzaam zou voelen.'

Als ik nog tranen over had gehad, was ik nu in huilen uitgebarsten. 'Maak je daar geen zorgen over,' zeg ik terwijl ik het zware, grijze deksel van de vuilnisbak optil en de zak erin gooi. 'Dat voel ik me tegenwoordig steeds minder vaak.'

'Niet te geloven dat hij zich hier durft te vertonen. Dit is jouw stad.'

Kelly draagt haar haren tegenwoordig opgestoken en ziet eruit als een schooljuf, of misschien eerder als een pornoster die een schooljuf speelt. Ik stel me voor dat ze de haarclip losmaakt en met haar hoofd schudt, haar bril afzet en ineens beeldschoon is.

'Ik ben ook in Boston geweest.'

Ze rolt met haar ogen alsof ze niet begrijpt dat ik zo dom kan zijn. 'Dat is heel anders, en dat weet je. Als een collega van hem jullie toevallig was tegenkomen, zou die zich gewoon hebben omgedraaid. Sterker nog, de eerstvolgende keer dat hij Gerry zag, zou hij hem waarschijnlijk een high five geven. Maar wat denk je dat er zou gebeuren als iemand jou hier zag met een man die niemand kent? Denk je echt dat ze zich alleen maar gniffelend zouden omdraaien?'

'Waarschijnlijk zouden ze me met pijl en boog achtervolgen.'

Kelly knijpt haar ogen samen. 'Niet grappig.'

'Zo is het ook niet bedoeld.'

Ze duwt haar muffin van zich af, die ze nog niet heeft aangeraakt. 'Je bent zelfs te dom om bang te zijn. Je neemt hem toch zeker niet mee naar huis, hè?'

'Geen idee. Ik bedoel, waarom niet? Phil en Tory vertrekken morgen.'

Kelly reikt over de tafel en pakt mijn pols vast. 'Luister nou eens rustig naar me. Als Phil besluit dat hij Tory wil, wat doe je dan? Je hebt geen geld, Elyse, je kunt nergens heen.'

Ik wil zeggen: 'Ook niet naar jou?' Maar dat doe ik niet. Haar huis is ook eigenlijk niet haar huis. Het is Marks huis, en hij zou me daar niet willen. Laat staan mij en mijn dochter en mijn kat en mijn potten.

'Nancy heeft blauwe plekken op je armen gezien,' gaat Kelly verder. Ze laat haar stem een beetje dalen terwijl ze naar voren leunt. 'Ze had het er maanden geleden al over, in de vakantie, en Nancy is niet gek, wat je ook van haar mag denken. Geef haar genoeg tijd en ze komt vanzelf tot conclusies. En als Nancy blauwe plekken bij je heeft gezien terwijl je helemaal gekleed was, hoe kun je dan denken dat Phil niets doorheeft?'

Ik vertel haar niet dat de blauwe plekken die Nancy heeft gezien van de avond waren waarop Phil me met handboeien aan het bed had geboeid. 'Over tweeënvijftig dagen is het 1 juni,' zeg ik. 'Dan is het appartement klaar.'

'In tweeënvijftig dagen kan er veel gebeuren.'

'Is het echt zo verkeerd om hem mee naar huis te nemen? Ik wil dat hij ziet wie ik ben.'

'Je wilt dat hij ziet wat je opgeeft. Het is een gevaarlijk spel, dat is alles wat ik wil zeggen. Dat je een gevaarlijk spel speelt.'

Kelly denkt dat ik te dom ben om bang te zijn, maar dat is niet zo. Sinds ik het s-woord heb uitgesproken, is de hele wereld eruit gaan zien als één gevaarlijk spel. Gisteren heb ik twee keer overgegeven. Afgelopen nacht heb ik drie uur geslapen. Al mijn vriendinnen zijn getrouwd. Misschien zijn het geen vriendinnen meer als ik niet meer getrouwd ben. Ik heb maar vierduizend dollar op mijn rekening staan. Gisteravond rende Tory rechtstreeks naar Phil met haar oorkonde voor haar tweede plaats in de spellingswedstrijd. Ze kroop op zijn schoot. Misschien houdt ze wel het meest van hem. Misschien zou ze graag bij hem blijven. Ik zet het journaal aan, en er is een vliegtuigongeluk in Brazilië geweest, een aardbeving in Taiwan, en een vrouw uit een aangrenzend stadje, die boodschappen ging doen, is opgesloten in de kofferbak van haar auto teruggevonden. Die vrouw was net zoals ik, gewoon iemand die wat spullen wilde kopen, en ineens vinden ze haar verdorie in de kofferbak van haar eigen auto terug. Angst kolkt om me heen, onzichtbaar maar tastbaar in de lucht. Ik probeer hem niet in te ademen, maar toch doe ik het, elke dag.

Kelly zucht en duwt haar haar naar achteren. Het valt meteen weer in haar gezicht. 'En wanneer komt die topper van je?'

'Woensdag.'

'Krijg ik hem te zien?'

'Dat betwijfel ik.'

'Soms vraag ik me af of hij wel bestaat.'

'Soms vraag ík me zelfs af of hij wel bestaat.'

'De kans is groot dat hij niet van je houdt, Elyse.'

'Misschien hou ik ook wel niet van hem.'

'Nee,' zegt ze. 'Luister naar me. De kans is groot dat hij helemaal niets om je geeft. Wat hij ook zegt, wat je ook voelt, het is niet echt.'

'Hij doet tekenfilmstemmetjes,' zeg ik. 'Hij doet Pepé Le Pew.'

Kelly duwt de weerbarstige haarlok terug in haar knotje. 'Dat stinkdier?'

'Ja, het Franse stinkdier in dat tekenfilmpje. Pepé Le Pew.'

'Pepé Le Pew was een verkrachter.'

'Pepé Le Pew was geen verkrachter.'

'Ik kan er niet bij dat we op het punt in ons leven zijn beland waarop je denkt dat zoiets romantisch is. Mijn hemel, wat is er toch met je gebeurd? Ooit was je Homecoming Queen.'

'Nee, ik meen het echt. Hij legde mijn benen om zijn schouders en zag dat ik een blauwe plek had. Hij trok mijn enkel naar zijn gezicht en zei in het Frans: "Ze heeft zichzelf verwond om haar liefde voor mij te bewijzen." Inderdaad wat vreemd, maar romantisch, toch?' Ik wacht even, maar Kelly reageert niet. Ze staart me wezenloos aan, alsof ze het verhaal niet kan volgen. 'Vind je het niet schattig?'

'Je spreekt geen Frans.'

'Hij sprak ook geen Frans, hij sprak Engels met een Frans accent.'

'O ja, heel iets anders.'

'Je kunt het gewoon niet hebben dat ik gelukkig ben,' zeg ik. 'Je bent bang dat ik daadwerkelijk krijg wat ik wil, en dat kun je niet uitstaan. Omdat jij altijd het succesnummer bent geweest. Jij bent degene die Pepé Le Pew zou moeten krijgen.'

'Dit gaat niet over mij.'

'Dat is nou precies wat ik je probeer duidelijk te maken. Jij denkt dat wat er vroeger is gebeurd, nooit meer zal gebeuren. Maar vergeet niet dat ik niet jou ben, Kelly.'

'Dat hoef je niet zo opgelucht te zeggen.'

'Je bent het vergeten. Je bent vergeten hoe het voelt. Probeer het eens. Heel even maar. Herinner je je nog die dag dat we hem op de veranda belden?'

'Herinner jij je de dag nog dat je me naar de kliniek bracht?'

'Gerry is Daniel niet. Je hebt hem zelfs nog nooit ontmoet.'

'Dat hoeft ook niet. Mannen zoals hij gebruiken vrouwen. Ze gebruiken vrouwen helemaal op.'

'Zeg je dat 's avonds laat tegen jezelf? Rechtvaardig je zo dat je met Mark bent getrouwd en in dat grote marmeren huis bent gaan wonen?'

'Rot op.'

'Graag.'

We staan tegelijkertijd op van tafel, alsof we het zo hebben afgesproken. Ik pak mijn autosleutels, en ze gaat even abrupt weer zitten. 'Hij speelt met je,' zegt ze. 'Op een dag word je wakker en heb je het door.'

Die avond haal ik Daniels brieven aan Kelly tevoorschijn en lees ze allemaal nog een keer. Ik lees ze langzaam, in chronologische volgorde en hardop. Iemand moet het zich herinneren. Ik zit op de grond terwijl ik lees en knijp mijn ogen samen in het vage licht, totdat ik hoor dat Phil de auto de garage in rijdt. Ik ren naar de kast en gooi de brieven in de eerste de beste tas die ik zie.

Maar het is niet Phil die voor de deur staat. Het is Kelly.

'Niet boos zijn,' zegt ze. 'Je hebt geen idee hoe vurig ik hoop dat ik ongelijk heb.'

Een romantische ontmoeting op een luchthaven is niet meer mogelijk. Door moderne veiligheidsmaatregelen kun je niet meer naar de gate lopen, laat staan overladen met bloemen op de landingsbaan staan. Gerry en ik zijn elkaar op luchthavens in het hele land misgelopen, en als hij in Charlotte landt, slagen we erin echt van elkaar gescheiden te worden. Op het bord met de aankomsttijden staat dat zijn vliegtuig twintig minuten geleden is geland, maar ik zie hem niet bij de bagageband staan.

Mijn telefoon gaat.

'Waar ben je?' vraagt hij.

'Boven. Ik loop net bij de balie van us Airways vandaan.'

'Oké, dan zijn we bij elkaar in de buurt. O, wacht, misschien moeten we elkaar vandaag maar niet proberen te vinden, want ik zie een prachtige vrouw lopen. Ze komt recht op me af en draagt een felrood jasje...'

Ik lach en kijk om me heen, maar ik zie hem nog steeds niet. 'Waar ben je?'

'O, shit. Laat maar. Ze is aan het bellen. Misschien heeft ze al een vriendje. Ja, ze is duidelijk op zoek naar iemand. Ze draait in de rondte, helemaal om haar as, als een ballerina...'

Dan zie ik hem. Hij leunt tegen een loket met zijn reistas over zijn schouder en de telefoon tegen zijn oor. Op zijn gezicht verschijnt een brede glimlach, en het is alsof ik in de beste spiegel van de wereld kijk, want ik glimlach ook en voel me mooi, fantastisch, slim, slank en jong. Ik loop naar hem toe, en hij vangt me in een kus. We hebben onze mobiele telefoons nog steeds tegen ons oor gedrukt, zodat we verbonden zijn, via satellieten hoog boven ons, die signalen door de ruimte sturen en door onze huid, via een reeks zenuwimpulsen die nog steeds schokken en trillen terwijl hij zijn mond op de mijne drukt.

'Je bent veranderd,' zegt Gerry. Hij kijkt naar een foto van Tory en mij van een paar Kerstmissen geleden.

'Niet veel. Mijn haar is korter.'

'Het is meer dan dat. Waarom zijn we hier?'

'Dat weet ik eigenlijk niet.'

Hij staat voor de koelkast en bestudeert Tory's softbalschema, de lijst van komende paasactiviteiten, menukaarten van plaatselijke Chinese restaurants en pizzeria's. Garcia kronkelt zich om zijn enkels, en hij bukt om haar op te tillen. Ze hangt over zijn schouder als een baby die een boertje moet laten. In dit huis is zelfs de kat ontrouw. Er hangt een striptekening op de koelkast die ik maanden geleden uit *The New Yorker* heb geknipt. Een echtgenoot zit op de bank en zegt: 'Ik snap echt niet wat jou dwarszit,' terwijl zijn echtgenote achter hem ER GEBEURT NOOIT IETS op de muur spuit.

Ik wacht om te zien of hij lacht. Dat doet hij niet.

'Ik moet je iets vertellen,' zegt hij. Ik leg mijn arm om zijn middel en luister naar een spinnende Garcia.

'Ik weet het.'

'Als je dit gaat doen, kan ik niet met je meedoen.'

'Dat had ik ook niet verwacht.' En, zoals met alles wat ik ooit tegen Gerry heb gezegd, besef ik dat het waar is. Verwacht hij dat ik ga huilen? Die behoefte voel ik helemaal niet. Het is niet het einde van iets, hoewel het misschien het einde van het begin van iets is. Ik dacht dat ik hem hielp een duidelijker beeld van me te krijgen door hem hiermee naartoe te nemen, maar het tegenovergestelde is gebeurd. Hij is zo overweldigd door mijn potten en foto's en schema's van familieactiviteiten dat hij zijn ogen heeft gesloten. Ik trek hem nog iets dichter naar me toe en sluit mijn ogen ook. Mijn knieën zijn licht gebogen, mijn voeten ietwat uit elkaar, en ik besef, niet helemaal tot mijn verrassing, dat ik hem overeind houd.

Ik was van plan om vanavond voor ons tweeën te koken. Ik heb pasta, truffelolie, prosciutto en Parmezaanse kaas gehaald, maar deze plotselinge huiselijkheid is te veel voor hem.

Ik vertel hem dat het grappig is dat ik *Casablanca* nog nooit af heb gezien, hoewel ik zo'n groot fan van oude films ben. En dus heb ik de film vanavond voor ons tweeën gehuurd en spullen in huis gehaald om te koken. Maar we hoeven hier niet te blijven. We kunnen ook uit eten gaan. We kunnen voor de nacht een hotel zoeken.

Hij doet zijn ogen open en laat zijn armen van mijn schouders naar mijn heupen glijden. 'Als je dat wilt,' zegt hij, maar zijn stem klinkt opgelucht. We zijn niet van de pasta en een filmpje huren. We zijn van de foie gras en de wekservice.

'Het was een beetje te veel van het goede om je mee naar mijn huis te nemen, hè?'

'Nee,' zegt hij, 'maar jullie huis heeft zoveel weg van het onze. Wij hebben dezelfde dingen aan onze koelkast hangen. Jullie hebben onze badkuip. Ik weet precies hoeveel dat ding heeft gekost.'

'En je begrijpt niet dat er in Amerika een vrouw zo dom kan zijn om die badkuip achter te laten.'

'Je weet dat ik het niet over geld heb. Niet alleen over geld. Ik heb het over hoe het allemaal bij elkaar voelt. Jij en die man...'

'Phil.'

'Wat?'

'Mijn man heet Phil.'

'Als je bereid bent om alle spullen die Phil en jij hebben verzameld achter te laten – denk je dat ik het alleen over geld heb?'

'Niet echt.'

'Maar om dit achter te laten – je moet al die tijd ongelukkiger zijn geweest dan ik dacht.'

'Het komt allemaal goed,' zeg ik tegen hem en ik voel iets in me veranderen, alsof mijn hart naar een dieper deel van mijn borst zakt. Hij praat tegen mijn haar. Volgens mij zegt hij dat het hem spijt, maar hij hoeft nergens spijt van te hebben. Hij is vanaf het begin heel duidelijk geweest. Hij is een klimmer. Hij is goed in het vasthouden van dingen, maar slechts voor even. Hij houdt vast totdat hij zijn evenwicht heeft hervonden en het volgende ankerpunt ziet. En dan laat hij los.

Vasthouden en loslaten, vasthouden en loslaten. Dat heeft mijn tijd met hem me geleerd, het ritme van reizen van de ene enge plek naar de andere, het ritme dat je in staat stelt grote afgronden te overbruggen zonder te vallen. Het is het cliché van bergbeklimmen – niet naar beneden kijken – maar hij heeft me vele malen verteld dat ook omhoogkijken riskant is. Denk niet aan wat je hebt achtergelaten of wat je nog voor de boeg hebt, want je bent pas echt veilig als je je concentreert op datgene wat recht voor je is. Dat heeft mijn tijd met hem me geleerd, dus waarom is hij zo verbaasd dat ik het weet? Ik denk aan het eerste gesprek dat we ooit hebben gevoerd, ergens in dat gevaarlijke luchtruim tussen Phoenix en Dallas, toen hij me vertelde dat je nooit iemand loslaat die in de problemen zit. Maar als je zelf een vrije val maakt, is het wel zo netjes om je zekering los te maken, zodat je niemand meesleurt. Deze vormen van tijdverdrijf, vertelde hij me, vereisen een zeer hoog vertrouwensniveau. Niet alleen erop vertrouwen dat de andere persoon wel vasthoudt, want vasthouden is het gemakkelijke gedeelte. Het moeilijke gedeelte is erop vertrouwen dat de andere persoon weet wanneer hij moet loslaten.

'We kunnen nu ook naar het hotel rijden.'

Hij schudt zijn hoofd. 'Je hebt een film gehaald. Laten we die kijken.'

'Hij loopt niet goed af. De geliefden eindigen niet samen.'

Hij zucht. 'Als jij ertegen kunt, kan ik het ook.'

We gaan naar de woonkamer en zetten de dvd-speler aan. We zitten op de bank, en ik leg mijn voeten in zijn schoot. De nazi's bedreigen Parijs. Ingrid loopt een bar binnen. Het is er vrij donker. Sam speelt op de piano. Gerry tilt mijn voet op en kust mijn voetholte. Een halfuur later gaat de telefoon. Nancy. Ze vraagt of ik al tijd heb gehad om me eenzaam te voelen, en voordat ik 'nee' kan antwoorden, beschrijft ze haar nieuwe gordijnen, die ze in de woonkamer wil hangen. Ze belt niet echt over de gordijnen. Ze belt om de situatie te peilen, om te achterhalen of ik wil dat ze er bij de volgende therapiesessie bij zit, of Phil en ik überhaupt nog naar therapie komen. Ze belt om te laten merken dat ze me heeft vergeven dat ik zoveel problemen heb veroorzaakt. Ze heeft me vergeven dat ik een getikte, ontevreden trut ben. Ze weet niet dat ik een slet ben, maar als ze het wist, zou ze me misschien zelfs dat vergeven. Nancy vraagt of ik zin heb om volgende week met haar langs de kledingoutlets te rijden. Ze hecht waarde aan mijn gevoel voor kleur. Dat zegt ze tegen me, dat ze mijn gevoel voor kleur waardeert en dat we nooit iets samen doen, met zijn tweeën. We kunnen er een dagje uit van maken.

Ingrid Bergman verlaat Humphrey Bogart, en ik weet genoeg van de film om te weten dat ze hem minstens twee keer moet verlaten, misschien nog wel vaker. Een man verlaten is zo moeilijk dat het de eerste keer niet altijd lukt, zelfs niet in een film. Gerry is gegrepen door het verhaal en houdt mijn voeten teder vast, in elke hand een, terwijl Nancy praat over valletjes en kroonlijsten en hoeveel het allemaal gaat kosten. Ze zegt dat het uiteindelijk altijd duurder uitvalt dan je denkt, hoe zorgvuldig je alles ook plant.

Het is niet nodig om te antwoorden – nooit geweest ook. Af en toe even mompelen is genoeg, en ik ben blij dat Gerry niet vraagt wie er aan de telefoon is. Hij vraagt er überhaupt niet naar, ook later niet, als we de film moeten terugspoelen omdat ik stukken heb gemist. Ingrid huilt. Ze huilt zo mooi. Misschien wel bijna net zo mooi als Elizabeth Taylor, hoewel het als ontrouw voelt om dat te denken. Nancy zegt dat ze van zachtgroen houdt, tussen mosgroen en salie in, hoewel, misschien is groen te veel van het goede, misschien gaat dat na verloop van tijd vervelen en kan ze maar beter vasthouden aan blauw, maar dan wel maagdenpalmblauw, geen kobalt. 'Jeff zal denken dat ik gek ben,' zegt ze, 'als ik blauw door blauw vervang. Maar je weet hoe mannen zijn. Je kunt hun niet aan het verstand brengen dat er veel soorten blauw bestaan.'

'Precies,' zeg ik. 'Er bestaan veel soorten blauw.'

Tegen de tijd dat ze ophangt, ben ik niet meer boos op haar.

Precies een uur en twintig minuten later, hoewel we niet zouden moeten tellen en meten... Precies een uur en twintig minuten later, nadat ik onder de douche tegen Gerry aan heb geleund en hij mijn haar heeft gewassen... nadat ik met mijn handpalmen tegen de tegelwand gedrukt voorover heb gebogen, zodat hij mijn benen kon insoppen – eerst het ene, daarna het andere, waarbij hij 'wisselen' zei en ik heen en weer schoof en zijn vriendelijke stem me eraan herinnerde dat hij vader is... Precies een uur en twintig minuten later, nadat we de afstandsbediening onder een van de kussens van de bank hebben teruggevonden en de eerste ronde van *Jeopardy!* hebben gekeken... nadat hij zijn kantoor heeft gebeld om te vragen of er nog berichten waren... nadat ik hem de twee dozen heb laten zien die ik al had ingepakt en in de kast in de logeerkamer had verstopt...

Precies een uur en twintig minuten later pak ik een setje handboeien uit een lade en houd ze omhoog.

'Hé Pepé,' zeg ik. 'Komen deze je bekend voor?'

Als kind las ik, zoals iedereen, de strips van Superman, en ik besloot – wonend in een kleine provinciestad met mijn lieve, bezorgde ouders – dat de gave waarover ik het liefst zou beschikken onzichtbaarheid was. Onzichtbaar zijn beschouwde ik als de ultieme vrijheid, nog veel meer dan vliegen. Met deze gave zou ik door de wereld kunnen lopen zonder beoordeeld en gezien te worden.

Ik had toen nog niet kunnen weten dat ik die gave op een dag daadwerkelijk zou bezitten. Het is heel gemakkelijk en het werkt als volgt: stap in het huwelijksbootje, baar een kind, trek bepaalde kleding aan en rij in een bepaalde auto, en dan, ergens voor je veertigste, word je wakker en ontdek je dat de wens uit je kindertijd is uitgekomen. Je bent onzichtbaar geworden. Je kunt hand in hand met je minnaar over straat zonder dat iemand de handboeien aan je polsen opmerkt. Eigenlijk merkt niemand ooit iets op, toch? In de afgelopen maanden is vooral dát me duidelijk geworden.

We besluiten gewoon wat te eten te halen. We rijden van mijn huis naar het overdekte winkelcentrum, waar Belinda en ik Lynn cakejes hadden zien eten. Op het parkeerterrein maakt hij zijn linkerpols vast aan mijn rechter, en we worstelen ons via hetzelfde portier naar buiten. Vervolgens lopen we, onnatuurlijk aan elkaar verbonden, naar Dean & Deluca.

'Ik heb ontzettende honger,' zegt Gerry. Hij opent de verpakking van een stuk Goudse kaas zodat we kunnen eten terwijl we winkelen. Het voelt alsof we iets heel stouts doen, iets heel strafbaars, hoewel hij bij het afrekenen de prijssticker aan de caissière geeft en zegt: 'Deze ook.' We hebben te veel gekocht, als mensen die nooit meer zullen eten. Twee kleine gehaktbroden, een gegrilde moot zalm, een bakje paprikasalade en een salade met geroerbakte peultjes. Een baguette, een pot olijven, een extra grote brownie met roomkaas, een grote fles bronwater, een halveliterfles champagne en een banaan. Eten dat geschikt is om met één hand te eten.

Gerry en ik lopen met de boodschappentas naar de fontein tegenover de winkel en spreiden de inhoud uit op een tafel. Ik moet niet vergeten hieraan te denken als ik weer een keer probeer af te vallen: als ik met mijn linkerhand eet, gaat alles veel langzamer en kom ik tot de ontdekking dat ik lang niet zoveel honger heb als ik dacht. Ik merk dat ik best met een beetje minder toe kan en dat het me niet stoort als een stuk zalm of rode paprika van mijn vork glijdt. Hij voert me op een gegeven moment, en ik stel me voor dat een vrouw aan de overkant van het plein naar ons kijkt en ziet dat hij zijn vork naar mijn mond brengt. Het is onhandig, niet zoals in de film. Een van de tanden prikt in mijn mondhoek en de rand van zijn plastic champagneglas tikt tegen mijn tanden. Onder de tafel strijkt hij met zijn hand over de binnenkant van mijn dijbeen en trekt mijn hand mee. Samen een banaan eten blijkt praktisch onmogelijk te zijn. We gniffelen en genieten van het meest recente van onze dwaze, frivole geheimen.

Ik ben zo door alles in beslag genomen dat ik de dakloze vrouw niet opmerk die op ons afloopt.

'Wilt u snoep?' vraagt ze. Ze verkoopt snoep.

Gerry lijkt al net zo beduusd. 'Nee,' zegt hij. 'Nee, dank u,' alsof ze een serveerster is. De tafel ligt bezaaid met verpakkingen en zakken. De vrouw blijft staan. Ze draagt een regenjas, en het lijkt alsof ze zwanger is. De riem van de jas is strak over haar harde buik gespannen, maar ze is veel te oud om zwanger te zijn. Ik leg mijn vrije hand op Gerry's arm.

Maar hij reikt al naar de briefjes in zijn achterzak. Gerry heeft zijn bankbiljetten met een rubberelastiek gebundeld. De vrouw ziet het en vraagt: 'Wilt u een portefeuille?' Klaarblijkelijk verkoopt ze die ook. Portefeuilles en snoep. Met mijn rechter- en zijn linkerhand trekken we het rubberelastiek van de stapel briefjes, die zich als een bloem voor ons ontvouwt. Eendollarbiljetten tussen biljetten van twintig, biljetten van twintig tussen biljetten van vijftig. Hij aarzelt. Als de dakloze vrouw het al vreemd vindt dat een man en een vrouw voor een Dean & Deluca aan elkaar vastzitten, laat ze dat niet merken. De gebeurtenissen in haar leven hebben haar kennelijk een grote tolerantie bezorgd.

Ik steek mijn hand in het zijvakje van mijn tas en haal het sleuteltje tevoorschijn.

'Laat mij maar,' zegt Gerry, maar ik heb hem al losgemaakt.

Hij vist twee biljetten van vijftig uit de stapel. 'Ik hoef geen portefeuille, mevrouw,' zegt hij. 'Maar neemt u dit aan, en heel erg bedankt.'

De vrouw schuifelt weg. Ze spreekt de mensen aan de andere tafels, die het hele tafereel met nonchalante ontsteltenis hebben aanschouwd, niet aan. In dit deel van de stad zie je weinig daklozen.

'Je bent een lieve man,' zeg ik.

Hij bloost. Hij wil niet dat ik hem lief vind.

'Nee, echt,' zeg ik. 'Je bent heel zachtmoedig.'

Hij schudt de handboei af, die op de grond valt. Geen van ons pakt hem op. Gerry begint zijn biljetten weer te verzamelen. 'Zalig zijn de zachtmoedigen,' zegt hij, en zijn stem is niet helemaal vast. 'Want zij... zij wat? Hoe zat het ook alweer met de zachtmoedigen?'

Zij zullen de aarde beërven, vertel ik hem. Wel drie of vier keer per dag.

41

Op de ochtend van de barbecue vertrekken Phil en Tory een uur voordat de rommelmarkt begint om te helpen met de kraampjes. Ik blijf thuis en maak cupcakejes, tweeënzeventig in totaal, allemaal per stuk verpakt en geprijsd. Vervolgens laad ik ze in de auto en rijd naar de kerk.

Het parkeerterrein staat al vol, en op het gazon wemelt het van de mensen. Ik moet mijn auto inparkeren achter de vuilniscontainer. Terwijl ik naar de keukendeur loop om te vragen of iemand me met de dozen wil helpen, zie ik dat Belinda via het trottoir op me afkomt. Ze loopt gehaast.

'Je moet hier weg,' zegt ze. 'Hij weet het, hij weet alles.'

'Wat bedoel je? Wat weet hij?'

'Ga niet naar binnen. Het is niet veilig.'

'Waar heb je het in vredesnaam over? Waar is Tory?'

'Met Tory is alles goed, echt, maar ga niet naar binnen, Elyse. Hij is volledig over de rooie. Stap in je auto.'

'Ik ga nergens heen zonder Tory.'

Ik loop naar de voordeur, maar Belinda reikt naar voren en pakt mijn arm vast. 'Ik haal haar wel,' zegt ze. 'Ik breng haar naar Kelly's huis. Ga jij daar ook heen, nu meteen. Nancy vond dat ze het hem moest vertellen. Je weet hoe ze is. Ze moest het hem vertellen, maar hij is erg overstuur, Elyse, en je moet nu in die auto stappen en wegrijden.' Ik sta op de eerste trede van de kerk als de deur openvliegt en Phil naar buiten loopt.

In zijn handen heeft hij een stapel brieven, en ik zie meteen dat het Kelly's brieven zijn, de brieven die ik had beloofd te verbranden. Met de brieven in zijn hand loopt hij de trap af. Bij de kerkdeur zie ik Nancy staan met een felroze tas in de hand. Het dringt allemaal tot me door. Ze heeft, zoals ik haar had gevraagd, de kleren voor de rommelmarkt uit mijn kast gehaald. Ze heeft alle tassen gepakt, ook de felroze van Frederica's met daarin het negligé, de zelfophoudende kousen en hoge hakken die ik maanden geleden heb gekocht in een mislukte poging mijn eigen man te verleiden. Dacht ze nou echt dat ik lingerie aan de kerk zou schenken? Natuurlijk niet – dat wist ze meteen bij het openmaken van de tas, maar toen zag ze de brieven. Nancy is menselijk. Ze heeft ze gelezen. Die brieven, die zorgvuldige brieven zonder namen en data. Natuurlijk nam ze aan dat ze aan mij gericht waren. En toen – je weet hoe ze is – vond ze dat ze het aan mijn man moest vertellen. Hoe had dit anders kunnen aflopen? Ik kijk naar haar, en de uitdrukking op haar gezicht is er een van pure afgunst, dezelfde uitdrukking die ongetwijfeld op mijn gezicht te zien was toen ik de brieven voor het eerst las, dezelfde uitdrukking die elk vrouwengezicht krijgt als ze getuige is – of denkt te zijn – van het liefdesverhaal van een ander. Ze heeft de brieven gelezen en aan de man gegeven die nu op me afkomt, de man die het negligé en de zelfophoudende kousen niet herkent die ik op die cruciale avond droeg, toen hij had gegrijnsd en gevraagd wat ik precies probeerde te zijn. Zijn gezicht is lijkbleek en hij stormt met twee treden tegelijk de trap af. Het bewijs tegen mij ligt in zijn handen:

de liefdesbrieven van een andere vrouw en verfrommeld ondergoed dat ik maar één keer heb gedragen. Ik kijk naar hen
drieën: Belinda met haar arm nog steeds uitgestrekt tussen
ons in, alsof ze Phil op een of andere manier kan tegenhouden, Nancy met de roze tas in haar handen, haar gezicht stra-
lend van triomf en Phil, die denkt dat hij iets kwijt is geraakt
wat hij nooit heeft gehad. En dan hoor ik mezelf het ergste
doen wat ik had kunnen doen: ik begin te lachen.

De brieven dwarrelen uit Phils handen.

Ik zeg: 'Ik kan het uitleggen,' en Phil haalt uit en stompt
me met zijn vuist.

Ik begrijp het. Dit is de dag waarop ik zal boeten voor wat
ik heb gedaan. Niet voor de domme dingen als de handboeien,
maar voor de grote dingen, zoals proberen gelukkig te zijn.
Phil trekt zijn vuist terug, en Belinda's man staat rechts van
me. Hij gooit een Nerf-football naar de kinderen, zo'n bal
die een sirenegeluid maakt als je hem loslaat, en ik vermoed
dat Tory bij hem is. Ik zeg: 'Ik kan het uitleggen,' en Phil
zegt: 'Deze keer niet.' Hij opent zijn handpalm, schudt zijn
hand alsof de bloedtoevoer heeft gestagneerd en dan maakt
hij weer een vuist, haalt uit en slaat me zo hard dat ik begin
te tollen.

Ik zweef op het randje van de kerktrap. Ik ben nog nooit
geslagen, nog nooit in een gevecht gewikkeld geweest. Over
twee dagen zal Kelly foto's van mijn gezicht maken, drie
stuks, om naar mijn advocaat te sturen, voor in mijn dossier.
Ze zal huilen als ze door de cameralens kijkt, zal steeds weer
zeggen dat ze niet kan geloven dat dit is gebeurd, en uiteindelijk zal ik een drankje voor haar inschenken. Ze zal midden in haar logeerkamer staan en fluisteren dat de blauwe
plekken er in het echt nog veel erger uitzien dan op de foto,
en dat we misschien make-up moeten gebruiken. Een beetje
donkere oogschaduw om de kleur goed te doen uitkomen, en
het zou geen liegen zijn, helemaal niet. Ze zal naar me toe
leunen en vragen waarom ik die brieven niet heb verbrand.
Waarom heb ik dat niet gedaan? Waarom niet? Zodra ik

weer op mijn benen sta, moet ik Kelly bellen. Ik moet Kelly bellen, ze zal komen en Tory meenemen. Waar is Tory? Rent ze met de kinderen achter de bal aan of is ze binnen? Alstublieft, God. Laat haar alstublieft binnen zijn.

Iemand gilt. Ik zie dat Nancy's gezicht verstrakt terwijl ik langs haar draai, en ik weet wat er door haar hoofd is gegaan toen ze de brieven vond, want ik heb hetzelfde gedacht. Heel even dacht ze: waarom zij wel en ik niet? En ik weet hoe het voelt om jezelf over te geven aan die afgunst, om bewijs in handen te hebben dat een andere vrouw bemind is zoals jij niet wordt bemind. Is dit wat we uiteindelijk willen? Zijn we echt zo oppervlakkig en dom dat voor onze behoefte om bemind te worden al het andere moet wijken, waardoor ons werk, ons thuis, onze God en zelfs onze kinderen alleen maar tijdverdrijf lijken? Nancy's gezicht is lijkbleek. Ze legt haar handen op haar wangen en leunt een beetje achterover, bijna alsof zij degene is die is geslagen. Ze vond dat ze het hem moest vertellen, dat vond ze, want je weet hoe ze is, en ik sta bijna weer rechtop. Ik weet bijna mijn evenwicht te hervinden, sta een moment te wankelen, en dan komt Phils gestalte dichterbij, hij valt als een schaduw over me heen en slaat me opnieuw.

Hier, op de onderste trede van de kerk waarvan ik acht jaar lid ben geweest, geef ik mijn lichaam over aan de lucht, als een duiker. Op het moment van de impact, het moment waarop zijn vuist mijn wang raakt, weet ik precies wat ik moet doen. Ik ben niet van plan plat op mijn rug te vallen en een blessure te riskeren, en dus draai ik. Ik strek mijn armen voor me uit om de klap op te vangen, en terwijl ik draai, kijk ik recht in Phils ogen. Ik besef dat dit het ergste is wat ik hem ooit heb aangedaan, dat ik met mijn gezicht zijn hand raak. Later zal hij huilend het bos achter de activiteitenruimte inrennen, omdat hij net zomin is opgevoed om een vrouw te slaan als ik ben opgevoed om geslagen te worden. Ik had de brieven moeten verbranden. Het is wreed van me dat ik ze heb bewaard, wreed dat ik val en hem meetrek, wreed dat ik een man die alleen maar gewoon wilde zijn, verander in een man die zijn vrouw slaat. Morgen zal ik vanuit Kelly's logeerkamer een advocaat bellen, en ik zal die advocaat vertellen dat ik alles eerlijk wil verdelen. Ik zal mijn advocaat vertellen dat ik het niet nodig vind om wraakzuchtig te worden, en ik draai net ver genoeg, want ik ben ooit cheerleader geweest – onderaan, ja, maar toch een cheerleader – en ik weet hoe ik een positie in beweging moet corrigeren. Ik weet dat ik mijn knieën moet buigen en zo ver moet hurken dat ik op mijn schouder rol als ik de grond raak. Op die manier bescherm ik mijn gezicht, maar kom ik hard genoeg neer om de blauwe plek te krijgen die ik nodig heb. Ik zal hard genoeg vallen om te doen wat ik moet doen, maar niet hard genoeg om mezelf echt schade toe te brengen. Want ik weet inmiddels dat ik niet van plan ben ernstig gewond te raken. Jaren later zullen Phil en ik naast elkaar zitten bij diploma-uitreikingen, bruiloften en de doop van onze kleinkinderen, en het zal goed zijn, in die zin dat dingen die voorbij zijn altijd goed zijn. En dus strek ik mijn armen en reik naar voren, naar welke toekomst er ook aan de andere kant van deze grond ligt.

Een vrouw kan een man om drie redenen verlaten: omdat hij haar slaat, omdat hij zuipt of omdat hij vreemdgaat, en Phil drinkt niet en gaat niet vreemd. Mijn hoofd knalt naar achteren terwijl zijn vuist mijn kaak raakt, het scherpe geluid lijkt op dat van een startpistool, het bekende geluid van iets wat breekt, en het enige wat ik er gruwelijk aan vind, is dat Tory het allemaal ziet. Want ze is hier; ze staat naast Belinda's man. Ze fronst, alsof ze een moeilijk wiskundevraagstuk voor zich heeft. De radertjes in haar hoofd draaien op volle toeren en proberen het allemaal recht te denken. Ze denkt dat ze niet ziet wat ze ziet. Ze is het in gedachten aan het herschrijven. Ze wil geen getuige zijn van een gevecht waarin haar vader haar moeder slaat, en nog voor ik de grond raak, zal ze hebben besloten dat ze iets anders moet hebben gezien. Belinda staat nu naast haar. Ze trekt Tory naar achteren, en in haar andere hand houdt ze haar mobiele telefoon al klaar. Over drie jaar, misschien vier, zal alles goed zijn. Phil zal hertrouwd zijn en ik zal een minnaar hebben – iemand die ongetwijfeld zwart, van het vrouwelijk geslacht, een stuk ouder, getrouwd of moslim is, of op een andere manier totaal niet bij me past, want dat is mijn karma. Iedereen zal de schouders ophalen en verzuchten: 'Ach, je weet hoe Elyse is. Ze heeft geen rust in de kont, nooit gehad ook.' Over twee jaar, misschien drie, zal het goed zijn, en daarom reik ik naar de toekomst, alsof het een zwembad is waarin ik moet duiken zonder al te veel spetters te veroorzaken. Ik vind het rot dat Tory erbij is, maar Belinda lijkt het te regelen. Ze oogt kalm. Ik heb haar eigenlijk nog nooit zo kalm gezien. Ze trekt Tory naar achteren en draait haar hoofd van ons weg. Ik had de brieven moeten verbranden, ik had in de auto moeten stappen en moeten wegrijden, maar ik ben hier, ik val en de grond raast op me af, verrijst als een oude vriend. Ergens gilt iemand, of misschien is het gewoon de football.

En Jeff. Jeff is hier, hij loopt over het gazon. Ooit heb ik met hem een discussie gevoerd over de vraag of vrouwen op een militaire academie thuishoren. Ooit hebben we gediscussieerd over de vraag of een aanwijzing bij Hints geoorloofd is. Jeff en ik hebben vaak geruzied, maar vandaag zal hij de eerste zijn die me bereikt. Hij begint al te rennen. Hij zal me met een snelle beweging overeind trekken, een gebaar dat nog gewelddadiger en verrassender is dan het gebaar dat me in eerste instantie heeft neergeknald. Deze pijn zal ik morgenvroeg als eerste voelen. Als ik me in Kelly's logeerbed omdraai, zal ik hiervan huiveren, deze arm die hij bijna uit de kom trekt in zijn gretigheid me overeind te trekken. Het is ironisch dat de man die je komt redden je meer pijn doet dan de man van wie hij je redt, maar ik ga hier niet weken of maanden of jaren over piekeren. Dat doe ik pas als ik veel ouder ben en met mijn beste vriendin in het westen woon. Jeff zal me met één krachtige beweging overeind trekken, alsof hij zo alles kan uitwissen wat er is gebeurd, alsof hij er zo

voor kan zorgen dat alle getuigen vergeten wat ze hebben gezien, en vervolgens zal hij Phil wegtrekken. Dat laatste zal
een ietwat loos gebaar zijn, want Phil draait zich al om, net
als ik. Hij maakt aanstalten om het bos in te rennen. Het is
Jeff die naar de keuken zal gaan om ijs te pakken. Hij zal het
in een stuk keukenpapier wikkelen en tegen mijn gezicht houden. Het is Jeff die herhaaldelijk zal zeggen dat het hem spijt.
    Belinda belt Kelly, en Kelly zal hier snel zijn. Ze zal Tory
meenemen en in haar auto zetten. Ze zal mij ook willen meenemen, maar ik zal weigeren, aanvoeren dat ik zelf wel kan
rijden, dat ik mijn auto hier niet wil achterlaten. In mijn bijna komische verlamdheid zal ik erop staan eerst nog de cupcakejes uit te laden. Ik zal tegen iedereen zeggen dat ik er
tweeënzeventig heb gemaakt, en Belinda zal de cupcakes uiteindelijk aannemen, om me het zwijgen op te leggen. Ze zal
de trap op lopen terwijl ik even alleen op het leeglopende gazon blijf staan en om me heen kijk. Ik zal tegen de neiging
vechten het bos in te rennen om te kijken of alles goed is met
Phil. Zijn nieuwe vrouw zal aardig zijn. Ik zal haar mogen.
Tory zal haar mogen. Over twee jaar, misschien drie, zal ze
op een vrijdag langskomen om Tory op te halen voor het
weekend en zeggen dat ze nog even bij Domino's langsgaat
om een pizza te halen. Ik zal dan zeggen dat ik nog een halve pizza in de koelkast heb liggen en dat ze die zo mee kan
krijgen. Zij zal zeggen: 'Ik vind het een rottige gedachte dat
ik eerst je man en nu ook nog je pizza inpik,' en ik zal antwoorden: 'Alsjeblieft, ik had genoeg van allebei.' En we zullen lachen, want ze is een aardige vrouw, en haar aanwezigheid maakt mijn leven gemakkelijker. We zullen doen alsof
we niet doorhebben hoeveel we op elkaar lijken en een soort
vriendinnen worden. Boven me zie ik een reepje blauw, als
een kindertekening van de hemel. Er klinkt muziek uit een
geparkeerde auto. Ik ruik de houtskool van de barbecue, en
de grond raast op me af en ik adem uit, net genoeg voor een
gilletje op het moment van de impact. Ik kan dit aan. Het is
helemaal niet zo erg. Het doet een beetje pijn, maar ik kan

het hebben. Het is absoluut verrassend om mezelf hier in de lucht te zien zweven, en ja, het is jammer dat het hier en nu moest gebeuren, tijdens de barbecue, op de avond voor Pasen, maar het móést gebeuren, toch? Ik had er niet mee weg kunnen komen. Ik denk dat we het daar allemaal wel over eens zijn. Jeff zegt dat het hem spijt, dat het hem ontzettend spijt, en hij trekt me ruw overeind. Ik ben nu officieel zielig, en een vrouw die is geslagen (en dat nog wel op de trappen van de kerk), heeft absoluut het recht om te vertrekken. Zelfs de christenen zijn het daarmee eens, dus ik draai me om naar de grond, en heel even voelt het alsof mijn naden openscheuren en stukjes van me als zaagsel uit een lappenpop vallen. Ik zal veel meer werk moeten vinden. Ik zal iedere galeriehouder moeten bellen die ik ooit heb gekend. Ik zal een manier moeten verzinnen om een ziektekostenverzekering te krijgen. Wie zitten er in die auto? Waarom hebben ze de radio aan, en welke zanger is dat? Ik denk dat het Miles Davis is, maar ach, ik denk dat alles Miles Davis is.

Phil is een grote man, maar Jeff niet, en toch trekt hij me moeiteloos overeind. Ik herinner me weer hoe gemakkelijk mannen vrouwenlichamen door de ruimte kunnen bewegen. Het is de reden waarom onze lichamen bestaan, om door hun lichamen door de ruimte te worden bewogen, dus waarom zouden we dat ontkennen? Ik denk aan Gerry, zoals hij in bed op me ligt, zijn ene arm onder me schuift en me voorzichtig beweegt, alsof ik bij een ongeluk gewond ben geraakt. Zijn gezicht verandert wanneer hij me ziet, aan de andere kant van een hoteldeur of op een luchthaven, en ook al weet hij dat ik in dat hotel of op die luchthaven zal zijn, hij lijkt altijd een beetje verrast. Een beetje opgelucht. Ik zal Gerry mijn hele leven kennen. Hij is het enige afscheid dat ik niet onder ogen zal hoeven komen. We zullen geliefden zijn, daarna vrienden, en vervolgens weer geliefden, en over vele jaren, als ik zestig of misschien wel zeventig ben, zal ik door mijn slaapkamerraam met een wit keramieken koffiekopje in mijn hand toekijken terwijl hij zijn auto parkeert en naar mijn voordeur loopt. Ik zal op het raam kloppen en hij zal opkijken. Zijn ogen zijn ouder en zijn lichaam is dikker, maar hij zal omhoogkijken en me daar boven hem achter het raam zien staan. Hij zal zijn luchthavengezicht hebben. We zullen elkaar steeds opnieuw vinden, in luchthavens en hotels over de hele wereld, maar dit gedeelte moet ik alleen doen, en dat kan hem niet zijn daar in de menigte, want hij is hier niet, en wie zijn al die mensen die naar me kijken? Opeens zijn die daar weggelopen, van de barbecue, uit de kerk en van de tafels met kleren waar we allemaal uit zijn gegroeid. Wie zijn die mensen, waar zijn ze vandaan gekomen, en waarom raken we zo opgewonden van het ongeluk dat onze vrienden treft? Ze staan in een halve cirkel om me heen, en ik denk dat ik hen al kan horen mompelen, hen onderling hoor praten. Dus dat was er al die tijd aan de hand. Hij slaat zijn vrouw. Wie had dat ooit gedacht? De brieven die uit Phils handen zijn gevallen en verspreid over het gazon liggen, zijn niet van mij. Het zijn nooit mijn brieven geweest, ze zijn van Kelly, en ze zal het aan iedereen vertellen, en dan zullen ze nog meer medelijden met me hebben. Arme Elyse, ze was altijd zo ongelukkig, maar niemand wist precies waarom. Het zijn Kelly's brieven, niet die van mij, en toch hoor ik geruis terwijl het gras om mijn hoofd verrijst, de zoete levenskracht van de lente. Dit vergeet je altijd, dat het leven tijdens de winter onder de grond regenereert, dat geluk terugkeert. Je vergeet dat je lichaam de capaciteit heeft om plezier te ervaren, dat het ernaar verlangt zoals het verlangt naar water. Je vergeet dat het ene kan eindigen en het andere beginnen. Er is altijd een uitweg, door de gebroken plaatsen heen, hoewel je dit in eerste instantie niet ziet – natuurlijk zie je dat niet. Let op, Tory. Dit is waarom dingen scherpe randen hebben.

Ik kijk naar beneden en zie de grond onder me, helder en groen en bezaaid met liefdesbrieven, en ik weet dat het niet echt de grond is, maar een deur, de deur waarnaar ik mijn hele leven heb gezocht, en ik weet dat ik nu moet hurken en mijn benen moet intrekken. Ik weet niet waarom ik degene ben die haar vrijheid zal veroveren door een technisch detail. Ik weet niet waarom ik degene ben die deze tweede kans krijgt, maar ik krijg hem wel, en het geluid wanneer hij me slaat, is als een knallende champagnekurk, als een afgaand pistool of openschuivende gevangenisdeuren, als een geoefende worp die een softbal in de zomerlucht tilt. Het gras verrijst rond mijn oren en dempt het geluid van iemand die gilt, de vervagende jazzmuziek in de auto. Ik sluit mijn ogen en adem in. Het gras is dik en koel. Het ruikt schoon. Het ruikt naar barmhartigheid.

Toen Kelly en ik vroeger cheerleader waren, stond ik altijd onder aan de piramide omdat ik sterk was en kon tillen. Ik keek tegen Kelly op en was jaloers op haar omdat ze het lef had om te springen. Ze had iets wat ik niet had: vertrouwen in degenen onder haar. 'Het wordt pas moeilijk als je erover nadenkt,' zei ze dan, en ik weet zeker dat ik dit later allemaal zal begrijpen, als ik oud ben, als ik veilig ben, als ik dood ben. Er was eens een meisje geboren, en tijdens de warme middagen waarop we op het sportveld nieuwe stunts oefenden, vroeg Kelly soms: 'Maar wil je het zelfs niet een keer bovenaan proberen? Je hebt maar één leven, Elyse.' Je hebt maar één leven, maar één leven... Ik heb maar één leven, maar het is overweldigend.

Ik vroeg Kelly een keer of het niet eng was, dat moment waarop je loslaat en valt. En ze zei van niet, dat als het uiteindelijk gebeurt, het niet is wat je had verwacht. Dat je alles heel duidelijk ziet en dat je alle tijd van de wereld hebt. Ze had gelijk.

42

Na twee weken in Kelly's gastenvleugel verhuizen Tory en ik naar het appartement. Niet het appartement waarop ik een optie had genomen op de dag dat Pascal doodging, maar een ander, dat als voordeel heeft dat het meteen beschikbaar is, vermoedelijk vanwege het lelijke, felturkooizen tapijt.

Ik ga naar Target. Je kunt van een man houden en een andere man verlaten, je kunt van een man houden en hem toch verlaten, en je kunt een man verlaten zonder ooit van hem te hebben gehouden. Je kunt iedereen neuken die je tegenkomt of leven als een non, maar uiteindelijk kom je toch altijd terecht bij Target. Ik koop een broodrooster, een televisie, een blikopener, een magnetron, potten en pannen en een muffin-vorm, drie handdoeken, drie washandjes, een badmat, twee lakens, een weegschaal, van dat goedkope namaaktupper-ware, een vergiet, twee wijnglazen en een stofzuiger. Ik koop sokken, ondergoed en spijkerbroeken voor Tory; ik vervang alles, behalve haar schoenen en jas, zodat we niet zoveel spullen tussen de twee huizen heen en weer hoeven te slepen, om het gemakkelijker te maken. Ik duw het ene winkelwagentje en trek het andere, en er steken zwabbers en bezems uit die tegen alles slaan wat ik passeer. Mensen gaan voor me aan de kant. Het totaalbedrag is ruim zevenhonderd dollar, en ik betaal met mijn creditcard, de nieuwe, die op mijn meisjes-naam staat. Het kost me de hele middag om de keuken in te richten, alle apparaten uit te pakken en aan de praat te krijgen. De stofzuiger ligt op zijn zij alsof hij is neergeschoten. Eerder vandaag is Kelly langs geweest om me te helpen, maar pas toen we het ding in elkaar hadden gezet, kwamen we erachter dat het kopstuk er verkeerd op zat. We moesten de linkerkant weer uit elkaar halen en opnieuw beginnen. Ze had een fles wijn meegebracht, maar ik was vergeten een kurkentrekker te kopen. Ze ging er een halen en kwam terug met zakken vol boodschappen – ketchup en zout en Hints en cola light en toiletpapier, alle dingen die je nodig hebt als je een nieuw huis inricht. Ik durf niet te vragen hoeveel ik haar verschuldigd ben.

Dit is de eerste avond sinds ons vertrek dat Tory bij haar vader blijft slapen, en Kelly heeft aangeboden haar van school te halen en bij haar te blijven tot Phil thuiskomt van zijn werk. Kelly is de afgelopen twee weken elke middag langs mijn oude huis gegaan om de lichten aan te doen. Toen ik haar in eerste instantie vroeg dit te doen, stemde ze in – zoals iedereen momenteel instemt met alles wat ik vraag – maar ik merkte aan haar dat ze het een vreemd verzoek vond. 'Zet gewoon de schijnwerpers en een paar lampen in huis aan,' zei ik tegen haar. 'Misschien ook de televisie.' Ik kan niet tegen de gedachte dat Phil op de lege oprit parkeert, de donkere, stille trap op loopt en dat hem zelfs de kortstondige illusie wordt ontnomen dat er iemand in dat huis op hem wacht.

Mijn eigen verbazing over de genegenheid die ik voor mijn ex-man voel, is niets vergeleken bij de geschokte manier waarop andere mensen op mijn compassie reageren. De blauwe plekken op mijn gezicht zijn intussen verdwenen, maar toen ik de succesvolle, hippe, dure advocaat de foto's liet zien die Kelly had gemaakt, begon hij bijna te kwijlen. Hij zei: 'We gaan die klootzak hard aanpakken.' Toen ik zei dat ik hem helemaal niet hard wilde aanpakken, keek hij me nieuwsgierig aan, alsof ik zo'n vrouw was die ervan overtuigd is dat ze het verdient om geslagen te worden. Mijn advocaat heeft korte, dikke vingers, zware oogleden en een uit de toon vallende, zwarte paardenstaart die als een vraagteken over zijn schouder krult. Hij ziet er niet uit, maar iedereen heeft me verzekerd dat hij de beste is en dat ik hem moest inhuren voordat Phil het deed, ook al mag ik hem totaal niet. Als Phil een boot had gehad, had deze man ervoor kunnen zorgen dat ik de helft van de opbrengst kreeg. 'Wat is je verhaal, lieverd?' vraagt hij, en even overweeg ik het hem te vertellen. Maar hij rekent vierhonderd dollar per uur, dus kan ik het me niet veroorloven door iedereen volledig begrepen te worden. Ik wilde antwoorden: 'Weet u, ik heb wel degelijk overspel gepleegd, hij had alleen de details verkeerd,' maar zelfs dat opent de zware deur van de herinnering – weer iets wat ik me niet kan veroorloven. Nu nog niet in elk geval.

'Ik wil gewoon een eerlijke verdeling,' zei ik, en hij knikte langzaam, alsof het beslist een nieuwe ervaring was om Moeder Teresa als cliënt te hebben. Maar er staat geen straf op eerlijk alles delen. Mijn man heeft me op de trap van de kerk drie keer in het gezicht geslagen in het bijzijn van ongeveer honderd mensen, en dat op de dag voor Pasen. Ik zal een zeer royale regeling krijgen.

Terwijl Kelly weg is, rommel ik in de Target-tassen op zoek naar een wijnglas. Ik trek de prijssticker eraf, pak een blikje cola light en loop naar de slaapkamer om het bed op te maken. De matras is oud, geleend uit de logeerkamer in mijn moeders flat, en zit onder de vlekken menstruatiebloed uit mijn tienertijd. Het lijkt wel een kaart van het Caraïbisch gebied. Ik ben vergeten bij Target een matrasbeschermer te kopen en dus zal ik morgen terug moeten gaan. Ik kan maar beter een lijstje maken.

De nieuwe lakens uitvouwen en die over de matras spannen is een uitputtingsslag, en ik ga heel even liggen en sluit mijn ogen. Deze dag zal voorbijgaan, en de volgende, en die daarna. Ik zal nog veel details moeten afwikkelen. De komende weken en maanden zullen zwaar zijn, en ik zou willen dat ik de tijd vooruit kon spoelen, ter wille van ons allemaal. Ik denk aan het dappere glimlachje op Tory's gezicht toen ik de Disney-plaatjes aan haar muur hing. 'Ze zijn mooi,' zei ze. 'Bijna net zo mooi als...'

Ze wilde 'thuis' zeggen, maar verbeterde zich snel en zei: 'Papa's huis,' en heel even brak mijn hart, en ik zei: 'Ja, papa's huis.' Ik zei tegen haar dat ze op de stadsmuis en de plattelandsmuis lijkt uit het verhaaltje dat we vroeger vaak lazen: als ze bij mij is, is ze de stadsmuis, en als ze bij haar vader is, is ze de plattelandsmuis. Ze knikte heftig, alsof dit allemaal één groot avontuur was. Natuurlijk wil ze in haar oude slaapkamer zijn. Het appartement is zo leeg dat het galmt. Tory zal een prijs betalen voor datgene waarvan ze getuige is geweest. Ooit zal de dag van de afrekening aanbreken, voor haar en voor mij, maar daar kan ik nu niet te lang bij stilstaan. De lakens zijn nog steeds gekreukt, en als ik erop ga liggen, ruik ik de zware geur van textielverf. Ik had ze eerst moeten wassen. Het lijkt alsof ik niet meer helder kan nadenken. Garcia springt op de vensterbank.

'Wat zie je?' vraag ik haar. 'Zie je vogeltjes?' Mijn appartement ligt op de tweede etage. Ik ben vandaag talloze keren op en neer gelopen, heb volle dozen naar boven gedragen en lege dozen naar beneden. Maar het is de moeite waard. Ik vind het prettig hierboven, op dezelfde hoogte als de toppen van de bomen. Het briesje dat door de open ramen naar binnen stroomt, is fris en zoet. Garcia slaat naar de hor en maakt een laag, grommend geluid. Ze beseft nog niet dat de jacht voor haar voorbij is.

'Je ziet ze, hè?' vraag ik haar. 'Ik zal je op je woord moeten geloven, want ik ben halfblind, weet je.' Geweldig. De eerste dag in mijn eentje praat ik al tegen de kat.

Ik klop op het bed, maar ze komt niet naast me liggen. 'Ik denk,' zeg ik tegen haar, 'dat jij en ik al heel snel echte rust zullen ervaren.'

Ze kijkt me sceptisch aan en houdt haar kopje schuin, zoals Kelly me vaak aankijkt.

'Nee, ik meen het,' zeg ik. 'Iedereen denkt dat dit het moeilijke gedeelte is, maar jij en ik weten dat het ergste achter ons ligt.'

De deurbel gaat. Het is de eerste keer dat ik hem hoor.

Het is Jeff. Hij leunt met zijn duimen door de lussen van zijn spijkerbroek tegen de deurpost. 'Ik heb maar heel even,' zegt hij. 'Maar ik wilde even kijken of alles goed met je is.'

'Ik heb maandag een sollicitatiegesprek op de scholengemeenschap. Ze hebben misschien een docent keramiek nodig.'

'Dat bedoel ik niet,' zegt hij. 'Ik had begrepen dat Tory dit weekend bij Phil is.' Zijn ogen staan bezorgd. 'Weet je zeker dat dat een goed idee is?'

'Hij zou Tory nooit iets aandoen. Ik heb je de waarheid verteld. Dit was de eerste en enige keer dat Phil me ooit heeft geslagen. Hij is een goede vent.'

'Het spijt me,' zegt hij weer. De afgelopen twee weken heb ik niet anders gehoord. 'Nancy had me verteld dat ze blauwe plekken bij je had gezien, en ik had naar haar moeten luisteren.'

'Het ligt een stuk ingewikkelder. Ooit, als jij en ik allebei heel oud zijn, zullen we bij elkaar komen en dan zal ik je een kop koffie inschenken en een verhaal vertellen.'

Ik glimlach terwijl ik het zeg, maar hij is niet gerustgesteld. 'Eigenlijk leer je mensen nooit echt kennen, hè?' zegt hij terwijl hij langs me heen in het lege appartement kijkt. 'Je weet nooit echt wat er binnen een huwelijk speelt.'

Ik zie dat deze bekentenis hem pijn doet. Hij is per slot van rekening predikant, een hulpverlener. Hij was onze vriend. Het was zijn taak te weten wat er binnen ons huwelijk speelde. Even denk ik dat hij me wil aanraken, maar vlak voor mijn arm grijpt hij de deurpost vast, alsof hij even zijn evenwicht verloor. 'Het is niet wat je denkt,' zeg ik. 'Hij zal een goede vader voor Tory zijn.'

'Maar als je ooit...'

'Als ik ooit wat? Een baan bij de kerk nodig heb?'

Hij heeft het fatsoen om te glimlachen. 'Nancy komt over een paar dagen bij je langs,' zegt hij. 'Ze kan het nog niet aan. Ze voelt zich rot over wat er gebeurd is.'

'Jeff, er zit veel meer achter het verhaal.'

'Ze vindt dat ik het had moeten stoppen.'

'Hoe dan? Zeg maar tegen haar dat ik op niemand boos ben. Ik dacht dat ik het aankon. Ik dacht dat ik het allemaal onder controle had. Maar toen... ik weet het niet, ging het allemaal zo snel dat uiteindelijk niemand het had kunnen stoppen. Het is allemaal begonnen op de ochtend dat de kat stierf.'

'Vandaag... Wat ga je vandaag doen?'

'De laatste spullen uitpakken. En dan ga ik met Kelly uit eten. Het komt allemaal goed, echt waar.'

Over Jeffs schouder zie ik Belinda de trap op komen. Ze heeft een rechthoekige schaal in haar handen. Hij is bedekt met aluminiumfolie, en voor het eerst in twee weken vullen mijn ogen zich met tranen.

'Hij is niet van een dode vrouw,' zegt ze terwijl ze ietwat buiten adem de laatste treden neemt. 'Ik heb hem zelf gemaakt. Maar het is smullen geblazen: kip met noedels en Campbell's champignonsoep.'

'O, mijn god,' zeg ik. 'Dank je wel. Ik zal hem in de koelkast zetten.'

Ze kijkt in mijn woonkamer, naar de canvas-vouwstoel die altijd in mijn auto ligt en die ik meeneem naar Tory's softbalwedstrijden, naar de lamp op de vloer en de stofzuiger op zijn kant en het lelijke, turkooizen tapijt, en zegt: 'Je hebt het gezellig ingericht.'

'Dank je,' zeg ik. 'Ik ga voor minimalistisch.'

Dan dringt ineens tot me door dat ze allebei nog in het trapportaal staan en ik vraag: 'Willen jullie even binnenkomen? We kunnen allemaal op het bed gaan zitten.'

'Ligt het aan mij of is iedereen hier mooi?'

Kelly kijkt om zich heen. 'Het ligt aan jou.'

We hebben drie straten gelopen naar een Spaans restaurant. Een van de voordelen van een stadsmuis zijn, is dat er talloze restaurantjes binnen loopafstand van mijn appartement liggen. Toen Kelly binnenkwam, nadat ze met Tory op haar vader had gewacht, trof ze me in mijn belachelijk schone, witte badkamer aan, waar ik probeerde een haarstukje achter op mijn hoofd vast te spelden. Ik wist niet eens dat ik een haarstukje had, maar op een van de dagen waarop Kelly langs mijn oude huis was gegaan om de lichten aan te doen, had ze een vuilniszak gepakt en daar wat spullen van mij in gegooid. Ik had de zak boven het bed omgekeerd en het haarstukje was eruit gevallen, samen met een hoop andere dingen waarvan ik was vergeten dat ik ze had, zoals een lila tuniek en een spijkerbroek die altijd te strak had gezeten.

'Je zou jezelf eens moeten zien in je Levi's met je haren los,' zei Kelly. 'Je lijkt wel zestien. Hoe kom je aan die spullen?'

'Die zaten in de vuilniszak die jij had meegenomen.'

'O ja? Verdomme, ik had zo'n haast dat ik niet eens in de gaten had wat ik erin propte. Het is echt vreemd om zonder jou in dat huis te zijn, Elyse.'

'Hoe ging het met haar?'

'Heel goed. Ze rende op hem af. Het leek alsof er helemaal niets was gebeurd.'

'Godzijdank.'

'De hele middag leek ze...'

'Blij om thuis te zijn? Je mag het best zeggen.'

Kelly pakte een lipstick op, trok het dopje eraf en draaide de stick omhoog. Een glanzende, rode cilinder die langzaam draaide en groter werd, aan het uiteinde afgesleten in de vorm van mijn mond. 'Obsceen eigenlijk, hè?' zei ze. 'Toen je met dit op je gezicht uit New York terugkwam, wist ik meteen dat niets ooit meer hetzelfde zou worden.'

'Wil jij hem hebben?'

Ze schudde haar hoofd. 'Niet mijn kleur.'

Maar ze hielp me om mijn haar vast te zetten, en vervolgens rommelden we weer in de zak totdat we een spijkerbroek en shirt voor haar hadden gevonden, omdat ik een Levi's droeg en zij een jurk, en we zo niet bij elkaar pasten. En toen liepen we drie straten naar dit restaurant, waar we konden kiezen tussen een uur wachten of aan de bar eten, omdat er op vrijdagavond altijd een band speelt. Kelly zei dat ze het niet prettig vond om aan een bar te eten en nam de buzzer al aan, maar ik wist haar te overreden hem terug te geven. Eten in een bar geeft je vrijheid.

Vooral in deze bar, waar iedereen in mijn ogen mooi is.

'Niet waar,' zegt Kelly. 'Jij bent mooi. Kijk nou eens naar jezelf.' Ze wijst naar de spiegel achter de drankflessen, en ik neem even de tijd om mezelf te bestuderen. Mijn lange haar bezorgt me een schokje, net zoals de lila kleur van de tuniek. Meestal draag ik bruin of zwart. Ik zie er anders uit, dat is waar, maar ik ben niet de mooiste van ons twee.

Het restaurant is nogal geforceerd rustiek, en ze hebben ons wijn in een kruik gebracht. Een witte sangria, helder als water, maar er is genoeg, en als Kelly besluit om mijn glas bij te vullen, blijkt de kruik zo zwaar dat ze de wijn gedeeltelijk op de betegelde bar schenkt. 'Weet je wat Phil probeerde toen hij me daar op jullie bank zag zitten?' vroeg ze. 'Je zult het niet geloven, maar hij probeerde met me te praten.'

'Je meent het.'

'Hij pakt Tory op, draait haar in de rondte en geeft haar een bakje met kipstukjes van de Kentucky Fried Chicken. Ik laat mezelf dus maar uit, maar hij volgt me naar de oprit en probeert ineens met me te praten. Jullie zijn een eeuwigheid getrouwd geweest, en in al die tijd hebben hij en ik, voor zover ik me kan herinneren, niet één gesprek gevoerd, en nu ineens wil hij dat. Ik moest tegen je zeggen dat je overdag gewoon je atelier mag gebruiken, alsof dat heel geweldig van hem is...'

'Het is ook heel geweldig van hem.'

'... en hij zei dat het maar goed is dat je mij hebt. Hij zei: "Ik ben blij dat Elyse jou heeft, Kelly, want ze zal je nu echt nodig hebben."'

'Wat is daar mis mee?'

'Waarom zei hij "nu"? Alsof je me niet nodig had toen je nog getrouwd was met deze geweldige, grote, fantastische vent. Ik bedoel, ik wil je niet beledigen, hoor, of al te kritisch overkomen, maar soms kan die man van je een beetje ongevoelig zijn.'

En dat zegt het meisje dat een fotoalbum van mijn blauwe plekken heeft samengesteld. 'Lieverd,' zeg ik, 'ben je dronken?'

'En wat dan nog? Ik hoef niet te rijden.'

'Phil kraamt onzin uit. Ik had je juist het hardst nodig toen ik nog met hem getrouwd was.'

'En dat vind ik eng,' zegt ze terwijl ze haar hoofd naar achteren werpt en zo wild met haar haar schudt dat het de schouder van de man naast haar raakt. 'Nu je niet meer met hem getrouwd bent, heb je me misschien helemaal niet meer nodig.'

Grappig dat ze hetzelfde zegt als Gerry zei. Grappig dat de twee mensen die me het best kennen het zo bij het verkeerde eind hebben. 'Ja hoor, Kelly,' zeg ik. 'Ik heb twee weken bij je ingewoond, je hebt me geld geleend, een advocaat voor me gebeld, mijn kind elke dag van school gehaald, al mijn troep ingepakt en verhuisd, mijn ketchup betaald en dit haarstukje voor me gevonden en op mijn hoofd vastgemaakt, terwijl ik niet eens wist dat ik überhaupt een haarstukje had. Nee, ik heb je inderdaad helemaal niet nodig.'

De ober zet een bord tussen ons in. Tonijn, amandelen, olijven en gekrulde reepjes citroenschil, zorgvuldig verdeeld over een langwerpig, dun, wit bord. 'Kijk nou toch,' zeg ik tegen Kelly. 'Het is perfect.' Ik adem langzaam en diep in.

'Je gaat vast verhuizen en ergens anders een fantastisch leven opbouwen.'

De bar draait voor mijn ogen. Ik strek mijn rug en verschuif op de kruk. Mijn energie, die deze afgelopen dagen en weken zo broos is geweest, lijkt me weer in de steek te laten. 'Stop even met praten,' zeg ik, 'en kijk naar dit bord. Het is zo prachtig. Het is net een schilderij.'

Kelly kijkt gehoorzaam naar beneden. De tonijn is helderroze, de olijven zijn glanzend zwart en de citroenschil stuurt een nevel van citrus de lucht in als ik erin knijp. Ik pak mijn vork en steek hem in het eten. Het zal niet zo blijven. De tonijn niet, deze avond niet, dit plotselinge gelukzalige gevoel niet. Het is allemaal tijdelijk. De prijs voor ergens van genieten is het opgebruiken. Elk genot glipt uiteindelijk door onze vingers, en misschien is dat wel het grootste genot van al, het gevoel dat er iets door je vingers glipt.

'Geef me je lipstick,' zegt Kelly.

Ik pak hem uit mijn tas en geef hem aan haar. Kelly leunt naar de barspiegel toe en begint haar lippen te stiften.

'Ik blijf vanavond bij jou slapen, hè?' zegt ze, en de lipstick schiet van haar mond terwijl ze praat en laat een veeg achter die bijna tot aan haar neus reikt. Ik heb haar de afgelopen maanden in een reeks onmogelijke situaties gebracht. Ik heb haar angst aangejaagd en uitgeput, zoals zij mij tijdens onze lange vriendschap soms heeft beangstigd en uitgeput.

'Kijk naar ons,' zeg ik.

'Ik dacht dat we naar de tonijn moesten kijken.'

'Daar zijn we klaar mee. Nu wil ik dat je in de spiegel naar óns kijkt.' Ze legt de lipstick neer en tuurt met samengeknepen ogen naar de bar. We zijn altijd elkaars diapositief geweest, zij zo licht en ik zo donker, maar vanavond lijken we voor het eerst een beetje op elkaar. 'Zie je die dames daar tegenover ons? Ze zijn mooi en sterk en jong. Het zijn vrouwen die ertoe doen. De toekomst lacht hun toe. Hun allebei.'

'Ben je dronken?'

Ik pak mijn servet en veeg de streep lipstick weg. 'Helemaal niet.'

'Het is toch goed dat ik blijf slapen, hè?'

'Natuurlijk. Maar, Kelly...'

'Ik weet het. Ik weet het. We doen ertoe. De toekomst lacht ons toe. We zijn de helden van ons eigen leven.'

Ze maakt een groots gebaar terwijl ze praat en zwaait met haar arm, waarbij ze de tonijn, de aardewerken kruik en de schouder van de man naast ons nog net niet raakt. Maar mijn lipstick wel. De zilverkleurige koker rolt over de terracotta bar en valt over de rand. Voordat ik me kan verroeren of iets kan zeggen, doet Kelly iets wat me verrast. Ze vangt hem in de lucht.

Dankwoord

Veel liefs en dank aan mijn vrienden en collega-schrijvers Alison Smith, Dawn Clifton Tripp, Laura Gschwandter, Mike Iskandar, Jason Van Nest en Jennifer Lloret. Speciale dank aan mijn belangrijkste leermeester, Fred Leebron.

Verder bedank ik mijn impresario David McCormick, mijn redacteur Karen Kosztolnyik, mijn publiciteitsagent Elly Weisenberg en het hele team van Grand Central en de Hachette Book Group, in het bijzonder de afdeling Buitenlandse rechten.

Tot slot ben ik veel dank verschuldigd aan de MacDowell Colony.